国家出版基金项目
NATIONAL PUBLICATION FOUNDATION

“百部好书”扶持项目
GUANGDONG PUBLISHING

本丛书入选：
2018年度国家出版基金资助项目
2017年广东省重点出版物暨“百部好书”扶持项目
2018年广东省原创精品出版项目

文化自信与中国现当代文学丛书

立意为宗与现实主义传统

咸立强 著

丛书总主编
蒋述卓
陈剑晖
贺仲明

广东高等教育出版社
Guangdong Higher Education Press
·广州·

图书在版编目（CIP）数据

立意为宗与现实主义传统/咸立强著. —广州：广东高等教育出版社，2018. 10
（文化自信与中国现当代文学丛书）
ISBN 978 -7 -5361 -6316 -4

Ⅰ. ①立… Ⅱ. ①咸… Ⅲ. ①中国文学 - 当代文学 - 文学研究 Ⅳ. ①I206. 7

中国版本图书馆 CIP 数据核字（2018）第 237187 号

出 版 人：唐永亮
策划统筹：黄红丽
责任编辑：常泽平 李 彦
责任技编：肖宿华
责任校对：蔡晓文
装帧设计：国 梁

书　　名 立意为宗与现实主义传统
LIYIWEIZONG YU XIANSHI ZHUYI CHUANTONG
出版发行 广东高等教育出版社
地址：广州市天河区林和西横路 电话：（020）87553735
http://www. gdgjs. com. cn
印　　刷 广东新华印刷有限公司
开　　本 890 毫米×1 240 毫米 32 开
印　　张 10
字　　数 269 千
版　　次 2018 年 10 月第 1 版 2018 年 10 月第 1 次印刷
定　　价 48. 00 元

总　序

党的十八大以来，以习近平同志为核心的党中央要求全党要坚定道路自信、理论自信、制度自信与文化自信。在这几个"自信"中，文化自信是更基本、更深沉、更厚重和更持久的力量，因它深植于中华优秀传统文化的沃土之中。而中华优秀传统文化既是中华民族独特的智慧结晶，也是全人类共享的精神财富，体现了"人类共同价值"。那么，当前应如何传承传统，实现中华优秀传统文化的创造性继承和创造性发展，从而提升中华民族的文化自信？这是近年来党和国家在思想文化建设领域关注的重点，也是当前学术界关注的热点。"文化自信与中国现当代文学丛书"正是立足于这一历史和现实语境，希望通过对传统文化的挖掘和再发现，将其有价值和有现实针对性的精神资源植入中国现当代文学，以此推进"文化自信"这一重大命题的理论与实践，为中国梦提供有益有效的精神支撑和文化滋养。

本丛书不是面面俱到地阐释传统文化，而是以专题为统领，针对中国现当代文学，尤其是当代文学存在的弊端，将优秀传统文化的基因与其对接并灌注其中，从而催生出一种符合新时代的新文学。比如，丛书的第一本《"文"的传统与现代中国文学》，针对中国现当代文学语言技巧越来越高，艺术形式越来越精致，但文学的路子却越走越窄，文学精神越来越稀缺的事实，提出中国现当代文学有必要到传统的源头去汲取营养，以丰富和强大自身。所谓"传统的源头"，就是"文"的传统或"杂文学"的传统。在"文"的传统中，文体既是体也是用，既是道也是器，文体的变革也是文学的变革。本书还从文章的体制、风格、文气以及叙事传统等方面，论述现当代文学应如何从传统文学中汲取营养，而不应矮化自己，“以西方的标准为标准，以西方的是非为是非”。

从文学所体现的实用价值和政治功能方面的内涵看，以“修身齐家治国平天下”的“家国情怀”，是文学忧患意识、使命感和责任感的集中体现。它主要从“入世”“有用”的精神维度，确立了中国文学“文以载道”的传统。但中国当代文学自20世纪90年代以来，随着人的欲望的膨胀，人文理想的失落，多元价值观的出现，作家的写作立场也发生了重大改变：从20世纪80年代的“大叙事”变为个人的“小叙事”，从过去高扬理想主义和集体主义，转变为犬儒主义、物质主义和享乐主义，不少作家失去了介入时代和社会现实的激情和勇气，而忧患意识、责任感、使命感与他们也就渐行渐远。因此，要振兴当代文学，就必须要求作家“文以载道”，追求文学的“有用”功能，要求作家创作要有“家国情怀”，要修身齐家治国平天下，将“小家”和国家民族的“大家”统一起来，这样才有可能创造出无愧于新时代、无愧于当下的优秀作品。丛书的第二本《载道传统与文学的使命意识》通过对“文以载道”概念的梳理阐释，重申文学的伦理道德与使命意识。

我国的另一个优秀文化传统，就是“道法自然”。老子说：“人法地，地法天，天法道，道法自然。”庄子说：“天地与我并生，万物与我为一。”这都是强调人与物即自然的融合和转化。在“万物将自化”的理念中，物化既包含人的变化，也包含物的变化，同时也是物与人的互化。在中国的传统散文中，如《世说新语》《秋声赋》等，都达到一种“神与物游”的境界。而中国现当代文学已在很大程度上丢掉了中国传统文学这一优良的传统。中国现当代文学过于夸大人的地位、作用和力量，从而导致对天地自然的忽略乃至无知，也导致了社会和谐的失衡。所以，在倡扬文化自信和文化自觉的当下，当代作家要向古典文学学习遵循天地自然的法则，克服人类至上的立场，将人与自然同一化，从而将自己及其作品培育得臻于完美。丛书第三本《天人合一与当代生态文学》对此做出了回应。

中国文学一直有一个浪漫翱翔、瑰意琦行的传统，从庄子的“鹏之徙于南冥也，水击三千里”、屈原的《离骚》，到李白的诗歌、陶渊明的“桃花源”，这一浪漫传统的归潜与飞扬，一直是中国文学的骄傲。然而，新中国成立以来，这一浪漫主义的传统几近绝迹。尽管有过“现实主义与浪漫主义相结合”的倡导，但那不过是一个口号，并没有真正成功的文学创作实践。因此，中国当代文学要从重物质、轻精神，重欲望、轻理想的状态中解脱出来，就必须继承浪漫主义文学传统，为文学注进生命激情和梦想。唯其如此，理想的文学才有可能出现。丛书中的《中国新时期文学的浪漫与理想》既重拾这一文学传统，又恢复了中国文学应有的文化自信。

总体来说，丛书确立了三个维度：一是优秀传统文化的维度；二是中国现当代文学的维度；三是中西文化比较的维度。通过对三个维度的融会贯通，推进中国现当代文学的文化自觉与文化自信。为此，丛书共收录13本著作，有些侧重从传统文化的思想内涵方面挖掘有价值的精神资源，有些侧重从艺术方面探讨中国当代文学如何从传统文化中汲取营养。

丛书虽属主题性出版，但具有鲜明的个性特色和原创性。具体表现在以下几方面：

第一，强烈的问题意识与建设性和前瞻性。中国现当代文学面临的问题：一是写作技巧越来越高，越来越精致化，但同时却是越来越小气和匠气，创作的路子越走越窄。二是许多作家缺乏社会时代担当和家国情怀。三是缺乏理想的文化生命人格塑造，也缺乏诗性精神和浪漫情怀。四是审美缺失，文风粗鄙。五是当代作家大多言必称西方，一切“以西方的标准为标准，以西方的是非为是非”。丛书正是以问题意识为导向来设计主题，这样便既有现实针对性，也不会重复别人。与此同时，丛书又注重“大传统”与“小传统”的传承对接，尽量从现当代文学中挖掘“文化自信”的因素，并强调在“解构”中“建构”，力图使丛书既有建设性又有前瞻性。

第二，注重传统文化的传承与创新。中华传统文化虽历史悠久、博大精深，但也存在着不少糟粕，因此要立足于现实，用时代精神去凝练、去整合传统文化，并善于进行创造性的转化。丛书从传统文化中提炼出“文的传统”“文以载道与家国情怀”“道法自然与天地并作”“超然浪漫与文学理想”“诗性飞翔与审美之维”“理想文化生命人格的重塑”等主题，正是在创造创新中彰显传统文化的时代价值，让中华优秀传统文化在当代文学创作中焕发出新的生命力。

第三，宏观研究与实证研究相结合。丛书虽有较宏大的构想和命题，但绝不同于那种假、大、空的理论。因为丛书要求每位分册作者，一定要把“文化自信”的理念落实到某个层面、某一个点，要有具体细致的个案分析。总之，命题要宏大，观点要创新，方法要实证，细节要丰满。

第四，强调学理性，又兼顾可读性。丛书作者均为国内知名，长期从事中国现当代文学研究，且有较好的古代文学素养的学者，这为将丛书打造成学术精品这一总体要求打下了坚实的基础。同时，为了让读者更好地了解传统文化，提高他们阅读的兴趣，丛书兼顾了学理性和可读性两方面，尽量回避过于“学院化”的表述，用鲜活优美、灵动诗性的文字来探讨传统文化与中国现当代文学问题。当下的中国已进入一个需要理论而且一定能够产生理论的时代，一个需要思想而且一定能够产生思想的时代。中华民族伟大复兴的生动实践为理论创新提供了丰厚土壤，构建“中国学派”可以说是恰逢其时。但是，过去中国的思想理论贡献与经济的高速发展，与中华民族的伟大复兴极不相称，这其中有西方话语霸权的原因，更主要的在于我们热衷于向“西天取经”，在为西方思想提供注脚方面花费了太多时间和精力，而忽略了从中华优秀传统文化汲取营养，这样自然便不够自信，便妄自菲薄，一切“以西方的标准为标准，以西方的是非为是非”，无法让世界知道“学术中的中国”“理论中的中国”。“文化自信与中国现当代文学丛书”希望通过对中华优秀传统文化的挖掘与价值再发现，在构建“学术中的中国”方面有所作为，有所贡献。

文化是民族的灵魂和血脉，是人民的精神家园。习近平总书记一再指出：要加强对中华优秀传统文化的挖掘和阐发，为人类提供正确精神指引，要围绕我国和世界发展面临的重大问题，着力提出能够体现中国立场、中国智慧、中国价值的理念、主张、方案。是的，在有着5000多年文明发展历史中孕育出来的中华优秀传统文化，积淀着中华民族最深沉的精神追求，代表着中华民族独特的精神标识，是中华民族生生不息、发展壮大的丰厚滋养，是中国特色社会主义植根的文化沃土，是当代中国发展的突出优势。它将对延续和发展中华文明、促进人类文明进步，发挥重要作用。“文化自信与中国现当代文学丛书”由于有着深厚的文化情怀和自觉的文化担当，坚守中华文化立场，立足中国现当代文学现实，面向世界，面向现代化和中国文学的未来，用时代精神去凝练、整合中华优秀传统文化和中国现当代文学，以文学来阐述“文化自信”，以此推进“文化自信”这一重大命题的理论与实践。因此，丛书获得了评审专家和有关部门的充分肯定，先后获得“2018年度国家出版基金立项”“2017年广东重点出版物暨‘百部好书’资助”和“传承弘扬岭南优秀传统文化和原创精品立项”。相信随着丛书的出版，“文化自信与中国现当代文学”这一命题，会越来越广泛地引发中国现当代文学研究者和读者进一步探究的兴趣。

蒋述卓　陈剑晖　贺仲明

2018年9月4日

CONTENTS
目 录

绪　言

现实主义文学是揭破瞒和骗的文学

一、何为现实主义

现实主义，是从国外输入的文学新名词。鲁迅说："中国文艺界上可怕的现象，是在尽先输入名词，而并不绍介这名词的函义。于是各各以意为之。看见作品上多讲自己，便称之为表现主义；多讲别人，是写实主义；见女郎小腿肚作诗，是浪漫主义；见女郎小腿肚不准作诗，是古典主义。"① 虽然语带嘲讽，却点出了两个事实：首先，写实主义这个名词是外来的；其次，对写实主义的理解"各各以意为之"。现实主义刚输入的时候被称为写实主义，后来随着现实主义使用的频率越来越高，也就逐渐取代了写实主义一词。

雷纳·韦勒克在《近代文学批评史》第四卷中区分了文学上的现实论和哲学上所使用的现实论，认为最早将现实论用于文学的是德国的席勒和施莱格尔。1826 年现实论思想首见于法国，因画家库尔贝的个人画展在社会上引起巨大反响，小说家尚弗勒利撰文为库尔贝辩护，从而引发著名的"现实主义问题大论战"，现实主义文学的旗帜由此正式树了起来。"现实主义和自然主义是产生于法国的十九世纪后期文学上的两大口号，并由此流传到其他国家。"②

从文学自身发展的历史进程来看，现实主义文学是浪漫主义文学的反动。崇尚"神秘"和"理想"的浪漫主义虽然能够满足人们火热的激情，然而激情过后，冰冷的现实依然如故，情感冷却后的人们重新以冷静的眼光审视现实，思考自身的命运，寻求改变社会的可能的方式和途径，现实主义文学由此应运而生。

马克思、恩格斯赋予了现实主义新的价值和意义。恩格斯说："现实主义的意思是，除细节的真实外，还要真实地再现典型环境

---

① 鲁迅．鲁迅全集：第四卷［M］．北京：人民文学出版社，2005：88.

② 韦勒克．近代文学批评史 1750—1950：第四卷　十九世纪后期［M］．杨自伍，译．上海：上海译文出版社，1997：1.

中的典型人物。”① 恩格斯的现实主义理论建立在对社会的充分认知这一基础之上，没有把握社会生活本质的能力，就不能够“真实地再现典型环境中的典型人物”。事物的表象不是本质，本质需要根据某种本原知识进行探究和解码，典型论的核心是社会本质论，即通过本原知识获得穿透事物表象的能力，进而把握社会生活的本质。

约翰·詹普主编的《文学批评术语》中，共列举了30多种“现实主义”。从恩格斯的经典现实主义理论发展到无边现实主义，现实主义的定义纷然杂陈。有鉴于此，温儒敏在梳理20世纪中国现实主义文学流变时提出，应避免“纠缠在现实主义的复杂的理论探讨上”，大致限定现实主义的基本内涵为：“现实主义可以看作是一种正视现实的创作精神，或理解为一种如实反映生活的创作方法，也有的用来指一种特定的文学思潮。”② 温儒敏指出，如果将现实主义看作是“创作精神与方法”，那么“它在我国古代文学中也是源远流长的”。③

笔者接受温儒敏对现实主义概念的大致界定。简单地说，现实主义就是正视现实的文学，是在我国古代文学中也存在的创作精神与方法。温儒敏在《新文学现实主义的流变》一书中指出的这两个要点，也正是本书展开的两个核心基本点。

二、正确看待现实主义

站在不同的立场和角度，对现实主义的看法和评价自然也就各不相同。有学者信奉某种特定的现实主义观念，以此判定20世纪

---

① 中共中央马克思恩格斯列宁斯大林著作编译局．马克思恩格斯选集：第四卷［M］．北京：人民出版社，1995：683.

② 温儒敏．新文学现实主义的流变［M］．北京：北京大学出版社，1988：1－2.

③ 温儒敏．新文学现实主义的流变［M］．北京：北京大学出版社，1988：2.

以来中国就没有出现过真正的现实主义，这不是客观认真的态度。以某种特定的思想观念，否认 20 世纪中国文学中的现实主义实践，犯了教条主义或虚无主义的错误。世界上从来不存在某种特定的现实主义“型式”，现实主义本身就是在不断地探索和建构中呈现自身的存在，20 世纪中国文学的现实主义实践自有其存在的价值和意义。

从中国文学发展的历史脉络来看，写实的文学创作及与现实主义相近的文学观并不少见。孔子提出兴观群怨，主张“修辞立其诚”“辞达而已矣”；墨子倡导“言必有三表”：“上本之于古者圣王之事”“下原察百姓耳目之实”“观其中国家百姓人民之利”；立意为宗、文以载道；等等。上述这些思想都带有正视现实、人生的积极追求，在本质上都体现出了现实主义的创作精神和方法。现实主义是近代以来引进，现代才逐渐明确其内涵的一个概念。现实主义的引入，是为中国文化与文学服务的，而不是要中国的文化与文学为引进来的新概念服务。现实主义进入中国，在与 20 世纪中国的文化与文学实际相结合的过程中，不可避免地会受到中国传统文化与文学的影响，在某种程度上结合了传统文学中的现实主义创作精神。正如贺麟所说：“任何一个现代的新思想，如果与过去的文化完全没有关系，便有如无源之水、无本之木，绝不能源远流长、根深蒂固。”① 近百年的现实主义文学实践，以及有中国特色的现实主义传统的形成，都带有中国传统文化写实精神影响的印痕。

从“五四”运动到“文化大革命”，现实主义基本上呈现出一枝独秀的发展趋势，正如茅盾所说：“时代的客观的需要是写实主义。”② 现实主义在相当长的一段时间里曾“君临”一切，成为评

---

① 贺麟. 文化与人生［M］. 北京：商务印书馆，1988：4.

② 茅盾. 茅盾全集：第二十一卷　中国文论四集［M］. 北京：人民文学出版社，1991：389.

判创作得失成败的标准。从改革开放到21世纪，现实主义的发展一度沉寂。形而上学的本质论神话破灭了，宏大叙事和现实主义的典型论成了过街老鼠，许多作家都对现实主义避之唯恐不及。温儒敏在1988年为《新文学现实主义的流变》一书撰写的“小引”中说：“新时期文学一开始，人们曾经多么强烈地呼唤那久违了的真诚的现实主义！‘五四’、鲁迅、‘问题小说’……大家感到是那样的亲近。那牵动过亿万人民的心的‘伤痕文学’、‘改革文学’，正是追寻着‘五四’现实主义的足迹而走过那一段光辉的历程的。可是，才那么几年过去，而今许多作家、理论家却又在有意‘冷淡’或偏离现实主义了。”① 20世纪80年代以后，现实主义创作主张和方法在许多人的眼里渐渐成为保守落后的代名词，追逐西方“现代主义”“先锋派”的作家则被吹捧。凌空蹈虚、玩弄技巧，一度成为文坛时髦的选择。

毕飞宇曾在一次对话中说：“我曾亲眼看到过这样一件事，我的一位同行被批评家说成了‘现实主义’，他的脸像电炉一样变红了，还翻了脸，可见‘现实主义’的‘名声’有多糟。”② 梁启超以降，有太多的人总想着将自己认定的“现实”强加给他人，且不容他者质疑和匡正；等到现实主义得到了政治强权的加持，进而“君临”一切，自身却失去了正视现实的勇气，也就走向了真正的现实主义的反面。本来追求正视现实的却弄虚作假，不仅如此，还排斥真正能够正视现实的文学创作，“名声”变糟才是必然。此外，近年来出现的一些所谓现实主义冲击波，往往充满了媚俗的“现世主义”，分享艰难变成了粉饰太平，又或者追求失去了价值判断能

① 温儒敏．新文学现实主义的流变［M］．北京：北京大学出版社，1988：小引2.

② 毕飞宇，杨辉．我始终和这世界处在对话当中：毕飞宇先生访谈［J］．美文（上半月），2014（7）：34－49.

力的所谓零度叙事。就此而言，“糟”名声道出的是现实主义的真实困境。

有些玩弄技巧的先锋作家，真实的意图可能恰恰是失望于虚假的现实主义，想要从技巧层面揭破伪现实主义的真面目。有些却迷失于技巧的迷宫，丢掉了为文的初心，或者说初心本就是玩而已，无所谓丢。然而，若真能放眼全国，就会发现所谓的“糟”，主要是精英（作家和批评家）做出的判断；当现实主义在文坛上遭遇冷落，各种后现代叙事的圈套大行其道的时候，普通读者喜欢阅读的还是被所谓的精英视为“糟”的现实主义作品，而不是花里胡哨终篇不知所谓的叙事圈套。

现实主义“君临”一切固然不是正常的文学现象，但是“以虚无主义偏激的情绪对待新文学现实主义传统”，也不是文学发展应有的正确态度。或许有精英要宣称自己创作的是伟大的作品，是写给精英看的，不是给不懂现代叙事技巧的大众看的。那么，大众自然也就会抛弃他们。当然，普通大众喜欢的、流行的，也并不就是现实主义。作为社会底层的民众，艰难的生活压力让大多数人都盼望能在工作之余轻松娱乐一下，而不是在文学阅读中再次体验灵魂的痛苦。20 世纪的张恨水、21 世纪的《小时代》等，都很流行；鲁迅的母亲不愿意读鲁迅的小说，却是张恨水的忠实粉丝。正视现实的现实主义，不是用来娱乐人的，游戏消闲是从《礼拜六》到《故事会》形成的文学传统。坚守现实主义的作家如路遥及其作品《平凡的世界》之所以遭到不应有的冷落，与游戏消闲文学观的抬头，以及崇尚西方现代派艺术技巧都有关系，更根本的则是其非现实化创作倾向。自己不敢、不能正视现实，也恐惧于真正能够正视现实者，于是坚守现实主义的作家及其创作也就只能处于被冷落的状态。

现实生活仍然需要现实主义，现实主义曾经的努力并不全是徒劳的。现实主义也在不断地自我反省和改进，新写实、原生态、零度写作等都是现实主义新的探索努力，虽然良莠不齐，但其中真诚地追求人文理想、正视现实的精神及创作，皆是现实主义在新的历史条件下的延承与发展。

三、现实主义文学是求真的文学

胡适在《〈红楼梦〉考证》一文中将传统文学中的“团圆主义”视为一种“说谎文学”，认为其根源于作者“闭着眼睛不肯看天下的悲剧惨剧，不肯老老实实写天工的颠倒惨酷”，“这种‘团圆的迷信’乃是中国人思想薄弱的铁证”。① 1925 年 7 月 22 日，鲁迅在《论睁了眼看》一文中说：“敢于正视，这才可望敢想，敢说，敢作，敢当。倘使并正视而不敢，此外还能成什么气候。然而，不幸这一种勇气，是我们中国人最所缺乏的。”由国民谈到文艺时说：“中国人向来因为不敢正视人生，只好瞒和骗，由此也生出瞒和骗的文艺来，由这文艺，更令中国人更深地陷入瞒和骗的大泽中，甚而至于已经自己不觉得。世界日日改变，我们的作家取下假面，真诚地，深入地，大胆地看取人生并且写出他的血和肉来的时候早到了；早就应该有一片崭新的文场，早就应该有几个凶猛的闯将！”② 胡适和鲁迅，都是倡导现实主义的先锋，在他们看来，文艺就应该有“正视现实”的勇气，而现实主义就是揭破“瞒和骗的文艺”。

现实主义的精髓是如实地“看”，实质则是“求真”，所以，现实主义的文学也就是求真的文学。人类从外界获取的信息主要来自眼睛，眼睛是人心灵世界的窗户，“看”（正视）的主体是人。文学之“看”表达的是人（主体）和现实（外界）的关系，对于

---

① 胡适. 胡适全集：第 1 卷［M］. 合肥：安徽教育出版社，2003：146.

② 鲁迅. 鲁迅全集：第一卷［M］. 北京：人民文学出版社，2005：254－255.

“看”的人（主体）来说，若要求真，首先必须要有“正视”现实（外界）的勇气和决心；对于“看”的方式来说，是 see 而不是 look，就是要看到看清，从事物的表面看透事物的本质，而不能走马观花、听风是雨；对于所“看”现实的描述不夸张不掩饰，要努力于实事求是。所谓实事求是，也就是说除了外在的真实，还有内在的真实。色盲看不清正常世界里的红绿颜色，盲人的眼前只能是一片黑暗。有什么样的眼睛就能见出怎样的“真实”（现实）。同时，五色令人目盲，正常的眼睛在光明与黑暗的快速转换中会失掉“看”的能力，在物欲横流的世界里有时也会迷失自己。作家巴金在类似日记的文章中写道：“不要让雾迷我的眼睛，我的路是不会错的。”① 无论是现实还是思想，都避免不了会起“雾”。生理的眼睛只有搭配上适当的“心灵之眸”，才能拥有穿透迷雾的能力。“黑夜给了我黑色的眼睛/我却用它寻找光明。”② 在双目无能为力之处，心灵之眼反倒能够熠熠生辉。

20 世纪末，那英唱过一首歌曲，名为《借我一双慧眼》。此歌开篇唱道：“雾里看花/水中望月/你能分辨这变幻莫测的世界?”世界是“变幻莫测的世界”，“因为涂饰太厚，废话太多，所以很不容易察出底细来”③。肉眼凡胎的普通人自然是难以看得清，若是想要看清这世界真实的面目就需要拥有一双火眼金睛。“借我一双慧眼吧/让我把这纷扰/看得清清楚楚明明白白真真切切。”慧眼又称灵眼，能洞察世间实相。《维摩诘经·入不二法门品》：“实见者尚不见实，何况非实。所以者何？非肉眼所见，慧眼乃能见。而此慧眼，无见无不见。”佛教划分了“实”与“非实”，眼见者为“实”，“非实”则非普通的眼睛所能见，需要“慧眼”才能得见。

---

① 巴金．巴金全集：第六卷［M］．北京：人民文学出版社，1988：17.
② 顾城．顾城精选集［M］．北京：北京燕山出版社，2006：10.
③ 鲁迅．鲁迅全集：第三卷［M］．北京：人民文学出版社，2005：17.

柏拉图认为真实在于理念（型式），外在的形式是影子的影子。亚里士多德则认为真实就存在于现象之中，并将事物划分为可信之事与可能之事，认为与可能发生而不可信的事相比，诗更应该表现不可能发生却可信的事。真实与必然性相连，而必然则与人的经验和信念有关，因此真实问题不再是超脱于人的抽象存在，而是直接与人相关，与人的心灵世界相关。现实之所以为现实，而真相之所以为真相，在于人"信"。信根源于心，人相信什么是真的，就会在看的时候将某些东西视为真的。但若因此而认为现实主义与生活无关，真实只存在于作家的内心，无疑陷入了纯粹的唯心主义。承认现实的真实与人的"信"有关，是看到了真实性问题是主体对客体的认知，也就是说是一个主客体之间发生的关系。正因为是关系，所以并非一成不变只存在一种可能性，故此才存在"求真"，事物在变化、关系在变化，没有抽象的固定不变的"型式"，"真"需要去求，求的过程中会有虚妄、歧途等，这些都是现实主义发展中必然要克服的困难，不能因此而否定了整个现实主义的传统。

"真"因"信"而存在，现实主义的求真不是冷冰冰的科学研究式的求真，"信"也不是宗教式的盲目迷信，而是对于人类斗争意义的"信"，对于人类社会体系变革动因及其可能的求真。"在一种历史体系向另一种历史体系（其性质我们不能预先知晓）过渡的时期，人类的斗争最有意义。或者换句话说，只是在这种过渡时期，我们称为自由意志的东西才胜过使现存体系回归平衡态的诸般压力。所以，根本的变革是可能的，即使绝非必然。这就要求我们具有道德责任感，采取合理行动，真心诚意，而且有力地寻求一个更好的历史体系。"① 不真心诚意地去寻求，更好的历史体系就不会自动地出现。美好的生活就蕴藏在当下的现实生活中，但是需要

① 沃勒斯坦．所知世界的终结：二十一世纪的社会科学［M］．冯炳昆，译．2版．北京：社会科学文献出版社，2003：4．

人的努力奋斗，使之不断地从模糊状态显现出来。宣称现实主义不过是在制造一个幻象，一个关于真实的幻象，结果无非有二：不再相信真实或存在另外的真实。相信存在另外的真实而不满已经存在的现实主义，这是现实主义传统的革命者，而现实主义传统正因存在这样的革命者而不断获得新的发展动力。至于不相信真实，自然就容易走向虚无主义或相对主义，这些思想的出现自然也有其原因，能够让人从另一个角度认识现实主义。对于文学创作来说，创作者拥有什么样的价值观、人生观，就能“看”到什么样的现实人生；文学所呈现出来的世界，就是作者“想”看到的世界的模样。心的高度和宽度，也就决定了“看”的方式和深度，以及“信”的可信度。若想要从纷纭世相中清醒地看到想要看到、应该看到的真实，终归需要以心为主宰，立意为宗。

四、现实主义文学是有底层意识的文学

人生不如意事十之八九。自古以来，从帝王将相到路边乞丐，都避免不了会有“颠倒惨酷”的事情发生。然而，文学创作中对帝王将相和平民百姓“颠倒惨酷”生活的表现，却随着创作者思想的不同而有着迥然相异的表现。古希腊早期悲剧中的主角，只能是神，后来才是英雄，而英雄们也都是神的后裔，而非黄继光那样的凡人英雄；到了法国古典主义时代，悲剧的主角成了王公贵族，直到德国市民悲剧兴起，普通民众才成为悲剧的主角。从神到英雄到贵族再到市民，文学“看”取社会人生的视角在变化，这个变化显示出人类社会进化的轨迹，等到文学聚焦在普通市民身上的时候，也就意味着社会的现代转型。周作人说：“说近代文学是平民的，十九世纪以前的文学是贵族的，虽然也是事实，但未免有点皮相。”若是“以为平民的最好，贵族的全是坏的”，也不妥当。“只就文

艺上说，贵族的与平民的精神，都是人的表现，不能指定谁是谁非。”① 但文艺从来都不是生存在真空之中，作为社会生活的反映，现实主义文学创作的特征就是，选材及叙事视角从贵族到平民的转变，带有浓郁的底层意识和民主气息。

陈独秀在《文学革命论》中要求排斥贵族的文学，“其内容则目光不越帝王权贵，神仙鬼怪，及其个人之穷通利达。所谓宇宙，所谓人生，所谓社会，举非其构思所及”②。并认为此种文学与“阿谀夸张虚伪迂阔之国民性，互为因果”③。与虚伪腐朽的贵族相对的，则是新兴的普通民众，李大钊称之为“庶民”。在《庶民的胜利》中，李大钊说：“大家为抵抗这种强暴势力的横行，乃靠着互助的精神，提倡一种平等自由的道理。这等道理，表现在政治上，叫做民主主义……民主主义战胜，就是庶民的胜利。社会的结果，是资本主义失败，劳工主义战胜。”④ 在《人的文学》一文中，被周作人列为非人的文学的“奴隶书类”有：甲种主题是皇帝状元宰相，乙种主题是神圣的父与夫。此外还有“才子佳人书类”。这些都可以归入贵族的文学行列。“平民文学应以普通的文体，写普遍的思想与事实。我们不必记英雄豪杰的事业，才子佳人的幸福，只应记载世间普通男女的悲欢成败。因为英雄豪杰才子佳人，是世上不常见的人；普通的男女是大多数，我们也便是其中的一人，所以其事更为普遍。”⑤ 英雄豪杰、才子佳人信有之，然而普通的男女才是大多数。倾向于大多数人（更准确地来说是下层社会）的故事，描写他们的悲欢，这是20世纪中国现实主义文学特别突出的视角选择。

① 周作人. 自己的园地［M］. 北京：北京十月文艺出版社，2011：16.

②③ 陈独秀. 文学革命论［J］. 新青年，1917，2（6）：3.

④ 守常. 庶民的胜利［J］. 新青年，1918，5（5）：3.

⑤ 仲密. 平民文学［J］. 每周评论，1919（5）：5.

五、现实主义是现代社会的产物

文学是社会生活的反映，一种新的文学思潮的产生，必然与社会上其他各方面的发展密切相关。现实主义的文学观念不是凭空出现的，唯物主义、理性主义为其提供了坚实的哲学基础。黑格尔的辩证法、费尔巴哈的人本主义唯物论、孔德的实证主义等社会科学的进展，细胞学、进化论等自然科学的发展，为作家们观察社会、思考人生提供了新的方法。自然科学发展的成果，使得人们承认："我们自己所属的物质的、可以感知的世界，是唯一现实的；而我们的意识和思维，不论它看起来是多么超越感觉的，总是物质的、肉体的器官即人脑的产物。"① 巴尔扎克将自己视为法国社会的记录员，要借鉴动物学的成果探索一门社会类型学；左拉则借鉴遗传学研究成果并将其用于自己的文学创作。现实主义的文学观念及创作，与创作者个体接受的现代科学思想有着密切的关系。鲁迅外科医生式的冷静、茅盾的社会剖析思维等，都体现了现代科学对现实主义文学创作的影响。

真正的写实主义（现实主义）在"五四"后被现代中国知识分子们所接受，与西方现代科学思想的涌入有着密切的关系。鲁迅在《科学史教篇》中说："科学者，神圣之光，照世界者也"，"治科学之桀士，则不以是婴心也，如前所言，盖仅以知真理为惟一之仪的"。② 科学的输入，使人"知真理"，"知真理"之后，人自然就会排斥骗人的鬼话，揭破种种虚伪。鲁迅在《随感录·三十三》中说："现在有一班好讲鬼话的人，最恨科学，因为科学能教道理明白，能教人思路清楚，不许鬼混，所以自然而然的成了讲鬼话的

---

① 中共中央马克思恩格斯列宁斯大林著作编译局．马克思恩格斯选集：第四卷［M］．北京：人民出版社，1995：227.

② 鲁迅．鲁迅全集：第一卷［M］．北京：人民文学出版社，2005：32，35.

人的对头。”① 在《呐喊·自序》中说：“在这学堂里，我才知道世上还有所谓格致，算学，地理，历史，绘图和体操。生理学并不教，但我们却看到些木版的《全体新论》和《化学卫生论》之类了。”② 郭沫若在《中国美术的展望》一文中说：“外来的资本主义几乎压死了中国的旧美术，而同时也确实的把旧时的封建社会诸种关系已经压得半死。已往的不合理的统制失掉了权威，而科学方法的输血，使我们对于自然重新睁开了眼睛，对于生活发生了改进的要求。我们要活，而且要活得自由、平等、幸福、美满。这个民族生活的迫切要求必然地要促进各种精神生产的复活，美术活动自不能例外。”③ 20 世纪中国现代文学作家如鲁迅、胡适、郭沫若、丁西林等，他们留学时所学科目都非文学，理工医科的学习训练，在某种程度上养成了他们科学思维的习惯，自然也有助于他们现实主义文学态度的养成。

说郭沫若的文学创作也体现出现实主义的文学态度，有人或许并不认同，毕竟一般的文学史教材都将郭沫若的文学创作归入浪漫主义的行列。但是，正如雷纳·韦勒克所指出的那样，居斯塔夫·普朗什曾在 1833 年后将现实主义用作描绘逼真的同义词。“当时的现实主义意味着一种成分——惟妙惟肖的细节，这是我们现今一般列为浪漫的那些作家所遵循的原则。”④ 医学的训练，使郭沫若小说中对一些人物病态的描写的确呈现出一种现实主义的态度。即便郭沫若整体上给人的感觉是夸张的浪漫的，可是这也不能抹杀郭沫若受了现代科学的训练之后在文学创作上也时时表现出某种程度的

① 鲁迅．鲁迅全集：第一卷［M］．北京：人民文学出版社，2005：314．

② 鲁迅．鲁迅全集：第一卷［M］．北京：人民文学出版社，2005：438．

③ 郭沫若．郭沫若全集：文学编　第十九卷［M］．北京：人民文学出版社，1992：74．

④ 韦勒克．近代文学批评史 1750—1950：第四卷　十九世纪后期［M］．杨自伍，译．上海：上海译文出版社，1997：2．

现实主义态度这一事实。

从胡适倡导的易卜生主义到陈独秀揭起的写实主义大旗，从革命现实主义到体验现实主义，从社会主义现实主义再到开放的现实主义，20世纪中国现实主义文学思潮曾经存在过种种不同的“主义”。“一部文学史，就是现实主义和反现实主义斗争的历史。”① 斗争不仅存在于现实主义和非现实主义之间，现实主义内部也存在持续不断的斗争。虽然很多文学思潮都大张着现实主义的旗帜，每一种思潮都以真实标榜，但每一次你方唱罢我登台的思潮更替中，或多或少都可见出后起者对此前现实主义文学非现实的批判。韦勒克说：“现实主义……是一种理想的典型，它可能并不能在任何一部作品中得到彻底的实现，而在每一部具体的作品中又肯定会同各种不同的特征、过去时代的遗留、对未来的期望，以及各种独具的特点结合起来。”② 现实生活变动不居，文学创作生生不息，现实主义的文学不能只拘囿于某一特定的范式。特定的现实主义文学类型，必源于特别的社会时代的需要，所有形形色色的现实主义最终汇成现实主义的泱泱大河。青山遮不住，毕竟东流去。现实主义也需要新陈代谢，在真与假的不断较量中抵达现实的深处，很多文学思想观念都逃不掉昨是而今非的循环怪圈；承认各种不同的探索，以及探索中的曲折、虚假等，这本身也是现实主义精神的体现。强调正视现实的现实主义，也需要正视自身，唯有正视自身，才能有正视现实生活的勇气，以及不断探求现实本真面目的决心。

---

① 茅盾. 现实主义与反现实主义的斗争是文艺历史发展的规律［J］. 文艺研究，1980（4）：4－15.

② 韦勒克. 批评的诸种概念［M］. 罗钢，王馨钵，杨德友，译. 上海：上海人民出版社，2015：237.

第一章

源远流长的写实传统

第一节 文以载道：务实致用的文道观及其衍变

《易经》“贲”卦“彖”辞曰：“刚柔交错，天文也；文明以止，人文也。观乎天文以察时变，观乎人文以化成天下。”天文与人文并举，先言天文后言人文，乃是因为先有天文而后有人文。《道德经》第25章有言：“人法地，地法天，天法道，道法自然。”天地是人文的根源。孔子在《论语·阳货》中说：“天何言哉？四时行焉，百物生焉，天何言哉？”《庄子·知北游》中有言：“天地有大美而不言，四时有明法而不议，万物有成理而不说。”天地是客观的存在，养育万物，包容一切，就其本质而言，则是天地不仁以万物为刍狗，无所谓是非善恶。天地不言，而人言之。人言天地，人代天地言，不管是言天地还是为天地代言，都非天地自然本身，言在呈现的同时自然也造成了新的遮蔽，所以老庄认为言者不知而道不可致。老庄主张无为，侧重言说带来的新的遮蔽，要求绝圣弃智；儒家主张知其不可为而为之，强调格物致知。天地万象，人言人殊，所言之道，所说之言，各不相同。诸子百家，所言皆道，但道与道不同，各循其道，传承而下，是为道统。千百年来，各种思想互相竞秀，而在影响国人最深的儒释道三家中，经世致用的儒家文化传统最具有现实主义精神。儒家向来尊奉文以载道，所载之道，并非是以万物为刍狗之道，乃是与天文对应的人文，是人之道。

北宋儒学家张载指出：“天地何意于仁？”天地本无意，可以不仁，但是圣人却不可以不仁；天地可“以万物为刍狗”，而圣人却不能“以百姓为刍狗”。圣人唯有仁才能“弘道”；“人能弘道，非道弘人”。天地之道包含人道，却并非是人道，人应该努力追求的便是弘扬天道中的人道。因此，张载提出：“为天地立心，为生民立命，为往圣继绝学，为万世开太平。”直观地说便是天地本无心，而人有心，故人为之立心；也可以理解为天地有心，不过处于遮蔽状态，需要人来使之显现；还可以理解为天地之心，被有些人诠释错了，需要重新追根溯源。张载说过“天地之心惟是生物”，天地是有心的，不过天地之心与人心不同，天地之心是“生物”，而人只是众多所生之物中的一种，而人心则是仁义；天地之心，涵养万物，自有其天地法则，也就是天道，而仁者爱人，惟重人道，讲的是人文，是要“为生民立命”，即为人民确立生命的意义。但“为天地立心”绝不是以人心替代天地之心，而是努力从天道中寻觅并彰显人文的轨迹，以人为主体构建沟通天地人间的价值体系。换言之便是，存在的自有其合理性，但是合理的存在对于人来说未必全都合乎仁义；合理性是从天道的角度做出的判断，而仁义则是从人这一主体的角度做出的判断。

天之道中含有仁义，却又远远大于仁义，人为天地立心，就是要树起天道中仁者爱人之心。人心何来？张载认为：“人本无心，因物为心。”王阳明认为心外无物，这就走向了唯心主义，张载却提出物外无心，心不是独立于物之外的本体，这就坚持了朴素的唯物思想。因物为心，所以“欲尽心”，则必“穷理”“尽物”。充盈天地之间的物，皆是“天地之心”所“生”，人“因物为心”，人心实际上也就是“天地之心”。人心与天地之心，既不能简单等同，也不是对立的关系，而是相互生成。正因为人心与天地之心是相互生成的关系，所以皆与时俱化，不存在万世不易之“心”。“盈天地之间者皆物也，如只据己之闻见，所接几何，安能尽天下之物？”① 由此张载提出了大心、圣人之心与普通人之心的区分。普通人只能“据己之闻见”，不能“尽天下之物”，也就不能尽其心；唯有圣人有“大心”，能够超越“己之闻见”的局限。

儒家以仁义为道，天、道、人、心的关系各得其所，载道之

---

① 张载．张载集［M］．北京：中华书局，1978：333．

外，另有言志，两者交互为用，既表现了人对自然天道的认识，也表现了人对主体自身的认知。朱自清谈及载道和言志时说："现代有人用'言志'和'载道'标明中国文学的主流，说这两个主流的起伏造成了中国文学史。'言志'的本义原跟'载道'差不多，两者并不冲突；现时却变得和'载道'对立起来。"① 从传统走来，"五四"新文化运动要清除加在人身上的种种外在束缚，张扬人本体存在的价值和意义，言志与这一现代的思想潮流更相契合；言志与载道在现代的对立，是现代人主体精神的发掘和张扬的需要。道与志本来密不可分，无论载道还是言志，皆是在立"心"。为人立心，为天地立心。心不可随便立，也不是随便能立起来的。立心需原道。原道的过程就是对道的重新诠释。道可道，非常道。原道载道，都不可避免地使道带有所说之人的主观色彩，不再是原生态的道；言说和诠释的过程，使道去蔽的同时也产生了新的遮蔽。"原道"，承担着去伪存真的重任。

何为真？海德格尔说："真实就是现实（das Wirkliche）。"柏拉图的《理想国》有个著名的洞穴隐喻：一些人住在一个洞穴式的地下室里。这个地下室有一长长的通道，逆光向上通向外面，可让和洞穴一样宽的一路亮光照进来。有一些人从小就住在这个洞穴里，腿脚和脖颈都被捆绑着，只能待在同一个地点上，不能转头，始终只能看他们眼前的东西。在他们背后远处高处的地方，有一把火在燃烧。火把和囚徒中间有一条小道，有人拿着各种器物走过，火把将他们的影子投射在囚徒面前的洞壁上。囚徒自然地认为影子就是唯一真实的事物。如果有囚徒碰巧获释，转过头来看到了火把、人和其他物体，最初体验到的却会是困惑和痛苦，甚或认为先前的影子更为"无蔽"。直到有人拉他走出洞穴，逐渐习惯了阴影、倒影和阳光下的事物，他才会真正走向解放。海德格尔解释说：

① 朱自清．诗言志辨［M］．桂林：广西师范大学出版社，2004：序3.

“在洞穴之外才变得可见的事物，则是构成存在者的真正存在着的东西（das eigentlich Seiende des Seiende）的比喻。”从洞穴内到洞穴外，从火把到阳光，从影子到“真正存在着的东西”，两两相对的叙述揭示了囚徒求“真”的困境，指出了囚徒的困境是人为造成的，从被捆绑到看到火把乃至被强制拉到阳光下，全是人为的结果。只有适应了阳光后，人才“看”到了真实的天地。“太阳光中，生长物和在场着的事物直接显示出自身，而无需通过某种投影的表现。”① “真”有“投影的表现”和“事物直接显示”，唯天地之道向着人的直接显现才是真正的去蔽；然而，语言之所以被海德格尔视为人类诗意栖居的家园，就在于天地自然之道在语言中显现。洞穴中的囚徒，从认识眼前的阴影到认识身后的火把，从火把到洞穴外的阳光，这就是人求真、原道的过程。

在中国传统文化史上，有《荀子》和《淮南子》等篇中的《原道训》，有冯友兰的《新原道》，此外有三篇直接以“原道”为题的文章：刘勰《原道》、韩愈《原道》和章学诚《原道》。此外，《淮南子》首篇为《原道训》，也是一篇“原道”的文字，但秉承的是老庄无为而治的思想，认为“至人之治”就需要“掩其聪明，灭其文章，依道废智”。这与儒家主张天行健君子自强不息的思想不相符。一般来说，谈论“原道”思想时，国人津津乐道的是刘勰、韩愈、章学诚标示的“原道”轨迹，这也是一个生命不息、探求不止的民族奋进的精神旅程。

南朝齐梁时期，君臣皆重文辞修饰，声音华美，沉醉于炫耀知识，至于思想，则是儒释道并重。在这种情况下，刘勰《文心雕龙》始以《原道》，继之以《征圣》《宗经》《正纬》《辨骚》，就是要改变当时华而不实的文风，要求思想上能够重回正轨。刘勰所原之道虽带有《易》道、儒道、老庄之道等诸家糅合的色彩，但其

---

① 海德格尔. 路标［M］. 孙周兴，译. 北京：商务印书馆，2000：246，248.

根本却是儒道。

《原道》谈文与道的关系，其中的“文”有两层含义。“文之为德也大矣，与天地并生”，此句表明刘勰所言之“文”并非现代意义上的文学，而是世间一切存在着的现象。人“为五行之秀，实天地之心”，“心生而言立，言立而文明”。有了人就有了言，有了言而文也就得以明，道因文而明，人则因文而明道。随后刘勰又谈到了文的第二层含义：“言之文也，天地之心哉!”有天地之文，有言之文。天地之文，与天地并生，不待人而存在；言之文则是寄之于人，“原道心以敷章”，即后世所说的文章。“圣因文以明义”，此处之文应包含上述两层意思，即圣人能够观天文察人文而后作文章，以文章阐明自然之道，即因文明道。人和言皆为“天地之心”，人言的目的又是“原道心以敷章”，“心”便是刘勰所努力探求的文以载道的本质规定性。《原道》结尾赞曰：“道心惟微，神理设教。光采玄圣，炳耀仁孝。”① “惟微”的“道心”中，言立而明的是“仁孝”。

韩愈是原道载道思想传承中非常重要的一环。苏轼《韩文公庙碑》评价韩愈说：“文起八代之衰，道济天下之溺。”韩愈发起古文运动，抨击华而不实的前朝文风；崇儒道，排佛老。韩愈的《原道》开篇明义：“博爱之谓仁，行而宜之之谓义，由是而之焉之谓道，足乎己而无待于外之谓德。”② 经由仁义，就能到达道，道不远人，亦不离仁义。在韩愈看来，老子所说的道德则是“外天下国家，灭其天常”，轻视仁义，远离了真正的道德。韩愈与刘勰两个人的两篇《原道》，一脉相承又有所发展。首先，刘勰重在为文道关系寻求本体论依据，而所原之道并非独崇儒家；韩愈完全从儒学出发论述何为道德。就此而言，对道的阐述由宽变窄。其次，刘勰

---

① 王云熙，周锋. 文心雕龙译注［M］. 上海：上海古籍出版社，1998：7.

② 钱伯城. 古文观止新编（上册）［M］. 上海：上海古籍出版社，1988：554.

的《原道》篇以“炳耀仁孝”结尾，而韩愈的《原道》篇则以仁义起笔，韩愈正是在刘勰原道结束的地方继续进行探究，是刘勰原道的延续和深入。再次，刘勰谈“仁孝”而韩愈讲“仁义”。孝侧重的是亲人之间的关系，主要是对父母长辈而言；义则是要求人的行为要宜于礼，重的是人的自我修养及人与人之间的关系。从仁孝到仁义，说明对所原之“道”的阐释在与时俱化。韩愈在推原文所应载之道时，其实也就阐明了道的体用关系，文所载的应该是人之道、常道，而不是迷离恍惚的“非常道”。

清代章学城所撰《原道》，是《文史通义》的总纲，亦将道与仁义忠孝相系。“‘道之大原出于天’，天固谆谆然命之乎？曰：天地之前，则吾不得而知也。天地生人，斯有道矣，而未形也；三人居室，而道形矣，犹未著也；人有什伍而至百千，一室所不能容，部别班分，而道著矣。仁义忠孝之名，刑政礼乐之制，皆其不得已而后起者也。”章学诚对道与人的论述，含有朴素的社会发展思想，将道之“著”归因于社会的发展，“初不出人伦日用之间”。提出了形而上的“道”与形而下的“器”的区别，认为古人是寓道于器，而后人则是即器求道。“夫六艺者，圣人即器而存道。”腐儒则不然，以六艺为道、以典籍为道，实际上是误以器为道。“彼舍天下事物人伦日用，而守六籍以言道，则固不可与言夫道矣。”章学诚扬起实践理性的大旗，重新思考了道、现实生活与文章典籍的关系。道是本体，现实生活是道之形，而文则是存道之器，人不能溺于器而不知道，也不能离开器谈论道。在章学诚看来，文以载道，所载之道在六经，但是却并非出于六经，而是出于现实生活。

从刘勰、韩愈到章学诚，三篇《原道》逐渐将高居天上的道拉回到人间，但“文”始终都被归为“器”“用”而非“体”“道”，没有获得独立的地位。“修其辞以明其道”① “文者以明道”②。文

---

① 韩愈. 韩昌黎文集校注［M］. 上海：上海古籍出版社，1986：113.

② 柳宗元. 柳河东集：下册［M］. 上海：上海人民出版社，1974：542.

是明道之器，不是道。明确提出“文以载道”的是宋朝周敦颐《通书·文辞第二十八》：“文，所以载道也。”宋朝极度发达的理学给了文以载道思想一个辉煌的定位。

道德分为抽象的和实践的两个层面。现实生活中的道德观一旦形成就有相对的稳定性，随着社会时代的变化，特定时代形成的道德观就显得不合时宜，所以需要原道。中国传统文化史上，每次原道思潮的涌现，就意味着一次传统文化的自我纠正和梳理。中华文明连绵不绝几千年，一个重要的原因便在于这种自我的内在调适机制。原道的努力虽然是以抽象的道为旨归，但是载道之文却推崇平实，不重抽象思辨和玄奥艰涩。道不离人，可离非道。原道的目的却是为了人，落脚点在现实生活，在于人的实践。就文学创作来说，载道的经典是《诗经》，《诗经》中的经典是“国风”。体察民情风俗，唯歌生民病，真正的载道文学，皆含有民生之道，欲有益于国家社稷，这也是中国传统文学创作的正宗。

钱锺书在《中国诗与中国画》中说：“中国传统文艺批评对诗和画有不同的标准：论画时重视王世贞所谓‘虚’以及相联系的风格，而论诗时却重视所谓‘实’以及相联系的风格。因此，旧诗的‘正宗’、‘正统’以杜甫为代表。”① 中国画也追求“意在笔先”，尚写意的南宗画最受推崇，写实之画则被视为俗。写意追求的是神似，写实讲究实录。中国传统文学创作也有写意和写实的差别。刘师培指出文字有实写和形容之别，有写实传神二种，如《史记》《汉书》《孔雀东南飞》等皆为写实的代表。“就史书而论，《史》《汉》之所以高出于后代者，即在其善于写实。故每记一事，则经过之曲折，纤细不遗；记战争则当日之策画了如指掌。”② 写人则“当时说话之声容情态亦跃然纸上”。惟妙惟肖不加文饰，其实就是

---

① 钱锺书．七缀集［M］．上海：上海古籍出版社，1985：22.

② 陈引驰．刘师培中古文学论集［M］．北京：中国社会科学出版社，1997：138.

现实主义所追求的细节的真实。杜甫的诗被誉为“诗史”，杜甫则被后人称为“诗圣”，是唐朝伟大的现实主义诗人，他创作的《三吏》《三别》等著名诗篇，皆是当时社会生活的真实写照。杜甫的写实努力，延续的是中国诗歌采风的传统，他追求的是“致君尧舜上，再使风俗淳”（《奉赠韦左丞丈二十二韵》）。杜甫之所以是现实主义的大诗人，而不是写实工匠，在于其诗中有“传世之心”，诗作都是诗人心怀黎庶、忧国忧民的思想写照。论诗崇“实”，而以杜甫为“正统”，中国古代文学所推崇的创作精神与方法在本质上就是现实主义的。

载道原道的文学观，不可避免地取消了文学的独立性。对于文学自身的发展来说，就构成了需要跨越的樊篱。陆机的《文赋》、刘勰的《文心雕龙》，已经开始有意识地将文学之文与经史分开，但真正强调文的独立品格，要求文摆脱“有用”之束缚的，是在明朝。袁枚就曾说过：“文之佳恶，实不系乎有用与无用也。……推究作者之心，都是道其所道，未必果文王、周公、孔子之道也。夫道若大路然，亦非待文章而后明者也。”① 文的独立品格得到越来越深刻的认识和强调。文学真正摆脱附庸地位，获得自身独立的品格，始自“五四”新文化运动。

胡适倡导文学要“言之有物”。“吾所谓‘物’，非古人所谓‘文以载道’之说也。”② 否定文以载道的传统观念。陈独秀随后回应说，“文以载道”之说“以文学为手段为器械，必附他物以生存。窃以为文学之作品，与应用文学作用不同，其美感与伎俩，所谓文学美术自身独立存在之价值，是否可以轻轻抹杀，岂无研究之余地?”③ 又说：“文学本非为载道而设，而自昌黎以讫曾国藩，所

---

① 袁枚．袁枚全集：第 2 册［M］．南京：江苏古籍出版社，1993：322.

② 胡适．文学改良刍议［J］．新青年，1917，2（5）：1－11.

③ 陈独秀．答胡适之（文学革命）［M］//陈独秀．独秀文存．上海：亚东出版社，1927：18.

谓载道之文，不过钞袭孔孟以来极肤浅、极空泛之门面语而已。”① “五四”新文化运动引进西方现代思想，强调文学的本体地位，文以载道的传统思想成了20世纪新式知识分子批判的对象。可以说，“新文学运动是在推翻‘文以载道’旧传统的凯歌声中启幕的。”② 批判传统的文学观，求文的解放，最初的缘起也是想要以文学感动人心，以期能够移风易俗，而最有助于实现这一目标的，则是小说，这就要求转变文学的观念，赋予文学更为广阔的发展空间。“以前的所谓文学，差不多只限于诗古文辞的；到了这个时期，一向看做小道末技的小说词曲，乃至民间流行的所谓鄙俗歌谣，下等小说，都要把它同登文学的大雅之堂，各各还它一角应有的地位了。”③ 随着现代文学观念的产生，不仅为20世纪中国文学的发展建构起崭新的发展平台，也重构了中国古代文学发展史的脉络框架。

文学独立性的强调，纯文学观念的倡导，必然会催生象牙塔里的纯粹艺术，这是文学艺术发展的必然趋势。然而，纯文学观念发展到一定阶段的时候，也必然会出现新的反动，曾经备受批判的文以载道思想，不时地通过各种方式和途径被重新召唤回来。从古到今，文以载道的观念，在否定之否定的过程中完成了自身的新发展。文以载道观的新发展，主要表现在两个方面的努力。首先，重新定义“文学”，打破纯文学观的束缚，走向开放的大文学观；其次，重新界定“道”的观念，赋予“道”新的精神内核。

钱基博《现代中国文学史》开篇讲述文学的定义，指出狭义的文学就是美的文学，即情感丰富而不必合于义理，形式上讲究音韵铿锵，“殆韵文之专利品耳”！文学的范围缩小了。“持此以衡，虽唐宋韩、柳、欧、苏、曾、王八家之文，亦不得以厕于文学之林；

---

① 陈独秀. 文学革命论［J］. 新青年，1917，2（6）：31－32.

② 司马长风. 中国新文学史：上卷［M］. 香港：昭明出版社，1980：5.

③ 陈炳堃. 最近三十年中国文学史［M］. 上海：上海太平洋书店，1930：2.

以事虽出于沉思，而义不归乎翰藻；盖以立意为宗，不以能文为本者也。”钱基博不赞成狭义的文学观，主张广义的文学观，即“文学者，述作之总称，用以会通众心，互纳群想，而表诸文章，兼发智情”。在强调文学独立性的现代，钱基博却强调广义的文学观，实则重新思考文之价值和意义。文学，重要的不是玩弄音韵、炫耀翰藻，而是有所为。钱基博在为《现代中国文学史》所撰跋中，曾沉痛地说：“独章太炎革命之文雄，而自始于革命有过虑之谈，长图大念，不自今日。然而论者徒矜其博文，罕体其深识。”① 庄子要人能得鱼而忘筌得意而忘言，在钱基博的眼里，现代的论者则反之，得言而忘义，斤斤于革命家留下来的雄文，反倒忽略了其革命“深识”。只从技艺方面谈论文学，忽略了“道”，也不是文学发展的正确道路。

“五四”后的文学本质上也还是载道的文学，与传统载道文学不同的只是所载之道不同，载道的方式和表现途径各不相同罢了。茅盾曾经指出：“五四”的时候文学要表现人生，言个人之志；20世纪20年代流行的则是“文学是宣传”，“新文学拿新思潮做泉源，新思潮要借新文学做宣传”②。到了20世纪30年代，文以载道重新成为现代知识分子们肯定的思想概念。郭沫若在《文学革命之回顾》中说：“古人说‘文以载道’，在文学革命的当时虽曾尽力的加以抨击，其实这个公式倒是一点也不错的。道就是时代的社会意识。在封建时代的社会意识是纲常伦教，所以那时的文所载的道便是忠孝节义的讴歌。近世资本制度时代的社会意识是尊重天赋人权，鼓励自由竞争，所以这时候的文便不能不来载这个自由平等的新道。这个道和封建社会的道根本是对立的，所以在这儿便不能不

---

① 钱基博．现代中国文学史［M］．北京：上海古籍出版社，2011：393.

② 茅盾．为新文学研究者进一解［M］//茅盾．茅盾全集：第十八卷　中国文论一集．北京：人民文学出版社，1989：38.

来一个划时期的文艺上的革命。”① 郭沫若的这段话承继了文以载道思想，只是强调文学革命时代的文艺所载的应是“自由平等的新道”。新中国成立后，郭沫若的文艺思想转变更大。“古书说：‘文以载道。’道，就是思想。古有古的思想，现在我们是社会主义思想，虽然思想不同，但是在文章里都要有思想。‘诗言志’也是这个意思。没有思想内容，就不成为文章。”② “古人说‘文以载道’，用现在的话说，写文章就是表达思想。所以思想是‘文’的骨干和核心，关系很重大。”③ 早期的郭沫若追求为艺术而艺术，革命文学转向后的郭沫若强调文艺的社会功能，新中国成立后的郭沫若则将文学视为传达思想的工具。郭沫若文艺思想的转变，不是个案，而是大部分中国现代知识分子的典型代表。如果将视线再延长一些，以 21 世纪的国学热反观批判国粹的“五四”新文化运动，就会发现历史的发展在某种程度上正如不断自我否定的郭沫若，在否定之否定的过程中碰见了以前的自己。这不是倒退，也不是简单的复归，而是社会发展到一个新的阶段，能够自信地面对传统文化，谦卑却又强势地拿中西文化传统中一切有益因素发展强大自身的必然结果。

文以载道思想的复归，一方面说明了传统思想的影响至为深远，延绵不绝；另一方面也说明文（文学）道（思想）不可能完全分离。此外，也说明随着社会时代的变迁，对于“道”的本体认知，也在与时俱变，一旦不再将孔孟思想视为道，而是归道于本体，所有的圣贤之道、时代思想与个人情感，无不是道之本体的显

---

① 郭沫若．文学革命之回顾［M］//郭沫若著作编辑出版委员会．郭沫若全集：文学编　第十六卷．北京：人民文学出版社，1989：86.

② 郭沫若．关于红专问题及其他［M］//郭沫若著作编辑出版委员会．郭沫若全集：文学编　第十七卷．北京：人民文学出版社，1989：270.

③ 郭沫若．关于文风问题答《新观察》记者问［M］//郭沫若著作编辑出版委员会．郭沫若全集：文学编　第十七卷．北京：人民文学出版社，1989：141.

化。朱光潜说："如果释'道'为狭义的道德教训，载道就显然小看了文学。文学没有义务要变成劝世文或是修身科的高头讲章。如果释'道'为人生世相的道理，文学就决不能离开'道'，'道'就是文学的真实性。志为心之所之，也就要合乎'道'，情感思想的真实本身就是'道'，所以'言志'即'载道'。"① 由此言道，文以载道天经地义。但是，朱光潜的理解带有浓郁的学者气，对"道"的诠释带有开放性，显然不是延安以来新文学传统的主流思想。如果说"五四"反对文以载道，以思想、人生替代道，是将"道"从一家一姓的思想中解放出来，使道重归天地，还文学以自由；那么，文以载道思想从隐到显逐步归来，显示的则不仅仅是重新释"道"的努力，而是"道"的诠释重新成为某些集团的特权，文以载道所载的既是由这些集团所诠释的道，也是这些集团自身的利益和心声。

新旧文学之争，总会在社会发展的某个阶段出现，文与道的阐述也总在与时俱变，不变的则是真正的文人心中怀抱的使命感和责任感。毛泽东在《新民主主义论》中说："中国的长期封建社会中，创造了灿烂的古代文化。清理古代文化的发展过程，剔除其封建性的糟粕，吸收其民主性的精华，是发展民族新文化提高民族自信的必要条件。"因此，"我们必须尊重自己的历史，决不能割断历史。但是这种尊重，是给历史以一定的科学的地位，是尊重历史的辩证法的发展，而不是颂古非今，不是赞扬任何封建的毒素。对于人民群众和青年学生，主要地不是要引导他们向后看，而是要引导他们向前看"②。古代文化中，"民主性的精华"主要就体现在富有现实主义精神的创作中。发掘传统文道观中的现实主义因素，弘扬现实主义的战斗精神，就是要在吸收传统文化精华的基础上，寻求民族文化继续发展的路径。

---

① 朱光潜．文学与人生［M］//朱光潜．朱光潜全集：第四卷．合肥：安徽教育出版社，1988：162．

② 毛泽东．毛泽东选集：第二卷［M］．北京：人民出版社，1991：695．

第二节 立意为宗：为文必先有可以传世之心

《庄子》之《天道》篇有云：“世之所贵道者书也，书不过语，语有贵也。语之所贵者意也。”突出了“意”的核心地位和价值。篇末叙述齐桓公读书的故事，轮扁对齐桓公说，自己斫轮数十年，“有数存焉于其间”，却无法将心得教给孩子，个中真意难以言说。轮扁以自己为例，说明书不能尽传古人真意，从书中读到的只是“古人之糟魄”。《外物》篇又云：“荃者所以在鱼，得鱼而忘荃；蹄者所以在兔，得兔而忘蹄；言者所以在意，得意而忘言。”① 庄子辩证思考了语言和思想的关系，意在阐明道之不可说，客观上开启了中国传统文论言意之辩的先河。晋代陆机《文赋·序》：“每自属文，尤见其情，恒患意不称物，文不逮意。”② 在言意关系的认知上，儒道各家颇有相通之处，皆尚实重用，排斥机巧。传统国人对言（文）、意、物（道）关系的思考，大都走向以意为先、意为体而言为用的结论，有着将“言”和“文”器具化的倾向。

“立意为宗”见于萧统的《文选序》，就是专门用来谈论老庄之文的。“若夫姬公之籍，孔父之书，与日月俱悬，鬼神争奥，孝敬之准式，人伦之师友，岂可重以芟夷，加之剪截？老庄之作，管孟之流，盖以立意为宗，不以能文为本，今之所撰，又以略诸。若贤人之美辞，忠臣之抗直，谋夫之话，辨士之端，冰释泉涌，金相玉振。所谓坐狙丘，议稷下，仲连之却秦军，食其之下齐国，留侯之发八难，曲逆之吐六奇，盖乃事美一时，语流千载。概见坟籍，旁出子史，若斯之流，又亦繁博，虽传之简牍，而事异篇章，今之所集，亦所不取。至于记事之史，系年之书，所以褒贬是非，纪别

① 陈鼓应．庄子今注今译［M］．北京：中华书局，1983：356，725.

② 陆机．文赋集释［M］．北京：人民文学出版社，2002：1.

异同，方之篇翰，亦已不同。若其赞论之综缉辞采，序述之错比文华，事出于沉思，义归乎翰藻，故与夫篇什，杂而集之。”① 萧统在这段序文中明确了自己的选文标准：“事出于沉思，义归乎翰藻”。“翰藻”即文采、辞藻，是语言文字上的推敲锤炼，主要表现在对偶、修辞、音韵、用典等方面。谈到为何不选老庄管孟时，萧统说：“盖以立意为宗，不以能文为本。”庄孟之文，汪洋恣肆，放在今天，都是“能文”的典范，但是若以“韵文”相绳，就被认为不能“归乎翰藻”。“立意为宗”并非萧统《文选》的核心思想，亦非选录文章的标准。后来，“立意为宗”多被用于谈创作，成了传统文论中非常重要的概念。

从创作的角度理解立意为宗，意被视为主脑、帅、总纲。清朝王夫之在《姜斋诗话》中说：“无论诗歌与长行文字，俱以意为主。意犹帅也。无帅之兵，谓之乌合。”笺曰：所谓意，笼统一点说就是作者赋予作品的思想内容，而且是具体形式的活的思想，而不是借助于形象、词采、故实等类来宣讲、阐释外在的某种道理、某种议论，其中包含着王夫之对内容和形式的辩证理解。② 曹雪芹《红楼梦》第48回，叙述香菱进大观园，要跟林黛玉学诗。林黛玉教她平仄对仗之法，告诉她“若是果有了奇句，连平仄虚实不对都使得的”。香菱听后大悟，明白规矩可破，“只要词句新奇为上”。林黛玉补充说：“词句究竟还是末事，第一是立意要紧，若意趣真了，连词句不用修饰，自是好的：这叫做‘不以词害意’。”③“不以词害意”语出《孟子·万章上》，原话是：“故说诗者不以文害辞，不以辞害志。以意逆志，是为得之。”④ 孟子谈的是

① 萧统. 文选［M］. 李善，注. 上海：上海古籍出版社，1986：文选序2－3.

② 王夫之. 姜斋诗话笺注［M］. 北京：人民文学出版社，1981：47.

③ 曹雪芹. 红楼梦［M］. 北京：中华书局，2014：647.

④ 孟子［M］. 万丽华，蓝旭，译注. 北京：中华书局，2006：203.

《诗经》的阅读诠释问题，与创作不同。林黛玉从创作论的角度，强调立意的重要性。香菱先写成一首咏月诗，送给林黛玉看，林黛玉认为意思有而措辞不雅；香菱重新创作的诗篇，林黛玉又觉得过于穿凿，还得另作；为作诗而茶饭不思的香菱，终于在梦中得到一首好诗，大观园里的众人都以为新巧有意趣。香菱作诗的经过，基本上就是林黛玉“立意”主张的实践，既证实了“立意”的重要性，同时也说明“立意”并不是对某种外来思想观念的演绎，新巧而有趣味的“立意”需要创作者的苦苦探寻甚或迷狂才有可能出现。

意从音从心，就是发自内心的声音。《大学》有言：“欲正其心者，先诚其意。”朱熹解释说：“心者，身之所主也。诚，实也。意者，心之所发也。实其心之所发，欲其必自慊而无自欺也。”① 正心诚意，客观来说原因可能有三：性可善可恶，故而需要正心诚意以便使之向善发展；性本善，只是被蒙蔽了，故而需要正心诚意恢复其光明；性本恶，欲使其向善，故要正心诚意以便改之。无论持何种观点，皆有某种相通之处，即相信人心人性可以改变。人心人性可以向善也可以向恶，正心诚意就要使人向善，诚实不自欺。

清朝李渔在《闲情偶寄》之《戒讽刺》篇中指出：文人手中的笔也能杀人，作文不可不谨慎。创作传奇的人，应存忠厚之心，劝善惩恶，使人知所趋避。也就是说，作文立意要引人向善，富有正能量。随后，李渔提出：“凡作传世之文者，必先有可以传世之心。”所谓“可以传世之心”，不是指传世的决心，而是指文章的思想内容有传世的资格。“传非文字之传，一念之正气使传也。”② 文字是载体，真正能够“传世”的，不是华丽的文辞，而是蕴藉其中的“正气”。文天祥《正气歌》曰：“天地有正气，杂然赋流形。下则为河岳，上则为日星。于人曰浩然，沛乎塞苍冥。皇路当清

① 朱熹. 四书章句集注［M］. 济南：齐鲁书社，1992：1－2.
② 李渔. 闲情偶寄［M］. 长春：时代文艺出版社，2001：10.

夷，含和吐明庭。时穷节乃见，一一垂丹青。”①“正气”也就是孟子所说的浩然之气。浩然之气是正义在内心长期积累而来，如果一个人的所作所为不能够心安理得，浩然之气就会衰竭。心安理得也就是朱熹所说的“实其心之所发，欲其必自慊而无自欺也”，即正心诚意。

有“可以传世之心”和“正气”的书，李渔列举的有四书五经、《左传》、《国语》、《史记》和《汉书》。萧统因“立意为宗”不选的孟子，李渔则将其视为有“可以传世之心”的“传世之文”。与萧统相比，李渔更注重文章的社会功用，以及创作与现实生活的关联。在《戒荒唐》中，李渔剖析了两种文字：平易之文与荒唐之文。他认为人情难尽，平常生活中自有变化无穷之事，如果提笔就是魑魅魍魉，叙事动辄活人见鬼，“事涉荒唐，即文人藏拙之具也”。从创作者自身的才华着手，强调平易之文最难写，能力不足的文人才喜欢写荒唐，以便掩盖自身的无能。又从创作流传的角度强调写日常生活的意义。“凡说人情物理者，千古相传；凡涉荒唐怪异者，当日即朽。”又以志怪之书《齐谐》作为反证，指出“当日仅存其名，后世未见其实”②。从取材到流传，李渔其实谈到了“可以传世之心”的平易性，即不能是一家一姓之言，不应该是少数人的品质，而应该是日常生活中普通人所能拥有的。

具有“可以传世之心”，并不意味着文章就一定会是“传世之文”。“传世之文”可以有两种解释：一是世世代代相传之文，一是当世流行之文。李渔所推崇的四书五经及国史，都是世世代代相传之文，也就是人们常说的经典。此外，还有某个时代流行之文，对于那种只能流行当世的文章，李渔的评价不高。以传世经典的高度要求创作，这是古代知识分子精英意识的表现。到了 20 世纪，梁启超等人倡导小说，着眼点也是平易和流行，对于“传世”的要

---

① 文天祥．文山先生全集［M］．上海：世界书局，1936：375.

② 李渔．闲情偶寄［M］．长春：时代文艺出版社，2001：24.

求却是首重“当世”。严复谈到小说和国史时说：“其具五不易传之故者，国史是矣，今所称之‘二十四史’俱是也；其具有五易传之故者，稗史小说是矣。”① 康有为指出：“仅识字之人，有不读‘经’，无有不读小说者。”“宋开此题，通于俚俗，故天下读小说者最多也。启童蒙之知识，引之以正道，俾其欢欣乐读，莫小说若也。”② 从李渔到康有为，都要求创作有益于世道人心，“传世”不为求得个人利益或名声，而是意在觉世醒世。

要求创作在当下社会生活中就能产生巨大的影响，这就带有较为明显的功利性；若是追求创作能够超越具体的时代，成为流传久远的经典，就要超越狭隘的功利性。功利性和超功利性，其实都是“传世之心”。如何获得“传世之心”或者说“正气”？从儒家传统文化的角度来说，就是修身养性。《大学》明确地将个人的品德修养视为治国平天下的根本。“自天子以至于庶人，壹是皆以修身为本。”修身是儒家文化思想的核心，是本，余者为末，本修然后末治。修身自然也就有了“传世之心”或者说“正气”。《论语·宪问》中孔子说：“有德者必有言。”③ 修身以“明明德”，有德则必有言，言立而文明。德在文先，李渔倡导的“必先有可以传世之心”，实际就是要求作文须先学做人。

对“必先有可以传世之心”的理解，有两种：第一种，文章中应有“可以传世之心”；第二种，创作者自身应该具有“可以传世之心”。虽然有文如其人、风格即人的说法，但正如钱锺书所说，文亦不必如其人。巨奸亦能为忧国语，热中人也可作冰雪文。有的人甚或有多种性格面相：“见于文者，往往为与我周旋之我；见于

① 严复. 本馆附印说部缘起［N］. 国闻报，1897-10-18.

② 康有为. 识语［M］//康有为. 日本书目志. 上海：大同译书局，1897：106.

③ 论语［M］. 张燕婴，译注. 北京：中华书局，2006：205.

行事者，往往为随众俯仰之我。皆真我也。”① 皆“真我”，却并不都可以成为传世之作的“传世之心”。德国著名作家歌德就是典型案例，作为文豪的歌德为文以传世之心作传世之文，作为魏玛公爵的歌德则随众俯仰，两个歌德同为一人。对于作者，不必求全责备，不能以随众俯仰的歌德，否定创作《浮士德》的歌德。在中国社会最为动荡的一段时间里，鲁迅在北京教育部任职。袁世凯复辟他在教育部工作，张勋复辟他也在教育部工作，段祺瑞执政时期他还在教育部工作，作为公务员的鲁迅有时难免随众俯仰，但是同样不应该以此否认文学鲁迅的伟大。歌德和鲁迅的伟大不是因为性格中的多种面相，而是他们的传世之作中寄寓有传世之心。

文章中的“传世之心”，终究也还是创作者赋予的。创作者自身没有的，就不可能凭空表现在创作中。孟子主张人人皆可以为尧舜，这只是说普通人存在成为尧舜的可能性，却不等于每个人就是尧舜。生活在现实当中，带着沉重的肉身艰难前行，总免不了经受挫折、穷困与厄运，再坚强的人也免不掉有时会犹豫、沮丧，有些经受不住考验的人就此沉沦。伟大的人物之所以伟大，就在于他们总是能够从泥淖中奋起，将困境变成自己心志成长的垫脚石。明德有层次，修身有差异，这是客观事实。“有德者必有言”，从这句话还可以衍生出：有什么样的德就有什么样的言。修身明德的层次，决定了言的价值和品位。唐朝韩愈说：“古之立言者，则无望其速成，无诱于势利，养其根而竢其实，加其膏而希其光。根之茂者其实遂，膏之沃者其光晔。仁义之人，其言蔼如也。”② 对于德言决定论者来说，创作归根结底还是一个修身问题。左翼文学兴起后，修身明德这套话语渐渐被撇弃了，换了一种说法，称之为作家的世界观人生观改造。1949 年中华人民共和国成立，原来的一些老作家不能适应新形势的变化，各种检讨和批评文字中聚焦的也就是思

---

① 钱锺书．谈艺录［M］．北京：中华书局，1984：164.

② 殷孟伦，杨慧文．韩愈散文选注［M］．上海：上海古籍出版社，1986：31.

想跟不上革命形势的发展。直到“文化大革命”结束为止，新中国成立后 30 年的时间里，当代文坛最重要的一项任务便是作家们的世界观人生观改造。其实这便是新的德言决定论。

王国维《人间词话》开篇说：“词以境界为最上。有境界则自成高格，自有名句。五代、北宋之词所以独绝者在此。”谈的是文学作品中的境界，但亦可视为作品中蕴含的创作者的境界，是德言决定论的另一种说法。从境界说看中国传统文学，《陋室铭》《爱莲说》《岳阳楼记》《正气歌》，无不是“有境界则自成高格”，皆有与之相匹的“传世之心”。王国维虽然主张“有境界则自成高格”，但是同时也提出“境界有大小，然不以是而分优劣”，认为诗句“细雨鱼儿出，微风燕子斜”境界小，诗句“落日照大旗，马鸣风萧萧”境界阔大，但两者相比不分优劣。

中国向来是一个集体主义社会，推崇个人为集体社会的牺牲和奉献。为公的，境界就大；为私的，境界就小。思想境界的大小，往往与人格的评价相联系。境界小的，思想层次就低；境界高的，思想层次就高。高就是好，低就是不好。道德评价在集体主义社会里尽可能绑架了能够绑架的东西，文学创作的优劣、个人存在的价值等，都被放在道德的价值平台上给予评估。从孔孟思想引申出来的文道决定论，强化了文的器具性，催生了一批黄钟大吕似的绝妙好辞，同时也束缚了文的发展。从创作者修身明德的角度论文，这是一柄双刃剑。若是修身明德源于创作者主体内在的主动要求，意生内而形之于文，自然有益于创作；若是“立意”不是源于修身明德，而是需要完成的某种政治任务，丧失了心中那股浩然正气，创作也就成了无源之水。道德本是为人的，是人类文明发展的标志，结果却造成了人的异化。

文章立意不可能不考虑道德问题，传世之心终归还是在世界之中。不能因为道德的异化、僵化等诸多弊端就要抛弃道德，在没有更好的替代品出现之前，应该考虑的是如何弥补德言决定论的弊端。王国维在《人间词话》中，其实就做了多元化评价体系建设的尝试。他一方面强调有境界自成高格，一方面又强调境界有大小却不能以大小分优劣。他将价值论从传统的境界层次中剥离出来，主张超功利的文学观，强调文学的独立性，在中国最早提出了纯文学的观念。又从创作者的角度，将诗人分为“客观之诗人”和“主观之诗人”两类。“客观之诗人，不可不多阅世。阅世愈深，则材料愈丰富，愈变化，《水浒》《红楼梦》之作者是也。主观之诗人，不必多阅世。阅世愈浅，则性情愈真，李后主是也。”① 《水浒传》《红楼梦》的立意，在于其思想性；李煜诗歌创作的立意，则在于其真性情。王国维“客观之诗人”与“主观之诗人”的提法，将阅世深与性情真并列，探究了道统之外评价文章“立意”高低的可能性。德本不离性；天命之谓性，率性之谓道。性情与思想（品德）同源，性情崇天然去雕饰，思想（品德）以尧舜为高标。前者强调返璞归真，以赤子童心为贵；后者倡导修身养性，以大人君子是尚。“诗难其真也，有性情而后真。”② 袁枚、李贽等人皆以诗有真性情为重。以赤子童心为贵，崇尚性情真，则修身为明心见性，赤子童心便是真性情，贾宝玉、林黛玉是真性情，然而这样的真性情离内圣外王的传统人格追求实则越来越远。赤子童心与内圣外王，在真的追求上是相通的，在明德见性上也是相通的，但在现实生活中的表现则南辕北辙。

王国维推崇真性情，主张文学是“游戏的事业”，避免将文学视为干禄求荣之工具，排斥餔餟的文学，却并不是要求文学成为象牙塔里的艺术，而是要将文学从庸俗琐屑的现实生活中解放出来，使文学创作重新获得明心见性、真正走入生活深处的能力。王国维强调真正的大诗人不会拘囿于一己之情感，而是谋求人类全体共通的情感表达。“尼采谓：‘一切文学，余爱以血书者。’后主之词，真所谓以血书者也。宋道君皇帝《燕山亭》词亦略似之。然道君不

---

① 王国维．人间词话［M］．上海：上海古籍出版社，1998：1，4．

② 袁枚．随园诗话［M］．长春：时代文艺出版社，2001：192．

过自道身世之感，后主则俨然有释迦、基督担荷人类罪恶之意，其大小固不同矣。”① “血书”，就是现实主义的创作精神，也就是真性情的表露，人民的心声。“古民之心声手泽，非不崇大。”“心声”就是内心的声音。鲁迅认为：“人文之留遗后世者，最有力莫如心声。”传统留给我们的，并非不好不够“崇大”。“然呼吸不通于今”，长期以来，伪诈横行，古道流失，“心声”已泯，“恶声”四溢。若要重新激活传统，首先要去“恶声”，“别求新声于异邦”。鲁迅的设想是介绍摩罗诗人于国人，摩罗诗人就是“立意在反抗，指归在动作，而为世所不甚愉悦者”②。鲁迅希冀以异邦“新声”“撄人心”，启发国人“内曜”，从而唤醒古老中华固有之“血脉”，重塑高尚的灵魂，再造文明。

20 世纪前半叶是中国社会由传统向着现代转型的关键时期。中西文明的优劣差异更是为国人热烈地讨论着，人们希冀在古今中外的对比甄别中选择中国未来的发展道路。宗白华曾在给郭沫若的信中说：“中国的学说思想是统一的、圆满的，一班大哲都自有他一个圆满的人生观和宇宙观。所以，不再有向前的冲动，以静为主。”认为“东方的精神思想可以‘静观’二字代表之”，“这种东方的‘静观’和西方的‘进取’实是东西文化的两大根本差点”。然后提出中国在国门大开之后，欲静不得静，不能不走向“动”的“进取”的文化，“以重建我们文化的基础”。这种中静西动的文化观，不为郭沫若所接受，郭沫若在回信中说：“我国的传统思想，依我所见，是注重现实、注重实践的。”认为中国文明与希腊文明一样，皆如尼采所说，“乃是一种动的 Dionysus（酒神）的精神祈

① 王国维. 人间词话［M］. 上海：上海古籍出版社，1998：5.

② 鲁迅. 摩罗诗力说［M］//鲁迅. 鲁迅全集：第一卷. 北京：人民文学出版社，2005：65－68.

求的一种静的 Apollo（太阳神）式的表现”[①]。郭沫若并没有否认中国文化中有静的一面，强调的却是中国传统文化中本就存在一种动的精神，这种动的和反抗的精神是有待激发的固有之“血脉”。

郭沫若强调中国传统文化中自有“注重现实”的精神，也是一种“进取”的文化，但是郭沫若的这些思想在现代中国却并没有得到重视。朱自清在为《中国新文学大系·诗集》撰写的“导言”中评价郭沫若时说：“他的诗有两样新东西，都是我们传统里没有的：——不但诗里没有——泛神论，与二十世纪的动的和反抗的精神。”[②] 在朱自清的思想里，“动的和反抗的精神”被视为20世纪的产物，也就是现代社会的产物，自然也就与中国悠久的历史无关。中与西、传统与现代的二分法，是现代中国快速转型的逻辑基点。郭沫若诗中“动的和反抗的精神”被视为西方的、现代的，至于其与中国传统文化可能存在的联系则被有意无意忽略了。这也是一种文化的偏执。其实，对于鲁迅、郭沫若、闻一多和朱自清等现代知识分子们来说，他们都是爱国者，也都热爱中国的文化传统。正如艾青所说：“假如我们不理解或不爱护自己民族的文化，我们怎能是爱国主义者呢?”[③] 拒绝朽腐的传统，挖掘传统中现实的反抗的精神，这些都是爱护传统的行为，只是爱的方式各不相同，却都殊途而同归。这些优秀的现代知识分子，也都是学术大师，他们对待中国文化传统，绝不像后来的“愤青”那般简单粗暴。唯其站得高，故看得远；思想境界高，言谈往往别有深意。

---

① 田寿昌，宗白华，郭沫若. 三叶集［M］. 合肥：安徽教育出版社，2000：122，128.

② 朱自清. 中国新文学大系：诗集［M］. 上海：上海良友图书印刷公司，1935：5.

③ 艾青. 诗的形式问题：反对诗的形式主义倾向［J］. 人民文学，1954（3）.

第三节 拒绝选读：传统现实主义战斗精神的发掘

中华文化源远流长，从理论上来说，所有精神文明的建设成果都是中国文化传统必然的构成因子。传统始终“在”那里，并以自然自在的形式存在，不以后来人的主观意志为转移。但是人们对于传统的认知和梳理，却是人见人殊，各种学术论著中呈现出来的文化文学传统，都是众说纷纭难定一端。换言之，文学传统与其他传统一样，都存在两种意义上的传统：自然自在的传统和被人叙述出来的传统。自然自在的传统处于遮蔽状态，对其进行的叙述和言说则是一种去蔽，但是遮蔽与去蔽终归只能是一种相对的说法，叙述和言说的目的虽然是去蔽，力图使自然自在的传统清晰地呈现出来，但是去蔽的言说与叙述，必然会因为线性的叙述而对原生态的存在进行选择，结果便是在使被言说的对象清晰化的同时也使得其周边的存在被遮蔽。就此而言，传统的言说和叙述，就是一个不断地建构和解构的过程，也是一个去蔽—遮蔽—再去蔽的螺旋式前进的过程。

1935 年 12 月，朱光潜在《中学生》杂志第 60 期上发表了一篇文章《说“曲终人不见，江上数峰青”》，这是他读完夏丏尊来信后所写的。夏丏尊在信中说：“近来颇有志于文章鉴赏法。昨与友人谈起‘曲终人不见，江上数峰青’，这两句大家都觉得好。究竟好在何处？有什么理由可说：苦思一夜，未获解答。”朱光潜认为：“曲终人不见”所表现的是消逝，“江上数峰青”所表现的是永恒。可爱的乐声和奏乐者虽然消逝了，而青山却巍然如旧，永远可以让我们把心情寄托在它上面。这种由“消逝”到“永恒”的过程，让读者经历了一次从无所依赖到有所寄托的情感体验。从“永恒”出发，朱光潜纠正了以往把钱起的诗理解为凄凉寂寞的读法，认为它的根本妙处在于“醇朴”和“静穆”：“艺术的最高境界都不在热烈。就诗人之所以为人而论，他所感到的欢喜和愁苦也许比常人所感到的更加热烈。就诗人之所以为诗人而论，热烈的欢喜或热烈的愁苦经过诗表现出来以后，都好比黄酒经过长久年代的储藏，失去它的辣性，只剩一味醇朴。”“懂得这个道理，我们可以明白古希腊人何以把和平静穆看做诗的极境，把诗神阿波罗摆在蔚蓝的山巅，俯瞰众生扰攘，而眉宇间却常如做甜蜜梦，不露一丝被扰动的神色?”又说：“‘静穆’是一种豁然大悟，得到归依的心情。他好比低眉默想的观音大士，超一切忧喜，同时你可以说它泯化一切忧喜。这种境界在中国诗里不多见。屈原、阮籍、李白、杜甫都不免有些像金刚怒目，愤愤不平的样子。陶潜浑身是‘静穆’，所以他伟大。”①

朱光潜的“静穆”说很快就引来了鲁迅的点名批评，指责朱光潜对中国诗人的相关论说是断章取义的“摘句”，并从艺术史的角度来谈“静穆”的审美判断并不可靠。“但以现存的希腊诗歌而论，荷马的史诗，是雄大而活泼的，沙乎的恋歌，是明白而热烈的，都不静穆。”对于朱光潜特意举出的“眉宇间常如做甜蜜梦”的诗神阿波罗，鲁迅也提出了截然相反的看法：“至于亚波罗之在山巅，那可因为他是‘神’的缘故，无论古今，凡神像，总是放在较高之处的。这像，我曾见过照相，睁着眼睛，神清气爽，并不像‘常如作甜蜜梦’。”最后，鲁迅提出了自己的意见：“我总以为倘要论文，最好顾及全篇，并且顾及作者的全人，以及他所处的社会状态，这才较为确凿。要不然，是很容易近乎说梦的。”②

金绍先 1941 年夏天拜访朱光潜，就“静穆”受到鲁迅批评一事进行了沟通。朱光潜承认，那是他所受的一次最尖锐的公开批

---

① 朱光潜. 朱光潜全集：第八卷［M］. 合肥：安徽教育出版社，1993：393－397.

② 鲁迅. 鲁迅全集：第六卷［M］. 北京：人民文学出版社，2005：439－444.

评。“鲁迅文章中的一些措词用语表明，他本人并没有把他的意见仅仅局限于文学批评的范围，况且对鲁迅先生的为人为文我很了解，为避免陷入一场真正的笔战，因此我决定沉默。”朱先生说：“我坚持认为，审美应当是超功利的纯粹的感性活动，一旦人们把各自不同的利害判断掺入其中，他们就不是在审美了。所以严格来说，这不是一个审美差异性的问题，而是是否属于审美的问题。”朱光潜对钱起和陶渊明诗句的理解，首先是他在“直觉说”中反复申说的“形象的直觉”，他专注于“曲终人不见，江上数峰青”和“采菊东篱下，悠然见南山”两句诗本身所传达的意蕴，而不像鲁迅那样考虑诗的其他诗句、考虑诗人及其周围的环境。如果说鲁迅不放开“何时、何地、何故”，那么朱光潜就是放开了“何时、何地、何故”而聚精会神于“何”本身，这是观察角度的差异。此外，朱鲁的分歧，还有观察距离的不同，鲁迅强调的“何时、何地、何故”实际上是消除时空区隔，还原古人，把古人当作历史客观存在去研究，而朱光潜坚持只有拉开一段距离去看，忽略事实的牵绊而专注于独特的意象，才能领略其“美感”。理解了这一点，就不难明白为什么朱光潜能够毫无顾虑地专注于钱起和陶渊明诗句中的“静穆”而从未考虑过“片面”之失，而鲁迅却摆出钱起诗的全篇和陶渊明那些“金刚怒目”的诗，正是因为前者强调“距离”，后者强调“真实”，至于“距离”和“真实”何以存在矛盾，朱光潜曾经这样解释：“同是一个作品，在某一时代中因为‘距离’太近，看起来是写实的，过一个时代因为‘距离’较远，实际的牵绊被人遗忘了，所留的全是一副图画，就变成富于浪漫色彩的作品。荷马的史诗是一个好例。文艺好比老酒，年代愈远，味道愈醇。”这句话可以作为当时人们争论不休的问题——“魏晋人是否飘逸”“陶渊明是否冲淡”的绝佳注解，距离往往模糊了真实，获得令人愉悦的美感，而真实则必须在不断缩小距离中逐渐清晰，这正是距离和真实的矛盾，某种程度上也是美感与实用性、科学性的矛盾。朱光潜曾鲜明地表示：只有牺牲部分真实，艺术才能越炼越醇，“戏剧的化装，雕刻的抽象化，图画的缺乏远近阴影，诗的音韵之类，都可以叫我们把日常实用世界忘去，无沾无碍地来谛视美的形象”。如《红楼梦》和莎士比亚的戏剧，它们能经久不衰、脍炙人口正是因为“在艺术炉中炼过，消净了辣性”①。朱光潜和鲁迅评论陶渊明时的主要分歧在于：前者从美感立论，后者从真实立论。

朱光潜的“静穆”来自审美理想，鲁迅的反“静穆”来自理性追求，一个务虚，一个务实，归根结底，是讨论平台的不同，这一点朱光潜和鲁迅也各自心知肚明。鲁迅在《“题未定”草（七）》一文中就指出，如果不顾及全人和社会状态，就容易“近乎说梦”，但他同时指出，自己并不是“反对说梦”，而是“只主张听者心里明白所听的是说梦”②。这说明鲁迅并不否认“说梦”的存在，也不否认朱光潜那种“形象的直觉”“审美距离”的客观存在，只是强调审美与真实两方面的态度应该加以辨别，以免混淆二者的界限。与鲁迅一样，朱光潜也拥有这份清醒，他也指出，审美者既不像实用人那样要问事物的实际效用，也不像科学家那样去寻求事物的关系条理，审美者关注的只是“形象”，不管事物是否实在，“美感的境界往往是梦境，是幻境”③，在朱光潜的理解中，审美本身就是一种“说梦”，而且是顺理成章，无可非议的，与此同时，“损学而益道”本身就是对“学”——鲁迅所说的“知人论世”——作为看待事物三种态度之一的承认。

鲁迅在批评“静穆”时，只是抓住朱光潜的“摘句”和陶渊

---

① 朱光潜. 朱光潜全集：第一卷［M］. 合肥：安徽教育出版社，1987：229－232.

② 鲁迅. 鲁迅全集：第六卷［M］. 北京：人民文学出版社，2005：439－444.

③ 朱光潜. 朱光潜全集：第一卷［M］. 合肥：安徽教育出版社，1987：211.

明还有不“静穆”的一面来做文章，至于朱光潜本来的写作意图、对陶渊明的其他评价，乃至其美学思想体系，一概不做讨论。在“抓住要害”之后，鲁迅又是“醉翁之意不在酒”，不止于追求陶渊明的本来面目，而是谈阿波罗、谈周鼎，力图纠正对他们的认知偏差。“凡论文艺，虚悬了一个‘极境’，是要陷入‘绝境’的，在艺术，会迷惘于土花，在文学，则被拘迫而‘摘句’。”[①] 他没有停留在“静穆”是否存在的层面上，而是上升到了“摘句”问题，这才是隐藏在关于陶渊明形象的分歧背后的一般性、普遍性问题，这正是“由骂而生出骂以上的事情来”[②]。

如果将“攻其一点，不及其余”和“由骂而生出骂以上的事情来”作为理解鲁迅批评的两把钥匙，那么具体到“静穆”问题上，要弄清鲁迅为何攻其“摘句”一点，提出要顾及全篇、全人和社会环境，就要首先结合鲁迅在其他场合、其他时间的言论，把握鲁迅的思想状况和理想诉求，这是考察鲁迅批评“静穆”不可规避的背景和基础；其次是弄清他对朱光潜这篇文章为什么感觉如此敏锐，反应如此迅速，与他的思想状况和理想诉求之间有什么内在的“触发”关系。既然鲁迅对“静穆”的批评，自始至终都在强调这是“摘句”之责，“忘记了陶潜的《述酒》和《读山海经》等诗，捏成他单是一个飘飘然，这就是摘句作怪”，“现在之所以往往被尊为‘静穆’，是因为他被选文家和摘句家所缩小，凌迟了”，那么，就有理由把“摘句”作为思考鲁迅批评的一个“入口”和“题眼”。他在《“题未定”草（七）》中不仅把读“曲终人不见”和“采菊东篱下”视为“摘句”，而且把古艺术鉴赏中的迷恋“土花”和迷恋“静穆”都视为“摘句”，视为一种从局部、表象出发去理解和阐释文学艺术史的做法。针对这种断章取义、以偏概全的弊

---

① 鲁迅．鲁迅全集：第六卷［M］．北京：人民文学出版社，2005：442.

② 鲁迅．鲁迅全集：第七卷［M］．北京：人民文学出版社，2005：282.

病，鲁迅从文学接受史上找到了更多的具体例证。鲁迅引用张岱《又与毅儒八弟》的信，揭示了古代选文家编订选集的特殊“手法”：“前见吾弟选《明诗存》，有一字不似钟谭者，必弃置不取；今几社诸君子盛称王李，痛骂钟谭，而吾弟选法又与前一变，有一字似钟谭者，必弃置不取。钟谭之诗集，仍此诗集，吾弟手眼，仍此手眼，而乃转若飞蓬，捷如影响，何胸无定识，目无定见，口无定评，乃至斯极耶？盖吾弟喜钟谭时，有钟谭之好处，尽有钟谭之不好处，彼盖玉常带璞，原不该尽视为连城；吾弟恨钟谭时，有钟谭之不好处，仍有钟谭之好处，彼盖瑕不掩瑜，更不可尽弃为瓦砾。吾弟勿以几社君子之言，横据胸中，虚心平气，细细论之，则其妍丑自见，奈何以他人好尚为好尚哉！……”鲁迅通过张岱的信，指出了选文的潜规则——选本体现的是选家的眼光。而选家往往“胸无定识，目无定见，口无定评”①。在不同褒贬、不同好恶和不同目的之下会对同一本全集做出截然相反的取舍。在这种“转若飞蓬，捷如影响”的变动下，选集、选本还足以凭信吗？理解了这一点，再回到“静穆”的批评中来，就可以发现鲁迅之所以不肯容忍“摘句”，就在于陶渊明、钱起作为客观存在的古代人物，就像《明诗存》里的钟谭那样，被握有文化传播与传承主导权的知识分子加以选择性地呈现，从而被读者选择性地阅读、理解与评价。抨击“摘句”“选本”等背后隐藏的文化机制，才是鲁迅紧紧抓住“小疵”不放的真正原因。

在钱起的评价问题上，鲁迅指出要考虑“曲终人不见，江上数峰青”的写作场合——考试，否则钱起就只能做出“不遂青云望，愁看黄鸟飞”“世事随时变，交情与我违”这样的愁闷之句。当钱起终于拥有较为自由的言说空间的时候，表现出来的是壮志难酬、百事违心的落寞和惆怅，而见不到“泯化一切忧喜”的“静穆”。

---

① 鲁迅．鲁迅全集：第六卷［M］．北京：人民文学出版社，2005：447．

究竟“惆怅”和“静穆”何者才是钱起真正的心情呢？答案是不言而喻的。为求“真”而顾及全人、全诗，顾及所处的社会状态，这就是鲁迅在陶渊明评价问题上的基本原则。

早在颜延之、沈约和江淹的时代，陶渊明就被视为安贫乐道、自然率性、旷达洒脱的形象代表。到了唐代，陶渊明的形象主要还是弃绝名利、洁身自好，“爱酒不爱名，忧醒不忧贫”，“归来冒炎暑，耕稼不及春。扇枕北窗下，采芝南涧滨”。许多知识分子表达了对这种高洁情操的倾心：“何时到栗里，一见平生亲”，“何日到彭泽，长歌陶令前”，说他们将陶渊明视为理想人格的化身应不为过。士人对陶渊明人格的高度向往一直延续到北宋，以苏轼最为典型。南宋以后，国事日艰，陶渊明的形象渐渐加重了忧时伤世、激愤悲慨的色彩。“细玩其辞，时亦悲凉感慨，非无意世事者。”陶渊明开始从一位高远疏放的隐士向一位心怀天下、慷慨悲歌的志士迁移。到了明代，李梦阳、茅坤、陆树声、宋濂、归有光等也谈过陶渊明。“见者若疑其为闲淡绝物，而不知其雅操坚持，苦心独复处”，“平淡冲和，潇洒脱落，悠然势分之外，非独不困于穷，而直以穷自娱”。此时，“悲愤”与“冲淡”两方面在陶渊明的形象中平分秋色。进入清代，陶渊明作为“有志者”的形象越来越被凸显出来，这一点从黄宗羲、汪琬、沈德潜等的评价中可见一斑。在龚自珍的诗中，更是出现了一个江湖侠骨的陶渊明。“陶公诗喜说荆轲，想见《停云》发浩歌。吟到恩仇心事涌，江湖侠骨恐无多”，“莫信诗人竟平淡，二分《梁甫》一分《骚》”。在龚自珍看来，陶渊明堪比诸葛亮和屈原，充满了积极入世、肩负道义的儒家情怀。流传千年之久的“平淡”之说，在龚自珍眼里早已成为一种陋见。龚自珍之后，清末士人更加大胆地否定“淡泊”和“枯槁”之说。谭嗣同就直言不讳：“世人惟以冲淡目之，失远矣。”刘廷琛也批评钟嵘“仅以隐逸之宗当之，陋矣”①！

陶渊明不仅仅是一个“采菊东篱下，悠然见南山”的飘逸士人，还有“胡思乱想”的一面。鲁迅在《“题未定”草（七）》中说：“他却有时很摩登，‘愿在丝而为履，附素足以周旋，悲行止之有节，空委弃于床前’，竟想摇身一变，化为‘阿呀呀，我的爱人呀’的鞋子”，这在当时是有悖于“礼义”的，这是对礼教的大胆反叛。此外，陶渊明还有“精卫衔微木，将以填沧海，形天舞干戚，猛志固常在”的刚猛人格，并不是“整天整夜的飘飘然”。但是历代评论家和时人往往取了“悠然见南山”而忘记了“猛志固常在”，把陶渊明的完整面目给“缩小，凌迟了”。②

鲁迅谈钱起有不“静穆”的一面，陶渊明有不“悠然”的一面，并不是否定钱起和陶渊明有“静穆”和“悠然”的表现，而是提醒注意考虑这种表现的社会背景。这个社会背景，对钱起来说，是胜败攸关的科举考试，他不得不“曲终奏雅”；对陶渊明来说，是政治大气候——几百年的社会动荡，正因为“乱也看惯了，篡也看惯了”，所以写文章便没有太多慷慨激昂的表示，态度就比较自然，不招人注意。鲁迅还举了一个北朝墓志的例子：“官位升进，往往详细写着，再仔细一看，他是已经经历过两三个朝代了”，这就是社会大环境对人们气质和情感的塑造。所以，鲁迅并不是要否定陶渊明内心有冲淡自然的一面，他要提醒的是陶渊明冲淡自然的社会历史原因，是长久的“乱”和“篡”造成了诗人的平和，而不是诗人生来便有“飘飘然”的本性，在“静穆”与“冲淡”的背后，仍然是“忧愤”与“猛志”。换句话说，没有慷慨激昂的

---

① 北京大学、北京师范大学中文系教师同学．陶渊明研究资料汇编［M］．北京：中华书局，1962：20－264.

② 鲁迅．鲁迅全集：第六卷［M］．北京：人民文学出版社，2005：436－444.

表示，诗风自然平和，并不代表诗人就能忘情世事、看破一切，“据我的意思，即使是从前的人，那诗文完全超于政治的所谓‘田园诗人’，‘山林诗人’，是没有的。完全超出于人间世的，也是没有的”。鲁迅借“顾及全篇”之名来重构历史认知，他还谈到，选家不收陶渊明的《闲情赋》，就把他也是一个“迂士”的一面给遮蔽了。鲁迅从拒绝对古人的“选读”出发，提出顾及全篇、顾及全人以及社会状态。顾及全篇，是不难做到的，而顾及全人以及他所处的社会状态，则并非易事，不但要把握历史人物做出各种表示的现实环境与社会背景，还要对他在不同环境、不同背景之下做出的各种“表示”进行分辨和剖析，弄清哪些“表示”更为真实可靠，这才是最艰难的。

鲁迅在 1927 年广州夏期学术演讲会上，以《魏晋风度及文章与药及酒之关系》为题，向世人展示了另外一个魏晋。鲁迅首先简单介绍了魏晋时代的思想背景：思想通脱、佛教传入、老庄玄学兴盛，在这样的风气下，有了名士吃药的行为。鲁迅指出，这种药是一种散发药，“吃了之后不能休息，非走路不可”，“走了之后，还会全身发烧，发烧之后又发冷”。因此，服药之后，饮食起居就会有很大的变化：一是少衣、宽衣，因为皮肉发烧，避免皮肤擦伤；二是不穿鞋而穿屐，防止皮肤磨破；三是容易饥饿，所以进食频繁，“不论时候，一日数次也不可定”，有热孝在身也不例外。这就是魏晋名士“轻裘缓带、不鞋而屐、居丧无礼”的原因，而后人没有弄清“名士”们这种生活起居习惯背后的原因，误以为高逸出世，尊其为“名士派”，乃至竞相仿效，这是只止于表象的读史、识人之法。

鲁迅谈到阮籍喝酒，“连上下古今也不承认”等“反礼教”行为时指出：阮籍的醉酒原因大半在环境，因为司马氏想要篡位，阮籍名声大，总要被迫说些违心话，做些违心事，不说、不做就会引来杀身之祸，不得已只能借醉酒来规避司马氏的纠缠。同样，阮籍以及竹林七贤的佯狂装疯，都是为了不与残暴的统治者合作的一种权宜之计、全身之法。然而，年深日久，这种佯狂装疯便在士人的想象和叙述中化为高逸超然，成为理想人格的代名词，这与本来光洁闪亮的周鼎在岁月磨蚀下显得土花斑驳、古色古香一样，都是时空距离所造成的“选读”。在鲁迅看来，魏晋名士“反礼教”，“表面上毁坏礼教者，实则倒是承认礼教，太相信礼教”。只因统治者以礼教之名杀害士大夫，“亵渎了礼教，不平之极，无计可施，激而变成不谈礼教，不信礼教，甚至于反对礼教”①。由此，鲁迅揭开了一个“欲言难言”的魏晋，在对名士沉痛心态的剖析中，消解了现代知识分子对“魏晋风度”的美好想象。鲁迅将魏晋名士表面的行事作风和内心真正的声音区别开来，指出其相离乃至相反的必然性，目的是考掘出历史的“真”——不是表象的“真”，而是本质的“真”。只有透过现象深入本质，才能避免对魏晋风度的别有用意的“选读”。

1932 年 2 月至 6 月，周作人先后八次到辅仁大学开展主题为“中国新文学运动”的系列演讲，讲稿以《中国新文学的源流》为名由人文书店出版。周作人提出中国文学发展的两大流派：言志派和载道派。“这两种潮流的起伏，便造成了中国的文学史”，将中国文学史比喻为一条河流，从言志派流到载道派，又从载道派流到言志派，言志是高峰，载道是低谷，并指出，新文学运动就是对清朝“载道派”文学的革命，而它的端绪，正是清朝载道派前面的“言志派”——明末公安派。周作人将公安派推为“五四”新文学的源头，认为“五四”新文学运动的根本方向与明末公安派文学运动的根本方向一致——言志，而公安派的代表袁中郎，就是“言志”文学的领袖。1934 年，林语堂、周作人、刘大杰重印《袁中郎全

---

① 鲁迅. 鲁迅全集：第三卷［M］. 北京：人民文学出版社，2005：523－553.

集》；1935 年，施蛰存编选《晚明二十家小品》，沈启无编选《近代散文选》（原名《冰雪小品选》）。《中国新文学的源流》的编者还在附录中加上《近代散文选》的目录，并作补注：“‘文学革命’散文方面之新文学，搜罗几备矣。周先生讲演集，提示吾人以精澈之理论，而沈先生《散文抄》，则供给吾人以可贵之材料，不可不兼读也。”① 理论上把“独抒性灵”推为文学正宗，创作上将晚明小品推为写作范本。两三年间，“性灵”之风大兴，闲适小品俯拾即是，现代知识分子以袁中郎为中心，津津乐道着一个“风花雪月”“独抒性灵”的晚明。

与此同时，鲁迅却发出了别样的声音：“现在的袁中郎脸孔究竟画得怎样呢？时代很近，文证具存。除了变成一个小品文的老师，‘方巾气’的死敌而外，还有些什么？”袁中郎在周作人、林语堂那里只剩下“抒写性灵”，而鲁迅却认为，袁中郎还有一面是周作人等没有告诉世人的：“中郎还有更重要的一面么？有的。”明万历三十七年（1609），顾宪成辞官，时中郎“主陕西乡试，发策，有‘过劣巢由’之语。监临者问‘意云何？’袁曰：‘今吴中大贤亦不出，将令世道何所倚赖，故发此感尔。’”鲁迅认为：“中郎正是一个关心世道，佩服‘方巾气’人物的人，赞《金瓶梅》，做小品文，并不是他的全部。”袁中郎称赞顾宪成这个东林党领袖是“大贤”，感叹“大贤”不出，国家无所倚赖，可见其关心朝政，为国家忧心，他还敢于发出“过劣巢由”之语，这是宦官专权下的士人轻易不敢说的话。鲁迅想告诉世人，袁中郎是一个关心世道、是非分明的志士，虽然他赞《金瓶梅》，做小品文，但那并不表明袁中郎就是一个只会“独抒性灵”的人，周作人、林语堂是取了袁中郎的一个方面，把他当作一个“小品文老师”。鲁迅在

---

① 周作人. 周作人自编文集：中国新文学的源流［M］. 石家庄：河北教育出版社，2002：73.

《“招贴即扯”》一文中指出，看人不仅要看“全部”，而且要观其“趋向之大体”。他引用顾宪成的话：“吾闻之：凡论人，当观其趋向之大体。趋向苟正，即小节出入，不失为君子；趋向苟差，即小节可观，终归于小人。”① 袁中郎人格中更重要的一方面，正是为“吴中大贤”不出而忧愤的入世之心，周作人等对袁中郎“选读”，片面地推崇其小品文，遮掉了袁中郎对现实政治的干预和对国家前途的担忧，实际上是“画歪”了他，误导了国人。

在争论袁中郎的同时，鲁迅也对东林党人发表了和周作人不同的看法。“东林党中也有小人，古今来无纯一不杂的君子群，于是凡有党社，必为自谓中立者所不满，就大体而言，是好人多还是坏人多，他就置之不论了。”任何一个进步势力都不可能毫无杂质，总会混入动机不纯者和行为卑下者，但因为一点小节过失就全盘否定，那就是“苛求君子，宽纵小人，自以为明察秋毫，而实则反助小人张目”②。一个军阀晚年吃素，大家就把他杀人无数的罪状给勾销了，这不就是“反助小人张目”吗？专挑君子缺点，就像战士死后飞过来围着他的伤口营营叫的苍蝇，这不就是“苛求君子”吗？鲁迅一再重申，君子和小人的界限不容混淆。“有缺点的战士终竟是战士，完美的苍蝇也终竟不过是苍蝇。”③ 缺点不能掩盖战士的光荣战绩，就像混入小人的东林党终究是君子一样，存在各种缺点毛病的革命势力，其进步性和生命力不容抹杀。只有分清主流和支流，才能对历史人物和革命力量做出合理的评价。

鲁迅承认“性灵”小品的客观存在，但却指出小品文也有不写“性灵”的，“有时也夹着感愤”。他摘录了屈大均《安龙逸史》中

---

① 鲁迅．鲁迅全集：第六卷［M］．北京：人民文学出版社，2005：235－237.

② 鲁迅．鲁迅全集：第六卷［M］．北京：人民文学出版社，2005：448.

③ 鲁迅．鲁迅全集：第三卷［M］．北京：人民文学出版社，2005：40.

一些酷刑和虐杀的历史，指出因为它们曾经是“禁书”，清朝的文字狱将一切“悖时”“违碍”的言论都销毁了，只允许那些晶莹剔透的“小品”代代相传，“于是我们所见，就只剩下了‘天马行空’似的超然的性灵”①。后世读书人接触不到那些被“冷处理”后的血腥记载和悲愤言论，才误以为晚明是一个“风花雪月”“独抒性灵”的黄金时代，向往着“高人逸士”的风度，这正是一种对历史的“选读”。知识分子对晚明的历史认知，很大程度上是文化专制下的“思想就范”结果，是一种不见血光的、舒舒服服的思想“手术”。为了说明这种历史图景的片面性，鲁迅抄录了一段文笔不下于袁中郎的“小品文”：“沿河行，或渡或否。往往见西夷毡帐，高低不一，所谓穹庐连属，如冈如阜者。男妇皆蒙古语；有卖干湿酪者，羊马者，牦皮者，卧两骆驼中者，坐奚车者，不鞍而骑者，三两而行，被戒衣，或红或黄，持小铁轮，念《金刚穢咒》者。其首顶一柳筐，以盛马粪及木炭者，则皆中华女子。皆盘头跣足，垢面，反被毛袄。人与牛羊相枕藉，腥臊之气，百余里不绝。”中华女子盘发、赤脚，满脸污垢，与牛羊同居一处的情景，令人触目惊心。鲁迅在《读书忌》中说：“如果看过这样的文章，想像过这样的情景，又没有完全忘记，虽是中郎的《广庄》或《瓶史》，也断不能洗清积愤的，而且还要增加愤怒。”② 鲁迅严肃地指出，光看“性灵小品”是不足以了解历史的，要看那些没有经过统治者筛选的《明季稗史》《痛史》和明末遗民的作品，才明白晚明不仅仅只有“性灵”，还有残酷的掳掠和屠杀。正因如此，鲁迅才在晚明小品炙手可热的同时强烈提议，《明季稗史》也到了标点、翻印的时候了，这是为了给正沉浸在“性灵”中的知识分子们浇一浇冷

---

① 鲁迅．鲁迅全集：第六卷［M］．北京：人民文学出版社，2005：431－434.

② 鲁迅．鲁迅全集：第五卷［M］．北京：人民文学出版社，2005：618－619.

水，让他们从虚构中走出来，看清没有被“处理”过的真实的晚明。

在陶渊明、袁中郎、魏晋和晚明的评价问题上，鲁迅一方面揭示知识分子对历史的“选读”“摘读”；另一方面提出一种更为接近真相的研究法：全面看人、主流看人、本质看人，并顾及他身处的社会背景，特别是警惕统治者对历史记载和思想言论的“暗杀”或当事人自己的“掩藏”。他在许多场合都谈过避免“选读”，打破蒙蔽的办法。鲁迅在《“题未定”草（七）》一文中强调说，要“自己放出眼光看过较多的作品”①。从读书范围来说，不能拘于“选本”“珍本”，不要被选家缩小眼界；从读书思路来看，要懂得“知人论世”，把历史人物身处的环境纳入考察范围。此外，在看了“较多的作品”的基础上，要能进行比较和鉴别。“乡下人常常误认一种硫化铜为金矿，空口是和他说不明白的，或者他还会赶紧藏起来，疑心你要白骗他的宝贝，但如果遇到一点真的金矿，只要用手掂一掂轻重，他就死心塌地：明白了。”② 只有把沙中的真金淘出来，才能免受硫化铜的欺骗，而鲁迅的钩索文籍，摆出各种各样的稗史、佚文，正是为了“沙中淘金”，让历史真相浮出水面。出于同样的理由，鲁迅对那类“峨冠博带”的文章不甚信任，却对孔另境编的《当代文人尺牍钞》赞赏有加，并在《孔另境编〈当代文人尺牍钞〉序》一文中指出，读者从作家的书信中可以读到比文艺作品更为清晰的想法，是作家自己“简洁的注释”，多看各种不同种类的材料，是为了“知道这人的全般”，看出这人作为“社会的一分子的真实”。③ 出于同样的考虑，鲁迅在编《伪自由书》《准风月谈》《花边文学》的时候，也把相关反对者的文章收录进去以

① 鲁迅．鲁迅全集：第六卷［M］．北京：人民文学出版社，2005：444.
② 鲁迅．鲁迅全集：第六卷［M］．北京：人民文学出版社，2005：142.
③ 鲁迅．鲁迅全集：第六卷［M］．北京：人民文学出版社，2005：428.

“备考”，让读者对他的“激烈”有新的认识。

鲁迅不但主张读书应该求“杂”、求“广”，还要“放出眼光”，洞悉藏在“客观事实”背后的本质问题。这种眼光让鲁迅在陶渊明问题上，看到了和平冲淡不过是“没有什么慷慨激昂的表示”，与“静穆”不是一回事，在魏晋风度问题上，看到了高逸背后的沉痛，在袁中郎和东林党的评价问题上，鲁迅做到了“观其趋向之大体”，指出“大明一朝，以剥皮始，以剥皮终”的血腥暴政，肯定晚明士人是有血性、敢担当的君子，不能颠倒主次，抹杀他们的历史功绩。鲁迅稽考文献，以敏锐的洞察力解读历史，破解了文化传承中形形色色的“易容术”，还原了历史原生态的“真容”。

明朝修《永乐大典》、清朝修《四库全书》，既是对中国传统文化的搜集整理，也是对中国传统文化的选择删削。《四库全书》把记载金朝侵略者暴行的《北狄俘虏之苦》一类文章都抹去了，把宋人晁说之《嵩山文集》中怒骂金人的文章改得面目全非，目的就是让后世读书人读不到汉族遭受的异族屠戮，读不到那些敢恨敢骂、敢反抗的历史。鲁迅在《病后杂谈之余》中说：“文字狱的血迹已经消失，满洲人的凶焰已经缓和，愚民政策早已集了大成，剩下的就只有‘功德’了。”① 鲁迅排斥“选读”，对全面看人、主流看人和本质看人眼光的呼唤，目的是竖起启蒙的大纛，发扬现实主义的战斗精神，发掘出被遮蔽的民族的真正的脊梁。

① 鲁迅．鲁迅全集：第六卷［M］．北京：人民文学出版社，2005：188.

第二章

20 世纪中国现实主义文学观念的演变

第一节 现实主义文学观的萌芽与早期发展

中国文学历史悠久，描写现实人生的作品多不胜数，但是谈到文学写实的理论，却委实罕见。现代意义上的写实观念，最早萌芽于晚清，初步形成于“五四”。正是“五四”新文化运动确定了写实文学观念的历史地位，为20世纪中国文学现实主义传统的形成以及发展演变奠定了扎实的根基。

晚清以来，国门大开，内忧外患扰神州，风雨飘摇局势危，知识分子的忧患意识空前强烈。有志之士遂发起洋务运动，希冀引进新的器物；又推动戊戌变法，以求制度革新。诸种努力，终归泡影。于是有知识分子深思苦索，继续探求新的富国强民之策，最终聚焦在新民。新民之说，在中国是古已有之的思想。“大学之道，在明明德，在亲民，在止于至善。”朱熹等皆以“新”释“亲”。“新者，革其旧之谓也。”① 正眼看世界之后，欧风美雨的侵袭也为中国知识分子新民提供了新的思路。时无影视，又无网络，国外提供的能够快速广而告之且能深入人心的新民手段，便是小说。小说成为新民的利器，是一代知识分子们的选择，更是时代的选择。

小说强大的影响力使得晚清知识分子们看到了新的希望，选择了小说的知识分子们反过来又不断地神化着小说的魅力。老棣在《文风之变迁与小说将来之位置》中说：“观各国诸名小说，如美国之《英雄救世》，英国之《航海述奇》，法国之《殖民娠喻》，日本之《佳人奇遇》，德国之《宗教趣谈》，皆借小说以振国民之灵魂。甚至学校中以小说为教科书，故其民智发达，如水银泻地。”② 这种观点更早可见于严复《本馆附印说部缘起》。严复谈到附印说

---

① 朱熹．四书章句集注［M］．济南：齐鲁书社，1992：2.

② 老棣．文风之变迁与小说将来之位置［J］．中外小说林，1907，1（6）.

部缘起时说："闻欧、美、东瀛，其开化之时，往往得小说之助"，因小说"入人之深，行世之远，几几出于经史上，而天下人心风俗，遂不免为说部之所恃"。知识分子们注意到了小说的风行，想要用以移风易俗，教化天下。

国家落后、社会混乱时期，用小说宣传思想，知识分子率先注意到的，恰是其虚构功能。严复剖析国史不传而稗史小说流传的原因时说，"上帝之心，往往不可测"，现实社会中，"奸雄得志，贵为天子，富有四海，穷凶极丑，晏然以终；仁人志士，椎心泣血，负重吞污，图其所志，或一击而不中，或没世而无闻，死灰不然，忍而终古。若斯之伦，古今百亿。此则为人所无可如何，而每不乐谈其事。若其事为人心所虚构，则善者必昌，不善者必亡；即稍存实事，略作依违，亦必嬉笑怒骂，托迹鬼神。天下之快，莫快于斯，人同此心，书行自远"。写实的人"不乐谈其事"，"虚构"的恰能人快人心。从小说谈到经史，严复进而质疑"古之号为经史者，岂尽实哉"！这是在以经史未必"尽实"来为小说张目。经史也是人为的叙述，自然带有个体的主观性，未必"尽实"，严复此言道出了经史的某些真相。但就小说而言，严复赞成的恰是小说的虚构功能，是虚构叙事背后蕴含的"人心之营构"。①

营造人心，教化万民，出发点和归宿其实都是内心的"道"。梁启超在《变法通议·论幼学》中谈到小说读者多，但内容不出"诲盗诲淫"，"天下之风气，鱼烂于此间"，于是想着广著群书，"上之可以借阐圣教，下之可以杂述史事，近之可以激发国耻，远之可以旁及彝情"②。《饮冰室自由书》中直言："寄托书中之人物，以写自己之政见。"③《译印政治小说序》中说："仁人志士，往往

① 几道（严复）. 本馆附印说部缘起［N］. 国闻报，1897-10-18.

② 梁启超. 变法通议·论幼学［M］//陈平原，夏晓虹. 二十世纪中国小说理论资料：第一卷（1897—1916）. 北京：北京大学出版社，1989：12-13.

③ 梁启超. 饮冰室自由书［M］//陈平原，夏晓虹. 二十世纪中国小说理论资料：第一卷. 北京：北京大学出版社，1989：21.

以其身之所经历，及胸中所怀，政治之议论，一寄之于小说。”小说不比经史，却也能微言大义，让粗识之人有所得。梁启超虽然抬高了小说的地位，事实上却还是有所偏见。他认为“物各有群，人各有等”，粗识之人只能通过小说进行教谕。① 小说的被推崇，说到底还是为了下里巴人，使经史所载道理通俗化。严复和梁启超都没有将目光投向底层民众的生活，也没有对小说如实摹写现实的问题做过探讨，这些问题尚处于他们的视野之外。但是正如钱玄同所说，若论“现代文学之革新，必数梁君”②。革新自小说始，小说的写实问题早晚都会进入作家和批评家们的视野。

晚清也并非无人谈及小说的写实问题。邱炜萲就曾说过：“小说家言，必以纪实研理，足资考核为正宗。其余谈狐说鬼、言情道俗，不过取备消闲，犹贤博弈而已。”也就是说，谈狐说鬼、言情道俗在邱炜萲眼中都是“小说之支流”，不过比赌博稍微好点罢了。他虽然提出“纪实研理”才是小说的正宗，似乎很看重“纪实”，而看他列举出来的例子，却是王士祯《居易录》、王应奎《柳南随笔》等，是现在被当作散文随笔一类的文字。由此可知，邱炜萲谈的小说概念，还是传统的小说概念，而不是作为现代文体概念的小说，他所说的小说以纪实为正宗，亦不过是传统经史观念的延续罢了。至于现代人所说的小说，在邱炜萲眼中自然都谈不上纪实。

中国文化传统早就懂得虚实相生的道理，水墨山水画、《三国演义》等都是绝佳的例子。洪兴全在《〈中东大战演义〉自序》中谈到自己创作中的虚实问题，角度颇为新颖。“从来创说者，事贵出乎实，不宜尽出于虚，然实之中虚亦不可无者也。”一语道尽虚实相生的妙处。谈到自己描写中日之战，为何不详细描述天妆台畏

① 梁启超．译印政治小说序［M］//陈平原，夏晓虹．二十世纪中国小说理论资料：第一卷（1897—1916）．北京：北京大学出版社，1989：23.

② 钱玄同．致陈独秀［J］．新青年，1917，3（1）.

敌之羞、刘公岛献船之丑，因为若如实细写，“则国人必以我为受敌人之贿，以扬中国之耻”。有些事明知道是假的，“亦不容不载”，“凡有一点能为中国掩羞者，无论事之是否出于虚，犹欲刊载留存于后，此我国臣民之常情也”①。作者演义中东大战，叙述颇有些媚俗，国民需要什么就写什么。但是，洪兴全这段话却也道尽了 20 世纪中国文学叙事的某些内在制约：叙事之真假虚实并不重要，真正重要的是叙事者的立场。

自梁启超、严复以降，国内有识之士，谈及小说者无不以大道许之。衡南劫火仙在《小说之势力》一文中批评国内小说“立意则在消闲”，与欧美小说迥然相异，欧美小说的立意“莫不在益国利民，使勃勃欲腾之生气，常涵养于人间世而已”②。衡南劫火仙的这段话，意思无非就是小说创作不能以消闲为目的，应该有益于社会，有利于人民。文学研究会宣言第三条有这样的句子：“将文艺当作高兴时的游戏或失意时的消遣的时候，现在已经过去了。”③衡南劫火仙的文字未必与文学研究会宣言有关，但内在的一致性却说明了那一时代中国知识分子对小说能够“益国利民”的期冀。小说进入梁启超等知识分子们的视野乃是缘于自身的无穷魅力，而知识分子们愿意将其抬升到文学之最上乘的地位，则是基于对小说载道的可能性的认识。只有能够承载新式知识分子严肃思想的小说，才是脱离了低级恶俗趣味的小说，才有资格成其为最上乘的文学。小说价值的判断，首重立意。待到后来现实主义文学迅猛发展，立意为宗仍然在绝大多数时间里都是小说批评中谁都不能忽视的关

---

① 洪兴全.《中东大战演义》自序［M］//陈平原，夏晓虹. 二十世纪中国小说理论资料：第一卷（1897—1916）. 北京：北京大学出版社，1989：25.

② 衡南劫火仙. 小说之势力［M］//陈平原，夏晓虹. 二十世纪中国小说理论资料：第一卷（1897—1916）. 北京：北京大学出版社，1989：32.

③ 阿英. 中国新文学大系：史料·索引［M］. 上海：上海良友图书印刷公司，1935：71.

键点。

小说流行广，影响大，唯其如此，立意就显得非常重要。立意若是不当，必然会使谬种流传，诲淫诲盗，徒然贻害社会无穷。梁启超等人推崇小说，走的第一步和后来文学研究会的做法如出一辙，都是从消闲的娱乐的小说手里争夺阵地。“近来改革之初，我国志士，皆以小说为社会之药石。故近日所出小说颇多，皆傅以伟大国民之新思想。”傅以伟大国民之新思想的小说多了，以消闲娱乐为目标的小说也就少了。有新思想且热衷于宣传新思想的仁人志士，却不一定就会创作小说。于是，寄寓了新思想的小说往往未免“稍有缺憾”，“议论多而事实少”。[①] 在著作者，却往往并不自知，还以颇能议论而自得。“拿着一个问题，引着一条直线，驳来驳去，彼此往复到四十四次，合成一万六千余言，文章能事，至是而极。”[②] 小说写成这个样子，就不是单纯的立意问题了，立意过重，为说理而说理，浓郁的说教气息湮没了叙述的趣味，小说也就失掉了应有的魅力。“议论多而事实少”，此论的确说出了新思想涌入小说创作时出现的尴尬境况。

“写实派小说”这个名词最早出现在梁启超笔下。梁启超在《论小说与群治之关系》一文中推小说为“文学之最上乘”，概括了小说支配人道的四种力：熏浸刺提。在思考人类为何特别喜欢读小说时，梁启超想到了两个原因：其一，能写“他境界”“世界外之世界”；其二，能将别人所知所感“和盘托出”。前者梁启超称之为“理想派”小说，后者称之为“写实派”小说。[③] 理想派就是

① 海天独啸子.《女娲石》凡例［M］//陈平原，夏晓虹. 二十世纪中国小说理论资料：第一卷（1897—1916）. 北京：北京大学出版社，1989：131－132.

② 平等阁主人.《新中国未来记》第三回总批［M］//陈平原，夏晓虹. 二十世纪中国小说理论资料：第一卷（1897—1916）. 北京：北京大学出版社，1989：38.

③ 梁启超. 论小说与群治之关系［J］. 新小说，1902（1）.

写未有，写实派就是写实有，前者是幻想，后者则是实际经验过的。梁启超从读者的角度谈到嗜读小说的原因，他所说的写实与理想是相对于读者而言所做的区分，与现实主义文学对写实小说所做的界定大不相同。“十九世纪末二十世纪初，首先是梁启超，接着是王国维从西方引进了‘写实主义’（realism）这一术语，从而给中国漫长的传统以画龙点睛之笔。”① 杨周翰的这句话概括得极好，他们用写实主义的概念“给中国漫长的传统”“画龙点睛”，与后来连绵不绝的现实主义文学思潮反倒没有太多的关系。

由于文体之外的原因，小说在晚清被发掘并备受推崇，一旦被推崇之后，小说自身的某些质素慢慢也就会呈现出来，然而所重“文体曲折透达”，还是中国传统小说的特色。“泰西论文学者必以小说首屈一指，岂不以此种文体曲折透达，淋漓尽致，描人群之情况，批天地之窾奥，有非寻常文家所能及者耶！”② 又推原汉唐以后小说被鄙弃的因由，“于人情事理切实之迹，毫不措意”③。对于“批天地之窾奥”与“切实”的推重，却又呈现了时代的影响，体现了要将小说推到文学的上乘，以便使其能够“载道”的希冀。这段文字对小说的关注焦点和此前已经大有不同，说明作者已经意识到了小说之所以风行，自有其他文体所不能比的优势，这优势简单说来便是能更好地写情叙事。

从写实角度讨论小说创作的，是别士的《小说原理》。别士认为小说创作有五难：写小人易，写君子难；写小事易，写大事难；写贫贱易，写富贵难；写实事易，写假事难；叙实事易，叙议论难。批评流行的小说不写拜相封王，便写黎山老母，都是蹈了小说创作的五弊。“使以粗浅之笔，写真实之理，渐渐引人入胜，彼妇

---

①　杨周翰. 镜子和七巧板［M］. 北京：中国社会科学出版社，1990：27.

②③　新小说报社. 中国唯一之文学报《新小说》［M］//陈平原，夏晓虹. 二十世纪中国小说理论资料：第一卷（1897—1916）. 北京：北京大学出版社，1989：41.

人与下等人，必更爱于平日所读诞妄之书矣。”① 作者的意思是士大夫应忙于“学界展宽”，“不必再以小说耗其目力”，“以粗浅之笔，写真实之理”为的是给“妇女与粗人”看。士大夫与下等人的区别，说明作者终归还是传统读书人，看重小说却并没有真正给予小说应有的地位。但是，无论如何，五难五弊之说，的确揭出了传统小说的诸多缺陷，对于小说取材和写真实之理的要求，已经与日后的现实主义文学创作要求颇有相通之处了。

晚清小说界谈及写实，其实并不是真的认为写实有多高明，只不过觉得写实便于“妇女与粗人”阅读，而对写实派与理想派的划分也与后人大不相同。苏曼殊认为侦探所查之案情是“实事”，才子创作的小说则属于“理想”。“实事者，天演也；理想者，人演也。理想常在实事之范围内，是则理想亦等于实事也。”这些都还不是真正的对于文学写实问题的思考。苏曼殊在谈到小说的社会功用时，对于那些将社会腐败“归罪于吾国无佳小说”的做法不以为然，认为小说“乃民族最精确、最公平之调查录也”②。自言读中国小说，妇人眼中的美男子必然是“面如冠玉，唇若涂脂”，这种审美自是文弱之国民性的表现；读德国小说，妇人眼中的美男子则“须发蒙茸，金钮闪烁”，崇拜的是军人，审美中带有尚武的精神。作者将小说视为社会、民族的“调查录”，与巴尔扎克自视为社会书记员相似，表现出现实主义文学反映论的萌芽，但更侧重的还是梁启超以来所提倡的小说改良社会风俗的功用。苏曼殊是晚清革命党人，推崇写实，是历代革命文学家的传统。同盟会革命党人戴季陶 1910 年 8 月 6 日在《中外日报》上发表《剧评》，使用了“写实主义”一词。1913 年在《爱之真理》中说：“今则所谓自然主义之文学，皆注意于断片的描写，徒然提一物一事，不判其美恶，尽

---

① 别士．小说原理［J］．绣像小说，1903（3）．
② 苏曼殊．小说丛话［J］．新小说，1905（13）．

力描写之，此所谓写实主义也。”① 将自然主义归入写实主义，这是当时文坛上较为流行的看法。

整体上来说，晚清小说界虽然也谈到了书写事实的问题，但与事实相比，当时的人们更为关注的显然是理想。对于理想小说的侧重，实贯穿于20世纪现代小说整个发展历程。“五四”时期刘半农《诗与小说精神上之革新》中的观点，很有代表性。“小说家最大的本领有二。第一是根据真理立言，自造一理想世界。”“第二是各就所见的世界，为绘一惟妙惟肖之小影。此等工夫，已较前稍逊。”② “较前稍逊”，表明作者的态度，侧重的是“据真理立言，自造一理想世界”，当然，这种选择与其说是“理想世界”与“现实世界”两者之间的选择，毋宁说是对“真理”的选择。谴责小说揭露社会上种种怪现象，终究只能警醒世人，却不能移风易俗，引导读者抵达新的境界，谴责小说最终流而为黑幕小说，成为游戏的消闲的佳品，与小说立意不高不无关系。写理想的小说，大多以立意为宗，叙述想象中的故事，《新中国未来记》《新桃源》《黄绣球》《天足引》等，都是理想小说，这些小说虽在体制形式上并非佳构，但是却以自身的理想在读者面前点亮前进的路灯。从梁启超等推崇小说的原意来说，此类小说才可以算作是“最上乘”。然而，小说初受国人推崇，而国人向来不善严密的逻辑推理，对于小说、理想与事实之间的诸种关系及概念本身的界定，并不统一严密，往往是自说自话，一人口中的理想，在另一人笔下却可能是“事实”，而文学中的理想与事实，则又当别论。

管达如谈到小说的意义时说：“耳有闻，目有见，身有所触，则心有所知；有所知，则有所同异，有所欣厌，是之谓世界。世界者，事实界也。有所同异，则有所谓是非；有所欣厌，则有所欲去

---

① 天仇（戴季陶）．爱之真理［N］．民权报，1913－05－20．

② 刘半农．诗与小说精神上之革新［J］．新青年，1917，3（5）．

就，是之谓法界。法界者，理想界也。”理想与事实不可分，这是常识，但管达如又指出存在两种事实：事实界之事实和理想界之事实，并认为：“一切书籍皆所以记载事实界之事实，小说则所以记载理想界之事实者也。”小说所写是事实，却又不是普通的事实。在管达如看来，人们对于“眼前习见之事物，恒不乐道”，而对于“罕见之物，难逢之事”，则津津乐道。换言之，小说所叙之事，乃非常之事，管达如称之为“抽象的”，并认为小说叙述的“抽象的”事实比“具体的”“自然之事”意味更浓。以现在的观点看，管达如所说“抽象的”，应该是“典型化”，即并非原生态的自然事实的照相般的叙述，而是从种种具体的事实中加以“抽象”概括的典型化叙述。当然，这样说并不是意味着管达如已经触碰到了典型论问题，而是说明当时的人们对于小说纪实写真有着那一时代独有的特点。“小说者，文学的，而非科学的、历史的也。诚不能责之以叙述实事。然书中所叙述之事，出于意造可也，而必不能不衷于情理。”① 这已经是对于艺术的真实的表述了。不必尽合乎事实，只要合乎情理就好，如何才算是合乎情理，这是一个复杂的问题，是现实主义文学进入中国后一直争论不休的话题。晚清时候的理论界还不会就这类问题进行深入讨论，但是在写实的基础上渗透进作者的主观思想倾向，也就是理想化的问题，却已经是很明确的创作倾向了。可以说，此后一段时间，20 世纪中国现实主义文学创作的追求便是消弭创作者强大的主体思想的介入，倡导并践行客观、冷静的现实主义文学的叙事。

在中国社会从传统向现代转型的过程中，“五四”是最为关键的一个时期。“新文学对时代现实的关怀、其所担负的思想启蒙的任务，以及 19 世纪欧洲特别是俄国现实主义文学的决定性影响，

① 管达如. 说小说［M］//陈平原，夏晓虹. 二十世纪中国小说理论资料：第一卷（1897—1916）. 北京：北京大学出版社，1989：371－387.

使现实主义成为‘五四’时期乃至第一个十年最有实力的创作方法。”① 现实主义在“五四”时期只是“最有实力”，远没有达到后来一元独尊的地位。其实，就是在“五四”时期，也并不是一贯都是“最有实力”。茅盾谈到许地山小说创作变化的轨迹时说：“浪漫主义的成分是昂扬的积极的‘五四’初期的市民意识的产物，而写实主义的成分则是‘五四’的风暴过后觉得依然满眼是平凡灰色的迷惘心理的产物。”② “五四”是一个激情昂扬的时代，理想与激情是孕育浪漫主义文学的最好的温床。“五四”初期茅盾等现代知识分子对新浪漫主义等思潮的推崇不是缘于认识错位，而是时代使然。等到“五四”新文化运动落潮，澎湃的激情回归现实，现实主义才逐渐成为“最有实力”的创作方法，然后又是军阀混战、国民党专制、日军入侵等造成的民不聊生的社会现实，最终使得现实主义这一最富有战斗精神且具有特别的革命性的创作方法成为 20 世纪中国文学的主潮。

《新青年》是“五四”时期倡导现实主义最重要的阵地。早在 1915 年，陈独秀就发表了《现代欧洲文艺史谭》一文，介绍到欧洲文艺思想变迁情况时说：“由古典主义一变为理想主义，再变为写实主义，更进而为自然主义。”③ 随后，胡适在《新青年》上发表《文学改良刍议》，率先将“实写今日社会之情状”的白话小说视为“真正文学”。④ 最早明确地提出“写实文学”一词且极力倡导的是陈独秀。在 1917 年 2 月发表的《文学革命论》中，陈独秀高扬“文学革命军”大旗，提出“革命军三大主义”：“推倒雕琢的阿谀的贵族文学，建设平易的抒情的国民文学”；“推倒陈腐的铺

---

① 钱理群，温儒敏，吴福辉. 中国现代文学三十年（修订本）［M］. 北京：北京大学出版社，1998：29.

② 茅盾. 中国新文学大系：小说一集［M］. 上海：上海良友图书印刷公司，1935：26.

③ 陈独秀. 现代欧洲文艺史谭［J］. 新青年，1915，1（3）.

④ 胡适. 文学改良刍议［J］. 新青年，1917，2（5）.

张的古典文学，建设新鲜的立诚写实文学”；“推倒迂晦的艰涩的山林文学，建设明瞭的通俗的社会文学”。他提出要“张目以观世界社会文学之趋势及时代之精神”，于是看到“欧洲文化，受赐于政治科学者固多，受赐于文学者亦不少”，举出作为榜样的文学家有法国的虞哥（雨果）、左喇（左拉）和英国的狄铿士（狄更斯）、王尔德等。这些作家的创作倾向各不相同：浪漫主义、自然主义、唯美主义和批判现实主义，交错混杂却都是陈独秀“尤爱”的对象。① 陈独秀推重的国民文学、写实文学和社会文学，包含了几乎所有“进步”的文学。陈独秀虽然谈到了“写实文学”，却并不明了也没有追溯“写实文学”的真义。

1918 年 6 月，《新青年》出了“易卜生专号”，胡适在《易卜生主义》中开篇明义：“尽可以说，易卜生的文学，易卜生的人生观，只是一个写实主义。”又进一步解释说：“人生的大病根在于不肯睁开眼睛来看世间的真实现状。明明是男盗女娼的社会，我们偏说是圣贤礼仪之邦；明明是赃官污吏的政治，我们偏要歌功颂德；明明是不可救药的大病，我们偏说一点病都没有！却不知道：若要病好，须先认有病；若要政治好，须先认现今的政治实在不好；若要改良社会，须先知道现今的社会实在是男盗女娼的社会！易卜生的长处，只在他肯说老实话，只在他能把社会种种腐败龌龊的实在情形写出来叫大家仔细看。”又说：“易卜生把家庭社会的实在情形都写了出来，叫人看了动心，叫人看了觉得我们的家庭社会原来是如此黑暗腐败，叫人看了觉得家庭社会真正不得不维新革命——这就是‘易卜生主义’。”② 易卜生主义就是写实主义，借助于易卜生的介绍，胡适输入了真正的写实主义。胡适的介绍文字，基本上奠定了 20 世纪早期中国文学现实主义书写的基本模式：首先，就是

---

① 陈独秀. 文学革命论［J］. 新青年，1917，2（6）.

② 胡适. 易卜生主义［J］. 新青年，1918，4（6）.

要“睁开眼睛来看世间的真实现状”，这里的“真实现状”必定是黑暗龌龊的，否则便不“真实”；其次，写实的目的不是让人灰心丧气，而是触发人“维新革命”的意愿。

与《新青年》一脉相承，扛起现实主义文学的大旗，倡导“为人生的艺术”的是文学研究会。郑振铎在为《中国新文学大系·文学论争集》撰写的“导言”中说：《小说月报》和《文学旬刊》“都是鼓吹着为人生的艺术，标示着写实主义的文学的；他们反抗无病呻吟的旧文学；反抗以文学为游戏的鸳鸯蝴蝶派的‘海派’文人们。他们是比《新青年》派更进一步的揭起了写实主义的文学革命的旗帜的”。不仅如此，他们还将写实主义的文学视为“纯正的文学大道”。郑振铎叙述的是“文学论争”，是将文学研究会和创造社当作文坛上对立的两方进行叙述的，“和文学研究会立于反对地位的是创造社”，“创造社所树立的是浪漫主义的旗帜”。①文学研究会是现实主义的，为人生的，而创造社则是浪漫主义的，为艺术的，这已经成了文学史的经典叙述模式。

与郑振铎相比，茅盾在为《中国新文学大系·小说一集》撰写的“导言”中的相关说辞稍有不同。“当时文学研究会被称为文艺上的‘人生派’。文学研究会这集团并未有过这样的主张。但文学研究会名下的许多作家——在当时文坛上颇有力的作家，大都有这倾向，却也是事实。”他强调“文艺上的‘人生派’”不是文学研究会的主张，乃是别人的看法，同时却又强调实际创作有现实主义的倾向。茅盾对文学研究会理论主张和创作实际的分析，显得非常客观。茅盾在导言中之所以如此表述，应该和他对编选文学研究会成员创作的小说有关。谈到许地山的小说创作时，茅盾说：“在作品形式方面，落华生的，也多少有点二重性。他的《命命鸟》，

① 郑振铎. 中国新文学大系：文学论争集［M］. 上海：上海良友图书印刷公司，1935：8.

《商人妇》，《换巢鸾凤》，《缀网劳蛛》，乃至《醍醐天女》与《枯杨生花》，都有浓厚的‘异域情调’，这是浪漫主义的；然而同时我们在加陵和敏明的情死中（《命命鸟》），在尚洁或惜官的颠沛生活中，在和莺和祖凤的恋爱中（《换巢鸾凤》），我们觉得这些又是写实主义的。”① 文学研究会的文学创作大都是现实主义的，但并不是所有的作家所有的作品都是现实主义的，茅盾早在几十年前就明确指出这一事实，后来还一度成为中国现代文学研究界争论不休的话题，根源不是后来者无知，乃是如胡适所说，“不肯睁开眼睛来看”罢了。

文学研究会的文学创作虽然也有浪漫主义的一面，但这浪漫的一面终究成了被忽略的一面，“为人生”的现实主义的一面成了文学研究会的标示。鲁迅在《上海文艺之一瞥》中说：“文学研究会却也正相反，是主张为人生的艺术的。”和郑振铎相似，鲁迅也是将创造社与文学研究会放在截然相对的立场上。“创造社是尊重天才的，为艺术而艺术的，专重自我的，崇创作，恶翻译，尤其憎恶重译的，与同时上海的文学研究会相对立。”② 当人们回顾“五四”新文化运动时，现实主义的文学已经占据了文坛的主导地位，现实主义不仅仅是对某种文学创作现象的客观描述，已经隐约带有了一些价值判断的色彩。郭沫若读到鲁迅《上海文艺之一瞥》后，愤愤不平地说：“鲁迅先生又不费气力地把创造社来和学衡派、鸳鸯蝴蝶派归为一类，而使文学研究会继承着《新青年》和胡适之《终身大事》的正统。似乎创造社之成为文学研究会的新敌，是因为该研究会声援了《新青年》。是的，只有文学研究会才是文学的正统，

① 茅盾．中国新文学大系：小说一集［M］．上海：上海良友图书印刷公司，1935：18－25.

② 鲁迅．鲁迅全集：第四卷［M］．北京：人民文学出版社，2005：302.

是最革命的团体。”① 现实主义的文学，已经在现代文坛上拓展出一条“纯正的文学大道”，且成了“文学的正统”。

主持《小说月报》的茅盾，在1920年撰写的《新旧文学平议之评议》中说：“新文学就是进化的文学”，包含有三件要素：第一是“普遍的性质”，第二是“有表现人生、指导人生的能力”，第三是“为平民的非为一般特殊阶级的人的”。② 茅盾在这里使用的是“表现”人生，表现与再现在艺术上向来被视为两种不同的处理现实的方式，而与现实主义相联系的往往都是再现。信奉“新文学就是进化的文学”的茅盾，此时看重的并不是写实主义文学，而是进化论链条上看起来更新更具有现代性的文学思潮。1921年年初，茅盾在《〈小说月报〉改革宣言》中声称：“对于为艺术的艺术与为人生的艺术，两无所袒。”同时又说：“写实主义的文学，最近已见衰歇之象，就世界观之立点言之，似已不应多为介绍；然就国内文学界形式言之，则写实主义之真精神与写实主义之真杰作未尝有其一二，故同人以为写实主义在今日尚有切实介绍之必要。”③ 对“为艺术的艺术”和“为人生的艺术”似乎是两不偏袒，实际上却是对写实主义文学不以为然，只是觉得需要给中国文学补课，所以才认为其有介绍的必要。

在茅盾看来，“近代的写实主义、自然主义、颓废主义的文学作品，大都含着热烈的反抗精神，和深刻的不满意于平凡生活的绝叫，正是人类觉醒期的精神的表现”④。在《杂感（六）》中，茅盾说：“我尤爱《罗森堡之一夜》，因为作者教我们以排除现代人

---

① 郭沫若著作编辑出版委员会. 郭沫若全集：文学编 第十二卷［M］. 北京：人民文学出版社，1992：27.

② 茅盾. 新旧文学平议之评议［J］. 小说月报，1920，11（1）.

③ 茅盾.《小说月报》改革宣言［J］. 小说月报，1921，12（1）.

④ 茅盾. 青年的疲倦［J］. 小说月报，1922，13（8）.

的烦闷的方法。”① 《罗森堡之一夜》，著者为法国作家古尔孟，郑伯奇将其译为《鲁森堡之一夜》。郑伯奇回忆说，这一部小说是“资本主义‘世纪末日’的呓语”，“我当时译它，并不是为了介绍什么象征主义，老实说我也并不怎么喜欢象征主义，某些象征派诗人的那种阴暗情调和晦涩的表现手法我还很反感。不过当时我读了厨川白村的《文艺思潮论》对于古尔孟所主张的‘灵肉一致’的‘新享乐主义’颇感兴趣，因而将他的这本代表作携带回国，便翻译起来了”②。茅盾此时喜欢并推崇的，还有当时被国人视为颓废派象征派的外国作家。当然，茅盾并不是喜欢所有的西方颓废派象征派，他有自己的选择。在《唯美》一文中，茅盾谈到了王尔德、邓南遮和索罗古勃三个人代表的三种唯美倾向，认为索罗古勃“渴望更好的人生，更好的世界，所以诅咒现在这人生和世界。在这一点上，他不但和王尔德不同，和邓南遮也大不相同，他真是人生底批评者，真是伟大的思想家”，并希望中国“有个像索罗古勃的唯美文学家出来”③!

等现实主义（写实主义）文学思潮独领风骚后，站在现实主义的立场上回顾茅盾此时的文艺思想，自然会觉得茅盾的思想还处于探索时期，对于现实主义（写实主义）的认识尚有不足。若是换一个角度审视茅盾这一时期的文艺思想，会发现茅盾此时的文艺思想比独尊现实主义时期显得更宽容而且康健。首先，多元化地吸纳新潮是“五四”新文学发展初期特有的朝气。1925 年茅盾在《软性读物与硬性读物》中说：“四五年前，国人始感觉得智识的饥饿，颇有饥不择食的样子，对于各派的学说无选择地整个儿吞下去；当时颇有人担忧，以为长此以往，必要吃出病来。但是我还觉得四五

---

① 茅盾．杂感（六）[J]．文学旬刊，1923（76）．

② 郑伯奇．沙上足迹 [M]．哈尔滨：黑龙江人民出版社，1999：15.

③ 茅盾．唯美 [N]．民国日报·觉悟，1921-07-13.

年前饥不择食的现象，虽有似于卤莽盲动，尚不失为康健的象征，在盲动之中带着一种奋发有为凌厉迈往的气概。"[①]"五四"新文化运动时期，虽然陈独秀说："必以吾辈所主张者为绝对之是，而不容他人之匡正也。"[②] 似乎颇为霸道，实际上文学的空气很自由，各种西方现代思潮纷纷涌入，相互碰撞，作家和批评家们也并不如后来那样独尊一端不容其他，撷取各种文艺思潮的合理成分为己所用，这本就是一种健康的文坛生态。其次，当时茅盾持进化的文学观。在文学进化的链条上，作为新浪漫主义的象征主义、唯美主义，都比写实主义显得更新更有现代性。但是，茅盾并非是机械进化论者，无论是进化论链条中"已见衰竭之象"的现实主义，还是最新的唯美主义，茅盾关注的都是其与现实人生的关系。"真正的文学也只是反映时代的文学"，"我觉得表现社会生活的文学是真文学，是于人类有关系的文学"[③]。唯其如此，茅盾后来才能迅速地从进化论的幻象中挣脱出来，切实地倡导写实主义的文学。

无论是现实主义还是象征主义等新浪漫主义，其实都离不开现实人生，只是反映现实人生的方式和手段不同罢了。茅盾和郑振铎首先关注的是现实人生，而不是文学上的种种主义，凡是能够关注现实人生的，不管什么主义，他们都愿意拿来。一方面这正如茅盾所说，有些"饥不择食"；另一方面却也是胸襟开阔"奋发有为"。在《文学的定义》一文中，郑振铎说："文学是表现人生的东西，不论他是客观的描写事物，或是主观的描写理想，总须以人生为对象。"也就是说，表现人生可以通过客观描写的方式实现，也可以通过主观描写的方式实现，两者都可以创造出"真的文学"，也就是"为人生的文学"。在文中，郑振铎拿来与"为人生的文学"相

---

① 茅盾. 软性读物与硬性读物［J］. 文学，1925（174）.

② 胡适. 中国新文学大系：建设理论集［M］. 上海：上海良友图书印刷公司，1935：56.

③ 茅盾. 社会背景与创作［J］. 小说月报，1921，12（7）.

对的，并不是“为艺术”的文学观，而是“把文学当做消遣品的观念”①，反对的主要还是文学商业化。

1923年成仿吾自己也写过一篇《写实主义与庸俗主义》，此文还被郑振铎收入了《中国新文学大系·文学论争集》中。只看篇名，一般读者都会将其视为推重写实主义的文字。但成仿吾所说的写实主义和茅盾所说的写实主义显然不同。成仿吾认为，写实文学就是“‘人的’文学”，“取材是我们的生活”，“表现的是我们的经验”，“要捉住内部的生命”，而庸俗主义则“只是一些原色写真一些留声机片”。② 又认为写实主义是表现（expression），而庸俗主义是再现（representation）。成仿吾谈的写实主义，可以说是宽泛意义上的写实主义，按照成仿吾的论述，后来被文学史视为浪漫派小说的郁达夫等创造社同人的小说，其实都是写实主义。成仿吾将写实主义视为表现、庸俗主义视为再现，显然不能被茅盾、鲁迅等人所接受。在《〈呐喊〉的评论》中，成仿吾将《呐喊》所收小说前九篇视为“再现的”、后六篇视为“表现的”，认为《呐喊》的价值在于“后期的几篇”，并推许《不周山》是“全集中极可注意的一篇”，“表示了他不甘拘守着写实的门户”，“要进而入纯文艺的宫庭”。③ 结果引来鲁迅的反击，在《呐喊》重版时便将《不周山》抽掉了。成仿吾推崇的表现的写实主义，在其他现代作家眼里其实就是表现主义，而被成仿吾抨击的再现的自然主义文学作品（尤其是《呐喊》所收小说前九篇）则成了20世纪中国写实主义文学传统的典范。

无论茅盾和成仿吾的文艺思想有着怎样的不同，但有一点是相同的，那就是他们都推重“写实”。对于“写实”的理解各不相

---

① 西谛（郑振铎）. 文学的定义［J］. 文学旬刊，1921（1）.

② 成仿吾. 写实主义与庸俗主义［J］. 创造周报，1923（5）.

③ 成仿吾.《呐喊》的评论［J］. 创造，1924，2（2）.

同，这本是自然之事。文学研究会关注的社会人生自然是现实人生，创造社小说执着于表现的自我人生也是现实人生。郑振铎和茅盾等宣扬“血与泪”的文学，明确地提出“我们所需要的是血的文学、泪的文学”①，郭沫若等创造社同人创作的也是“血与泪”的文学。田汉谈到郭沫若的诗时说：“我对于你的诗的批评，与其说你有诗才，无宁说你有诗魂，因为你的诗首首都是你的血，你的泪，你的自叙传，你的忏悔录啊。”② 闻一多谈到《女神》时说：“啊！现代的青年是血与泪的青年，忏悔与奋兴的青年。《女神》是血与泪的诗，忏悔与兴奋的诗。”③ 关注人生，描写人生的血与泪，并非茅盾等人倡导的“人生派”文学所独有。沈从文在《学鲁迅》一文中说，“文学与人生不可分”，“一切理论的发展，由陈独秀、胡适之诸先生起始，三十年来或以文学社团主张出发，或由政治集团思想出发，理论变化较多，却始终无从推翻这话所包含的健康原则和深远意义”。④ 郁达夫在《文学上的阶级斗争》中说：“艺术就是人生，人生就是艺术，又何必把两者分开来瞎闹呢？试问无艺术的人生可以算得人生么？又试问古今来哪一种艺术品是和人生没有关系的？”⑤ 郁达夫强调所有的艺术都离不开人生，这自然是正确的。郁达夫提出：“凡是一种新运动起来之后，必有一种反对运动起来的现象。”⑥ 这种“反动”现象普遍存在于社会和文艺上，在不可分割的艺术与人生的关系上，侧重强调其中的一个方面，其实都可以视为是一种“反动”，而不是意味着艺术与人生可以真正地被割裂开来。

---

① 郑振铎．血与泪的文学［J］．文学旬刊，1921（6）．

② 田寿昌，宗白华，郭沫若．三叶集［M］．合肥：安徽教育出版社，2000：55．

③ 闻一多．《女神》之时代精神［J］．创造周报，1923（4）．

④ 沈从文．沈从文全集：第16卷 文论［M］．太原：北岳文艺出版社，2002：286．

⑤⑥ 郁达夫．文学上的阶级斗争［J］．创造周报，1923（3）．

茅盾在《“写实小说之流弊”？——请教吴宓君：黑幕派与礼拜六派是什么东西!》中说：“写实派的第一义是把人生看得非常严肃，第二义是对于作品里的描写非常认真，第三义是不受宗教上伦理上哲学上任何训条的拘束。”① 即便通俗刊物模仿新文学，“成了满纸‘问题’”，但仍然不成其为新文学，成不了写实的文学，因为这些通俗刊物“大都专迎合社会心理，没有一定的目标”②。茅盾所谈的“写实派”的一些特点，几乎是“五四”新文学共有的特征。

写实是新文学较为普遍存在的创作追求，但写实与文学创作的好坏没有直接关系，且着意于描写现实生活的作品未必就是真的写实。汝卓在《观察与幻想》一文中说：“近来创作家多犯了‘描写过火’的毛病。他并没有完做过深切的观察功夫。创作时，又颇欲感动读者，于是不得不逞脑袋里的幻无实事。地写出许多不合情理底，想意结果。” “既然有意思要做写实小说，那么，总应该以‘观察’为主。”③ “起中国底沉疴的，舍自然主义底文学还有什么呢?”④ 推介左拉的自然主义，主要根于以下两个方面的认知。首先，有左翼思想的茅盾看到了自然主义文学对底层民众生活的发见。巴尔扎克等现实主义作家描绘的主要是中产阶级人物的生活，而左拉等自然主义作家呈现的则是下层社会人们的苦难生活。茅盾在《论无产阶级艺术》一文中说：“十九世纪后半，因着自然主义的兴起，无产阶级生活乃始成为多数作者汲取题材的泉源。自然主义的创始者，法国的曹拉（Zola），作了一巨册的《劳动者》，分明

① 茅盾. “写实小说之流弊”？——请教吴宓君：黑幕派与礼拜六派是什么东西！[J]. 文学旬刊，1921（54）.
② 茅盾. 反动？[J]. 小说月报，1921，13（11）.
③ 汝卓. 观察与幻想［J］. 文学旬刊，1921（24）：3.
④ 之常. 支配社会底文学论［J］. 文学旬刊，1922（35）：1－2.

就是无产阶级生活描写的‘圣书’。”对于当时新文学取材狭窄甚感不满的茅盾，自然觉得自然主义是救助新文学打开更广阔创作天地的一剂良药。其次，茅盾提倡自然主义是追求写实文学的客观性。“自然派的精神并不只在所描写者是实事，而在实地观察后方描写。”① “自然主义的真精神的科学的描写法。见什么写什么，不想在丑恶的东西上面加套子，这是他们共通的精神。我觉得这一点不但毫无可厌，并且有恒久的价值。”② 在《评四五六月的创作》中说：“我对于现今创作坛的条陈是‘到民间去’：到民间去经验了，先造出中国的自然主义文学来。否则，现在的新文学创作要回到‘旧路’。”③ 茅盾不是抽象思辨大师，他的目的不是区分自然主义和现实主义，而是从各种文学思潮中寻求真正写实的途径及其可能性。象征主义、未来主义、唯美主义、现实主义等诸多文学思潮，都是对现代社会生活的回应，然而具有浓郁的底层意识、强调为生活维艰的普通民众服务的，主要还是现实主义和自然主义。20世纪初期的中国，象征、唯美等现代文艺思潮，只能为上海、北京等现代化都市里的精英读者所接受，大部分中国人仍旧挣扎在贫困线上，与现代思想绝缘，当无产阶级成为革命的领导阶级、农民成为革命的主力军，关注底层强调战斗意识的现实主义自然备受青睐。

周作人翻译的《论左拉》一文，为茅盾所肯定的左拉的自然主义精神做了注脚。“世上没有绝对的写实主义，只有理想主义之种种变相；唯一绝对的写实当为一张留声机片，辅以照相的插画，仿佛是影戏的样子。左拉是一个理想派，正如乔治珊特（George Sand）一样。”④ 周作人显然赞同蔼理斯的话。茅盾等虽然肯定了

---

① 茅盾．一般的倾向［J］．文学旬刊，1922（33）．

② 茅盾．“左拉主义”的危险性［J］．文学旬刊，1922（50）．

③ 郎损．评四五六月的创作［J］．小说月报，1921，12（8）．

④ 周作人．周作人自编文集：艺术与生活［M］．石家庄：河北教育出版社，2002：150．

左拉，肯定其“科学的描写法”，否定照相般的写实。概念化空洞的书写人生固然不是好的文学，纯客观的写实也不符合启蒙思想的需要。照相也并不就是客观的，照相时选取的角度、照相的时机等都会使“事实”的呈现各不相同。鲁迅在《从孩子的照相说起》一文中就曾说过，自己带孩子去照相，中日两国照相馆里照出来的模样很不相同。“在日本的照相馆里给他照过一张相，满脸顽皮，也真像日本孩子；后来又在中国的照相馆里照了一张相，相类的衣服，然而面貌很拘谨，驯良，是一个道地的中国孩子了。”① 人生百态，种种皆实有。对于写实主义来说，此时重要的不是“实有”，而是展示哪一种“实有”。

霭理斯却并不将左拉视为照相式的写实，而是称其为理想派，但左拉式的理想派显然与一般意义上的理想派不同，这应该是追求理想的现实主义远离左拉的一个重要原因。在《文学者的新使命》一文中，茅盾揭示出了现实主义文学与左拉的自然主义文学根本的差异：“文学于真实地表现人生而外，又附带一个指示人生到未来的光明大路的职务。”② 对于左拉“专在人间看出兽性”，茅盾认为这是“他个人所处的特殊环境的结果”，是“偏见”，“我们的根本观念不同，即使想勉强‘效颦’，未必竟能像他那样能够从处处视出兽性来”③。茅盾一方面指出了“我们”和左拉不同，不能效仿左拉的“偏见”；另一方面也指出左拉的强大，即便是想要“效颦”也未必能够做得到。舍弃了左拉的那条路，主要是因为左拉没有能够尽到文学所“附带”的“职务”，即“指示人生到未来的光明大路”。

随着“五四”新文学的发展，“真实地表现人生”慢慢成了大

---

① 鲁迅. 鲁迅全集：第六卷［M］. 北京：人民文学出版社，2005：83.
② 沈雁冰. 文学者的新使命［J］. 文学周报，1925（190）：150－151.
③ 茅盾. “左拉主义”的危险性［J］. 文学旬刊，1922（50）.

多数新作家共同的信条。但是，怎么才算是“真实地表现人生”，“真实”的“人生”又是怎样的人生？这些问题见仁见智，不同的作家有不同的理解，但最终都融汇到“真实地表现人生”的河流之中。自有生民以来，人世间有幸福者，也有不幸者，从来不存在一个社会，里面生活的全都是不幸者，又或者全都是幸福的人，如果有也只存在于神话传说中。因此，表现幸福的人生还是表现不幸的人生，都是文学应有之义。但是在茅盾等“五四”启蒙家的眼里，事情却并非如此。茅盾在《文学者的新使命》一文中说：“文学者决不能离开了现实的人生”，“我们的题材却离不了现实人生”。这些都很正确，但是接下来的话就表明了自己独特的立场。“我们不能抛开现代人的痛苦与需要，不为呼号，而只夸缥缈的空中楼阁，成了空想的浪漫主义者。并且如果我们不能明了现代人类的痛苦与需要是什么，则必不能指示人生到正确的将来的路径。”也就是说，茅盾判定了现代人是“痛苦”的，而所“痛苦”的便是“世界上有被压迫的民族和被压迫的阶级陷于悲惨的境地并且一天一天的往下沉溺”，这是一个“事实”，是认识现实人生的一个基本点，认可这一基本点的“方足称为能于如实地表现现实人生”，更进一步则是能“指示人生向美善的将来”。也就是说，从一开始，茅盾等人倡导写实主义，主张表现人生的时候，“现实人生”就已经被赋予了特定的含义。世间存在的种种现象，并不自然地都是写实主义所要呈现的“现实人生”。即便是描写和叙述了这一“现实人生”的也并不一定都是写实主义的，因为写实主义文学的“使命”就是要“抓住了被压迫民族与阶级的革命运动的精神”，以便感召起“更伟大更热烈的革命运动”。① 同时批评了“在文学上并没有积极

---

① 沈雁冰．文学者的新使命［J］．文学周报，1925（190）：150－151．

的表现”的“冷观的虚弱的写实主义的倾向”①。从《新青年》群体到文学研究会，新文学的倡导者和创造者都怀抱着一种革命的情怀，要求站在“被压迫民族与阶级”一边，要求文学“有所为”而作，在现代文坛上树起了积极进取的现实主义的战斗精神。

第二节　无产阶级文学观的兴起与写实观念的衍变

“革命”一词，最早见于《周易·革卦·彖传》：“天地革而四时成，汤武革命，顺乎天而应乎人。”晚清以来，“革命”一词被赋予了现代性的含义。章太炎在《革命道德说》一文中说：“古之所谓革命者，其义将何所至耶？岂不曰天命无常，五德代起，质文相变，礼时为大耶？夫如是则改正朔、易服色、异官号、变旗帜，足以尽革命之能事矣。名不必期于背古，而实不可不务其惬心。吾所谓革命者，非革命也，曰光复也。”② 革命之义，随时流变，不断被赋予新的内涵。“写实”一词也早就见于中国传统典籍，南朝梁刘勰在《文心雕龙·诔碑》中说：“写实追虚，诔碑以立。铭德纂行，文采允集。”王运熙等人认为“实”“指死者的生平事迹”，“虚”指的是“死者的精神面貌”。③ 这里的“写实”显然与晚清以来小说界所用的写实不同，更与新文学中的写实主义完全不同。从写实到写实主义，现代文学也赋予了写实新的价值和意义。泱泱中华五千年，革命与写实传统皆断续不绝；但是，只有进入 20 世纪的中国，革命与写实都获得了自己崭新的意义的情况下，才有了

---

① 茅盾．茅盾全集：第二十卷　中国文论三集［M］．北京：人民文学出版社，1990：466．

② 章太炎．革命道德说［M］//章太炎全集（四）．上海：上海人民出版社，1985：276．

③ 王运熙，周锋．文心雕龙译注［M］．上海：上海古籍出版社，1998：98．

革命现实主义、无产阶级现实主义这样的名词。革命与写实内在共同的审美发展趋势促使现代中国的知识分子将其联系在一起进行思考，催生了革命现实主义。在革命的视野里，现实生活变了一副模样，不再是普通人眼里各种的杂乱的现实生活的集合，那些具备革命因素的生活才被认为是现实。想要写出真正的现实生活，就需要改变先前的写实观念，采用新写实的方法，或者说革命现实主义的手段。简单地说，便是要拥有真正革命的思想，才能拥有看透现实生活真面目的能力，才能进而将其真实地表现出来。

强调小说移风易俗的社会功用，这是自晚清以来就已经开始出现的新思想。晚清时候对小说社会功能的强调，侧重点是在改良。“往往每一书出而全国之议论为之一变。彼美、英、德、法、奥、意、日本各国政界之日进，则政治小说为功最高焉。”① “日本维新之运有大功者，小说亦其一端也。”② 沿袭梁启超的思路，“五四”后的新文学家也都推崇小说的社会功用。与梁启超不同，人们转而借俄国革命谈论小说。西谛在《文学与革命》一文中说：“好比俄国革命吧，假使没有托尔斯泰这一批的悲壮、写实的文学，将今日社会制度，所造出的罪恶，用文学的手段，暴露于世，使人发生特种感情，那所谓‘布尔扎维克’恐也不能做出甚么事来。”因此呼吁“产出几位革命的文学家”。然而，对于当时的“社会主义者”，西谛又认为他们“都是看不惯旧的龌龊，所以希冀新的光明的。至于因确信马克思的唯物史观而趋向于社会革命的路上走的，恐怕是很少”③。之常在《支配社会底文学论》中说“俄国底革命，文学底力居狠大一部分”，认为果戈理、托尔斯泰和屠格涅夫等作家居力甚伟，如果没有他们，“俄国革命之花能开得这们早吗”？同样是

---

① 任公. 译印政治小说序［J］. 清议报，1898（1）.

② 任公. 饮冰室自由书［J］. 清议报，1899（26）：2 405－2 412.

③ 西谛. 文学与革命［J］. 评论之评论，1921（4）.

谈文学（尤其是小说）的社会功用，梁启超最乐意举例的是明治维新后君主立宪的日本，西谛和之常作为例证的是俄国革命。从日本到俄国，举例对象的变化，说明了中国两代知识分子思想的变迁。变化之根源，则基于对社会现实生活的认知。之常说："侵害第四阶级底铁索，传统思想固然是一部分，现在底经济组织的确是主要的成分。第四阶级者要想扭断这条铁索，非将现在底经济组织推翻不可，非将无产阶级者联合起来，革第三阶级底命不可。"① 革命与无产阶级逐渐进入中国现代知识分子们的视野，在接下来几十年的时间里，革命、无产阶级成了中国现实主义文学发展过程中影响最为深远的核心要素。

"无产阶级"一词进入中国现代文学，最早出现在1921年5月郭沫若为《女神》撰写的《序诗》中："我是个无产阶级者：/因为我除个赤条条的我外，/什么私有财产也没有。"② "无产阶级"作为第四阶级，是随着资产阶级的出现而出现的，有其特定的含义，并非得名于"无产"。自古至今，任何社会中都存在"什么私有财产也没有"的人，但是"什么私有财产也没有"的人却并非天然就是无产阶级。郭沫若误读或者说有意误读了这个词语，但是这个误读恰好表明了诗人以其特有的敏锐的心灵，把握到了时代的脉搏。之所以说是误读的形式把握到了时代的脉搏，是因为无产阶级的壮大及逐渐被现代文坛所重视乃是一个事实，至于说误读则不仅在于郭沫若此时并没有透彻地理解无产阶级的内涵，还在于他与无产阶级（工人）并没有多少真正的接触，实际上还存在隔膜。但是，创造社同人自居于弱者地位的叙事风格，却使他们天然地与无产阶级及其相关的表述有着某种亲近的感觉。在这一点上，郁达夫

---

① 之常．支配社会底文学论［J］．文学旬刊，1922（35）：1－2.

② 郭沫若著作编辑出版委员会．郭沫若全集：文学编　第一卷［M］．北京：人民文学出版社，1982：3.

比郭沫若表现得更为明显。郁达夫在《文学上的阶级斗争》第四节介绍世界“各国文坛最近的趋势”时，谈到法国文坛弗兰斯“发表了许多为无产阶级申诉的文字”，俄国“现在正是那些无产阶级者用了血肉的人生在实际上模仿艺术的时候了”，而英国文坛上的萧伯纳（Bernard Shaw）和威尔斯（Wells）“所讲的社会主义，不晓得是为富者作的辩词呢，抑或是唱给无产阶级听的诱睡的儿歌?”① 郁达夫以宽阔的视野，粗略扫描了世界文坛上有关无产阶级的文学创作，对无产阶级工人所代表的底层人生表达了深切的人道主义的同情。

最早直接以无产阶级艺术作为论题的，是茅盾的《论无产阶级艺术》。茅盾开篇概括了“文学发展的史迹”：“文学作品描写的对象是由全民众的而渐渐缩小至于特殊阶级”，“十九世纪后半，因着自然主义的兴起，无产阶级生活乃始成为多数作者汲取题材的泉源。自然主义的创始者，法国的曹拉（Zola），作了一巨册的《劳动者》，分明就是无产阶级生活描写的‘圣书’”。不是谈文学中的阶级斗争，而是从阶级的角度谈论文学的进化，由此抛开“全民众”这类的名词，将“为民众的，是民众的”视为空洞的说教。② 文章重申了左拉的文学史意义，同时也开启了中国文学阶级论的闸门。接下来，茅盾对无产阶级艺术做了界定：“无产阶级艺术绝非仅仅描写无产阶级生活即算了事，应以无产阶级精神为中心而创造一种适应于新世界（就是无产阶级居于治者地位的世界）的艺术。无产阶级的精神是集体主义的”，农民的思想则相反，是个人主义家族主义的，且因“经济条件与劳工不同”等诸种原因，农民

---

① 吴秀明. 郁达夫全集：第十卷 文论（上）［M］. 杭州：浙江大学出版社，2007：44－46.

② 沈雁冰. 论无产阶级艺术［J］. 文学周报（第二辑），1925（172）：2－4.

“不懂得合作，没有阶级意识”。[①] 承认农民中的佃户也属于无产阶级，并对佃户和劳工（工人阶级）做了区分，进而确立了无产阶级文学的先进性。这代表的是现代知识分子重新认识思考现实生活的努力，与之相应的则是一种新的写实观的萌生。

“血与泪的文学”被判定为概念含混，没有真实地反映社会生活的本质，“不曾把文学的阶级性指示出来，也没有明白指示我们需要一种新的文学”[②]。新的文学观强调社会生活的本质与无产阶级的密切关系。冯乃超在《中国无产阶级文学运动及左联产生之历史的意义》中说：“文学运动谁都承认它不能够离开酝酿以致爆发它出来的那个社会的环境，更正确地说，一定时代的一定社会关系而独立的。……一般地说来，有进步性的文学运动，它本身就是一个社会运动。”“正因为目前的时代是‘革命与战争’的时代，国际无产阶级及殖民地民族的革命斗争日益加紧，文化问题就是文化领域上的阶级斗争问题，无产阶级文学运动，中国无产阶级文学运动也就是广大工农斗争的全部的一分野。它在文化的领域中有它严重的特殊任务。”[③] 也就是说，进步性的文学运动本就是现实生活本身所要求的，是现实生活的反映。

文学的创造者及文学观念的倡导者主要是小资产阶级，他们能够承担起创造“新的文学”、真实表现新的现实生活的使命吗？郁达夫在《无产阶级专政和无产阶级的文学》中对此表示怀疑，理由有二：第一，“真正彻底的革命，若不由无产阶级者——就是劳动者和农民——来作中心人物，是不会成功的”。第二，“在无产阶级专政的时期未达到以先，无产阶级的文学是不会发生的”[④]。郁达

① 沈雁冰．论无产阶级艺术（二）［J］．文学周报，1925（173）．

② 沈泽民．文学与革命的文学［N］．民国日报·觉悟，1924－11－06．

③ 冯乃超．中国无产阶级文学运动及左联产生之历史的意义［J］．新地月刊，1930（1）．

④ 郁达夫．无产阶级专政和无产阶级的文学［J］．洪水，1927，3（26）．

夫工要谈的问题就是：无产阶级自觉意识产生前不会有真正的彻底的革命，自然也不会产生真正的无产阶级文学；小资产阶级不会有无产阶级的自觉意识。于是，一个现实的困境摆在现代知识分子们的面前：中国的无产阶级已经出现且已展现了自己的力量，但是却还没有自觉的阶级意识，文学应该如何面对这样的现实？郁达夫提出的这个问题，由李初梨、冯乃超等日本归来的后期创造社新锐做了解答。

1927 年年底，冯乃超、朱镜我、彭康、李初梨和李铁声从日本回国，主要在成仿吾的支持下于 1928 年 1 月出版了《文化批判》。成仿吾在刊物卷首的《祝词》中宣称："《文化批判》当在这一方面负起它的历史的任务。它将从事资本主义社会的合理的批判，它将描出近代帝国主义的行乐图，它将解答我们'干什么'的问题，指导我们从那里干起。政治，经济，社会，哲学，科学，文艺及其余个个的分野皆将从《文化批判》明了自己的意义，获得自己的方略。《文化批判》将贡献文学的重新定义全部的革命的理论，将给与革命的全战线以朗朗的火光。这是一个伟大的启蒙。"① 紧跟在成仿吾《祝词》后的文章是冯乃超的《艺术与社会生活》。批评与启蒙的必要性，"只因为我们的言论不能不给社会所提出的活生生的问题以切实的解答之故"。那么，这个"活生生的问题"是什么？冯乃超以为是"中国的社会生活渐向近代文明国家的社会生活接近了"，"农村零落了，都市普罗列塔利亚特（Proletariat）发生了。谁人能说中国依然是（封建的）文明之邦，礼教之国？封建老人不常叹世风日下，人心浇薄么？这就是中华民族的精神渐向市民的习气同化了的左证"。真正的文学要表现"时代的 Tempo"，而要做到这一点就需要"严正的革命理论和科学的人生观"②。

---

① 成仿吾. 祝词［J］. 文化批判，1928（1）.

② 冯乃超. 艺术与社会生活［J］. 文化批判，1928（1）.

如何获得“严正的革命理论和科学的人生观”？李铁声认为，“革命的阶级”应当以“他的精神底武器造就一统一的，整个的，新的世界观”，途径便是“奥伏赫变（Aufheben）”。[①] 彭康在《哲学底任务是什么?》中提出了“奥伏赫变”。“不把‘普罗列塔利亚特’‘奥伏赫变’，哲学决不能实现；没有哲学底实现，‘普罗列搭利亚特’自身也不能‘奥伏赫变’。”但是彭康论述的落脚点并不是文学，而是实践，是哲学理论和实践的“辩证法的统一”[②]。紧随其后的朱磐在《理论与实践》中，要求人们“对于现实的生鲜的现象”，不要“故意地隐藏着自己的视力”，做那种“熟视的卑怯者”。认为“欲使现实变化，不得不使理论变成现实，变成能动的创造的力量，简言之，理论非成为实践不可”。[③]

《文化批判》追求的是哲学的启蒙，渴望通过“奥伏赫变”，使人明了“政治，经济，社会，哲学，科学，文艺及其余个个的分野”。为此，《文化批判》创刊号开辟了“新辞源”栏目，译介了辩证法、辩证法的唯物论、唯物辩证法、奥伏赫变、布尔乔亚汜、布尔乔亚、普罗列搭利亚特、普罗列搭利亚、意德沃罗基等新名词。这些名词随后成为文坛流行语，为人们重新认识现实生活打开了一扇崭新的大门。夏衍在《文学运动的几个重要问题》中说：“普洛文学，第一就是意特渥洛奇的艺术。所以，在制作大众化文学之前，我们先该把握明确的普洛列塔利亚观念形态。这种观念形态，就是一切宣传鼓动和暴露文学的动力。在这种普洛列塔利亚意识形态统一之下，应用简明的手法，不单从理论方面把握现存秩序的生产和剥削的机构，而且要抓住流动的现实世界，适应各种特殊状况，将资本主义的魔鬼，如何在背后活跃的事实，具体而如实地

---

① 李铁声．宗教批判［J］．文化批判，1928（1）：53－69.

② 彭康．哲学底任务是什么?［J］．文化批判，1928（1）：14－24.

③ 朱磐．理论与实践［J］．文化批判，1928（1）：25－33.

描写出来；于是，将这种作品送进群众里面，从布尔乔亚的精神麻醉中间，夺取广大的群众，使他们获得阶级的关心，使他们走上阶级解放的战线；这才是普洛列塔利亚大众文学的目的。”① 成仿吾在《从文学革命到革命文学》中提出：“世界形成了两个战垒……各个的细胞在为战斗的目的组织起来，文艺的工人应当担任一个分野。”“我们要努力获得阶级意识，我们要用我们的媒质接近农工大众的用语，我们要以农工大众为我们的对象。”② 借助于阶级意识等新的词汇和新的话语方式，无产阶级作家对文学与现实的关系提出了新的要求，其核心便是弘扬现实主义的战斗精神。

通过“奥伏赫变”，获得无产阶级的“意德沃罗基”，这就在理论上解决了郁达夫在《无产阶级专政和无产阶级的文学》中提出的两个难题。沈起予在《艺术运动底根本概念》中提出要建设“普罗列塔利亚文化”，以此为思想基点防止两种不良倾向：“作家必有一部分去作浅薄底政治论文，漠视作品底一切艺术性；其外必有一部分藏在确立普罗列塔利亚艺术底美名下，而堕落到与现实无关，去作小资产阶级一样底艺术。”③ 旧瓶不能装新酒，要彻底摆脱“小资产阶级一样底艺术”的樊篱，最好的方式便是重新界定文学，开启文学新的审美方式。《文化批判》第2期所进行的，主要就是这方面的努力。《文化批判》第2期发表了两篇相互呼应的文章：李初梨的《怎样地建设革命文学》和冯乃超翻译的美国左翼作家辛克莱的《拜金艺术》。李初梨否定了此前创造社和文学研究会倡导的文学观，认为文学并不如创造社所说“是自我表现”，或如文学研究会所说“任务在描写社会生活”，提出要“重新来定义‘文学’”。随后，摘译了辛克莱《拜金艺术》中的话：“一切的艺

① 沈端先．文学运动的几个重要问题［J］．拓荒者，1930，1（3）．
② 成仿吾．从文学革命到革命文学［J］．创造月刊，1928，1（9）．
③ 沈起予．艺术运动底根本概念［J］．创造月刊，1928，2（3）．

术，都是宣传。普遍地，而且不可逃避地是宣传；有时无意识地，然而常时故意地是宣传。”将其中的“艺术”二字替换为“文学”，这一文学新定义在现代文坛上引发了诸多热议：“一切的文学，都是宣传。普遍地，而且不可逃避地是宣传；有时无意识地，然而常时故意地是宣传。”强调“文学为意德沃罗基的一种，所以文学的社会任务，在它的组织能力”，以及文学作为阶级斗争的武器的意义。接着勾勒了“五四”以来社会生活与文学变化的轨迹，指出“新兴的革命文学”“应当而且必然地是无产阶级文学”。

李初梨给出的文学新定义，打破了“五四”以来形成的文学的自主性的追求。纯粹诗歌、美文、为艺术而艺术等“五四”以来的文学观念都强化了文学的自律性，肯定了文学独立的审美价值及存在意义。“五四”后的文学自律观念将传统“文”的概念进行了细化，将纯文学与非文学区分开来，文史哲分家。文以载道的“文”概念变化了，文以载道的内涵及载道这一功能的具体实现方式，自然也就有所不同。强调文学的自律性并不等于否定文学的社会功能，无论是文学研究会还是创造社，其实都注意到了文学所具有的社会功能，只是角度和方式有所不同。茅盾等人批判传统文学的载道观，批判的也只是所载之旧的道。从胡适倡导易卜生主义（写实主义）到茅盾倡导自然主义（写实主义），看中的都是文学的载道功能。从本质上来说，以《文化批判》为主发起的文学新定义运动，并非是把文学还给社会，这样一说好像之前有段时间将文学从社会那里拿走了似的，事实上自晚清以来的文学主流从来没有远离过社会，强调文学的社会功用一直是小说备受推崇的内在动力。冯乃超在《艺术与社会生活》的结尾对当时的文坛表示不满，认为“虽是革命文学的议论嚣张”，却并不能真正解决文艺上的问题，这是因为“他们把问题拘束在艺术的分野内，不在文艺的根本的性质与川流不息地变化的社会生活的关系分析起来，求他们的解答”。这段话里被拎出来进行批判的是“革命文学的议论”，谈论的是空头议论的无用，或者只在“艺术的分野内”谈论革命文学的无效，虽然没有明确提出要摧毁艺术自律的观念。① 实际上，他们要将文学当作阶级斗争的武器，强调文学组织社会的功能时，就已经是站在文学之外的立足点谈论文学的定义。

重新界定文学并非是其最终目的，实际是以重新定义的方式将梁启超以来对文学尤其是小说所负载的社会功能更进一步地给予了强调。梁启超在小说那里看到的是通俗易懂便于移风易俗，革命文学家则觉得文学可以直接输灌“意德沃罗基”实现社会组织功能。在某种程度上，弱化甚或取消了文学自律观念的革命文学家们，在底层深处恰恰又是最看重文学的功能与效果的一群。茅盾强调文学真实地反映现实的功能，《文化批判》所阐发的文学理想则是通过“意德沃罗基”的输灌组织改变现实。文学不仅仅是现实生活的简单反映，而是应该描写那些能够代表未来的现实。在当时一些革命文学家眼里，世界被一分为二，代表未来的只有无产阶级，而鲁迅、叶圣陶、郁达夫等则被视为不能跟上时代的潮流，把握不住当时社会真正的现实。“现实生活”成了具有特别含义的存在，而不是不言自喻的存在。

鲁迅在《祝中俄文字之交》一文中曾说：“那时就知道了俄国文学是我们的导师和朋友。因为从那里面，看见了被压迫者的善良的灵魂，的酸辛，的挣扎……从文学里明白了一件大事，是世界上有两种人：压迫者和被压迫者！从现在看来，这是谁都明白，不足道的，但在那时，却是一个大发见，正不亚于古人的发见了火的可以照暗夜，煮东西。”② 鲁迅的感慨，正说明了当时重新定义文学的必要性，因为一种新的思想的传入，带来了“一个大发见”。这

---

① 冯乃超．艺术与社会生活［J］．文化批判，1928（1）．

② 鲁迅．祝中俄文字之交［M］//鲁迅．鲁迅全集：第四卷．北京：人民文学出版社，2005：473．

个“发见”，使得现实的存在得以敞开，世界从此变了一副模样。周扬（又名周起应）在《文学的真实性》中说：“对于社会的现实取着客观的，唯物论的态度，大胆地，赤裸裸地曝露社会发展的内在矛盾，揭穿所有的假面，这就是到文学的真实之路。”客观的、唯物的态度的实现，也有前提，即“只有站在革命阶级的立场，把握住唯物辩证法的方法，从万花缭乱的现象中，找出必然的，本质的东西，即运动的根本法则，才是到现实的最正确的认识之路，到文学的真实性的最高峰之路”①。思想意识、阶级立场是重新界定文学和进行文化批判的基点，而这种新的看待社会的角度和方式被认为是能够使真正的社会现实显现的唯一的方式和途径。

新的思想让人发现了新的现实，同时也让人对文学上的写实有了新的看法。蒋光慈指出：“我们以为文学是社会生活的反映”，但是“莫要以为凡是写实的都是好文学，都是为我们所需要的文学”②。写实的文学中被区别出“好文学”与“我们所需要的文学”，这个努力的目的正如郭沫若的文章《从文学革命到革命文学》所显示的，革命文学是对“五四”文学革命的否定之否定，简单地说，便是要区别于“五四”倡导的写实主义，倡导适应革命文学需要的写实主义。蒋光慈将这种与“五四”不同的写实主义称为“新写实主义”，并在《十月革命与俄罗斯文学》中介绍了苏联的新写实主义。1928 年 7 月，林伯修翻译并发表了藏原惟人的《到新写实主义之路》，文中认为新旧写实主义的区别在于：一是从个人出发，一是从社会和阶级的观点出发。③ 藏原惟人的文章译介进来之前，冯乃超在《艺术与社会生活》中批评叶圣陶“笔尖只

① 周起应．文学的真实性［J］．现代，1933，3（1）：10－22.

② 光赤．现代中国社会与革命文学［N］．民国日报·觉悟，1925－01－01.

③ 藏原惟人．到新写实主义之路［J］．林伯修，译．太阳月刊，1928（7）：1－18.

涂抹灰色的‘幻灭的悲哀’。他反映着负担没落的运命的社会”，以及鲁迅“反映的只是社会变革期中的落伍者的悲哀，无聊赖地跟他弟弟说几句人道主义的美丽的说话”①。对当时文坛上写实主义作家的“清算”，反映的正是从旧写实主义到新写实主义的转变，冯乃超的文学观显然受到了藏原惟人的影响。

1929 年后出现的诸多推介“新写实主义”的文章，如勺水的《论新写实主义》、林伯修的《1929 年急待解决的几个关于文艺的问题》、钱杏邨的《新兴文艺与中国》等，进一步将苏联、日本等国的新写实主义文艺理论介绍到国内，使革命文学、无产阶级文学的相关理论有了更加深入的发展，但在本质上并没有使得相关的文学创作问题得到解决。就新写实主义来说，大部分现代革命知识分子的接受和理解都不是从文学艺术的角度进行的，而是植根于革命的内在需要。站在 21 世纪，如何看待这些社会主义先行者们的努力？托尼·朱特认为，建立和管理积极的福利国家的核心机构方面发挥最大作用的，“不是社会主义者，而是基督教民主党人”，而福利国家的构建“提供了一种反对回到过去的屏障”。回首世界范围内的社会主义实践，朱特给了福利国家很高的评价。问题在于，谁都知道福利国家构建的必要性，但只有发达资本主义国家有条件建设，落后的被殖民的国家连发展资本主义的机会都没有，不可能走西方的议会民主道路，这就是赤裸裸的现实。正是对半殖民地半封建社会这一现实的认知，无产阶级革命才成了“现实生活”内在的要求和发展趋势。有意思的是，托尼·朱特站在 21 世纪的角度，指出进行了社会主义革命脱离了殖民的国家现在很穷，而一些殖民地却建设得非常好。这种事后的观察，带有诸多诡论，一切都在变化，百年后今天的一些事实，并不能够说明甚或替代百年前的“现实生活”，更不足以说明当时对现实生活认知的正确与否。当然，

① 冯乃超．艺术与社会生活［J］．文化批判，1928（1）．

更可悲的是像托尼·朱特所说，在社会转型的时候，忘却了自身建构起来的新传统，“建设资本主义”和“发财致富”成了新的目标，一直推崇的“民主”却不被重视甚或被视为一种阻碍，这种状况更加可悲。① 回首革命现实主义与新写实，厘清现实主义的发展脉络，以一种清醒的历史的态度辨别是非对错，更重要的是要通过这种梳理清楚地知道应该继续坚持的是什么，以便能够有效地继续探寻幸福生活的建设途径。

第三节 主观战斗精神与体验现实主义

胡风的现实主义文学理论独具特色，除了他突出作家主体的“主观战斗精神”之外，还在于他信奉的是“实践的”现实主义。“现实主义问题，文艺问题，那中心环节是一个实践问题。”② “实践”是胡风现实主义理论体系的关键词。在胡风看来，真正的现实主义只能是建立在“实践”基础上的“动”的现实主义。“实践的”现实主义其主体只能是人，作家主体的“动”的“主观战斗精神”，是胡风主张的现实主义理论与他所批判的客观主义以及主观公式主义的根本区别所在。创作中若要凸显作家的“主观战斗精神”，凸显现实人生，必须防止客观主义和主观公式主义的创作倾向，故而对客观主义和主观公式主义的批判就成了胡风现实主义文学理论实践必不可少的组成部分。

胡风认为，“文艺创造，是从对于血肉的现实人生的搏斗开始的”。“在对象的具体的活的感性表现里面把捉它的社会意义”，这就需要“主观力量的坚强，坚强到能够和血肉的对象搏斗”，从而

---

① 朱特. 重估价值：反思被遗忘的20世纪［M］. 林骧华，译. 北京：商务印书馆，2013：20.

② 胡风. 胡风三十万言书［M］. 武汉：湖北人民出版社，2003：140.

得到这样的一个可能，即“创造出包含有比个别的对象更高的真实性的艺术世界”。也就是说，“血肉的对象”并非是一种特别的现实，而是就存在于“最平凡的生活事件或最停滞的生活角落里”，但是却并不能够自我呈现人民所需要的价值和意义，需要被“斗争”所“照明”。因此，这就需要作家必须具备主观战斗精神，“要求一个战斗的实践立场，和人民共命运的实践立场”。从为民主战斗的角度，胡风推崇批判现实主义和文艺的战斗性，将其视为“新文艺”诞生时就具有的“先天的性格”。① “汇合着五四以来的新的现实主义理论底发展（新现实主义——唯物辩证法的创作方法——社会主义的现实主义）和进步的创作活动所累积起来的艺术的认识方法底发展，这三方面底内的关联就形成了五四新文艺的传统，现实主义的传统。”②

现实主义是战斗的文学，用胡风的话来说就是：“担负着为新民主主义而斗争的现实主义的文艺”，而且“这个斗争是在开始强化起来的政治压力下面进行的”。新民主主义代表的是被压迫阶级的利益，在社会上属于被压迫的对象，因此，“担负着为新民主主义而斗争的现实主义的文艺”自然也就是求生存的文艺，表现的是“广大人民，特别是劳苦人民底负担、潜力、觉醒、和愿望”③。因为现实主义文艺和新民主主义的紧密联系，使得他们之间构成了利益连接体，当新民主主义发展壮大并最终成其为新民主主义政权的时候，先前压迫新民主主义和现实主义发展的力量崩溃了，再没有任何力量强大到可以压迫新民主主义和现实主义，这就容易成为享有特权的概念，失掉了先前的“战斗”的精神和意义。

① 胡风. 置身在为民主的斗争里面［M］//胡风. 胡风全集：第3卷. 武汉：湖北人民出版社，1999：185－189.

② 胡风. 胡风评论集：中［M］. 北京：人民文学出版社，1984：215－216.

③ 胡风. 论现实主义的路［M］//胡风. 胡风全集：第3卷. 武汉：湖北人民出版社，1999：487.

胡风以《林语堂论》开始了自己文学批评家的生涯，文中说："如果把文艺现象当作文艺现象，就得从那里凸现出能够成为革命斗争的血脉的肯定的东西，但现在却不能不把文艺现象当作一般的社会现象，通过它去刺破文化生活里的迷妄的罩子，从这里透露出现实社会的发展要求，政治斗争或社会斗争的具体形态，使政治斗争或社会斗争不致停留在空而无实的假象里面。当然，同时也借此冲一冲罩在革命现实主义头上的庸俗的气氛。"① 在胡风看来，从"五四"走来的林语堂，"初期的那一点向社会的肯定'民众'的热情早已跑得无影无踪，'轰轰烈烈非贯彻其主义不可'的'性之改造'终于变成了抽象的'个性'，抽象的'表现'，抽象的'性灵'，在我们这些从饿里求生死里求生的芸芸众生中间昂然阔步"②。作家的主观精神不能够和现实搏斗并融合成为一体，其结果就会走向自我的内心，走向过去的观念。"心造了一个万古常流的'个性'，'奉为文学之神'，把艺术家的眼睛从人间转向了自己的心里。于是艺术作品就不是滔滔的生活河流里的真实通过作家的认识作用的反映，而是一种非社会性的'个性'或'心境'的'表现'或'反照'了。"③ 胡风的文艺理论体系从本质上来讲是一种现实战斗的文艺实践基础上的体系，要求以文艺的方式服务于现实斗争。如果不能在当下现实的情景中得到锻炼，在火热的斗争中重新与人生结合，先前的理论和观念就会成为陈旧的固定化了的东西，主观战斗精神就是要打破一切顽固守旧的东西和停滞不前的观念与做法。

---

① 胡风．回忆录·在上海［M］//胡风．胡风全集：第7卷．武汉：湖北人民出版社，1999：311.

② 胡风．林语堂论［M］//胡风．胡风全集：第2卷．武汉：湖北人民出版社，1999：17-18.

③ 胡风．林语堂论［M］//胡风．胡风全集：第2卷．武汉：湖北人民出版社，1999：19.

在胡风看来，像林语堂那样从现实中退走，以内心抽象的观念代替向着具体的现实生活的突进，自然是主观主义的创作模式，可是如果战斗的热情高涨，淹没了客观现实，结果只有情绪在持续高涨中喷发，而现实却从眼前悄悄溜走，或者成了热情的傀儡，那么这仍然还是主观公式主义的创作，而不是真正的现实主义文学的创作。因此，在胡风的理论体系里面，这“动的现实主义”也是他作家论的根基所在。在林语堂和张天翼身上看到的缺陷，实际是被胡风当作一种普遍存在的现象对待的。只有鲁迅，被胡风推崇为是将“五四”以来的浪漫主义和现实主义两种传统融合为一的作家，完美地体现出了他的那种“动的现实主义”。在《论现实主义的路》里面，胡风引用了路翎的一段话，说明作家创作的情况：“有一个更重要的问题人们没有提出：俄罗斯当时有多少码头工人，多少船上伙伕，多少流浪子，为什么在这之中只出了一个高尔基？高尔基有没有天才我们不能肯定，但高尔基能够用自己的脑子非常辩证地去认识，去溶化，去感动，并且把自己整个的生命都投入这个伟大的感动中是铁一样的事实。这就要看自己的主观条件来决定了。”①

抗日战争爆发后，胡风对于文学创作上主观公式主义的批判猛然增多了。抗战燃烧起了广大人民的热情，有些作家飘浮在热情上面，不能够将这种热情蕴藉在文学形象中表现出来。“把他的哭泣他的狂叫照直地吐在纸上，而是要压缩在、凝结在那使他哭泣使他狂叫的对象里面，那使他哭泣使他狂叫的对象的表现里面。”如《扬可中》这篇小说，作者“被抓住了同情之心，也被拖走了抒情的笔。他忘我地向那突进了，因而不能够向哪个人生现象（题材）作更深的探求，作更进一步的肉搏”。热情不能成为深入现实的力量，于是带来了立场的软弱性甚至虚浮性，“做了抽象的‘爱国主义’的概念的俘虏，不能从火热的战争行动里面看到甚至感到那深

① 胡风. 论现实主义的路［M］//胡风. 胡风全集：第 3 卷. 武汉：湖北人民出版社，1999：482.

厚的历史根源，因此，也就不能从广大人民的负担、潜力、觉醒和愿望（‘蠢动着的生活形象’）里面去把握战争的要求以及发展远景”。热情压过了现实，这时候在作家主体和现实的搏击中，作家就往往会因为“性急地要表明他的主题，有的地方甚至使人得到了露骨的不自然的印象。因为，不从具体的生活里面去发展，就不得不借用‘说明’了”①。

评价欧阳山小说《新客》、澎岛小说《蜈蚣船》时，胡风特意指出：“我们只看到作者热心地在人物的背后牵线，想赶快由他们的对白来开展他的故事，至于每个人物的对白是不是恰好能够表达出那个人物的性情和面貌，他的性情和面貌是不是和他的生活色彩相调和，在这里作者的笔力就非常松懈软弱了。我们可以看到，在作品里面，说话的并不是各个面貌不同的人物，而是在自己的主题里面兴奋起来了的作者自己。”② 在《文艺笔谈》编排后记里面，胡风再一次提到《蜈蚣船》，“那个作者后来完全没落了，但其实，他那一种把人物当作立意或‘主题’的傀儡的思想态度或创作方法，原就表明了他和历史要求或人民的内容并没有血肉的结合，那一种虚浮的‘革命性’当然经不起风吹雨打”③。在评价端木蕻良的《鸷鹭湖的忧郁》时，胡风认为：“作者所倾注的情绪使他的人物在读者的感觉里有血肉生命，但同时他的情绪又没有任情地奔放，把他的人物压迫成不能自主的傀儡。”④

在胡风看来，文坛上存在着两种主观公式主义的创作倾向。

---

① 胡风：《新客》及其他［M］//胡风．胡风全集：第2卷［M］．武汉：湖北人民出版社，1999：142.

② 胡风．《蜈蚣船》：“京派”看不到的世界［M］//胡风．胡风全集：第2卷．武汉：湖北人民出版社，1999：155.

③ 胡风．第三次排字后记［M］//胡风．胡风全集：第2卷．武汉：湖北人民出版社，1999：278.

④ 胡风．生人的气息［M］//胡风．胡风全集：第2卷．武汉：湖北人民出版社，1999：449.

“主观公式主义是从脱离了现实而来的，因而歪曲了现实。或者飘浮在没有深入历史内容的自我陶醉的‘热情’里面；或者不能透过政治现象去把握历史内容，通过对于历史内容的把握去理解政治现象，知识对于政治现象无力地演绎；或者僵化在抽象的（虚伪的）爱国主义里面”，打着爱国的名义，实际上却是反历史反人民的，结果便是忠君爱国的封建道德和间谍加色情的堕落趣味的泛滥，脱离了人民，脱离了现实生活，也就不能够真切地感受到“人民的负担、觉醒、潜力、愿望和夺取生路这个火热而丰富的历史内容”。徒有表现的热情不成其为真正的文学，主观上的“力”也就只对于创作者个人来说存在着，而对于其他人则不能够发生共鸣。“只有体现了客观之道者才能够获得主观之力”，胡风想要的是文学作品的现实效果，绝不是什么作家主观的倾向或意图，只有完全实现了的主观倾向才是文学真正需要的倾向。如果追溯作家的创作热情不能化为成功的作品的原因，或是像他在描述战争过程当中发生的事情那样，是被激发的情感没有来得及沉积下来，因而不能够沉淀到作品当中去，与现实的对象融合为一，或是受了教条主义的毒害，创作上演绎的是心中被灌输的信念教条，自然对现实更加没有突进的可能。这样的创作“歪曲了也就是压杀了‘主观之力’的”。①过犹不及，都还是陷入了主观主义的泥潭而最终失去了自身的缘故。

主观主义的创作方法最明显的缺陷就是脱离了具体的实践，将抽象的静止的观念性的东西作为创作上的原则性的东西。在《关于文学遗产》中，胡风指出：“我们从伟大的古典艺术家莎士比亚学习的当不是成形了的‘形式方面’……而是他的描写人物创造人物的方法，这就不是‘形式’问题而是艺术的认识方法问题，那根源

---

① 胡风. 论现实主义的路［M］//胡风. 胡风全集：第 3 卷. 武汉：湖北人民出版社，1999：500 - 501.

不能不是作者对人对社会的看法或理解，即属于所谓‘思想’方面的东西。”① 主张不能直线地接受伟大作家的“思想”，也不能机械地学习其“形式”，不是不学习，而是不像林语堂那样不将其放在与现实的火热搏斗和体验中学习，从而使其最终走向了“抽象”。在《自然·天才·艺术》里面，胡风批判了李长之的“自然观”，原因所在，与林语堂将“个性”看成了抽象不变的东西一样，李长之将自然也看成了卢梭眼中那样的抽象的存在。一旦抽象就必然会成为静止的，这也就和需要在“动”中去把握的现实主义文学创作的要求有了根本性的区别。既然是固定不变的东西，主观精神的战斗和搏击自然也就成了多余，主体的作用体现不出来，革命性的要求也就受到了压抑。“老实说，李长之先生的‘大自然’，我们用基督教的说法‘上帝’换一换，并没有什么不可以，用我们习惯的说法‘造物主’换一换，也没有什么不可以，就是用一般愚民的说法玉皇大帝换一换，还是同样的意思。”② 也就是说，现实变成了抽象的观念中的“现实”，表现在创作中也就成了主观公式主义的表现，这也就是被胡风后来在哲学根基上追溯到黑格尔的绝对理念上去的创作方法。在《论现实主义的路》里面，胡风还将主观公式主义的理论源头追溯到了黑格尔，深刻地分析了主观公式主义的本质实际上就是客观唯心主义，其思想里面徘徊着黑格尔绝对理念的影子。按照这种理论的要求，“艺术所要反映的是理念，而且现象形态（形象）也是从理念本身发展出来的；这就用不着通过血肉的感性生活去追求历史现实的发展面貌，应该直接从概念出发了”。“主观公式主义者以为他自己是思想（当然是‘革命思想’，‘绝对理念’的摩登形态）的工具，所以在作品里面用人物这个工具来说

---

① 胡风. 胡风全集：第 2 卷［M］. 武汉：湖北人民出版社，1999：92.

② 胡风. 自然·天才·艺术［M］//胡风. 胡风全集：第 2 卷. 武汉：湖北人民出版社，1999：119.

明‘思想’；因而，那并不是从客观对象把握出来的真实，只不过是由于他自己那一种‘意识的存在’的活动特性，使他的‘思想’和他的‘人物’实际上反而成了他自己的‘工具’的。虚浮的以至虚伪的‘思想’，也正是某一‘感性的活动’所要求的东西。”①

对现实变动不居的认识，造就了胡风现实主义观的一个重要看法，即现实主义创作中包含着非现实主义的因素。“一个取得了艺术力和思想力的高度统一的人物，有现实的一面，也有非现实的一面。或者说，应该是现实的一面和非现实的一面的统一体。”“我们所要求的现实主义必得把革命的浪漫主义作为它的本质内容之一。”② 有研究者将非现实的因素视为“仅仅是‘理想化’、‘历史必然’的代名词”③。主观主义的“理想化”和客观主义的“历史必然化”，都是胡风坚决反对的，但胡风却不反对将浪漫主义与现实主义联系在一起，胡风认为现实主义也应该“散发着追求理想（未来）、为理想开路的潜在的要求”④。胡风认为，现实是随着社会人生的变化而不断地改变的，是表现为过程性的东西，即“已经实现、正在实现、将要实现的真正的现实”，所以表现这种现实的现实主义就是“动的现实主义”。胡风要求作家像高尔基所说的那样“文学要站在比现实更高的地方”，所谓的“比现实更高”，也就是要把握历史的脉络及其发展的历史必然趋势。

既然一切都处在不停的变动当中，现实也就不是一个等待着作

---

① 胡风．论现实主义的路［M］//胡风．胡风全集：第 3 卷．武汉：湖北人民出版社，1999：518，522.

② 胡风．一个要点备忘录：在文协小说晚会上的发言要点［M］//胡风．胡风全集：第 2 卷．武汉：湖北人民出版社，1999：633.

③ 王丽丽．胡风的理论问题解析：上［J］．中国现代文学研究丛刊，2003（1）：1－26.

④ 胡风．学习鲁迅精神［M］//胡风．胡风全集：第 6 卷．武汉：湖北人民出版社，1999：33.

家去征服的不变的东西。因此胡风要作家和现实搏斗，在搏斗中表现出现实发展的趋势和方向。而胡风的现实主义搏斗和突击，并不是要作家将自身泯灭在对象里面，而是要“作家在实践过程中间死命地追寻并发动自身里面那个向往明天性的诸因素的主观精神要求（同时也是抵抗并压下昨天性的诸因素的主观精神的要求）去把握对象，征服对象，在对象里面猎人似地去追索那昨天性的诸因素，爱人似地去热恋那明天性的诸因素……在现实主义的作家，这是一个你死我活的实践斗争。对于昨天性的诸因素，他痛恨，他鞭打，他痛哭，他甚至不惜用流血手段；对于明天性的诸因素，他热爱，他赞颂，他歌唱，他甚至沉醉地愿意为它们死去”①。这种向着光明因素的搏斗和突击，是胡风现实主义战斗精神的集中体现。在和周扬论战的文章《什么是“典型”和“类型”》中，胡风引用普希金创作的《奥涅金》和屠格涅夫的《父与子》里面的人物形象，说明这些作品中出现的“新人”形象是在被作家创作出来之后，社会上才大量出现这一超前的文学现象时，说“前进的有能的作家能在社会生活里面发见还在萌芽状态里的新的性格来，给以艺术的概括，送到一般人的面前，因而被看成了‘时代的预言者’”②。正是为了解释这种“时代预言”式的文学创作，同时与现实主义创作要求的把握社会发展趋向的要求，即所谓的“将要实现的现实”的观念统一起来的，是“动的现实主义”发展的必然结果。胡风在他的理论中提出了革命浪漫主义的现实主义理论，虽然在用语上与新中国成立后的“两结合”创作概念相似，但实质却正相反。

在抗日战争结束之后，胡风对主观公式主义的批判基本上都是

---

① 胡风. 论现实主义的路［M］//胡风. 胡风全集：第3卷. 武汉：湖北人民出版社，1999：487，560－561.

② 胡风. 什么是“典型”和“类型”：答文学社问［M］//胡风. 胡风全集：第2卷. 武汉：湖北人民出版社，1999：106.

围绕着创作主体展开。在与周扬和何其芳等来自解放区的“主观公式主义”言论展开的论争中，胡风批判的焦点主要集中在作家与“阶级的立场和世界观”的关系上面。胡风认为周扬、何其芳他们“不是从历史条件和实践要求来理解这个概念，而是用‘首先具有’的先验的‘工人阶级的立场和共产主义世界观’来‘偷换’（用他自己的说法）了这个概念的”，批评他们根本不对解放区和国统区不同的情况加以区别，其实正表明了解放区和国统区对于文学创作与知识分子自我改造问题之间的分歧。在《三十万言书》中，胡风批评了林默涵、何其芳的一系列主观公式主义的论断。“第一个论断，也是基本论断：社会主义现实主义者‘首先要具有工人阶级的立场和共产主义的世界观’（林默涵）。”而在胡风看来，林默涵“把‘世界观’理解为先验的被一次完成了的，没有矛盾或没有发展的东西”。然后，胡风先将“首先要有具有工人阶级的立场和共产主义的世界观”① 的提法追溯到苏联的拉普，然后引用了斯大林清算拉普的权威论断，紧接着具体分析了林默涵的论断是对毛泽东文艺思想的背离。在胡风看来，文学上的现实主义并不能够以作家自身的阶级属性作为标准来进行区分，更不能够以作家出身的阶级论定他的世界观，而世界观也与创作上的现实主义精神并不完全等同。

胡风认为，现实主义的文艺应该“正确地反映生活现实，反映人民大众的生活欲望和战斗意志”②，而要做到这一点，需要以胡风在《论民族形式问题》中提出的两个方面为前提：“一方面，要投身到实际斗争里面，为达到和大众的结合而斗争，另一方面，要坚持而且加强现实主义传统，为提高大众的认识能力而斗争。”③

---

① 胡风．胡风三十万言书［M］．武汉：湖北人民出版社，2003：116－257.

② 胡风．民族战争与新文艺传统［M］//胡风．胡风全集：第 2 卷．湖北：湖北人民出版社，1999：649.

③ 胡风．胡风全集：第 2 卷［M］．湖北：湖北人民出版社，1999：788.

不能投身到实际斗争，不与大众相结合，也就不能真正地认清现实，若是不能提高“认识能力”，就会在各种繁乱的思想潮流中迷失了自己。因此，对于胡风来说，现实主义就是一种战斗实践，是与现实人生的搏斗，以及与各种非现实主义思想的搏斗，唯有在血与火的搏斗中才能实现真正的现实主义。

第四节　社会主义现实主义观念的建构与解构

社会主义现实主义源于苏联。1932 年 10 月 26 日，斯大林在莫斯科小尼基塔街高尔基寓所召开的座谈会上说：“艺术家应该真实地描写生活。而如果他将真实地描写生活，那么他就不可能不注意到、不可能不反映生活中引导它走向社会主义的东西。这就是社会主义现实主义。”① 1934 年 5 月，苏联作家协会第三次全体会议通过的《苏联作家协会章程草案》对“社会主义现实主义”所做表述是：“社会主义现实主义，作为苏联文学创作和文学批评的基本方法，要求艺术家从现实的革命发展中真实地、历史具体地去描写现实；同时，艺术描写的真实性和历史具体性必须与用社会主义精神从思想上改造和教育劳动人民的任务结合起来。”② 社会主义现实主义和其他所有外来理论一样，都有一个传入中国逐渐被接受和中国化的过程。

中华人民共和国建起了社会主义的制度，社会主义现实主义在内地随之成了官方认可并推行的主要的文学创作方法。官方推行社会主义现实主义的原因有很多，其中一个重要的原因可见之于毛泽

---

① 汪介之．“高尔基之谜”：破解，还是曲解？——《倒转“红轮”》第二章读后质疑［N］．文学报，2013-07-25．

② 佚名．苏联文学艺术问题［M］．曹葆华，等译．北京：人民文学出版社，1953：13．

东在 1963 年 12 月 12 日对文学艺术的批示。“许多共产党人热心提倡封建主义和资本主义的艺术，却不热心提倡社会主义的艺术，岂非咄咄怪事。”① “社会主义的艺术”就是社会主义现实主义的艺术。连共产党员都不能热心提倡社会主义的艺术，而是钟情于封建主义和资本主义的艺术，普通民众自然没有共产党员的觉悟高，艺术上的鉴赏趣味可想而知。在毛泽东看来，这不是单纯的审美问题，更是信仰问题，对于社会主义文化艺术的自信问题。艾青谈到新诗创作时说：“社会主义现实主义所企望于诗人的是：诗人必须具有正确的世界观，强烈的、社会主义革命的感情，以现实主义的创作方法，描画我们这个时代物质和精神的伟大变革，向人民进行共产主义的教育。”② 社会主义思想需要输灌，共产主义思想也需要输灌。艾青的这段话其实谈到了倡导社会主义现实主义的最为重要的意义，即教育。文学不等于教育，也不能简单化为教育的工具，但社会主义制度是一个全新的探索和实践，新的社会新的思想迫切需要文学在内的一切艺术手段参与到这个教育的潮流中来。新的事物之所以新，就在于没有经验过，难以事先预判是非对错，对于社会对于文学来说都是如此。

中国左翼作家联盟“作为国际革命作家联盟中国支部”③，有责任和义务保持和国家革命作家联盟的密切联系。国家革命作家联盟的核心和领导其实就是苏联作家协会，对于苏联作家协会的各种活动和决议，中国左翼作家联盟自然努力地给予介绍和接纳。1933 年 2 月，《艺术新闻》（周刊）第 2 期刊登了林琪翻译的《苏俄文

---

① 洪子诚. 中国当代文学史·史料选（1945—1999）（下）[M]. 武汉：长江文艺出版社，2002：512.

② 艾青. 诗的形式问题：反对诗的形式主义倾向 [J]. 人民文学，1954 (3)：22－37.

③ 中国无产阶级革命文学的新任务：一九三一年十一月中国左翼作家联盟执行委员会的决议 [J]. 文学导报，1931，1 (8).

学的新口号》，原文是日本《普洛文学》同年2月号刊发的一篇报道，首次对苏联文学新出现的“社会主义现实主义”做了介绍。同年11月《文学》月刊第1卷第5号刊发《关于苏俄文坛组织的消息》，对苏联“社会主义的现实主义”的提出情况做了进一步的报道。同年底，《文学》第1卷第6期发表吴春迟翻译的卢那察尔斯基的《社会主义的写实主义底风格问题》，《文艺群众》1935年9月号刊载了芝葳翻译的法捷耶夫的《社会主义的现实主义》，1937年4月在上海创刊的《文艺科学》刊出了“社会主义的现实主义”专辑，在众多译者们的努力下，“社会主义现实主义”迅速进入中国文坛。在社会主义现实主义的译介上，主体就是左翼作家联盟的成员。带有浓郁的政党色彩的左翼作家联盟，其团结性和组织能力不是之前出现的任何现代文学社团所能比拟的。对社会主义现实主义的译介呈现出三个特点：第一，紧跟苏联文学的步伐，及时而敏感；第二，组织化的译介，团体作战；第三，政治色彩浓郁。

社会主义现实主义代表的是新的文艺思想。《文艺科学》编辑者说：“‘社会主义的现实主义’在中国，与其说还很贫乏，毋宁说干脆地说是缺如。所以，我们大胆地越快越好地企图把‘社会主义的现实主义’的诸问题系统地介绍到中国的文坛。”①“五四”新文化运动时期，译介写实主义和自然主义文学理论时，译介者大多都会谈及为何翻译，与中国文学及社会有怎样的意义，但在社会主义现实主义的译介中，这方面的解释却少了很多。对社会主义现实主义全面介绍并给予评述的是周扬。在《关于“社会主义的现实主义与革命的浪漫主义”——“唯物辩证法的创作方法”之否定》（刊载于1933年11月《现代》第4卷第1期）一文中，周扬详细介绍了吉尔波丁在苏联作家协会组织委员会第一次全体会议上的报告内容：为什么要否定“唯物辩证法的创作方法”、“社会主义现

① 创刊号编后记［J］．文艺科学，1937（4）．

实主义”的真实性、典型性、大众性及其与“革命的浪漫主义”之间的关系。值得注意的是周扬指出：社会主义现实主义“这个口号是有现在苏联的种种条件做基础，以苏联的政治—文化的任务为内容的。假使把这个口号生吞活剥地应用到中国来，那是有极大的危险性的”。也就是说，社会主义现实主义有其特定的社会基础，没有社会主义的苏联就没有社会主义现实主义。根据当时中国社会的性质和历史任务的界定，出现了新民主主义现实主义、无产阶级的现实主义、革命的现实主义、新的革命的现实主义等概念，这些都可以视为走向社会主义现实主义的过程中出现的过渡性文艺思想。

将社会主义现实主义与特定的社会联系起来，也就意味着在中国还没有进入社会主义的时候，就难以用社会主义现实主义规定和要求中国的作家。按照周扬的逻辑，中国既然还不具备应用社会主义现实主义的基础条件，就没有必要在社会主义现实主义的译介上浪费太多的人力物力，然而实际上对社会主义现实主义的译介和阐释却接连不断。《文学的新的道路》（适夷译，1940 年 4 月上海光明书局出版）、《社会主义的现实主义论》（林焕平译，1940 年 10 月希望书店出版）、《社会主义的现实主义》（荒芜译，1949 年 5 月北平天下图书公司出版）、《苏联文艺论集（社会主义现实主义的问题）》（朱海观辑译，1949 年 7 月上海棠棣出版社出版）等文艺论著的译介如明灯一样给黑暗中探索的中国知识分子提供了方向和希望，使中国的文学有了更多选择的可能性。1942 年 5 月毛泽东发表的《在延安文艺座谈会上的讲话》指出：“我们是主张社会主义的现实主义的”，“文艺作品中反映出来的生活却可以而且应该比普通的实际生活更高，更强烈，更有集中性，更典型，更理想，因此就更带普遍性。革命的文艺，应当根据实际生活创造出各种各样的人物来，帮助群众推动历史的前进。”① 文艺为谁服务，怎么服务，以及文艺评价的标准等，《在延安文艺座谈会上的讲话》对于上述诸问题的表述，都带有鲜明的苏联社会主义现实主义理论的印痕。

1949 年中华人民共和国成立，建立了社会主义国家，外交上实行“一边倒”政策，文学译介和学习的对象也不例外。1951 年 5 月 12 日，周扬在中央文学研究所做了《坚决贯彻毛泽东文艺路线》的讲演。在谈到“继承民族文学艺术的优良传统”时，周扬辩证地谈到了西洋文化、传统文化和民族新文化的关系，指出“不少文艺工作者和青年们盲目崇拜西洋，轻视民族文学艺术传统，轻视民间形式，轻视群众的爱好和趣味，这也正是一种失掉民族自信心与缺乏群众观点的表现”。在强调不能割断历史的前提下，他提出必须要向外国学习，“特别是向苏联学习。社会主义现实主义的文学艺术是中国人民和广大知识青年的最有益的精神食粮，我们今后还要加强翻译介绍的工作”，指出学习外国要和尊重自己民族的历史与文化传统结合起来，“学习技巧不等于模仿西洋形式，而正是为了发展与丰富自己民族的形式”②。向苏联学习社会主义现实主义，也就是为了向先进国学习，目的“正是为了发展与丰富自己”。

从 1951 年 12 月开始，党中央颁发了一系列命令，开始了农业、手工业和资本主义工商业的社会主义改造运动，到 1956 年完成了三大改造，生产资料私有制转变为社会主义公有制，使中国从新民主主义社会跨入了社会主义社会。1952 年 5 月，周扬在《毛泽东同志〈在延安文艺座谈会上的讲话〉发表十周年》一文中说：“在我们国家的政治、社会、经济的生活各方面既已产生了具有决

---

① 毛泽东．毛泽东选集：第 3 卷［M］．北京：人民出版社，1967：818－824．

② 周扬．坚决贯彻毛泽东文艺路线：一九五一年五月十二日在中央文学研究所的讲演［M］//周扬．周扬文集：第二卷．北京：人民文学出版社，1985：60－61．

定作用的社会主义的因素，我们的以先进思想武装起来的文艺就应努力将这些生活中的新的因素真实地、突出地反映出来，借以用社会主义和共产主义的精神去教育工人、农民及其他劳动群众。革命的艺术的新方法——社会主义现实主义应当成为我们创作方法的最高准绳。”① 当时三大改造刚起步，周扬所说“具有决定作用的社会主义的因素”，这个判断更多源于政治的需要，而非经济生活等方面。1952年12月，周扬在《社会主义现实主义——中国文学前进的道路》中说：“判断一个作品是否社会主义现实主义的，主要不在它所描写的内容是否社会主义的现实生活，而是在于以社会主义的观点、立场来表现革命发展中的生活的真实。”② 又将丁玲和赵树理等写农民的生活和斗争的作品视为“社会主义现实主义的文学”，这和中华人民共和国成立前所持观点已经大不相同了。

1953年9月，周扬在中国文学艺术工作者第二次代表大会上宣布：“我们把社会主义现实主义方法作为我们整个文学艺术创作和批评的最高准则。”并认为毛泽东早在《在延安文艺座谈会上的讲话》中就曾指出工人阶级的作家应当以社会主义现实主义作为创作方法。将社会主义现实主义更进一步追溯到“五四”，认为“五四”开始的新文艺运动就是朝着社会主义现实主义的方向前进的，而鲁迅更是“社会主义现实主义的伟大先驱者和代表者”。这个时候出现在教科书和各种理论资料中的社会主义现实主义，与其说是一种文学创作方法的倡导，毋宁说成了一种对文学艺术的政治判断，同时也是新中国赋予文学艺术的新的使命和责任：“鼓舞人民

---

① 周扬．毛泽东同志《在延安文艺座谈会上的讲话》发表十周年［N］．人民日报，1952－05－26．

② 周扬．社会主义现实主义：中国文学前进的道路［N］．人民日报，1953－01－11．

向着社会主义社会前进，这就是文学艺术工作方面的庄严的任务。”①

1953年9月3日，赫鲁晓夫当选为苏联共产党中央委员会第一书记。1956年2月14日至25日，赫鲁晓夫在莫斯科克里姆林宫主持召开苏联共产党第二十次代表大会，并做了《关于个人崇拜及其后果》的秘密报告，此后苏联开始实施去斯大林政策。在此期间，一批自20世纪30年代以来受到迫害的苏联作家被“平反”和恢复名誉，1954年召开的苏联第二次作家代表大会对文艺的行政命令、官僚主义，文学创作的模式化和“虚假”作风进行了质疑，1955年《共产党人》第18期发表了《关于文学艺术中的典型问题》专论，批驳了马林科夫十九大报告中有关典型的观点。苏联出现了“解冻文学”思潮，出现了一批“干预生活”的文学作品，紧跟苏联脚步的中国文艺界自然也受到了冲击。1956年9月，秦兆阳以何直的笔名发表了《现实主义——广阔的道路》，赞同西蒙诺夫在第二次苏联作家代表大会上对“社会主义现实主义”定义的质疑，指出“社会主义现实主义”“从这一定义被确立以来，从来还没有人能够对它做出最确切最完善的解释，常常是昨天还被认为是很正确的解释，今天又被人推翻了”。对社会主义现实主义作为独立的创作方法提出了质疑，批评了文学中的教条主义及对文艺和政治关系的庸俗化理解，建议“称当前的现实主义为社会主义时代的现实主义”②。秦兆阳的文章可以说是新形势下力图对社会主义现实主义做重新思考的努力。

社会主义现实主义从斯大林提出之时起，就有其内在的政治性诉求，社会主义成了现实主义的精神内核，现在秦兆阳想要以“社

---

① 周扬. 为创造更多的优秀的文学艺术作品而奋斗［J］. 人民文学，1953（11）：1－14.

② 秦兆阳. 文学探路集［M］. 北京：人民文学出版社，1984：143－144.

会主义时代的现实主义”替代社会主义现实主义，实际上就是要消解这种内在的本质规定性，以时代来称呼和规范社会主义时期的现实主义文学。秦兆阳的这一努力自然受到了主流思想的批判，1956 年张光年发表的《社会主义现实主义存在着、发展着》，1957 年叶以群发表的《我们的文艺方向和创作方法》、黄药眠发表的《是社会主义时代的现实主义还是社会主义现实主义?》、钱学熙发表的《作家的世界观与创作方法的关系问题》、陈涌发表的《关于社会主义的现实主义》、蔡仪发表的《再论现实主义问题》、蒋孔阳发表的《关于社会主义现实主义》等，都着重论述了社会主义现实主义的必要性及不可替代性。如此多的论文着意于阐述社会主义现实主义的正当性，本身也说明这个概念亟须重新阐释，使其能够吻合于现实生活发展的内在需要。

理论与政治上的正确性，并不能遮蔽这一时期文学在把握现实生活方面表现出来的某些脆弱无力，如何面对生活中存在的某些假丑恶、矛盾和冲突，社会主义现实主义并没有给人以满意的回答。受苏联文学及国内政治环境变化的影响，在 1956 年的中国文坛上也出现了“干预生活”的概念及文学创作，如王蒙的《组织部来了个年轻人》、李国文的《改选》等，大胆触及当时社会生活中的官僚主义、教条主义以及其他一些社会矛盾和阴暗面，体现了现实主义直面现实的真实精神。最早把社会主义现实主义介绍到中国来的周扬，也对此进行了重新审视。周扬一方面强调坚持社会主义现实主义的必要性：“社会主义现实主义是人民艺术发展的新方向，为什么我们要反对这个新方向?”一方面也提出要坚持对于社会主义现实主义的学习，“决不能陷入教条主义的泥潭”。并提醒人们说：“我们应该把社会主义现实主义了解为一种新的方向，而不能把它当作教条，或者当作创作上的一种公式。不然的话，就有很大的危险”，“对于社会主义现实主义，我们要反对把它当做教条，不要去推敲它的定义”，“不管定义有没有问题，我觉得我们不必去强调它”，“社会主义现实主义只是指示人们一个方向”，“至于具体的方法，决不是立一个定义所能规定得了的”，如果把社会主义现实主义当作教条，当作简单的创作公式，到处乱套，那就只会带来害处，“因为反对个人主义连个性也反对掉了，因为强调集体主义把个人的事情忽略掉了，只承认党性，不承认个性，这可以说是我们这几年来实际上的倾向”。周扬的思考，显示了“双百方针”带来的对现实主义文学的新思考，这个思考中值得注意的是周扬强调“不要去推敲它的定义”。忽略概念的问题，强调概念本身的实践性，也就是试图搁置争议，不纠缠于概念本身可能存在的不完善的地方，而共同致力于社会主义现实主义内在的追求，即“表现人类为实现社会主义和共产主义而进行的伟大的斗争”①。

“双百方针”与“干预生活”使社会主义现实主义一度闪现出耀眼的光芒，随后中国社会进入“反右”“大跃进”时代，然后又是十年“文化大革命”，革命的浪漫主义甚嚣尘上，与庸俗鄙陋的浮夸风扭结在一起，社会主义现实主义在这一段时期基本丧失了把握现实生活真实面相的能力。1959 年，郭沫若谈到当时的文学创作时说：“歌颂好的是比较顺手的，事实上作家的想象力和夸大本领在今天有时是落在现实的后面去了。写英雄人物我们不要嫌其夸大，作品写好后，现实的人物可能比作品上的人物更要英雄。……如果你肯定非的方面，那完全是错误。又如果你把非的不合理的方面强调得过分，灰色的成分就会增多，人们也不会欢迎。鲁迅的《阿 Q 正传》，在当时的历史条件下起了很大的作用，但是如果今天再强调阿 Q 那样的人，就会成问题，而且已经不现实了。在那个时候强调阿 Q 的消极面并加以夸大，作为我们憎恨的对象，能够发

---

① 周扬. 关于当前文艺创作上的几个问题：在中国作协文学讲习所的讲话［M］//周扬. 周扬文集：第二卷. 北京：人民文学出版社，1985：408 - 417.

挥很强大的革命作用。在今天就不行。所以我有时想，今后写喜剧是没有问题的，悲剧的写法可是一个大问题。”① 当时的现实生活中，大量存在着李顺大、“漏斗户主”陈奂生这类的人物，但正如郭沫若所说，表现这类人物“在今天就不行”，可以表现的是高干大、高大泉那一类英雄人物。“写英雄人物我们不要嫌其夸大”，结果英雄人物成了不食人间烟火的圣人，与普通人的距离太远了，也就失去了现实的意义。社会主义现实主义也就成了“假大空”的代名词，日后自然也就被归入伪现实主义的行列。

随着“文化大革命”的结束，这一切才又发生了变化。1978年5月10日，中央党校创办的内部刊物《理论动态》发表了《实践是检验真理的唯一标准》。文章说：“社会主义对于我们来说，有许多地方还是未被认识的必然王国。我们要完成这个伟大的任务，面临着许多新的问题，需要我们去认识，去研究，躺在马列主义、毛泽东思想的现成条文上，甚至拿现成的公式去限制、宰割、剪裁无限丰富的飞速发展的革命实践，这种态度是错误的。”既然“有许多地方还是未被认识的必然王国”，“革命实践”又是“无限丰富的飞速发展”的，也就意味着现实需要重新认识和把握，没有包办一切的思想，社会主义现实主义的相关认知正确与否也必须由实践来检验。

《今天》杂志在《致读者》中说：“‘四人帮’的文化专制主义就是只准文坛上开一种花朵，即黑色的花朵。而今天，在血泊中升起黎明的今天，我们需要的是五彩缤纷的花朵，需要的是真正属于大自然的花朵，需要的是开放在人们内心深处的花朵。”② 上海文艺出版社编选了《在桥梁工地上》《本报内部消息》《组织部来了

---

① 郭沫若．就目前创作中的几个问题答《人民文学》编者问［M］//郭沫若．郭沫若论创作．上海：上海文艺出版社，1983：137．

② 致读者［J］．今天，1978（1）．

个年轻人》和《改选》等“干预生活”的作品，将其结集为《重放的鲜花》予以出版。“反右”运动中，“干预生活”的创作和理论受到批判，被看成是“揭露生活阴暗面”“反党反社会主义”。作为文坛上“重放的鲜花”，“干预生活”的创作和理论对于整个现实主义传统来说，都有非常重要的意义，即应该如何审视现实生活中存在的矛盾和阴暗面。

随着“文化大革命”的结束，以及改革开放的推进，现实生活发生了天翻地覆的大变化。《上海文学》发表评论员文章，重提恩格斯对现实主义的要求，肯定了20世纪50年代“干预生活”口号及其影响下产生的文学作品的积极意义，最后提出“急风暴雨式的群众性的阶级斗争已经基本结束，今后的任务是团结全国各族人民，向四个现代化挺进，新的现实已经向文艺提出了新的要求”①。“新的现实”意味着现实主义文学创作需要调整自我，以便能够把握发展中的真实的现实生活。1979年，中国社会科学院外国文学研究所编译了《70年代社会主义现实主义问题——苏联关于“开放体系”理论的讨论》；1981年，北京师范大学苏联文学研究所编译了《苏联现实主义讨论集》；石田、白堤翻译了阿·梅特钦科论“社会主义现实主义”《继往开来——论苏联文学发展中的若干问题》一书。此外，有许多文章译介了苏联、美国对社会主义现实主义的相关论著。这些都是社会主义现实主义致力于自我调整，试图重新把握现实生活的努力，反思文学和改革文学可以视为这一努力的具体表现。

现实主义文学观的再次解放，是20世纪80年代中后期。1989年1月12日，《文汇报》刊载了杨春时《“社会主义现实主义”再思考》；1989年《文艺评论》第2期刊登了杨春时《“社会主义现

① 为文艺正名：驳“文艺是阶级斗争的工具”说［J］. 上海文学，1979(4)：4-9.

实主义”批判》。《“社会主义现实主义”批判》开篇提出一个尖锐的问题：“为什么我们讲了几十年‘社会主义现实主义’，搞出来的却往往是假现实主义！”他认为“对‘社会主义现实主义’的批判已经不容回避了”，直斥“社会主义现实主义”为“一种假现实主义”，“‘社会主义现实主义’并不是一种自发性的文学思潮，它并没有文学创作的自然基础，而是由政治权力结构按照国家意志制造出来并强制推行的文学模式”。“‘社会主义现实主义’及其变体‘两结合’的确立，使中国‘五·四’以来的现实主义传统中断了”；将对胡风文艺思想的批判视为“社会主义现实主义”对“‘五·四’现实主义思想的绞杀”。对“社会主义改革时代”的“现实主义”，要求渗透着现代主义因素的“新现实主义”：“不是站在意识形态的立场上肯定现世，而是站在人的价值的立场上，揭示现实存在的局限性，在历史进步过程中维护人的尊严，对任何贬低人的价值的现象（这往往是历史进步的代价）进行严正的审判。”① 新中国成立后周扬等倡导社会主义现实主义，皆从“五四”开始讲起；新时期杨春时等否定社会主义现实主义，提出返回“五四”。无论肯定还是否定社会主义现实主义，都避不开“五四”。

杨春时的文章代表了思想解放时期知识分子渴望回归“五四”、重走启蒙路的梦想。赵祖武比较了“五四”新文学与新中国成立后的文学创作，认为“五四”新文学之所以能够取得伟大的成绩，就在于它是“争自由求解放的文学”，而新中国成立后“政治运动的连续冲击和‘文艺即政治’的宣传，对歌颂与暴露等问题的曲解和对敢于揭露社会阴暗面的现实主义作家的误伤”等等，“严重地妨碍了作家的创作自由”，“渐渐磨灭了‘五四’新文学作家正视现实，敢于说真话实话的优良传统”，然后肯定了随着思想解放，

---

① 杨春时.“社会主义现实主义”批判［J］. 文艺评论，1989（2）：4 – 16.

“‘五四’新文学传统在创作方面得到大力恢复”① 对中国当代文学可能具有的重大意义。“五四”新文学传统成了审视批判社会主义现实主义的背景和理论基点，而周扬曾表示不要纠缠的“社会主义现实主义”定义也成了这一概念被消解的切入口。朱立元著文说：“所谓的‘社会主义现实主义’、‘革命现实主义和革命浪漫主义相结合’等等提法，在理论上根本站不住脚，在逻辑上犯了把不同质、不同范围的概念生硬拼合的错误。”② 虽然有人著文为社会主义现实主义文艺思想辩护，但基本都是老调重弹，没能谈出新意从而为社会主义现实主义注入新的生机和活力。

此后一段时间，中国当代文坛上现实主义的声音变得微弱了许多。“文化大革命”结束后，诗坛上最有影响也最有成就的是朦胧诗派，朦胧诗的崛起也被视为新的审美原则在崛起。“现实主义的出现和命名，不是抽象了诗歌创作的经验提出的，主要是对小说叙事性文学样式创作方法的总结。诗中的现实主义界限是最模糊的。写实性描写，只能是诗歌艺术初期阶段的特征。严格说，诗歌创作中似乎从来不存在标准的现实主义原则。”③ 徐敬亚从朦胧诗中看出的是现代主义的审美倾向。从诗歌到小说，现代主义甚或后现代主义，在一段时间里都是光芒四射，令长期占据20世纪中国文坛主导地位的现实主义黯然无光。李洁非和张陵在《“再现真实”：一个结构语言学的反诘》中将“再现真实”视为一种徒劳无益的挣扎，“‘再现真实’不仅仅是一种艺术理想，而且是宇宙间自有人类以来所产生的一种特殊的生命意志，一种以宣告把握了‘外在’来换取和满足‘自信’的悲剧性幻想”。世间只存在“语言事

① 赵祖武．一个不容回避的历史事实：关于“五四”新文学和当代文学的估价问题［J］．新文学论丛，1980（3）：5－12.

② 朱立元．关于现实主义问题的断想［N］．文汇报，1989－03－03.

③ 徐敬亚．崛起的诗群：评我国诗歌的现代倾向［J］．当代文艺思潮，1983（1）：14－27.

实”。“艺术中所谓的真实，实际只意味着真实被置于一定规则与结构（归根结蒂即是艺术的语言或符号结构）加以叙述而已，一件作品的实在性最终亦只是它叙述方式的实在性。”“传统的写实性小说自以为达到了‘客观’境界，而在我们看来却是十足主观的。”①徐敬亚虽然遮遮掩掩地否定了诗歌中现实主义的审美原则，却并没有否认现实主义的客观写实性，李洁非和张陵则从语言这一文学表达的媒介出发，从根本上否认了客观写实的可能性与可行性。追求写实的现实主义小说可能离真正的现实很遥远，追求叙事和语言的先锋派小说却有可能通过叙事圈套和语言自身的悖谬反而揭示了现实生活的真实面相。“寻根小说”“现代派小说”“实验小说”“晚生代小说”，都带有明显的现代派色彩。从小说理论到小说创作实践，现代主义都有盖过现实主义的发展趋势。

在现代主义小说大放异彩的同时，现实主义的小说创作也并没有停下前进的脚步。从成规模的现实主义文学创作现象来说就有两个，分别是 1988 年前后出现的“新写实小说”和 1996 年出现的“现实主义冲击波小说”。此外，还有高晓声、路遥、陈忠实、张炜等一大批作家都在坚持现实主义文学创作的道路。其中，最有特色且表现出鲜明时代思想印痕的是“新写实小说”。

1988 年 10 月，《钟山》和《文学批评》两个刊物联合召开“现实主义与先锋派文学”的讨论会。《钟山》杂志于 1989 年第 3 期开始设立专栏：“新写实小说大联展”；同年 10 月，《钟山》《文学自由谈》两份杂志联合召开“新写实小说”讨论会。由此，中国文坛上拉开了新写实小说的大幕。何为“新写实”？《钟山》编辑部在《“新写实小说大联展”卷首语》中说：“所谓新写实小说，简单地说，就是不同于历史上已有的现实主义，也不同于现代主义

---

① 李洁非，张陵. “再现真实”：一个结构语言学的反诘［J］. 上海文学，1988（2）73 –78.

‘先锋派’文学，而是近几年小说创作低谷中出现的一种新的文学倾向。这些新写实小说的创作方法仍是以写实为主要特征，但特别注重现实生活原生形态的还原，真诚直面现实、直面人生。虽然从总体的文学精神来看新写实小说仍可划归为现实主义的大范畴，但无疑具有了一种新的开放性和包容性，善于吸收、借鉴现代主义各种流派在艺术上的长处。新写实小说在观察生活把握世界的另一个特点就是不仅具有鲜明的当代意识，还分明渗透着强烈的历史意识和哲学意识。但它减退了过去伪现实主义那种直露、急功近利的政治性色彩，而追求一种更为丰富更为博大的文学境界。”并明确在这一概念提出的时候，征求了“许多作家和批评家的意见”。“卷首语”的结尾处，提出“希望通过大展，推动新现实主义创作的发展”。① 新写实小说的代表作有池莉的《烦恼人生》《不谈爱情》，方方的《风景》，刘震云的《塔铺》《单位》《一地鸡毛》，刘恒的《狗日的粮食》《伏羲伏羲》等，文坛上掀起了一股新写实主义的浪潮。

按照《钟山》编辑部给出的解释，“新写实”就是一种“新现实主义”，借鉴了西方现代派的艺术，不同于以前的“伪现实主义”，“新写实”特别注重“现实生活原生形态的还原”。“新写实小说之‘新’，在于更新了传统的‘写实’观念，即改变了小说创作中对于‘现实’的认识及反映方式。”传统现实主义中的“现实”往往是“经过意识加工处理后才被写进作品中的生活事件”，特别注重“现实生活原生形态的还原”的“新写实”则是“要清除观念形态（尤其是政治权力意识）对现实生活的遮蔽，消解强加在生活现象之上的所谓‘本质’，以求复原出一个未经权力观念解释、加工处理过的生活的本来面貌”。“新写实小说”消解抵抗政治强权话语的意图非常明显，这也是其意义和价值所在。然而，真

---

① “新写实小说大联展”卷首语［J］. 钟山，1989（3）.

正的感情零度是不存在的，只要是叙述，就有主体意识的参与，尤其是着意“消解”的小说创作，创作者主体的参与度更深。新写实小说的“消解”本身也是一种意识加工处理，“消解”“本质”的努力，自身也带有某种“本质”意识。真正的“现实生活原生形态的还原”，应该是相忘于江湖，什么也不写。在“消解”所谓“本质”的过程中，新写实小说创作也消解了现实主义与生俱来的战斗精神，“呈现出低落的灰冷色调，以及随后延伸出某些明显逃避现实生活的倾向”①。新写实小说最终与玩弄叙事技巧的先锋派小说一样，都对现实主义文学传统构成了“消解”：消解的不是传统的伪现实主义，而是现实主义本身。

社会主义现实主义之后，曾经无比辉煌的现实主义大厦只剩下断壁残垣。随着社会主义现实主义被摧毁的，不仅仅是传统的伪现实主义，更有对现实主义文学传统的怀疑，对于写实的质疑。从更深层次来说，摧毁的是一种信仰，建立在唯物主义基础上的可以通过努力奋斗抵达某种理想的信仰。一种信仰的建立，需要几代人的努力，但是摧毁往往只需要极短的时间即可完成。摧毁之后再想要重新建设，其过程则是无比艰难。简单地说，便是伪现实主义文学应该摧毁，错误的现实主义信仰比非现实主义的危害更大。但是，不能因噎废食，不能因为现实主义文学发展的过程中走过一些弯路，出现过一些打着现实主义的名号实质却是扭曲现实主义的现象，就否定所有的现实主义传统，甚或逃避现实。“人在努力时，难离错误。”②《浮士德》中的这句话，应该成为所有坚持社会主义信仰者的座右铭。错误不可怕，错而不自知，或知而坚持不愿改，又或者因此失掉了继续探索和前进的勇气才是真正的灾难。

电视剧《平凡的世界》《白鹿原》的热播，引起了关于路遥、

---

① 陈思和. 中国当代文学史教程［M］. 上海：复旦大学出版社，1999：309.
② 歌德. 浮士德［M］. 郭沫若，译. 合肥：安徽人民出版社，2013：14.

陈忠实和现实主义的广泛讨论。评论家李云雷说："最近，《平凡的世界》'专家冷、读者热'的奇特接受现象，也引起了文学界的关注与反思，不少学者与评论家认为，应当重新认识《平凡的世界》的文学与思想价值。在我看来，重新认识路遥与《平凡的世界》，我们需要重新思考以赵树理、柳青为代表的'人民文学'传统，重新思考现实主义的精神，重新思考当代中国文学的发展方向与评价体系。"① 网络多媒体的时代，网民、电视电影观众合在一起构成了一个空前庞大的群体，这是20世纪80年代先锋文学盛行的时代无法比拟的。由某些精英知识分子进行评价挑选然后进入公众阅读的渠道虽然还存在，却已经彻底被湮没在众声喧哗中，泥沙俱下的多媒体表达虽然夹杂着太多让人不能满意的现象，但21世纪以来，大众参与文学创作与阅读（观看）的盛况却是空前的。《平凡的世界》接受方面出现的"专家冷、读者热"，更具体地说应该是普通百姓热，而普通百姓的喜爱与接受也正是现实主义文学传统生命力持续不断的最为本质的根源。

---

① 李云雷．现实主义与浪漫主义的结合：从《平凡的世界》谈起［N］．人民日报，2015－06－05．

第三章

鲁迅：20 世纪中国现实主义文学的开拓者

鲁迅是中国现代小说的开拓者。严家炎在《〈呐喊〉〈彷徨〉的历史地位》一文中说："中国现代小说在鲁迅手中开始，又在鲁迅手中成熟，这在历史上是一种并不多见的现象。"① 鲁迅小说之于20世纪中国文学的重要性毋庸置疑，随便翻开任意一本讲现代文学史的书，鲁迅的小说都被置于最为显眼的位置。鲁迅在为《中国新文学大系·小说二集》撰写的导言中说，在《新青年》上"发表了创作短篇小说的，是鲁迅。从一九一八年五月起，《狂人日记》，《孔乙己》，《药》等，陆续的出现了，算是显示了'文学革命'的实绩"。鲁迅小说是中国现代小说最早也是最丰硕的收获，其创作的特色，便是"表现的深切和格式的特别"②。《中国现代文学三十年》从三个方面谈鲁迅小说"表现的深切"：独特的题材、眼光和小说模式。所谓"表现的深切"，也就是鲁迅小说创作所达到的现实主义的深度。对于现实主义之于鲁迅小说创作的意义，《中国现代文学三十年》有清晰的论述。《中国现代文学三十年》第一章谈到"五四"文学时说："新文学对时代现实的关怀，所担负的思想启蒙的任务，以及19世纪欧洲特别是俄国现实主义文学的决定性影响，使现实主义成为'五四'时期乃至第一个十年最有实力的创作方法。而鲁迅小说创作的极大成功，将'五四'新文学现实主义提高到一个足以与世界文学对话的高水平，这也是现实主义被众多新文学作家认同，并逐步成为主流的原因。"③ 陈涌在《论鲁迅小说的现实主义——〈呐喊〉与〈彷徨〉研究之一》中认为："鲁迅是近代中国第一个最深刻最彻底的革命民主主义和现实主义的作家，他和他以前以及他同时代的作家不同的地方首先就在

---

① 严家炎. 世纪的足音［M］. 北京：作家出版社，1996：64.

② 鲁迅. 鲁迅全集：第六卷［M］. 北京：人民文学出版社，2005：246.

③ 钱理群，温儒敏，吴福辉. 中国现代文学三十年（修订本）［M］. 北京：北京大学出版社，1998：29.

于他的民主主义和现实主义的思想是深深地植在中国广大的被压迫人民的土壤上面的。”① 鲁迅是一位清醒的现实主义小说家，时时关注着现实，哪怕是创作《故事新编》，也总是忍不住从历史的叙述中嵌入现实的讽刺。《不周山》的创作本意是要解释创造（人和文学）的缘起，但是看到胡梦华等人对汪静之《蕙的风》的“含泪”批评时，鲁迅自言：“这可怜的阴险使我感到滑稽，当再写小说时，就无论如何，止不住有一个古衣冠的小丈夫，在女娲的两腿之间出现了。”② 所谓“止不住”，便是强烈的现实介入意识促使鲁迅这样去创作。概言之，“现实”是鲁迅小说创作的起点和基石，也是进入鲁迅文学世界的钥匙。

第一节　为人生的文学观与“铁屋子”的现实隐喻

鲁迅在《〈呐喊〉自序》中说：“凡是愚弱的国民，即使体格如何健全，如何茁壮，也只能做毫无意义的示众的材料和看客，病死多少是不必以为不幸的。所以我们的第一要著，是在改变他们的精神，而善于改变精神的是，我那时以为当然要推文艺，于是想提倡文艺运动了。”③ 改变国民的精神，这是鲁迅弃医从文最初的目的，也是贯穿鲁迅一生的文学创作追求。对此，鲁迅在《我怎么做起小说来》一文中有更为详尽的说明：“我也并没有要将小说抬进‘文苑’里的意思，不过想利用他的力量，来改良社会。”“说到‘为什么’做小说罢，我仍抱着十多年前的‘启蒙主义’，以为必须是‘为人生’，而且要改良这人生。我深恶先前的称小说为‘闲

---

① 陈涌．论鲁迅小说的现实主义：《呐喊》与《彷徨》研究之一［M］//鲁迅研究的历史批判：论鲁迅（二）．石家庄：河北教育出版社，2000：3.
② 鲁迅．鲁迅全集：第二卷［M］．北京：人民文学出版社，2005：353.
③ 鲁迅．鲁迅全集：第一卷［M］．北京：人民文学出版社，2005：439.

书'，而且将'为艺术的艺术'，看作不过是'消闲'的新式的别号。所以我的取材，多采自病态社会的不幸的人们中，意思是在揭出病苦，引起疗救的注意。"① 若是进而追问为何如此，鲁迅回答说"根柢"就在于自己"活在人间"。② "活在人间"的人间性正是鲁迅为了这人生并要改良这人生的文学观的"根柢"所在。

文学是用来表达思想的。在鲁迅看来，"文明人和野蛮人的分别"，首先就在于"文明人有文字"，因此能够"把他们的思想，感情，藉此传给大众，传给将来"。可是，文章在中国被当作了"古董"，结果便是不能使人认识，让人懂得，于是"受了损害，受了侮辱"的人们，"总是不能说出些应说的话"。鲁迅称之为"无声的中国"。鲁迅强调要"恢复这多年无声的中国"，不要做"和我们毫无关系的时候的文章"，要发出"我们现代的声音"。为人生的文学，也就是发声的文学，发出"我们现代的声音"的文学，"用活着的白话，将自己的思想，感情直白地说出来"③ 的文学，即活的文学。

思想有种种的不同，情感也有种种的不同，这些都是不容否认的客观存在，但是对于鲁迅来说，有些是知识分子应该说的，有些却不属于"应说的话"。在《小品文的危机》一文中，鲁迅区别了作为"小摆设"的小品文和"生存的"小品文。对于文学上的"小摆设"，社会上的要求"越加旺盛起来"，但这种"旺盛"，在鲁迅看来并不是"现代的声音"，恰恰是要戕害"现代的声音"，造就"无声的中国"，因为"要求者以为可以靠着低诉或微吟，将粗犷的人心，磨得渐渐的平滑"。而"生存的"小品文则不同，

---

① 鲁迅. 鲁迅全集：第四卷 [M]. 北京：人民文学出版社，2005：525－526.

② 鲁迅. 鲁迅全集：第三卷 [M]. 北京：人民文学出版社，2005：3.

③ 鲁迅. 鲁迅全集：第四卷 [M]. 北京：人民文学出版社，2005：12－15.

"其中有不平，有讽刺，有攻击，有破坏"，"生存的小品文，必须是匕首，是投枪，能和读者一同杀出一条生存的血路的东西"。[①]对于鲁迅来说，现实主义的文学不仅仅是如镜子一般反映现实的文学，还是"生存的"文学，是为了"生存"而斗争的文学。"中国的无产阶级革命文学在今天和明天之交发生，在诬蔑和压迫之中滋长，终于在最黑暗里，用我们的同志的鲜血写了第一篇文章。"[②]

鲁迅提出了"鲜血"写成的"文章"，但是却又提出了相反的看法。"尼采爱看血写的书。但我想，血写的文章，怕未必有罢。文章总是墨写的，血写的倒不过是血迹。它比文章自然更惊心动魄，更直截分明，然而容易变色，容易消磨。这一点，就要任凭文学逞能，恰如冢中的白骨，往古来今，总要以它的永久来傲视少女颊上的轻红似的。"[③] 所谓"鲜血"写成的"文章"，指的就是为了"生存"而进行的斗争和反抗，其中自然也会有流血和牺牲。但是"鲜血"留下的"不过是血迹"，虽然"惊心动魄"，"更直接分明"，可文章毕竟还是"墨写的"。"血迹""消磨"后，留下来的只能是"墨写的""文章"。鲁迅不是否认了"鲜血"写成的"文章"，而是指出容易被"墨写的""文章"所遮掩。"'刀笔吏'式的深文周纳"[④]，真相很容易被湮没。虽然鲁迅也强调："墨写的谎说，决掩不住血写的事实。"[⑤] 然而，揭破"谎说"，不使谬种流传，却也需要有担当的文字肩负起自身的使命。作为现实主义的文学，鲁迅显然希望能够"敢于直面惨淡的人生，敢于正视淋漓的鲜

---

① 鲁迅．鲁迅全集：第四卷［M］．北京：人民文学出版社，2005：591－593.

② 鲁迅．鲁迅全集：第四卷［M］．北京：人民文学出版社，2005：289.

③ 鲁迅．鲁迅全集：第四卷［M］．北京：人民文学出版社，2005：19－20.

④ 鲁迅．鲁迅全集：第三卷［M］．北京：人民文学出版社，2005：285.

⑤ 鲁迅．鲁迅全集：第三卷［M］．北京：人民文学出版社，2005：279.

血”①。这样的文字不应该成为“小摆设”，而应该“是匕首，是投枪”，击中适当的位置。鲁迅在《我怎么做起小说来》中说：“忘记是谁说的了，总之是，要极省俭的画出一个人的特点，最好是画他的眼睛。我以为这话是极对的，倘若画了全副的头发，即使细得逼真，也毫无意思。我常在学学这一种方法，可惜学不好。”② 眼睛和头发，都是人的一部分，炯炯有神的眼睛和飘逸的长发，都能给人以遐思和美感，代表着一个人的真实的存在。然而，鲁迅却要求“画他的眼睛”，而不是头发。眼睛显示出来的是灵魂的深度，显示的是一个人的“特点”；而头发，即便“细得逼真”也只不过是外在的“真”。抓住社会的特点，抵达深层的本质，这是鲁迅现实主义文学一贯的追求。

鲁迅强调文学应该“说出些应说的话”，一种“生存的”文字，因为只有如此才能打破瞒和骗。“我还记得先前的医生的议论和方药，和现在所知道的比较起来，便渐渐的悟得中医不过是一种有意的或无意的骗子。”③ 为了这人生并且要改良这人生，第一步需要做的便是不再瞒和骗，不再成为做戏的虚无党。鲁迅在《宣传与做戏》中说：日本人“做文章论及中国的国民性的时候，内中往往有一条叫作‘善于宣传’。看他的说明，这‘宣传’两字却又不像是平常的‘Propaganda’，而是‘对外说谎’的意思”。认为国人“普遍的做戏”，而这“比真的做戏还要坏”。因为“真的做戏，是只有一时”，而“普遍的做戏者”，却是“天地大戏场”，时时做戏，事事为戏，“很难有下台的时候”。不能下台成为普通人，恢复“平常状态”，鲁迅称之为“只好算是发热昏了”。④ 分不清生活与

① 鲁迅. 鲁迅全集：第三卷［M］. 北京：人民文学出版社，2005：290.
② 鲁迅. 鲁迅全集：第四卷［M］. 北京：人民文学出版社，2005：527.
③ 鲁迅. 鲁迅全集：第一卷［M］. 北京：人民文学出版社，2005：438.
④ 鲁迅. 鲁迅全集：第四卷［M］. 北京：人民文学出版社，2005：345－346.

演戏，将演戏当成了真实的生活，真实也就被湮没了。真的文艺要揭破骗局，首先就要“直说自己所本有的内容”，来“打退骗局以后的空虚”。①

瞒和骗不仅存在于旧的统治阶级身上，鲁迅还揭破了革命者身上存在的自觉不自觉的瞒和骗。《太平歌诀》中，鲁迅以《申报》所载信息，剖析了中山墓行将竣工，市民以讹传讹，以为石匠要收幼童灵魂合龙口，于是家家幼童左肩悬红布，上书歌诀四句。其中，“叫人叫不着，自己顶石坟”，鲁迅以为这句歌诀“包括了许多革命者的传记和一部中国革命的历史”。“革命文学家不敢正视社会现象”，“欢迎喜鹊，憎厌枭鸣”，终究不过是“闭了眼睛”，②回避了现实而已。有些貌似彻底的革命者，其实也只是戴了一副假面而已。“革命前夜的纸张上的革命家，而且是极彻底，极激烈的革命家，临革命时，便能够撕掉他先前的假面，——不自觉的假面。”③ 不仅如此，鲁迅还反对将未来或黄金彼岸作为愿景许诺给读者的文学创作。鲁迅在《铲共大观》中说：“正因为黑暗，正因为没有出路，所以才要革命”，如果有“光明”和“出路”的“包票”，“才雄赳赳地去革命，那就不但不是革命者，简直连投机家都不如了”。④ 廉价的“光明”和“出路”，就像传统文化中的“大团圆”结局，仍然不脱瞒和骗的范畴，或者说另一种精神上的自我麻醉。

揭破一切的虚妄，露出现实的本质，这只能是为人生的文学的一种希冀，因为囿于种种条件的限制，作家个人不可能洞悉一切事物的本质，那是神才具有的能力。伟大如鲁迅，他在文字中着意于

---

① 鲁迅．鲁迅全集：第四卷［M］．北京：人民文学出版社，2005：151.

② 鲁迅．鲁迅全集：第四卷［M］．北京：人民文学出版社，2005：104－105.

③ 鲁迅．鲁迅全集：第四卷［M］．北京：人民文学出版社，2005：232.

④ 鲁迅．鲁迅全集：第四卷［M］．北京：人民文学出版社，2005：107.

揭破瞒和骗，可是鲁迅也不得不感慨：“我所揭发的黑暗是只有一方面的，本意实在并不在欺蒙阅读的青年”，同时自承“先前的我的言论，的确失败了，这还是因为我料事之不明”。“我的看不到后来的变幻，乃是我还欠刻毒，因此便发生错误。”① 不能预料社会的“变幻”，坦承自己不能揭破社会的迷局，这也正是清醒的现实主义精神的表现。鲁迅的现实主义精神，不在于他的预见性，而在于其自剖的深刻性，对于已经发生的、已经存在的事实所进行的反省及其所表现出来的深度。

1917 年 8 月 9 日，被林纾讥为“金心异”的钱玄同拜访鲁迅，为《新青年》约稿，鼓励鲁迅“多做点文章”。鲁迅在《〈呐喊〉自序》中回忆说：“我懂得他的意思了，他们正办《新青年》，然而那时仿佛不特没有人来赞同，并且也还没有人来反对，我想，他们许是感到寂寞了。”随后，鲁迅说出了那个著名的“铁屋子”隐喻。“假如一间铁屋子，是绝无窗户而万难破毁的，里面有许多熟睡的人们，不久都要闷死了，然而是从昏睡入死灭，并不感到就死的悲哀。现在你大嚷起来，惊起了较为清醒的几个人，使这不幸的少数者来受无可挽救的临终的苦楚，你倒以为对得起他们么?”这段话里，鲁迅提出了为人生的文学即现实主义文学不得不面临的一些问题。作为黑暗如磐的现实隐喻，“铁屋子”的特征首先是“绝无窗户而万难破毁”，其次则是“里面有许多熟睡的人们”，再次则是“不久都要闷死了”。② 鲁迅在文字中经常谈到死，提及“死的必然”，③ 这“必然”指的是人无可逃避的宿命，人终归有一死，然而说人要死则不为人喜，恭维人长寿人则喜。长寿意味着能尽其天年，短寿则往往意味着夭折或横死等非正常死亡。鲁迅小说最喜

---

① 鲁迅．鲁迅全集：第四卷［M］．北京：人民文学出版社，2005：98.
② 鲁迅．鲁迅全集：第一卷［M］．北京：人民文学出版社，2005：441.
③ 鲁迅．鲁迅全集：第一卷［M］．北京：人民文学出版社，2005：212.

欢表现的，是人的各种非自然死亡。“铁屋子”中有“闷死”、“大石车”、“碾死”、冻灭与燃烧等。《死火》中坠入冰谷中的一团火，即将面临“冻灭”，也是一种非正常的死亡。这种非正常的死亡在“铁屋子”中不是偶然发生的事情，不是飞来横祸，而是一种常态，鲁迅在“闷死”之前使用了两个副词，一个是“不久”，一个是“都”。“不久”表示时间，“闷死”是一个即将实现的事件，而不是温水煮青蛙式的死亡；“都”表示范围，是所有人的共同命运，无一能够逃脱。

“铁屋子”是一个将现实给可视化了的意象，而真正的现实在鲁迅小说中的表现却是非可视化的“无物之阵”①。“无物之阵”戕害一切，谁都是“无主名无意识的杀人团”② 中的一员。在鲁迅的小说创作中，无论是农民题材、知识分子题材、妇女题材，呈现给人们的，都是这样一个严酷的沉甸甸的现实。《药》里的夏瑜、《祝福》里的祥林嫂、《孤独者》里的魏连殳、《伤逝》里的子君等，无一不是“无物之阵”和“无主名无意识的杀人团”的牺牲品。《颓败线的颤动》里，年轻的母亲为自己和女儿的生存而出卖肉体，待到女儿长大嫁为人妇，又生养了一群小孩子，这个时候，曾经为娼的妇人已经老了，且为家人所嫌弃。“我们没有脸见人，就只因为你。”“你还以为养大了她，其实正是害苦了她，倒不如小时候饿死的好！”曾经的牺牲，成了新的痛苦的渊薮。垂老的妇人“遗弃了背后一切的冷骂与毒笑”，深夜中走到荒原之上，说出“非人间所有，所以无词的言语”。这时候，“她那伟大如石像，然而已经荒废的，颓败的身躯的全面都颤动了”③。这里，鲁迅使用

① 鲁迅．鲁迅全集：第二卷［M］．北京：人民文学出版社，2005：219.

② 鲁迅．鲁迅全集：第一卷［M］．北京：人民文学出版社，2005：129.

③ 鲁迅．鲁迅全集：第二卷［M］．北京：人民文学出版社，2005：209－211.

了“伟大”一词来形容垂老的妇人。老妇人为何“伟大”?“女人的天性中有母性,有女儿性;无妻性。妻性是逼成的,只是母性和女儿性的混合。”① 是因“女人的天性”中的“母性”而伟大?忘恩负义的女儿一家自然是令人不齿的,可是他们的生存也并不轻松。老妇人的牺牲虽然“伟大”,但是这“伟大”的背后却也为现实的道德所诟病,用女儿的话来说,便是还要连累了没有长大的孩子。孩子何辜?初来人世便要承担起被人瞧不起的娼妓后人的身份?讨论《颓败线的颤动》中老妇人和女儿一家的是非对错没有多少意义,因为所有人的行为都身不由己。鲁迅要展示给人看的,并不是“铁屋子”中生活者的道德优劣,而是无法打破的“铁屋子”。可悲的是,老妇人和女儿一家虽然都是被损害和被侮辱的对象,但是他们却找不到具体的复仇的对象,找不到真正的敌人。走出家门的老妇人,难道就将女儿一家视为了寇仇?女婿说“倒不如小时候饿死的好”时,难道心中就没有悲酸?老妇人当初决定以那种艰难的方式将女儿养大的时候,悲剧的车轮便已经启动,且不可阻挡地从山坡之上滚滚而下。其实,老妇人年轻的时候,面对嗷嗷待哺的女儿,她又能做出怎样的选择呢?伟大的母性决定了她不忍抛弃女儿,接下来女儿长大面临的困境她也无法解决。被自己所养大的孩子逼迫来到荒野之上,《颓败线的颤动》写的便是人性中的“伟大”及“铁屋子”中这“伟大”的泯灭与消解。

难以打破的旧世界、熟睡直至死亡的人们,这种对于中国社会现实的体认,是鲁迅及其同时代人共同的现实体验,鲁迅的深刻之处,在于对启蒙者(觉醒者)和庸众(熟睡者)之间关系的洞察。“铁屋子”象征着世界,为人生的现实主义文学便是醒来者发出的真正的声音(大嚷起来),被警醒的便是读者,然而,无论醒来者还是被警醒者,他们都不得不面对醒来无路可走的困境。一位青年

---

① 鲁迅. 鲁迅全集:第三卷[M]. 北京:人民文学出版社,2005:555.

给鲁迅写信，谈到自己阅读《呐喊》《语丝》等，因此“感到同伴们的浅薄和盲目”，被警醒了，可是最终收获的只是失望。“不识不知幸福了，我因之痛苦。然而施这毒药者是先生，我实完全被先生所‘泡制’。先生，我既已被引至此，索性请你指示我所应走的最终的道路。不然，则请你麻痹了我的神经，因为不识不知是幸福的。”① 率先醒来的人和被警醒的人无路可走。余下的也就只有绝望的反抗，既然是绝望的反抗，也就意味着看破了一切之为虚妄：“绝望之为虚妄，正与希望相同。”② 所谓清醒，便是看透一切的把戏，不怨天不尤人不放弃，选择自己的抵抗之路。《死火》中坠在冰谷里的死火，面临着“冻灭”和“烧完”两个选择，两个选择都是死亡，死了也便“离开了生活”，不是出路。“冻灭”和“烧完”都指向死亡，鲁迅坚定地说：与其“冻灭”，不如“烧完”。“烧完”就是知其不可而为之，不如“烧完”的人生选择成了中国传统知识分子忧患意识的现代传承。鲁迅的文学思想，糅合了西方现代知识分子和中国传统知识分子的人文精神，形成了绝望的反抗这一新的哲学体验，体现出清醒的现实主义精神。

看破了绝望与希望之同为虚妄，却并不就迷惘或沉沦于这虚妄，而是就在那希望与绝望的纠缠中，蹒跚着寻找前进的路，“有声音常在前面催促我，叫唤我，使我息不下”③。为何过客能够听到前方的声音，而老翁慢慢地已经听不到了？1928 年春天，司徒乔在上海举行“乔小画室春季展览会”，鲁迅为展览会目录撰写了序言。鲁迅在文中描述司徒乔的画风：“在黄埃漫天的人间，一切都成土色，人于是和天然争斗，深红和绀碧的栋宇，白石的栏干，金的佛像，肥厚的棉袄，紫糖色脸，深而多的脸上的皱纹……。凡

---

① 鲁迅．鲁迅全集：第四卷［M］．北京：人民文学出版社，2005：96.
② 鲁迅．鲁迅全集：第二卷［M］．北京：人民文学出版社，2005：182.
③ 鲁迅．鲁迅全集：第二卷［M］．北京：人民文学出版社，2005：196.

这些，都在表示人们对于天然并不降服，还在争斗。”受苦的，不降服，还在争斗的人们，这是鲁迅关注的人生。同时，鲁迅也谈到《耶稣基督》一画中亲吻基督荆冠的“女性的口”，司徒乔解释说那女性是“天使”。“黄埃漫天的人间”表现的是人间疾苦，基督荆冠旁边出现的“女性的口”，象征的则是画者的“明丽之心”。鲁迅说自己“爱看黄埃”，因为由此可看出作者“怎样为人和天然的苦斗的古战场所惊，而自己也参加了战斗”。但是，鲁迅也没有否认“明丽之心”的必要性。谈到司徒乔的画作时，鲁迅认为他有时“将他自己所固有的明丽，照破黄埃”，这让鲁迅觉得“有‘欢喜’（Joy）的萌芽”，就像基督荆冠上有天使的嘴唇，“无论如何，这是胜利”。[①] 能够“照破黄埃”的“明丽之心”，并不是《过客》中小女孩的天真烂漫之心，天真烂漫的心犹如天使，能够照亮“黄埃”，却还没有能力“照破黄埃”。《过客》中拥有“明丽之心”，尚能听到前方呼唤的声音的，是过客。过客否定了小女孩前方鲜花遍地的想象，肯定了老人前方仍然是坟的说法，但是他仍然要往前走去，这不是对于希望的肯定，而是对于反抗这一行为本身的肯定，同时也是对能够听到前方呼唤之声的“明丽之心”的保持。“然而几个人既然起来，你不能说决没有毁坏这铁屋的希望。”钱玄同的话震荡着鲁迅，“是的，我虽然自有我的确信，然而说到希望，却是不能抹杀的，因为希望是在于将来，决不能以我之必无的证明，来折服了他之所谓可有”[②]。前方是鲜花这样的想象是可以否定的，但是小女孩的“明丽之心”是不可否定的，否定了“明丽之心”，小女孩也就变成了老翁，绝望的反抗也就不存在了。鲁迅答应钱玄同“做文章”，“最初的一篇《狂人日记》。从此以后，便

---

① 鲁迅. 鲁迅全集：第四卷［M］. 北京：人民文学出版社，2005：73－74.

② 鲁迅. 鲁迅全集：第一卷［M］. 北京：人民文学出版社，2005：441.

一发而不可收，每写些小说模样的文章，以敷衍朋友们的嘱托”①。从那“最初的一篇”里，鲁迅发出了“救救孩子”的呼声，这呼声透着希冀，然而却也充满了绝望，因为从《狂人日记》叙述的逻辑看，世上已经不可能存在还没有吃人的孩子。然而，以“救救孩子”的呼吁结尾，“孩子”身上也就寄寓了作者对“明丽之心”的期盼。

第二节　《祝福》中的现实主义景观

《呐喊》与《彷徨》代表着鲁迅小说创作的高度，就现实主义文学表现的深度而言，《狂人日记》《阿 Q 正传》《伤逝》《孤独者》等每篇都各有特色，难分轩轾，之所以将《祝福》作为个案讨论鲁迅小说创作抵达的现实主义深度，在于这一篇小说在故事的叙述方面很有代表性。《祝福》讲述的是两个相互交织的故事：“我”（知识分子）的故事和祥林嫂（进城打工者）的故事，实际上涵盖了鲁迅所开创的现代文学三大主要题材（知识分子、农民和妇女）、两种叙述模式（离乡—还乡—再离乡、看与被看）和两大主要表现空间（小城镇和乡村）。小说中两个故事的叙述相互交织，共同为人们呈现了一个更为直观立体的现实主义景观。

景观一般指某一地方的自然景色或人工创造的景色。19 世纪初，德国地理学家亚历山大·冯·洪堡（Alexander von Humboldt）将其应用于地理学研究中。景观就是一个区域的总体特征，包括人文和自然两个方面的因素。鲁迅的小说极少大段的自然风景的描绘，若有，则皆带有浓郁的叙述者的主观情感的渗透，鲁迅小说主要表现的是人文景观。从景观的角度探究鲁迅小说创作的现实主义

---

① 鲁迅. 鲁迅全集：第一卷［M］. 北京：人民文学出版社，2005：441.

问题，首先必须区分鲁迅在小说中所表现出来的人文景观和鲁迅在小说中所描绘的人文景观，即经由鲁迅之手“表现”出来的人文景观和被表现的客观现实中的人文景观。一个是“此在”（being），一个是对“此在”的观察与表现。从文学反映论的角度来说，便是反映与被反映的对象。对“此在”观察与表现的角度与方式不同，创作中呈现出来的景观也就可以划分出现实主义景观与非现实主义景观等的差异。

在《英译本〈短篇小说选集〉自序》中，鲁迅开篇就说中国的诗歌中，有时也说些“下层社会的苦痛”，但绘画和小说就将他们写得“十分幸福”，“平和得像花鸟一样”。下层社会表现于诗画，也就成为一种被欣赏的人文景观。偶尔表现“痛苦”，基本都呈现“平和”“幸福”的模样。鲁迅归结说，中国的知识分子就是将劳苦大众视为花鸟一类。随后笔头一转，却又说到自己，“我生长于都市的大家庭里，从小受着古书和师傅的教训，所以也看得劳苦大众和花鸟一样”。“从小”也就是幼时，小孩子是没有辨别能力的，他们只是“看”，而“看”的方式和价值判断是从“古书和师傅”那里得来的，而“古书和师傅”也就是造就中国“知识阶级”的基础。在鲁迅看来，“古书和师傅”所传授的东西都脱离了现实，或者说是一种变形了的现实。所以，当自己渐渐长大，走出了“古书和师傅”的影响后，一些事情也就发生了变化。“我母亲的家是农村，使我能够间或和许多农民相亲近，逐渐知道他们是毕生受着压迫，很多苦痛，和花鸟并不一样了。”① “看得”“和花鸟一样”，“看得”“和花鸟并不一样”，构成了对农村和农民两种不同的“看”。不同的“看”也就呈现不同的人文景观。

小说《风波》的开篇写临河的土场，农家都在门口吃晚饭。“河里驶过文人的酒船，文豪见了，大发诗兴，说，‘无思无虑，这

---

① 鲁迅．鲁迅全集：第七卷［M］．北京：人民文学出版社，2005：411.

真是田家乐呵！'" 这里的"文豪"，自然也就是鲁迅所说的"古书和师傅"之类。小说的叙事者马上跳出来，声明"文豪的话有些不合事实"①。"不合事实"是因为没有听见九斤老太的话，因为没有看到后来发生的一系列事情，因此，所谓的合乎"事实"就不单单是一个亲眼所见的问题，还存在一个如何"看"的问题。当鲁迅和农民"亲近"，"逐渐知道他们是毕生受着压迫"，受着很多苦痛，他就将那些视为了"事实"。不再把农村和农民"看得""和花鸟一样"的鲁迅，"看"到的便是"所谓上流社会的堕落和下层社会的不幸"，而且将其陆续地"用短篇小说的形式发表出来了"，这也就构成了鲁迅小说中的现实主义景观。

将下层贫苦人民看成花鸟一般，不仅是中国画家如此，西方画家也有这样的传统。伯格在《观看之道》中说："艾德里安·布劳尔（Adriaen Brouwer）是唯一例外的'风俗画'画家。他那描写小旅馆和混迹其中的顾客的图画，是以一针见血的写实手法画出来的，丝毫没有矫饰的道德说教。结果，除了伦勃朗和鲁本斯等少数画家买过他的作品外，他的画一直无人问津。"但是，一般的"风俗画"就大不相同了，他们也画穷人。"画中的穷人呆在屋子里，则多少让人放心。他们在售卖自己的货物时微笑着。（他们露齿微笑，画中的富人绝不会如此。）他们冲着小康人家微笑——为了讨好，但也为自己买卖或工作的美好前景而笑。这类作品表明两点：穷人是快乐的，小康人家则是整个世界希望的泉源。"② 观看是观看的人在看，观看之人有种种的不同，观看之道自然也就有种种的差异。"我们从不单单注视一件东西：我们总是在审度物我之间的关系。我们的视线总是在忙碌，总是在移动，总是将事物置于围绕

---

① 鲁迅．鲁迅全集：第一卷［M］．北京：人民文学出版社，2005：491.

② 伯格．观看之道［M］．戴行钺，译．桂林：广西师范大学出版社，2005：111－112.

它的事物链中，构造出呈现于我们面前者，亦即我们之所见。”① “我们之所见”源于我们想要看见，而在“看”的过程中，事物又在不断地被观看者所“构造”，最后才成其为“我们之所见”。作为一种被“构造”出来的观看对象，无论是“和花鸟一样”，还是不“和花鸟一样”，景观的背后都隐含着特别的道德伦理诉求。表现美好的平和的“穷人”形象，这样的景观正是迎合了“小康人家”的审美趣味。美好平和的景观对于“穷人”来说是希望和理想，却不是现实。如果“穷人”的景观是美好平和，也就不能称其为“穷人”了。

因为母亲的关系，鲁迅“看”到了“下层社会的不幸”，并“用短篇小说的形式发表出来”，这也是一种从观看者的角度对所看对象的“构造”。“构造”也就是观看，观看的方式、角度等的不同，景观的呈现也有种种的不同，着意于“下层社会的不幸”的景观是现实主义的，因为这种景观不是对社会现实的浪漫的美化，也不是对现实的恶毒的攻击，而是在美好平和的景观之外，描摹出自己亲身体验到的“下层社会的不幸”。悲剧，并不仅仅存在于高高在上的神、英雄或王公贵族那里，“下层社会的不幸”更为普遍，悲剧中凄惨的成分也更为浓郁。对于鲁迅来说，他不仅要展现“下层社会的不幸”，还要为下层劳苦大众“呼号”和“战斗”。② 对于作家来说，选择现实主义的书写（创作）绝对不是为了建构象牙塔里的艺术宫殿，而是为了“呼号”和“战斗”。现实主义景观的“构造”，是为了“战斗”的需要，为了警醒“铁屋子”中昏睡的人们，为了毁坏“铁屋子”而做出的努力。

小说《祝福》的开篇叙述了两位知识分子——“我”与四叔，一个新式的知识分子和“一个讲理学的老监生”。他们分别代表着

---

① 伯格．观看之道［M］．戴行钺，译．桂林：广西师范大学出版社，2005：2.

② 鲁迅．鲁迅全集：第七卷［M］．北京：人民文学出版社，2005：411.

不同类型的知识分子，在他们的观看中，祥林嫂所代表的“下层社会”也就呈现为不同的景观：“活得有趣的人们”将祥林嫂“看”成“玩物”，知识分子的“我”则“看”她为“无聊生者”。如何“看”（对待）祥林嫂构成小说叙述的一个内核。小说一开始便明确叙述“我”知晓自身与鲁镇格格不入，一再强调自己要离开这里。鲁镇虽是“我”的故乡，但“我”之于鲁镇，最终成了一个外来者。作为“识字的”“见识得多”的“出门人”，“我”对鲁镇产生不了任何有益的影响。如果将“我”视为一个觉醒者，“我”和祥林嫂之间的关系就成了觉醒者与未觉醒者的庸众之间的隐喻。当“我”遇见祥林嫂的时候，看到的是她“分明”已经是一个“乞丐”了：拄着竹竿，提着竹篮，内有一个空的破碗。于是，“我”便以为祥林嫂是要来讨钱。结果，她是来追问“魂灵”的有无。就祥林嫂来说，她就像鲁迅说的：“咀嚼着身边的小小的悲欢”，而且就看“这小悲欢为全世界”。[①] 但是，当“我”和祥林嫂的故事相叠加的时候，这个世界就呈现出一种复杂的扭结的状态，这种复杂的扭结成就了现实主义文学表现的深度。

“我”和祥林嫂的故事之所以产生了叠加和纠缠，就在于祥林嫂不仅仅是静态的被“看”的景观，而是能动的，进而反作用和刺激观看者“我”的下层主体。在日本选择弃医从文时，鲁迅反省的是要救治国民的精神，精神不改变，肉身的治疗并不能改变国民愚弱的事实。现在，看到活生生的祥林嫂站在眼前，最先考虑的却不是精神问题，而是肉体，即生存问题。反过来，肉体生存难以为继的祥林嫂，最为关切的却是精神问题。这是一个严重的错位。精神与肉身，启蒙的重心应该放在何处？肉身的生存是精神存在的根基。《娜拉走后会怎样》中说：“钱，——高雅的说罢，就是经济，

---

① 鲁迅．鲁迅全集：第六卷［M］．北京：人民文学出版社，2005：250.

是最要紧的了。自由固不是钱所能买到的，但能够为钱而卖掉。”① 《颓败线的颤动》中，带着小女孩的母亲首先考虑的就是生存。没有肉身的解放，精神的解放也就无所附丽，终究不能持久；没有精神的解放，肉身的解放也就失去了意义。对于“我”来说，虽然并不将祥林嫂看得如花鸟一般，却也只能感受祥林嫂的不幸，除此之外无能为力。既不能解决祥林嫂的实际生活问题，也不能解答祥林嫂魂灵有无的问话。鲁迅在 1936 年 9 月 20 日发表的《死》中说：“三十年前学医的时候，曾经研究过灵魂的有无，结果是不知道。”② 启蒙话语展现了具体生命的困境，却也只能止于新的现实景观的展现，并不能改变现实，而“我”的观看和参与反而加速了祥林嫂的崩溃与死亡。

作为被观看的对象——祥林嫂初到鲁镇时，最先的观看者主要是四叔和四婶。“头上扎着白头绳，乌裙，蓝夹袄，月白背心，年纪大约二十六七，脸色青黄，但两颊却还是红的。”这样的出场介绍，自然落在四叔四婶的眼里，但隐含叙事者并没有叙述四叔四婶的态度。隐含叙述者应该是觉得祥林嫂的形象展示需要这些。祥林嫂的衣着打扮，表明婆婆虽然严厉，却也并不怎么亏待她。让人想到《求乞者》中“也穿着夹衣”③ 的叙述。脸色“青黄”，表明过得并不好，是长期营养不良饿肚子的表现，但两颊还是“红”的，表明很健康。接下来则是四叔四婶不同的观看。卫老婆子介绍祥林嫂“死了当家人”，所以出来做工，四叔这时候就“皱了皱眉”，四婶马上明白这是讨厌祥林嫂是“寡妇”。同时，小说点出四婶观察到的祥林嫂是模样周正、手脚壮大、低眉顺眼。明白丈夫意思的四婶，却“不管四叔的皱眉”，留下了祥林嫂。四婶注意的不仅仅

① 鲁迅. 鲁迅全集：第一卷［M］. 北京：人民文学出版社，2005：168.
② 鲁迅. 鲁迅全集：第六卷［M］. 北京：人民文学出版社，2005：633.
③ 鲁迅. 鲁迅全集：第二卷［M］. 北京：人民文学出版社，2005：171.

是祥林嫂的外貌，还有性格特征，但这些都是祥林嫂自身具足的；至于四叔，关注的却是“死了当家人”，虽然这事情也与祥林嫂有关，却并不是祥林嫂自身所具有的。当祥林嫂成为一个被观看的景观时，自身具足的“手脚粗大”等是她的自然特性，“低眉顺眼”是养成的性格特征，虽然是自然特性和社会性的糅合，却也是祥林嫂能够自我控制的，至于成了寡妇，对于这样的一个社会身份，是祥林嫂自己无法控制的。从一开始，作为被观看的景观，祥林嫂的自然性和人文性就被有目的地挑选和审视着。

虽然四婶知道四叔的意思，但作为一家之主的四叔，在祥林嫂的去留问题上的态度却被无视了。试用仅“三天”，就“定局”雇佣祥林嫂。四叔的“皱眉”是一种态度，但是这种态度最终成为内在的没有成为有实际决定作用的态度，而四婶的态度直接表露出来且有了决定性的影响。一内一外，一隐一显，并非说四叔对祥林嫂的态度不见了，只是在实用主义主导下，暂时隐蔽起来了而已。小说一开篇就有介绍四叔是个讲理学的老监生，就连与久未相见的“我”一见面除了寒暄后便开始大骂新党，大骂康有为。但是就是这样一个人，在实用主义面前也并不强硬地按照自己信奉的理学行事。能干的祥林嫂“扫尘，洗地，杀鸡，宰鹅，彻夜的煮福礼”，忙碌的她反而“满足”，口角边“渐渐的有了笑影”。也就是说，“笑影”是在为四叔家干活而渐渐出现的，可以看出之前祥林嫂的生活是多么艰难。不偷懒不怕累，为人佣工心甘情愿，鲁迅的小说为我们重新审视作为剥削阶级的地主和作为无产阶级的女佣之间的关系提供了绝妙的个案。当然，鲁迅并不是要为四叔这样的地主之家开脱；若说四叔是在能干的女佣人面前暂时撇弃了理学原则，也不对。鲁迅并不是将四叔等地主阶级刻画成最丑陋的一群，以此表现“上流社会的堕落”及旧社会的崩溃；不管鲁四老爷伪善与否，对祥林嫂这样的女佣人来说，是不错的雇主。然而，正是这样的“良善”人家，使“我”无法待下去，也是祥林嫂死亡路上最重要的推手。描述一个无恶不作的地主之家显示其对下层人的伤害，虽然也能显示旧社会的罪恶，但是不如描述一个以道德模范之家对普通人的伤害更能表现一个社会即将走向崩溃的趋势。

初到鲁镇，在四叔家帮佣的祥林嫂是幸福的。然而，谁都不能保证祥林嫂的幸福不被打扰。有一天，祥林嫂在河对岸看到了夫家的堂伯，于是四叔再次皱眉，而祥林嫂的婆婆也终于来到四叔家，带了祥林嫂回家。四叔说："既是她的婆婆要她回去，那有什么可说呢?"平和温顺的祥林嫂，终究还是被人看作了犹如花鸟一般。曾经给了祥林嫂一段幸福生活的鲁镇，事实证明终究不过是一个鸟笼罢了，或者说就是一座全景化的监狱。鲁镇当初之所以接纳人生地不熟的祥林嫂，不是因为城市中人与人天然的隔膜，鲁镇只是小城镇，仍然是传统的小社区，一个由相互熟悉的人构成的传统的社会。祥林嫂被接纳，首先是有卫婆子做中人，有一定的保障；其次则是低眉顺眼的祥林嫂很能给人安全感，符合将穷人看作花鸟一般的审美准则。然而，当人们发现祥林嫂并不真正的是低眉顺眼的花鸟，而是偷偷溜出笼子的小鸟时，鲁镇便变成了新的牢笼，不给祥林嫂任何可能的选择机会，推荐祥林嫂到四叔家工作的卫婆子，也帮助祥林嫂的婆家，"合伙劫"了祥林嫂回去。

只要是景观，就必然存在变化。自然景观的变化由自然决定，人文社会里的景观则多经由人的主观意志的选择。人选择适合自身的人文景观，维护相似的基因，剔除异己因素。祥林嫂第一次到鲁镇的经历，就是在这个景观世界里被发现是异端的过程。被婆婆绑回去的祥林嫂，也就回到了应该如此的景观世界中。她的再次出嫁（被卖），还有拜堂时一头撞在香案角上，在卫婆子看来都是那个景观世界里应有的事情，至于祥林嫂出嫁时闹得厉害些，显得有些与众不同，也只是程度的差异，不是异端。有意思的是，鲁迅在小说中再次给祥林嫂安排了一个幸福的时光。祥林嫂被婆婆卖到了"深山野墺"，也就是说，与先前祥林嫂的婆家或鲁镇相比，那是一个更加偏僻因而更加穷困的地方。两年后，祥林嫂又“胖”了，连卫老婆子都感慨她“真是交了好运了”①。如果说鲁镇四叔家象征着城镇里的阔人家，“深山野墺”里的贺老六家就是贫民家庭了。两处所在，对于祥林嫂来说都是不得已而来，一个是不得已的选择，一个是完全被动的选择；到了之后，却都“胖”了，有了笑容，过上了相对幸福的生活。鲁镇和深山野墺两个迥然不同的环境，祥林嫂都得到了幸福。祥林嫂宛如一株卑贱的小草，无论在怎样的环境中，只要稍微得到一点阳光雨露，马上就变得灿烂起来。鲁迅文学创作的现实主义追求，使他特别注意于描述底层人物的不幸，却又不像早期的问题小说那样，“在一刹时中，在一个人上，会聚集了一切难堪的不幸”②。在他们漫长的受苦受难的生涯中，也有可怜而卑微的欢乐与幸福，那欢乐与幸福的感觉犹如魔鬼手缝里漏下的点滴光明，正是因为它们的存在，使得鲁迅的小说创作具有了更浓郁的悲剧意味。

鲁迅说：“悲剧将人生的有价值的东西毁灭给人看，喜剧将那无价值的撕破给人看。”③ 祥林嫂先前被四婶看重的东西，能够卖到深山野墺里的东西，连同祥林嫂自己的快乐与幸福，通通都被毁灭了。因为有了与贺老六的一段新的幸福生活，被婆婆卖掉的悲剧就变得有些喜剧意味，就像童话里的巫婆，总是想尽了办法要陷害公主，结果却不过使得公主找到了自己的白马王子。祥林嫂与贺老六的幸福并不能抹杀祥林嫂婆婆的罪孽，但也要认识到祥林嫂的悲剧命运是一个连续发展的过程，而祥林嫂悲剧命运的关键性转折不是被婆婆卖到深山野墺，乃是孩子阿毛的死。连卫婆子都说，丈夫虽然死了，“幸亏有儿子”。等孩子被狼吃了，祥林嫂才“真是走

---

① 鲁迅．鲁迅全集：第二卷［M］．北京：人民文学出版社，2005：10－14.

② 鲁迅．鲁迅全集：第六卷［M］．北京：人民文学出版社，2005：247.

③ 鲁迅．鲁迅全集：第一卷［M］．北京：人民文学出版社，2005：203.

投无路了”。在深山野墺，祥林嫂的悲剧首先是丈夫得病（伤寒），然后是狼（动物），最后是大伯（人）收屋。鲁迅笔下描绘的现实主义景观，有着非常鲜明的层次性，并不为了批判封建礼教（旧社会）就将一切罪恶全都归之于四叔那样的人（家庭）。通过这种层次分明的现实主义景观的描绘，鲁迅向读者呈现了一个不可毁坏的“铁屋子”：深山野墺，有狼；鲁镇有四叔柳妈等围观的人们。不是毁灭于天灾，便是闷死于人群，天下之大，竟无祥林嫂容身之所。

在深山野墺被夫家大伯赶出家门后，祥林嫂又来到了鲁镇四叔家。这个时候，四叔四婶虽然都皱眉，却还是收留了她。但四叔暗暗地告诫四婶说：“这种人虽然似乎很可怜，但是败坏风俗的，用她帮忙还可以，祭祀时候可用不着她沾手，一切饭菜，只好自己做，否则，不干不净，祖宗是不吃的。”如何看待四叔所说的“败坏风俗”？祥林嫂并没有做过什么坏事。比较祥林嫂两次到四叔家来的变化，最大的改变就是祥林嫂从寡妇成了二婚头。寡妇未嫁前虽然已经不再是全福之人，但只要未嫁而守贞便也足以赢得一些尊敬，至于寡妇再嫁，便连最后的“贞节”似乎也失掉了。“镇上的人们也仍然叫她祥林嫂，但音调和先前很不同；也还和她讲话，但笑容却冷冷的了。”当祥林嫂讲完阿毛的故事后，“女人们却不独宽恕了她似的，脸上立刻改换了鄙薄的神气”。言下之意，自然是再来鲁镇的祥林嫂，已被小镇上的人们“鄙薄”了。这时候，鲁迅为人们呈现了现实主义景观的另一方面的特质，即人文景观的意义随着人与人之间距离的变化而出现种种的变化。当祥林嫂再嫁到遥远的深山野墺，卫婆子赞叹祥林嫂“交了好运”时，作为听者的四婶也没有异样的表示。这个时候的卫婆子和四婶并没有因为祥林嫂的再嫁而“鄙薄”于她。遥远的距离虽然未必就能产生美感，但是却足以让小康之家将深山野墺里的人们看成花鸟一般。等到祥林嫂从深山野墺里走出来，回到鲁镇，就生活在卫婆子等鲁镇人身边的时候，人们的态度便转为“鄙薄”了。当祥林嫂要帮着摆放祭祀的用具时，四婶“慌忙”了，而当祥林嫂一看到两三岁的孩子就要讲述阿毛故事时，就连孩子都“吃惊”起来。再嫁后不幸的祥林嫂，离鲁镇的人们越远，鲁镇人对她就越有同情心；距离越近，人们对她的态度就越不好。鲁迅以其深刻的现实主义笔触，揭示了鲁镇所代表的人文景观的自我保护机制。

由人建构起来的景观都会设定一个安全的距离，一旦异质的因素进入这个范围，他们就会感到不安，然后予以排斥。人文景观与自然景观的不同之处，在于人文景观中的人文部分，往往有主导的因子在，它会影响制约其他因子。鲁镇中的主导因子就是四叔家。《祝福》在叙述再次回到鲁镇的祥林嫂时，特意重复了两次人们“仍然叫她祥林嫂”这件事。第一次只是单独的一句话，第二次重复时却描写了鲁镇人们音调和笑容变得“冷冷”的。两次重复的中间，描写祥林嫂在祭祀时要帮着摆放祭祀用具，被四婶阻止了。按照叙事的先后，四婶阻止祥林嫂参与摆放祭祀用品，剥夺了她这方面的资格，与鲁镇人们对祥林嫂的冷漠构成了承继关系。无形之中，四叔四婶的态度成了鲁镇人们对待祥林嫂态度的风向标。小说中，正是在四婶阻止了祥林嫂参与摆放祭祀用品后，以柳妈为代表的鲁镇人开始对祥林嫂各种取笑与“围剿”。柳妈并不是坏人，小说中说她是“善女人，吃素，不杀生的”。严格来说，鲁镇并没有大凶大恶之人。柳妈对祥林嫂说死后分尸事，并非有意吓唬祥林嫂，她是善女人，自然信鬼神，只是她的“好心”，却给了祥林嫂致命的打击。然而，鲁迅接下来的叙述却有些出人意料。祥林嫂用辛苦积存的工钱去捐门槛“赎罪”，回来后“神气很舒畅，眼光也分外有神”，首先告诉四婶，她已经在土地庙“捐了门槛了”。人们向来注意柳妈所说祥林嫂死后要被“锯开来”，分给两个男人，却往往忽略了接下来的这一句：“现在呢，你和你的第二个男人过活不到两年，倒落了一件大罪名。”听了柳妈的话后，“显出恐怖的神色”，因为柳妈的话是在山村里“所未曾知道的”。未曾知道的，不仅仅是死后要被“锯开来”，应该还包含着再嫁“落了一件大罪名”。小说固然描写了祥林嫂再嫁时候的不情愿，但再嫁时候的闹是常态，祥林嫂未必清楚再嫁会“落了一件大罪名”，因为她在阿毛死后再回鲁镇，并没有自觉已经有了“一件大罪名”，失掉了摆放祭祀用具的资格，所以，当四婶第一次阻止她摆放祭祀用具时，小说写她“只得疑惑的走开”。鲁迅的小说从无闲笔。从这最初的“疑惑”，到后来经柳妈“启蒙”而醒悟先前“所未曾知道的”，祥林嫂明白了自己的缺失。所以，祥林嫂的捐门槛，并不仅仅是为了死后，更是为了当下的生活。可惜的是，柳妈让她捐门槛，目的是在解决死后的问题，而祥林嫂的捐门槛，似乎更看重的是解决“一件大罪名”。在祥林嫂看来，捐了门槛，也就可以赎了罪，从此可以有摆放祭祀用具的资格。所以，祥林嫂捐了门槛回来后，先将这事告诉了四婶，新年时就高高兴兴地要去摆放祭祀用具。无形之中，祥林嫂已经意识到，自己在鲁镇这个景观世界中生存的合法性，需要得到四叔四婶的认可。结果却使祥林嫂大失所望。四婶仍然是“慌忙”，依然剥夺了她参与摆放祭祀用具的资格。这时候的祥林嫂，“像是受了炮烙似的缩手，脸色同时变作灰黑，也不再去取烛台，只是失神的站着。直到四叔上香的时候，教她走开，她才走开。这一回她的变化非常大，第二天，不但眼睛窈陷下去，连精神也更不济了。而且很胆怯，不独怕暗夜，怕黑影，即使看见人，虽是自己的主人，也总惴惴的，有如在白天出穴游行的小鼠；否则呆坐着，直是一个木偶人。不半年，头发也花白起来了，记性尤其坏，甚而至于常常忘却了去淘米”①。祥林嫂彻底成了“无聊生者”。

乡土世界的小城镇，大部分都有一个比较鲜明的特征，就是中国社会统治的接合部，再往下，乡野世界就谈不上礼了，礼不下庶

---

① 鲁迅．鲁迅全集：第二卷［M］．北京：人民文学出版社，2005：10－21．

人，偏远的乡野世界，封建礼教的气息就不那么浓郁。小城镇的封建礼教就比较严格了。以小说的叙述来看，祥林嫂的周围，在礼教方面对她束缚最深的，恰恰就是鲁镇，而不是她的婆家；她的婆婆看重的是现实的利益，能够给自己的小儿子再找个媳妇，为了这个，所谓的封建礼教都算不得什么。这也是四婶听到祥林嫂被卖后感慨的原因：还有这样的婆婆！鲁迅在《祝福》里似乎有意呈现出两个世界，普通乡野人们的世界里，所谓的一些事情，闹闹也就过去了。但是鲁镇，却截然不同，祥林嫂的一些事情，永远不能过去，哪怕她捐了门槛也还是如此。善意归善意，界限归界限，祥林嫂无论怎么努力，都跨越不过去。不仅如此，一旦划定了界限，似乎别人就只能按照他们认为的样子行事，否则，他们就会想办法让别人按照自己的意思走。譬如柳妈，厌烦了阿毛的故事，不经意提起祥林嫂撞头的事情，祥林嫂说着贺老六的力气大，同时笑了。这笑，意味着幸福的回忆，可是就是这么一点点幸福的表现，立刻成了柳妈新的风景，祥林嫂带着伤疤的额角也成了笑话。在柳妈别有意味的注视下，祥林嫂局促起来，收敛了笑容。祥林嫂成了别人鉴赏的悲剧景观，所有欢乐的可能都被鲁镇上的人们拿走，这样的鲁镇，这样的人们，比祥林嫂的婆婆更加恐怖。《祝福》中的所有人物都或直接或间接地把祥林嫂迫害致死，但是究其根源，其实害死祥林嫂的是当时根深蒂固在每个人心里的传统封建礼教思想。这些人物本身也是这种腐朽思想的受害者。作者正是通过塑造祥林嫂这个悲剧人物来抨击封建礼教对人的残害。礼教吃人，这是鲁迅小说的主题，而鲁迅的深刻性在于他揭开了社会真正的黑暗面目，吃人的不仅是礼教，还有人，是人吃人，所有人包括自己在内，都是吃人团中的一员。

第三节 被扭曲的孩童形象与清醒的现实主义态度

中国现代文学中，鲁迅是着意表现扭曲了的孩童形象的先锋。在表现了孩童的近二十部小说文本中，有三分之二的篇目中出现的都是被扭曲的孩童。与《故乡》《社戏》等以比较大的篇幅表现乐园孩童不同，扭曲的孩童在文本中的相关描写至为简略，有如轮廓粗糙的速写画，寥寥几笔中呈现出来的人物，虽也不乏鲜活生动，意蕴深藉，但总不能成其为性格典型，“盖量不足，故质不成焉”①。就其表现来说，他们实际上是作为一种意象出现在小说文本中的，而作为意象的孩童形象最大限度地包容了鲁迅对生活生命的认识思考，其中丰富的思想蕴含只有在整个的文本结构系统中才能得到完整的阐述。被扭曲的孩童意象可分为恶相孩童、被食一族以及少年老成的孩童等几种类别，其中最为典型的是恶相孩童，在鲁迅小说文本中经常出现的一个典型场景称为“戳伊杀”意象。在“戳伊杀”意象里，小小孩童皆手持象征着“刀”或“枪”的苇子、芦叶或者别的什么东西“杀”向先行者觉醒者或者其他自己的亲人。

“戳伊杀”意象中出现的小小孩童，自觉不自觉地都与小说文本中出现的庸众、看客集团站在一起，成为与启蒙者先行者们相对立的一面。《狂人日记》中路边的一伙小孩，就是夹杂在赵贵翁、古久先生等一伙人中间，怒目仇视“狂人”（启蒙者）。可悲的是，最初在启蒙者内心深处，无一例外地都将孩童视为自己的同行者和未来的希望，可是随着文本的展开，启蒙者却逐渐感觉到与孩童之间的距离，进而发现不是一路人，最终揭去梦幻的面纱，只有被扭

---

① 阎庆生. 鲁迅杂文的艺术特质［M］. 西安：陕西人民出版社，1983：242.

曲的恶相孩童在，连同自己的立身之根基也被轰毁。被扭曲的孩童在小说文本中都被缩略为简洁的意象，没有对孩童来龙去脉的介绍，恰如单个独立的动画片断出现在文本网络体系中，只有联系其出现的特定时空氛围和人际关系，才能理解其中包含的意味深广的底蕴。

《颓败线的颤动》里，靠了做娼妓才得以生存并养活女儿的老妇，到老却反受着子孙们道德上的唾弃。女儿女婿铺天盖地的责骂与怨气最终统化为“戳伊杀”的意象：老妇最小的还不大会走动的孙儿“正拿玩着一片干芦叶，这时便向空中一挥，仿佛一柄钢刀，大声说道：‘杀！’”① 同样的场景仅在《长明灯》一文中就反复出现了两次。第一个场景出现在小说文本的中间，三角脸和阔亭等这些成人们商议着如何对付“疯子”，以便保住长明灯。这时候，一旁玩耍的孩子中，“一个赤膊孩子擎起他玩弄着的苇子，对他瞄准着，将樱桃似的小口一张，道：‘吧！’”小说结尾处，“疯子”被关入庙里，“戳伊杀”的意象再次出现。“沉默只一瞬间，癞头疮忽而发一声喊，拔步就跑；其余的也都笑着嚷着跑出去了。赤膊的还将苇子向后一指，从喘吁吁的樱桃似的小嘴唇里吐出清脆的一声道：‘吧！’”② 近乎雷同的场景相继出现在三五千字的短篇中，犹如乐曲之回旋，电影画面之闪回，重复叠合的效应强调了自身的存在，凸显了其背后的意蕴，不能不引起读者们的关注。

“戳伊杀”意象凝结体现的，不仅仅是孩童与启蒙者先行者的关系，更是整个的社会存在与启蒙者先行者之间的矛盾纠葛，是内蕴深厚忧愤深广的思想情感结晶，是先行者所身处的“风霜刀剑严相逼”的自然人文环境及心理感受在文学中表现出来的典型意象。“想起来真觉得有些奇怪，我刚到你这里来时，街上看见一个很小

① 鲁迅. 鲁迅全集：第二卷［M］. 北京：人民文学出版社，2005：210.
② 鲁迅. 鲁迅全集：第二卷［M］. 北京：人民文学出版社，2005：62 - 68.

的孩子，拿了一片芦叶指着我道：杀！他还不很能走路……”魏连殳在向“我”诉说他的这段经历时，在生活上早已陷入困顿，成为别人避之唯恐不及的绝对孤独者。两人几个月不相见，乍一见面迫不及待地想要诉说的第一件事情却是“戳伊杀”的场景，足见其对魏连殳的影响之深，亦可想见恶相孩童意象对他思想上转换的意义。早先的魏连殳对孩童是抱有殷切希望的，“孩子总是好的。他们全是天真……大人的坏脾气，在孩子们是没有的。后来的坏，如你平日所攻击的坏，那是环境教坏的。原先却并不坏，天真……。我以为中国的可以希望，只在这一点”①。然而，“戳伊杀”意象却使他备尝想爱而又无所可爱的悲哀。《长明灯》的结尾，作为启蒙者的“疯子”的先知话语被化入孩童所唱的儿歌：

“白篷船，对岸歇一歇。

此刻熄，自己熄。

戏文唱一出。

我放火！哈哈哈！

火火火，点心吃一些。

戏文唱一出。”②

在儿歌中，严肃的启蒙者的话语失去了自己应该有的力量，成为无意义的嬉戏活动，这首“合唱”的儿歌与前文中的谜语相呼应，一起隐喻着先行者的启蒙活动犹如“鬼打墙”，没有效力，落不到实处，最终被视为痴人呓语而化为笑料。疯子和孩童的不能相通，恰是启蒙者与大众之间相互隔膜的真实写照。通过恶相孩童或者说“戳伊杀”意象，作家呈现了先行者所处的真实社会，揭示了作为启蒙者自身与历史状况所提供的发展趋向的可能性之间的矛盾。社会停滞不前、禁锢僵化出乎想象，启蒙理想的破灭，从另一

① 鲁迅. 鲁迅全集：第二卷［M］. 北京：人民文学出版社，2005：93.

② 鲁迅. 鲁迅全集：第二卷［M］. 北京：人民文学出版社，2005：68.

方面来说也是社会现实对启蒙者的“启蒙”。现实中扭曲的孩童最终打破了心中的美梦，碰壁后的觉醒者对社会发出了近乎绝望的诘问，“叫喊于生人中”的感觉让他们对希望产生了怀疑，“没有吃过人的孩子，或者还有?”① “戳伊杀”意象瓦解了启蒙的立足点，是觉醒者绝望的反抗这一哲学体验生成的萌芽。

鲁迅的小说文本中“戳伊杀”意象里面出现的扭曲的孩童形象，都是配角，是成人的映衬或者说成人的影子。孩童们小小的身影总湮没在由赵贵翁、三角脸、老拱等食人一族构成的人文环境中，孩童们的言行举止都被放在成人的行为之后。无论就时间的先后还是意义的关联，前者都可看作是后者的一种延续和深化。人物角色的这种结构安排，用意所在，一方面无非是要表明扭曲孩童的恶相是“受了影响”或“学了样了”；另外也将成人潜在而没有显露的阴险借此含蓄地表现出来。《狂人日记》里，作家将赵贵翁和路边被扭曲的一伙孩童放在一起，继而借狂人之口探究仇视自己的原因和动机，实即道出二者之不同。赵贵翁的理由固然荒唐，说是为狂人二十年前踏了古久先生的账簿一事打抱不平，显示了欲加之罪何患无辞的黑暗势力压制新生力量时不惜使用种种卑鄙手段；孩童的敌视行为却是娘老子教的。《长明灯》里的孩童模仿成人的行为，成人世界对“疯子”的攻击行为给孩童们树立了榜样和动作的勇气。“他们（指三角脸，阔亭们——引者注）一走近，孩子们似乎也都胆壮，围近去了。”② 正是在这样的场合氛围中，孩童们以芦当“枪”“杀”“疯子”的行动才与三角脸、阔亭们的阴谋攻击相辅相成，互为映衬，获得了深厚的社会意义。《颓败线的颤动》里的一幕同样如此，正是在父母共同攻击作践祖母的时候，小孙儿挥起了他手中的“钢刀”。“戳伊杀”意象暴露了那些自诩为“卫

---

① 鲁迅．鲁迅全集：第一卷［M］．北京：人民文学出版社，2005：454．
② 鲁迅．鲁迅全集：第二卷［M］．北京：人民文学出版社，2005：61．

道者”的内心深处的嗜血性，他们努力要实现的正是孩童直白简洁的行动所表现出来的“杀”，就是要以各种方法达到其食人的目的。

不管是客观的还是主观的，有意识的还是无意识的，扭曲的孩童身上蕴有恶的因子，而且总时时表现出恶相，这是无可讳言的事实。但扭曲的孩童毕竟还只是孩童，未涉人世尚缺乏自主思考能力的幼者。他们的身上即使有恶的因素，也是外界赋予的，不是先天带来的“本性恶”。扭曲的孩童在小说文本中总与看客们一道，无形中总是成为无主名杀人团的帮手，这些都是外界社会文化观念的流毒的恶果。“但是小孩子呢？那时候，他们还没有出世，何以今天也睁着怪眼睛，似乎怕我，似乎想害我。这真教我怕，教我纳罕而且伤心。我明白了。这是他们娘老子教的！”① 扭曲的孩童的悲剧在于他们做了旧制度旧观念旧传统的牺牲品，更可悲的是他们已被扭曲却还不知自身之为恶，缺乏正确的价值判断，弄不清自己在做什么，已被吞噬却还要去食人。鲁迅的深刻性在于他不仅仅愤激于恶，咀嚼“恶”，还要将“恶”背后所掩着的东西尽量地发掘出来。在这些悲剧性的被扭曲孩童身上，鲁迅像陀斯妥耶夫斯基那样严肃而彻底地审视着，“不但剥去了表面的洁白，拷问出藏在底下的罪恶，而且还要拷问出藏在那罪恶之下的真正的洁白来”②。

扭曲的孩童意象频频出现在鲁迅的小说文本中，除了愤恨于文化传统观念对孩童的毒害、借以树起社会批判的大纛之外，无疑还隐含了来自其内心深处的某种难以言说的创痛，就像鲁迅在小说《伤逝》中所写的：“也还是去年在会馆的破屋里讲过的那些话，但现在已经变成空虚，从我的嘴传入自己的耳中，时时疑心有一个隐形的坏孩子，在背后恶意地刻毒地学舌。”③ 这个“隐形的坏孩

---

① 鲁迅. 鲁迅全集：第一卷［M］. 北京：人民文学出版社，2005：445.
② 鲁迅. 鲁迅全集：第六卷［M］. 北京：人民文学出版社，2005：425.
③ 鲁迅. 鲁迅全集：第二卷［M］. 北京：人民文学出版社，2005：126.

子”不是凭空产生的，从潜意识到意识的时时隐现，说明在鲁迅的心灵世界中，它已经雏形初具，获得了自己的生命；其生长的根基不是虚无，而是有它的生活原型在，可以说是鲁迅某些经历的聚合。正因为它是一种凝缩了的意象，故而一旦触及相近或类似的场景因素，它就会被诱发出来。可以说，这一扭曲的孩童意象就像梦魇一般潜伏在鲁迅心底，挥之不去，一有机会就借助各种形式匆匆宣泄出来。

“戳伊杀”的意象中，扭曲的孩童所持武器极相似。《长明灯》中，赤膊小孩用的是苇子；《颓败线的颤动》及《孤独者》中，孩童所用的是芦叶。苇与芦同出而异名，初生的时候为葭，长大后便是芦，成熟时则名为苇。由此可见，“戳伊杀”意象源于同一记忆，起码那些出现于不同文本中的意象有其共同的背景。鲁迅谈到自己的创作时说：“所写的事迹，大抵有一点见过或听到过的缘由。”① “戳伊杀”的意象就是由各种缘由最终汇聚而成的蕴涵深刻极富概括力的文学表现。周作人在《鲁迅的故家·漫画与画谱》中回忆说：“八斤（邻居沈四太太的儿子——编者）那时不知道是几岁，总之比鲁迅要大三四岁吧，衣服既不整齐，夏天时常赤身露体，手里拿着自己做的竹枪。跳进跳出的乱戳，口里不断的说，‘戳伊杀，戳伊杀！’这虽然不一定是直接的恐吓，但是这种示威在小孩子是很忍受不住的。因为家教禁止与别家小孩打架，气无可出，便来画画，表示反抗之意。”“好些画中有一幅画着一个人倒在地上，胸中刺着一枝箭，上有题字曰：‘射死八斤’。”② 文学意象绝非生活的照搬，儿时的经历对鲁迅的影响再深刻，也只是其文学生发的基础。原初的记忆在岁月的流逝中已被注入新的经验，被置于新的视

① 鲁迅．鲁迅全集：第四卷［M］．北京：人民文学出版社，2005：527.

② 薛绥之．鲁迅生平史料汇编：第一辑［M］．天津：天津人民出版社，1981：155.

角下审视，不断铸炼而后成其为扭曲的孩童意象。

鲁迅在为《呐喊》撰写的《自序》中，深切地诉说着小康家庭中道衰落带来的伤痛，在世人冷眼中逃异乡走异路。立志改造国民性的鲁迅，饱受了叫喊于“生人”当中的寂寞，切身体验着作为先行者的悲苦与凄凉；先是《新生》的破产，紧接着又经历了辛亥革命的失败，中间还夹杂着不得不接受的无爱的婚姻；青年们的背叛，孩童们的恶相，更使他进化论的思想根基也被轰毁。对于像鲁迅那样个性的人来说，这样一连串的打击自然不能无影响。而唯其受伤之重之深，故对一切外来的波及也就越发敏感，多猜疑，而且好走极端。周建人在《略讲关于鲁迅的事情》中回忆说，鲁迅“常常把一件事特别强调起来”①。“他（指鲁迅——引者注）是爱孩子的，可是，却连孩子也不让他爱。增田涉说，‘他常买糖果给周作人的小孩（他自己那时没有小孩），周作人夫人不让他们接受而抛掉，他用充满感慨的话说：好象穷人买来的东西也是脏的。这时候使我常想起他说的‘寂寞’这个词来。’鲁迅对我说的是，他偶然听到对于孩子这样的呵责：‘你们不要到大爹的房里去，让他冷清煞。’”② 对照小说《孤独者》，我们仿若又听到了魏连殳那悲郁的揪心的话语：“孩子本不坏……天真”，转而却又不得不叹息：“连我的东西也不要吃了”。③ 在恶相孩童身上，觉醒的人们体验到的是绝望的孤独，犹如旷野中游荡长嚎的狼。孤独让人绝望，同时也给强者以力量，扭曲孩童意象在鲁迅心中永远的留存以及反复的表现，其中不无从这种孤独中汲取力量的成分；恶相孩童的存在瓦解了“救救孩子”的呼声，反过来也成就了他绝望之反抗的哲学体

---

① 周作人，周建人．年少苍桑：兄弟忆鲁迅（一）［M］．石家庄：河北教育出版社，2000：256.

② 周作人，周建人．书里人生：兄弟忆鲁迅（二）［M］．石家庄：河北教育出版社，2000：282.

③ 鲁迅．鲁迅全集：第二卷［M］．北京：人民文学出版社，2005：93－98.

验。小说文本中扭曲孩童的意象早已超越现实中具体的指向，人生未尝经验的无聊，对国家社会种种的失望与遭受的层层创伤全都凝在被扭曲的孩童意象上。从围绕着孩童周围的人群而不是孩童自身，扭曲孩童意象才能展开它所有的内涵。

扭曲的孩童包括已被熏染成恶相的、被吞噬的这两类孩童形象。少年老成、温顺如羊的孩童虽然并不仇视或打击先行者，从表面上看或许并不令人感到可恶，可是作为一种被压扁了的、萎缩了的、毫无生机的人格，在鲁迅看来，仍属于被扭曲的孩童一类，他们对未来希望的扼杀同扭曲的孩童无二。鲁迅在《上海的儿童》一文中说："大抵倘不是带着横暴冥顽的气味，甚而至于流氓模样的，过度的恶作剧的顽童，就是钩头耸背，低眉顺眼，一副死板板的脸相的所谓'好孩子'。这虽然由于画家本领的欠缺，但也是取儿童为范本的，而从此又以此作供给儿童仿效的范本。"① "顽童"与"好孩子"二者并提，表明在本质上已经被归为同类。表现虽然有所不同，其被扭曲则一。这两类被扭曲的孩童形象，其思想指向一在启蒙者主体，一在社会（包括庸众、看客等人的存在，也包括文化传统观念）。前者是依附在隐含叙述者身上而只是隐现着，后者则在被叙述者的位置而易于明了。另外的被吞噬的一类孩童，主要包括阿毛、宝儿等；他们皆出现在其母亲的回忆叙述中，文本所指向的意义被赋予寡母。《祝福》中的祥林嫂，她一遍遍地叙说着阿毛被狼吃的故事；孩子被吞噬本已经是生存的悲剧，却又被周围的人玩弄乃至于冷漠，标显的是祥林嫂的苦难，更是透过祥林嫂这一个体见出所有人对生存与生命的麻木，批判深深植根于整个社会文化传统存在中的旧有观念。

在孩童身上，鲁迅关注的并非外在形体的扭曲，而是内在精神

① 鲁迅．鲁迅全集：第四卷［M］．北京：人民文学出版社，2005：580－581.

的天性被摧残扼杀。鲁迅回忆自己弃医从文的经历时，谈到幻灯片事件对自己的影响。“从那一回以后，我便觉得医学并非一件紧要事，凡是愚弱的国民，即使体格如何健全，如何茁壮，也只能做毫无意义的示众的材料和看客，病死多少是不必以为不幸的。所以我们的第一要著，是在改变他们的精神。”① 对于扭曲的孩童来说，要改变他们的精神，首先要从社会做起，改变使之走向“异化”的社会观念，因社会文化现状是造成扭曲孩童的根源所在。在《新秋杂识》《我们是怎样教育儿童的》《上海的儿童》《上海的少女》等一系列文章中，鲁迅都是从外部社会家庭因素来探讨孩童之被束缚和扭曲的。鲁迅曾以自身的经历说明习惯的传统文化观念对孩童成长的制约。鲁迅带着海婴去照相，一个孩子穿着相似的服装，在日本和中国的照相师那里照来却分显日本相和中国相。探究其因，非摄像技术的差异，而是缘于两个摄像师根植于本民族的审美传统，分别选取合于心中“理想的模子”而产生的结果。“温文尔雅，不大言笑，不大动弹的，是中国孩子；健壮活泼，不怕生人，大叫大跳的，是日本孩子。”② 不以生命本身而以先验设定的框架模式裁定，必定是合者留存而非者去，鲁迅的深刻在于他总是从纵横两个方面发掘孩童的被扭曲，揭示出其难以改变、循循相因的社会原因所在。模子的规范，价值的导引，都使孩童向着早已定型的旧有路途走去。对人性来说，再美好的设定也会有因时间的流逝而僵化成为羁绊；生命常新而模子一定，自然造成人性的扭曲。社会皆以病梅为美而不知其病，精神观念走上了歧途，生长其中的孩童之被扭曲，势所必然。

精神观念的扭曲与物质生存对人性的制约密切相关，没有物质

---

① 鲁迅. 鲁迅全集：第一卷［M］. 北京：人民文学出版社，2005：438－439.

② 鲁迅. 鲁迅全集：第六卷［M］. 北京：人民文学出版社，2005：83.

生存的根本改善，即便是出现某些文化观念的革新，也会因为没有基本的保障而终成昙花一现。在《娜拉走后怎样》一文中，鲁迅说："所以为娜拉计，钱——高雅的说罢，就是经济，是最要紧的了。自由固不是钱所能买到的，但能够为钱而卖掉。人类有一个大缺点，就是常常要饥饿。为补救这缺点起见，为准备不做傀儡起见，在目下的社会里，经济权就见得最要紧了。"① 从物质生存的角度探求人无奈的被扭曲，从"生的艰难"体味扭曲者与被扭曲者的悲苦凄凉和国民劣根性，在中国现代文学中，鲁迅也可算是肇始者。在这方面，他独有的深刻早已为当时的周作人所指出。"生活困苦，使得母子天性显得漓薄，这正是苦的深刻表现。"②

生存和精神是共存的，文化制约人类，物质生存状况更是制约之本。在以往的研究中人们总是着眼于思想观念层面对人的摧残扭曲，而忽略了更为本质的内在生存层面。在《药》这篇小说中，华小栓吃人血馒头显示了庸众对革命者的冷漠与麻木，也显现了生活在下层的人们困于生存的艰难，根本无暇顾及其他。华小栓的"病"是双重的，既是指肉体生存上的，也是指精神上的。鲁迅在小说文本中，深刻地表现出了生存与精神对人性的扭曲是相互纠结的，生存限制了精神，沉淀下来的本已扭曲的精神观念又作用于人及其生存，二者之间相互牵制，形成恶性循环。小说《风波》便勾勒了在生存与精神的双重重压之下，六斤这个小女孩逐渐被扭曲的简略历程。

"伊的曾孙女儿六斤捏着一把豆，正从对面跑来，见这情形，便直奔河边，藏在乌桕树后，伸出双丫角的小头，大声说，'这老不死的！'"

---

① 鲁迅．鲁迅全集：第一卷［M］．北京：人民文学出版社，2005：168.

② 周作人．鲁迅小说里的人物［M］//周作人，周建人．书里人生：兄弟忆鲁迅（二）．石家庄：河北教育出版社，2000：22.

“六斤的双丫角，已经变成一支大辫子了；伊虽然新近裹脚，却还能帮同七斤嫂做事，捧着十八个铜钉的饭碗，在土场上一瘸一拐的往来。”①

在小说的前后部分，鲁迅只用两个画面，便轻轻点出了六斤的被扭曲的历程。如果说由“双丫角”变成“大辫子”是自然生理，“新近裹了脚”却是“人为”的结果。导致原先能飞“跑”“直奔”的六斤现在只能“在土场上一瘸一拐的往来”的，只能是传统思想观念的毒害，是六斤的父母乃至祖母“伪”的流毒。六斤被扭曲的行为和导向体现在种种事情上。“‘立刻就要吃饭了，还吃炒豆子，吃穷了一家子！’照我们的理解，七斤家中还不至于吃了几颗豆子就要穷了。主要原因还是在于九斤老太的‘挑剔’……她大概已经忘了自己在‘双丫角’时的食欲和爱好了。”② 吃豆子只是一个象征性行为，引出九斤老太以其习有的观念制约人，规范以至异化孙女六斤的行为，从传统教育的角度观照国民劣根性，这是鲁迅常常采取的方式。但我们也要看到九斤老太的“挑剔”不仅仅源于所承受的传统观念，还同前面我们提到的团圆媳妇的婆婆和摘棉花的母亲一样，是因为“生活困苦，使得母子天性显得漓薄”。在《风波》这篇小说的中间部分，七斤嫂“恨棒打人”，正在要母亲盛饭的六斤成了七斤嫂指桑骂槐的替罪羊。在不经意间挨了母亲一筷子后，六斤失手打碎了自己的饭碗，七斤为此就不顾死活一巴掌打了过去。如果从生存艰难对人性的制约和扭曲这个角度也许更能够理解这一场面的深刻内涵。

《风波》的结尾是已被扭曲的孩童六斤的形象；《狂人日记》

---

① 鲁迅．鲁迅全集：第一卷［M］．北京：人民文学出版社，2005：491－499.

② 范伯群，曾华鹏．鲁迅小说新论［M］．北京：人民文学出版社，1986：125.

的结尾是由被扭曲的孩童引发的焦虑；《长明灯》的结尾则是作为先觉者的“疯子”的话语被孩童编为嬉戏的儿歌……其实，就连表现乐园里的孩童的文本，结尾也都是怀了不复见乐园孩童的痛楚的。相似的结尾方式，犹如宿命，显示了孩童生而处围城之中，种种束缚无可逃脱，往往在未有识别能力之前就已被扭曲。孩童是属于未来的，孩童的被扭曲表明了未来社会只能是现今社会的延续或复制，由此也就产生了循循相因的复演的思想观念。现实中到处充斥着被扭曲的恶相孩童，“没有吃过人的孩子还有没有”的疑问已成虚空，理想的孩童只有在“乐园”的梦幻中才存在；未来的孩童除非能像席勒在他的《美育书简》中所设想的那样，刚出生的孩童即被送入人世以外的理想国中接受美的教育，然后再回来净化人世，但这是不可能的。无论是就遗传学还是人的知识获得与形成的运演格局来说，现有社会中孩童的扭曲与异化都是不可避免的趋向和事实。孩童本为理想之基，根基的轰毁带来了虚无与循环论的色彩，但也使人获得了更为深刻的清醒。“绝望之为虚妄，正与希望相同！”① 丸尾常喜在《“难见真的人”再考》中认为，醒过来的狂人自觉“难见真的人”，表现出“耻”② 的意识与强烈的启蒙精神，最终看到的也还是希望与绝望的虚妄。小说结尾处，一个疑问句：“没有吃过人的孩子，或者还有？”一个省略句：“救救孩子……”不能够明确地说哪一句透着希望，哪一句显露着绝望，而是绝望中有希望，希望中有绝望，或者径直说：“绝望之为虚妄，正与希望相同！”然而，无论如何，《狂人日记》的结尾都表明孩童在鲁迅的文学世界中有着特别的价值和意义，是反抗绝望的哲学体验不可或缺的重要一环。鲁迅小说文本的这种结尾方式所显示出

---

① 鲁迅. 鲁迅全集：第二卷［M］. 北京：人民文学出版社，2005：182.

② 丸尾常喜. “人”与“鬼”的纠葛：鲁迅小说论析［M］. 秦弓，译. 北京：人民文学出版社，1995：232.

来的是一种意义上的结束，同时也是作为另一崭新意义上的萌生，一个转折和新生活的开始而出现在文学作品中的。孩童代表着未来一维；在过去、现在和未来的维度中，如果说未来是未出场的，而它作为过去和现在时间之维的延续，其命运已然被决定。孩童必然被扭曲的命运在本质上宣告了希望的破灭，启蒙的被消解。然而，从另一方面来说，在鲁迅生命哲学的链条上，扭曲的孩童完全可以被视为是导引他走向无地彷徨，进而达到反抗绝望之境地的最后一道门槛。

第四章

再也不能这样活：文学现实的重构

第一节 现代审美主体的构建：《沉沦》与言说现实的新方式

现实主义与浪漫主义构成了20世纪中国文学发展最重要的两大思潮，现实主义文学是主潮，浪漫主义则是对主潮文学最有力的补充。在鲁迅之后，现代文坛上出现的最惹人瞩目的文学创作群体就是文学研究会和创造社。文学研究会向来被看成“为人生”的一群，而创造社则是“为艺术”的一群；“为人生”的文学研究会自然奉行的是现实主义，而“为艺术”的创造社奉行的自然是浪漫主义。在这个大的框架里，郁达夫的小说及其影响下出现的小说创作，文学史上一般视为抒情的一派，而与问题小说所代表的现实主义文学创作区别开来。“要求个性解放而又遭到社会压抑的年轻一代，在本国文学承传和外国抒情文学的双重影响下，不能自禁地要通过写作来表达内心的激情。其中，‘五四’小说领域里将‘表现自我’的主观性推至极端的，便是以创造社作家为主干的浪漫主义抒情小说流派。”这种区别自然有其道理，但是“表现自我”的“浪漫主义抒情”并非与现实主义毫无关系，“倾向浪漫主义的创造社作家，他们也往往在表现自我的同时，用批判的眼光探求人生社会”。① 郑伯奇在为《中国新文学大系·小说三集》撰写的“导言”中说：“郭沫若的诗，郁达夫的小说，成仿吾的批评，以及其他诸人的作品都显示出他们对于时代和社会的热烈的关心。”并指出郭沫若、郁达夫等“被认为艺术派”，“大概由于他们对于写作

---

① 钱理群，温儒敏，吴福辉. 中国现代文学三十年（修订本）［M］. 北京：北京大学出版社，1998：25，72.

态度主张得严格了一点"。[1] 郑伯奇没有否认创造社"为艺术"的倾向，只是指出郭沫若、郁达夫等人的创作皆有"为人生"的一面。无论现有的各种论著如何给郁达夫等人代表的创造社文学创作贴标签，都不能否认他们的创作恰似"乌云翳日下的一声霹雳"[2]，深深刺中了时代精神的脉搏。

从浪漫主义的角度探求郁达夫小说创作的意义，固然能够梳理出现代抒情的一脉，于载道的现实主义文学主潮之外彰显现代文学发展的别样的可能性，但从现实主义的角度探讨郁达夫的小说创作，剖析其如何"用批判的眼光探求人生社会"，却能够展示郁达夫小说创作本身所蕴含的丰富的面相，对于理解郁达夫的小说创作而言，同样不可或缺。从现实主义的角度观察郁达夫小说，有三个非常值得注意的特点：第一，对于底层人们生活持之以恒的关注与表现；第二，是现代审美主体"我"的构建；第三，对于细节真实的追求。

从《沉沦》开始，郁达夫小说创作的笔触都一直聚焦在灰色的社会人生上。穷与愁的诉说欲望，促使郁达夫将目光投向生活在社会底层的群体。《薄奠》《春风沉醉的晚上》等小说叙述底层工人的生活，向来被视为中国现代左翼文学的先声。郁达夫的文学创作不是高高在上的启蒙式叙事，虽然他也"用批判的眼光探求人生社会"，却与启蒙派挥斥方遒、指点江山的得道者气息大不相同，低矮的姿态与不自信时时从他的笔端流淌出来，这是对现实人生的一种崭新的表现。《沉沦》是郁达夫出版的第一部短篇小说集，共收录三篇短篇小说：《沉沦》《南迁》《银灰色的死》。三篇小说皆用了许多笔墨渲染主人公之"穷"，既是无钱的穷，亦是人生理想无

---

① 郑伯奇. 中国新文学大系：小说三集［M］. 上海：上海良友图书印刷公司，1935：8－9.

② 萍霞. 读《茑萝集》［N］. 京报（副刊），1924－12－23.

从实现的穷。《沉沦》里描写的三兄弟人生皆不如意，于是“那一小市镇里的闲人都说他们的风水破了”。《银灰色的死》中写主人公凄清的境况，“他觉得自家一个人孤冷得很，好像同遇着了风浪后的船夫，一个人在北极的雪世界里漂泊着的样子”。《南迁》里的伊人受了M夫人的骗，弄得两百八十元的积蓄只剩下了一百二十元。两百八十元的时候，伊人以为自己金钱、名誉都有了，现在，他依然还是即将入学的帝国大学学生，只是积蓄少了一半多，伊人便禁不住地为此大声疾呼“名誉，金钱，妇女，我如今有一点什么？什么也没有，什么也没有……”穷和愁是孪生兄弟，穷必然会引发愁，而愁或多或少也会与穷有关。在小说中诉说穷愁，这是郁达夫塑造零余者的最常用的手段。不过，仔细咀嚼回味就会发现，《沉沦》里的三篇小说虽然诉说着自己的穷愁，也涉及钱财的问题，却并非身无分文的穷，或作为学生学业难成的愁，而是另有所穷愁的对象。那个时候，郁达夫在日本正拿着官费，没有像郭沫若那样需要养育老婆孩子一大家子人，经济方面其实很不错。《沉沦》集子中的三篇小说，里面的主人公或许身家并不十分富裕，却也并不怎样穷，关键是出手比较阔绰，而且还时常瞧不起别人的小家子气。在小说《南迁》第二章“出京”中，大学生伊人给了侍者一张五元的纸币，起身要走，而同行的教士C君（西洋人）却坐着不动，等着要一块多钱的“找头”。见西洋人不肯走，伊人就一个人走出房门来，西洋人见青年走了，也只能跟了走出房门。

五块钱不是什么小数目。当时留日官费学生每个月的生活费大约是四十五元，支持两个人的生活绰绰有余。为了一块多钱的“找头”，西洋人等候服务员找零头，“节省鄙吝”就是伊人对那个西洋人的评价。在伊人的生活里，五块钱的开销，似乎很稀松平常。《银灰色的死》里面，“他近来的生活状态，比从前大有不同的地方。自从十月底到如今，两个月的中间，他每昼夜颠倒的，到各处酒馆里去喝酒”。每次去酒馆的花费都不菲。当他发现自己身上只有五块多钱的时候，便想着这些钱“断不能在上等的酒馆里去吃一个醉饱，所以他就决意想到他无钱的时候常去的那一家酒馆里去”。也就是说，无钱的时候才去静儿家开设的酒馆，有钱的时候，就去上等的酒馆了。小说《春风沉醉的晚上》开篇叙述“我”搬到外白渡桥北岸的邓脱路中间、日新里对面的贫民窟中，对矮小黑暗的住处做了一番描述，而小说结尾则描述了对面日新里亮着红绿电灯的洋楼。以对照的方式写出底层社会与上层社会的差异，通过穷愁的情感抒发批判现实生活中的种种不公，这是郁达夫小说常用的手法。也只有在对照的意义上，才能更好地理解郁达夫小说中表现的穷愁问题。穷愁与底层，是一个相对的问题，相对的弱势与真切的生活艰难，使郁达夫的小说创作表现出真挚的底层意识。小说《薄奠》的结尾，“我”和车夫的妻子带着纸糊的人力车去上坟，受到大街上来往的红男绿女们的凝目注视，这时候“我”只想放大了喉咙向那些红男绿女和汽车中的贵人狠命地叫骂：“猪狗！畜生！你们看什么？我的朋友，这可怜的拉车者，是为你们所逼死的呀！”①作为叙事者的“我”是不是真正的底层无损于小说表现出来的浓郁的底层意识，“我”与拉车夫站在了一起，共同控诉或者说代车夫控诉“红男绿女和汽车中的贵人”。拉车夫不言，“我”为之代言，为底层生活的人们鼓气与呼喊，这本就是现实主义创作的一个重要的审美追求。郁达夫的小说创作率先将触角伸向了城市贫民窟，揭开了现代城市文明进程中黑暗的一角，这就是揭露现实生活真相的现实主义的精神。

郁达夫小说关注穷愁，聚焦于底层人们的生活，但是笔触却与客观冷静的叶圣陶大不相同，小说中的主人公总是忍不住走向抒情，偶遇小挫折，便呼天抢地，加倍地夸张起来，近乎神经质般的

① 陈建新，李杭春. 郁达夫全集：第一卷　小说（上）［M］. 杭州：浙江大学出版社，2007：336.

敏感，颇似林黛玉见花落泪的性格，随时随地都能陷入自我伤感的境地。“把他所受的苦处，夸大的细数起来。它证明得自家是一个世界上最苦的人的时候，他的眼泪就同瀑布似的流下来。”① “看见了一丛杂树，几处人家，同鱼鳞似的屋瓦上，有一层薄薄的蜃气楼，同轻纱似的，在那里飘荡。‘Oh，you serene gossamer！You beautiful gossamer！’这样的叫了一声，他的眼睛里就涌出了两行清泪来，他自己也不知道是什么缘故。”② 现实主义的文学创作，可以客观冷静地摹写社会现实，同样也可以表现自我的内心世界。客观写实与抒情并非是截然对立的，写实可以是抒情的，抒情也可以是写实的。自我并不等于社会，却是社会的一分子，不在社会之外；表现自我，也就是在表现社会，只是表现社会的角度、方式和规模有所不同。摹写外在客观现实的现实主义采用的是代言模式，侧重自我的现实主义是带表现色彩的现实主义，采取的是自我发声的书写模式。与采取代言模式的现实主义书写相比，自我发声的现实主义有其不可替代的价值和意义。

被视为浪漫派的郁达夫描写自我，创作问题小说的傅斯年也在写自我；郁达夫写自我人生的穷与愁，傅斯年写自我在包办婚姻制度下的不幸。他们都在描写发生在“自我”身上的真正的现实，只是这现实在傅斯年的笔下仿佛社会扫描式的简单报告，而在郁达夫的笔下则是声情并茂的倾诉；扫描式的报告侧重于事件的介绍，声情并茂的倾诉塑造出来的却是一个现代的主体形象。在小说《孤独者》中，鲁迅这样描述郁达夫小说的影响：“大抵是读过《沉沦》的罢，时常自命为‘不幸的青年’或是‘零余者’，螃蟹一般懒散

① 陈建新，李杭春．郁达夫全集：第一卷　小说（上）［M］．杭州：浙江大学出版社，2007：64.

② 陈建新，李杭春．郁达夫全集：第一卷　小说（上）［M］．杭州：浙江大学出版社，2007：39－40.

而骄傲地堆在大椅子上，一面唉声叹气，一面皱着眉头吸烟。”① 沈从文谈到郁达夫的小说创作时说：“人人皆觉得郁达夫是个可怜的人，是个朋友，因为人人皆可从他作品中，发现自己的模样。”“生活的卑微，在这卑微生活里所发生的感触，欲望上进取，失败后的追悔，由一个年青独身男子用一种坦白的自暴方法，陈述于读者。”② 不幸、懒散与骄傲，郁达夫笔下描绘的“零余者”形象，这是一个现代人的形象，正是借助于这个现代的审美主体，郁达夫提供了言说新的现实的新方法，这也是郁达夫在文学创作和现实人生两个领域能够同时引领社会时代风尚的重要原因。

谈到《沉沦》和《南迁》时，郁达夫说：“这两篇是一类的东西，就把它们作连续的小说看，也未始不可的。”谈到《银灰色的死》时又说：“是我的试作，便是我的第一篇创作。”③ 然而，在《沉沦》这部仅仅收录了三篇小说的集子中，“第一篇创作”却被排在了最末的位置。撇开故事内主人公的年龄，还有三部小说故事发生的时间先后关系，作家如此编排小说的顺序，乃是因为这三部小说的叙述构成了某种内在的逻辑关系，即现代主体“我”的渐次生成。小说中的病、忧郁等诸多造就浪漫的因素，也正是现代审美主体与现实构成矛盾和对抗的主要因素，通过现代主体与现实的冲突、抵抗，一个现代的审美主体也就逐渐被建构了出来。

尚佛尔说：“有些现代人写的书之所以取得成功，是因为作者的神经质状态与其读者的神经质状态合了拍。精神方面的消沉绝望，即所谓‘怠惰’（acedia），在中世纪时期它曾被认为是七条大罪中的一种，在后世反而成为产生文学的一个主要来源。”④ 故意

---

① 鲁迅. 鲁迅全集：第二卷［M］. 北京：人民文学出版社，2005：93.

② 沈从文. 沈从文全集：第16卷　文论［M］. 太原：北岳文艺出版社，1984：172.

③ 吴秀明. 郁达夫全集：第十卷　文论（上）［M］. 杭州：浙江大学出版社，2007：18.

④ 白璧德. 文学与美国的大学［M］. 张沛，张源，译. 北京：北京大学出版社，2004：113.

夸大或者张扬自身精神方面的消极绝望，这是郁达夫小说给人造成的印象。《沉沦》中的主人公看着自然景色，想到英国诗人，终于微笑起来的时候，背后却来了一个老农，“回头一看，他就把他脸上的笑容改装成一副忧郁的面色，好像他的笑容是怕被人看见的样子”。即便是开心，也要在人前装出忧郁的样子。忧郁怠惰在郁达夫的小说中成为一种审美对象、一种生活的态度。忧郁的时候便忧郁，而高兴的时候仍然要努力地使自己变得忧郁起来，至少也要给人忧郁的感觉。这种精神状态使小说中的主人公对周围的社会环境基本采取排斥的态度，只能返归自身，挖掘自我的深度。《沉沦》开篇就说：“他近来觉得孤冷得可怜。”孤冷，就是孤独寂冷。为什么会如此？主人公的态度是自责，从自我身上寻找原因。“他的早熟的性情，竟把他挤到与世人绝不相容的境地去。”① 然而，这真的是自责吗？沉醉在自然里的“他”马上吐露心声：“世间的一般庸人都在那里妒忌你，轻笑你，愚弄你；只有这大自然，这终古常新的苍空皎日，这晚夏的微风，这初秋的清气，还是你的朋友，还是你的慈母，还是你的情人。”② 小说中的主人公总是对荒野平原感兴趣，在人类社会和大自然之间的道德选择倾向很明显。喜欢卢梭的郁达夫，接受卢梭回归自然的想法。“创造主创造的世界万物，原本是美好的，但人类毁坏了这一切。他们不愿意看到事物本自天成的形态，甚至对人也是如此。于是，他们将一切打乱，模糊事物本来面目，将原本自然的事物按照自己的意愿去改造。”③ 也就是说，自然就是事物本来的样子。原本美好的东西，现在却被人为地损坏了。泰勒指出，启蒙运动后，西方对现代主体生成的思考主要呈现出三个方面的特征：个人是一个具有深度的自我，日常生活的

---

① 陈建新，李杭春. 郁达夫全集：第一卷 小说（上）[M]. 杭州：浙江大学出版社，2007：39.

② 陈建新，李杭春. 郁达夫全集：第一卷 小说（上）[M]. 杭州：浙江大学出版社，2007：40.

③ 卢梭. 爱弥儿 [M]. 方卿，译. 北京：北京出版社，2008：3.

肯定，自然所体现的内在道德资源。这一切都与浪漫主义运动对情感自我的肯定息息相关。“浪漫文人给予感情（sentiment）一个中心、正面的位置……通过我们的感情我们才深入道德的精髓，或就是宇宙的真理。”① 对于感情（sentiment）的肯定，这是郁达夫小说集《沉沦》创作的内在基调。《南迁》里的O女士对伊人评价说：“你确是一个生的闷脱列斯脱!”② 伊人霎时便仿若找到了知音，虽然极力控制，仍有泪花流出。这也可以说是借助于小说中为数极少的一个美好的女性对自己做出了肯定。敏感、忧郁、厌恶人群而亲近自然，这些所标示的正是现代审美主体的自我发现与确立。

小说集《沉沦》中的主人公都是在校学生，而学校就是一个远离大自然的所在。H上预科的大学，“本来是美国长老会捐钱创办的，所以学校里浸润了一种专制的弊风，学生的自由，几乎被缩服得同针眼儿一般的小。礼拜三的晚上有什么祈祷会，礼拜日非但不准出去游玩，并且在家里看别的书也不准的，除了唱赞美诗祈祷之外，只许看新旧约书”③。这样的教会学校，已经偏离了造物主造物的原意，成为养成令人讨厌的法利赛人的场所。上帝给了人自由，他们却以上帝的名义限制了这自由。如果在这个意义上看“他”的反抗，也就显示出别样的意思来。“他的心里，总有些反抗的意思，因为他是一个爱自由的人。”④ 他换了一所学校，进了杭州的W中学，也是一所教会学校，结果反而比H大学更加不如。

---

① 王德威. 抒情传统与中国现代性在北大的八堂课［M］. 北京：生活·读书·新知三联书店，2010：4.

② 陈建新，李杭春. 郁达夫全集：第一卷　小说（上）［M］. 杭州：浙江大学出版社，2007：136.

③ 陈建新，李杭春. 郁达夫全集：第一卷　小说（上）［M］. 杭州：浙江大学出版社，2007：48.

④ 卢梭. 爱弥儿［M］. 方卿，译. 北京：北京出版社，2008：88.

回到老家，也是“不能如意之所为”。寻找自由，反抗束缚，也是在寻找心灵的皈依。人心总要有所依靠，无依靠的心便如浮萍，如何能够得到安宁？

卢梭在《爱弥儿》里面说：“人之所以结成群体，是由于个体的力量弱小。我们之所以关爱人类，是由于我们有共同的苦难。……人类之间的友爱，与其说是在感知他人的快乐，不如说是感到了他人的痛苦。只有在痛苦中，才能更好地发现我们共同的天性。怜悯之心是甜蜜的，当我们设身处地为遭受痛苦的人着想时，也会为自己的幸运而庆幸。”① 当人们拥有怜悯之心的时候，能为遭受痛苦的人着想的时候，弱小的个体就会愿意融入群体中。反之，群体对于个人来说，便成了需要躲避的对象。“在稠人广众之中感得的这种孤独，倒比一个人在冷清的地方，感得的那种孤独，还更难受。”刚开始骂了几句日本人，马上自责“岂不是你自家的错误么？”同时认为是自己的行为，使得“他的同学都以为他是爱孤独的人，所以谁也不敢来近他的身”。② 主人公始终在孤独和与人交往之间天人交战，或者说怯懦、忧郁症患者，用现在的话说便是交际恐惧症。对于主人公来说，“他”的孤独并不是他所喜爱的，即便是喜爱，也是无可奈何的选择，“他”真实的意思是想要与人交往。“孤独”，为什么孤独？孤独是一种感觉，也是现实生活的真实体现，就是没有人陪伴。最初的时候，上帝造人，只是用泥土造出来一个男人，就是亚当。在伊甸园里，有各种植物相伴，有各种飞禽走兽相伴，可是他感到“孤独”了。上帝让“他”选择自己的伴侣，可是所有的飞禽走兽、花草树木都不是他的良伴，于是上帝让亚当熟睡，从他身上取出一根肋骨，造出了第二个人类，就是

---

① 卢梭. 爱弥儿［M］. 方卿，译. 北京：北京出版社，2008：88.

② 陈建新，李杭春. 郁达夫全集：第一卷　小说（上）［M］. 杭州：浙江大学出版社，2007：44－45.

夏娃，亚当的妻子。夏娃为什么能够被亚当接受，成为自己的良伴？因为她是用自己的肋骨造出来的，也就是说，她本来就是自己的一部分。自己接受自己，难道还有什么问题吗？在无神论者的眼里，这个故事自然有着许多的问题，诸如女人到底是不是用男人的肋骨造出来的，男人身上取出来一根肋骨后，是不是肋骨少了一根，等等。在我看来，这些问题其实并不重要，重要的是说明了男人的一半是女人，没有女人，人就不再完整，就会感到孤独。寻找女性，男女结合为一体，却又不是先前那样的一个“我”，而是有了变化的“我”，这样的“我”才完整而不孤独寂寞。否则的话，哪怕身在伊甸园之中，亚当也还是会感到孤独寂寞。《沉沦》中的“他”渴望着和别人交往，和哪些人交往？就是女人！从《沉沦》到《南迁》，小说里的男性主人公始终都在追寻着自己的夏娃。

“知识我也不要，名誉我也不要，我只要一个安慰我体谅我的‘心’。一副白热的心肠！从这一副心肠里生出来的同情！从同情而来的爱情！……我所要求的就是异性的爱情！苍天呀苍天，我并不要知识，我并不要名誉，我也不要那些无用的金钱，你若能赐我一个伊甸园内的‘伊扶’，使她的肉体与心灵，全归我有，我就心满意足了。”①

所谓“知识我也不要，名誉我也不要”，而只要一个伊甸园里的“伊扶”，原因所在，可能是因为“知识”和“名誉”两个东西对于“他”来说，并不难得到，或者说因为已经“拥有”，所以才显得不那么重要。在小说《南迁》中，主人公想着自身的情况时就说：“名誉我也有了，从九月起我便是帝国大学的学生了。金钱我也可以支持一年，现在还有二百八十余元的积贮在那里。第三个条

---

① 陈建新，李杭春．郁达夫全集：第一卷　小说（上）［M］．杭州：浙江大学出版社，2007：47.

件就是女人了。"[1] 名誉和金钱似乎因为已"有"或者比较容易得到，所以不是那么令"他"珍惜，而能真心真意地爱"我"的"伊扶"，实在难得，因为难得，所以越发显得珍贵。就此而言，小说中所叙述的穷愁并非绝对意义上的穷与愁，而是追求不得的穷愁。追求不得而又不降低自己的追求标准，也就是说追求带有浓郁的理想化色彩，这样的穷愁叙述，除了左翼立场外，还呈现了现代主体内在的骄傲本性。

郁达夫小说里的主人公在名誉和金钱上面似乎并没有什么特别的热情，即便是拥有名誉和金钱，自己也总是陷在莫名的空虚孤独里面，解决的途径似乎就只有寻求女人，一个全身心地爱着他的女人。"他"将自己的空虚孤独称为"从始祖传来的苦闷"。"始祖"为谁？我总以为这里指的其实是亚当，而不是中国的女娲或者伏羲氏。所谓"从始祖传来的苦闷"便是对于另一半的追求。在伊甸园里，亚当接受了夏娃，说明了他的苦闷便是性的苦闷，对于异性的要求。这对于异性的追求，就此而言，也可以说是对于"自我"完整的追求。求异性而不可得，主人公解决自己"从始祖传来的苦闷"的办法便是手淫。在《沉沦》中，主人公"求"伊甸园"伊扶"的方式和途径很值得注意。"他"对于异性强烈的欲望似乎只有自己知道，在自己内心深处翻腾。放学的时候，见了两个穿红裙的女学生，同行的三个日本男同学和她们打了招呼，"他"回到住处后自责："何以当时你没有那样的胆量，不同她们去讲一句话？"在房东家的女儿送饭来或铺被时，"他心里虽想对她讲几句话，然而一见了她，他总不能开口"。后来，"他"到了一个大庄子。"这大约就是卖酒食的人家，但是我听见说，这样的地方，总有妓女在那里的。"然而，进去看到了使得他心动的侍女之后，"他看了那侍

① 陈建新，李杭春. 郁达夫全集：第一卷　小说（上）[M]. 杭州：浙江大学出版社，2007：118－119.

女的围裙角，心里便乱跳起来。愈想同她说话，他觉得愈讲不出话来”。“他”的苦闷，他忧郁症的根源便在于内在的对于异性的要求和现实中“求”的怯懦。求而不得，“从始祖传来的苦闷”得不到满足，也象征了“我”的残缺不完整。思想的巨人与行动的矮子，这是《沉沦》中主人公不能解决个人苦闷而陷入忧郁境地的最主要原因。然而，似乎愈是如此，“我”内心的欲望便愈加强烈。欲望的达成与否其实并不重要，重要的是欲望的凸显。王德威指出：“欲望并不止于所谓的人之大欲，或者饮食男女而已；欲望更遥指了现代人如何定义主体、发挥主体的起点。……在主体和肉身相互为用的形构下，欲望重新在20世纪被提出来，作为定义现代的中国人或中国人性的一个重要界面。”①

内心渴望女性，想着真正爱自己的女性，但是在实际的行文中却又将女性妖魔化了，或者将其描写成伊甸园中诱人犯罪的夏娃。在小说《沉沦》中就有这样的句子，“平时所看见的‘伊扶’的遗类，都赤裸裸的来引诱他”②。又写到日本妇女不穿裤子，身上贴肉只围着一条短短的围裙，当她们走路的时候，“前面的衣服每一步一步的掀开来，所以红色的围裙，同肥白的腿肉，每能偷看。这是日本女子特别的美处，他在路上遇见女子的时候，注意的就是这些地方”。在海边的酒楼上，“他”发现侍女“口里的头上的面上的和身体上的那一种香味，怎么也不容他的心思去想别的东西。他才知道他想吟诗的心是假的，想女人的肉体的心是真的了”③。在小说《南迁》中，伊人在读大学的前夕，受到了房东太太的引诱。

① 王德威．抒情传统与中国现代性：在北大的八堂课［M］．北京：生活·读书·新知三联书店，2010：73.

② 陈建新，李杭春．郁达夫全集：第一卷　小说（上）［M］．杭州：浙江大学出版社，2007：55.

③ 陈建新，李杭春．郁达夫全集：第一卷　小说（上）［M］．杭州：浙江大学出版社，2007：69.

妇人叫M，在家里梳洗的时候，每天总是“把上身的衣服脱得精光，把她的乳头胸口露出来。伊人起来洗面的时候每天总不得不受她的露体的诱惑”。到底是M有意识地这样来引诱伊人，还是伊人总是在M梳洗的时候起来洗面，小说模糊了这中间的差别，而是径直以毋庸置疑的口吻叙述伊人“每天总不得不受她的露体的诱惑”。仿佛这诱惑是不得不忍受似的。不仅如此，“有一天午后，伊人正在那里贪午睡，M一个人不声不响的走上扶梯钻到他的帐子里来。她一进帐子伊人就醒了”。然后她就钻到毛毯里面，两个人有了肉体的交往，伊人将这交往当成了爱情。这情节有点儿《聊斋》的味道，一个书生在灯下夜读书，门外翩然进来一个美女投怀送抱，几乎没有书生能够拒绝美女的诱惑，伊人也是。过了一段日子，一个男的W君来了，又与M发生肉体关系，伊人听得很清楚，而W并不是M的丈夫。受伤的伊人怎么办呢？只能离去。离去的伊人还被M斥责为懦夫！文本叙述里，M呈现出来的面目，和荡妇相差无几。这其实也可以算作是一种归罪模式。

伊人和“他”都渴望生命中女性的出现，而女性也如愿地出现了，不过却与理想中的女性形象相差甚远。从某个角度而言，《沉沦》叙述的仿佛是现实版的伊甸园故事，寂寞的亚当渴望夏娃的出现，夏娃的确出现了，带来的是更深的失望而不是美好的希望，是更加破碎的“自我”而不是“自我”的完成和实现。在和M交往之前，伊人自信心爆满，认为自己除了女人之外，其他应有的几乎什么都有了。现在，他和M发生了密切的关系，相当于是有了女人，结果却发现自己实际上什么都没有了，连先前自己以为拥有的也都消失无踪。“名誉，金钱，妇女，我如今有一点什么？什么也没有，什么也没有。我……我只有我这一个将死的身体。”① “将死

① 陈建新，李杭春. 郁达夫全集：第一卷 小说（上）[M]. 杭州：浙江大学出版社，2007：118－123.

的身体”有时候是“他”自渎的结果，不过这自渎却也与女性的诱惑有关。然而，无论诱因如何，结果却是“他觉得身体一天一天的衰弱起来，记忆力也一天一天的减退了。他又渐渐儿的生了一种怕见人面的心”。引诱（诱惑）—堕落—忏悔（自责），这几乎成了短篇小说集《沉沦》固定的叙述套路。其实，这也可以视为是郁达夫自我小说的叙述模式。这个模式本身没有什么创造性，各种宗教宣传故事讲述的大都是这样的故事。区别在于郁达夫用了这样的叙述模式表达的不是向某种神灵的靠拢，而是凸显了现代主体内部的矛盾冲突，或者如郁达夫自己谈《沉沦》时承认的那样，是“性的要求与灵肉的冲突”①。《沉沦》中的“他”愤怒于侍女招待其他客人而不理会自己，“马上就想跑回去发奋用功。但是他的心里，却很羡慕那间壁的几个俗物。他的心里，还有一处地方在那里盼望那个侍女再回到他这里来”②。“性的要求与灵肉的冲突”始终存在，并不因为主人公的忏悔而得到解决。无能为力的感觉显示出来的，恰恰是在冲突中逐渐确立的现代主体。

郭沫若有篇历史小说《孟夫子出妻》，他笔下的孟夫子，和郁达夫小说里的主人公的形貌很相似。小说开篇叙述孟子早起锻炼，“他的目的是要保存着那清清凉凉的‘夜气’，而在他的全身中却弥漫着一团的燥气。他的四肢也无力，特别是十个指头，那里面就像有微温的汤水鼓胀着的一样”。孟子明白里面的缘由，一切都是娇妻惹的祸。“他夫人的全身，那赤裸的全身，其实是充塞着他的感官的全部。那从葛衫下鼓出的一对隆起的乳头，那把他的秘密什么都看透了的一双黑耀石般的眼睛，那合怡，那柔软，那气息，那

---

① 陈建新，李杭春. 郁达夫全集：第十卷　文论（上）［M］. 杭州：浙江大学出版社，2007：18.

② 陈建新，李杭春. 郁达夫全集：第一卷　小说（上）［M］. 杭州：浙江大学出版社，2007：71.

流线……他就给受了千重的束缚一样，一点也动颤不得。”① 面对贤惠体贴的妻子，孟子却觉得自己仁德的修行受到了影响，决意要休掉妻子。对于这篇小说的创作缘起，郭沫若自己说：“这篇东西是从《荀子·解蔽篇》的‘孟子恶败而出妻’的一句话敷衍出来的。败是败坏身体的败，不是妻有败德之意，读《荀子》原文自可明瞭，孟子是一位禁欲主义者是值得注意的一件事情：因为这件事情一向为后世的儒者所淹没了。而被孟子所出了的‘妻’觉得是尤可同情的。这样无名无姓的做了牺牲的一个女性，我觉得不亚于孟子的母亲，且不亚于孟子自己。”② 郭沫若觉得孟妻的牺牲很值得同情，但也只是“不亚于孟子自己”而已。也就是说，在“孟子出妻”这件事情里，郭沫若看到了各方的牺牲和克制。这里面未必没有寄寓自身理想和希望的意思。《荀子·解蔽篇》中的原话是：“孟子恶败而出妻，可谓能自强矣，未及思也。”③ 孟子担心败坏了自己的身体和仁德修养，故而把妻子休了，这虽然可以称得上是自强，却还没有达到静思的境界。在荀子看来，圣人不是靠远离情欲的方式来控制情欲的，而是追求“从心所欲，不逾矩”④ 的自由状态。“故人者之行道也，无为也；圣人之行道也，无强也。”⑤不能刻意，也不要勉强。孟子毕竟不是圣人，而在郭沫若的历史小说里，孔子和孟子都只不过是普通人罢了，没有表现出“从心所欲不逾矩”的自由状态，他们高明的地方不过是能够自我克制和牺牲。人们觉得创造社里的成员，尤其是郭沫若和郁达夫情感总是易于失控，文学创作也是如此。梁实秋批评说：“现代中国文学，到处弥

① 郭沫若著作编辑出版委员会. 郭沫若全集：文学编　第十卷［M］. 北京：人民文学出版社，1985：178.

② 郭沫若著作编辑出版委员会. 郭沫若全集：文学编　第十卷［M］. 北京：人民文学出版社，1985：175.

③⑤ 荀子［M］. 安小兰，译注. 北京：中华书局，2007：230.

④ 论语［M］. 张燕婴，译注. 北京：中华书局，2006：13.

漫着抒情主义……近年来情诗的创作在量上简直不可以计算……因着外来的影响而发生的所谓新文学运动，处处要求扩张，要求解放，要求自由。到这时候，情感就如同铁龙里猛虎一般，不但把礼教的桎梏重重打破，把监视情感的理性也扑倒了。"① 这种说法在某种程度上是符合实际情况的，但是这并不意味着他们本人及其文学创作就不包含理性克制的成分或想法。只不过在他们那里，理性总是表现得很无力，这种无力感也正是现代审美主体得以建构的重要因素。理性在情感面前无能为力，一直都是启蒙运动的内在主题之一。他们有克制自我的努力，只是这努力也变得很冲动，和易于失控的情绪很相似，于是对情绪的控制反过来为情绪的爆发或更加敏感化做了铺垫。没有真正冷静的理智，不能够像《孟夫子出妻》那样做出真正的牺牲，《沉沦》展示给我们的就是一个循着本能的冲动行动的人文主义者。

人性本能冲动的展示使《沉沦》问世之初便被质疑为色情之作，而周作人则在同名批评文章中将其巧妙地转化为道德问题，并将作品中所显示的道德态度与世俗现行的道德区别开来。被世俗中人视为不道德的，未必不道德，只是不符合世俗道德的标准罢了。不被世俗接受的道德，有时可能意味着世俗道德的僵化，正是僵化守旧的社会才表现出对新鲜事物和行为的排斥。恩格斯在《反杜林论》中谈到道德的时候曾如此说："所有以往的道德，归根到底都是社会当时经济状况的产物。而因为直到现在社会是在阶级对立之中发展，所以道德总是阶级的道德，它或者是为支配阶级的统治和利益辩护，或者是当被压迫阶级足够强大之时，它表现对于这个统治的抗争，而代表被压迫者的将来的利益。"② 作为弱者、零余人，

---

① 梁实秋. 浪漫的与古典的·文学的纪律［M］. 北京：人民文学出版社，1988：14.

② 恩格斯. 反杜林论［M］. 吴黎平，译. 北京：人民出版社，1963：96.

郁达夫小说笔下的主人翁不仅与统治阶级的道德处于对立矛盾的位置，而且与整个世俗社会存在也颇有点儿格格不入。

在郁达夫的小说中，主人公所亲近的女性有一类很值得注意，便是妓女。郁达夫在现实生活中，也很频繁地出入妓院。但是，无论是小说还是现实，对妓女的态度大多并非肉欲，有时寻找的竟然是已经色衰的中年妓女。寻找这些妓女的缘由，更多似乎源自于某种情感的需要。胡适在日记中记载，有一次和郁达夫等去看汉口的窑子生活，又有一天，再次逛了两家窑子。"那夜回寓，与达夫、金甫谈，我说，娼妓中人阅历较深刻，从痛苦忧患中出来，往往 more capable of real romance［更擅长于真正的浪漫风情］，过于那些生长于安乐之中的女子。"① 年老色衰的妓女，自然是"从痛苦忧患中出来"的，或许郁达夫看重的便是她们"更擅长于真正的浪漫风情"。若是从这一点看，郁达夫所追求的理想的女性，女性并不是终极，或者说女性代表的是一种理想，那理想便是"真正的浪漫风情"。所谓"真正的浪漫风情"，自然不说外貌肉体上的，而是指精神而言。

《沉沦》中的主人公无论如何都对自身的境况很不满意，他们总是一方面要努力表现出自身的感伤的忧郁者的特征，另一方面却又想着摆脱这种状况，这本身就是矛盾。为了能够摆脱这种境况，主人公像《雷雨》里的周萍一样，把自身得救的希望寄托在女人的身上，"O 呀 O，你是我的天使，你还该来救救我"。四凤并不能带给周萍新生，将其拯救出人性的泥淖。《沉沦》中的女性也是如此。然而，无论怎样，我们会发现《沉沦》三篇小说中的青年还是有所变化，尤其是在面对女性的时候。O 是伊人在 C 夫人家遇见的一个女学生。在伊人的描述里，O 似乎比他还要容易羞涩，这在某种程

---

① 胡适. 胡适全集：第 30 卷［M］. 合肥：安徽教育出版社，2003：207－208.

度上也反映出《南迁》里的伊人和女性的交往能力提高了很多，与M夫人，与O等，起码，不再是《沉沦》里那种类似自闭症一类的人物。在与O的交往过程中，伊人不仅比较主动，而且在知道日本学生K在追O的时候，伊人也没有怎样的退缩。《沉沦》中呼唤女性，渴盼女性在自己生命中的出现。当然，仅仅出现在自己面前还不够，还需要“使她的肉体与心灵，全归我有”，那样一来，“我就心满意足了”。① 《沉沦》中，除了妓女，没有女性来到“他”的身边。到了《南迁》，伊人的身边出现了一些女性，而且有了全方位的交往。然而这些女性并不能让伊人“心满意足”。因为M夫人，只是和伊人发生肉体关系的一个诱惑者罢了，至于生病了的O，则更多的是心灵的交流。“他对O的心，觉得真是纯洁高尚，并无半点邪念的样子。”② 在这一篇里，郁达夫便已塑造出了属肉的M和属灵的O，展示了“性的要求与灵肉的冲突”这一矛盾。现代主体这一内在的矛盾，用《南迁》中的话说便是：凡是对现在的唯物的浮薄的世界不能满足，而对将来的欢喜的世界的希望不能达到的一种世纪末的病弱的理想家，也是“贫苦”的人。精神上的“贫苦”及其带来的灵肉冲突，才是郁达夫穷愁文字表达的深层次主旨。了解这种穷愁根源于世纪末的幻灭思想，而不仅仅是现实生活中的穷困，才能明白郁达夫所代表的创造社文学创作的弱者叙事，并不是夸大了自身的不幸，而是发现并叙述了唯物的浮薄的世界中现代人的精神困境。

---

① 陈建新，李杭春．郁达夫全集：第一卷　小说（上）[M]．杭州：浙江大学出版社，2007：47.

② 陈建新，李杭春．郁达夫全集：第一卷　小说（上）[M]．杭州：浙江大学出版社，2007：127.

第二节 现实生活伦理的深层纠结：巴金的家族小说叙事

苏雪林在《巴金作品》中说："巴金在当代作家中是最富于情感的一个。情感之热烈，至于使他燃烧，使他疯狂。在他作品的字里行间，我们好像觉得他两眶辛酸泪在迸流，把着笔的手腕在颤抖。英国喀来尔（Carlyle）曾嘲笑拜伦一派诗人为'痉挛派'（spasmodic），后来这名词便成了一般神经过敏兴奋过度的诗人的讽刺。我以为中国近代惟有巴金足以当此名称而无愧。"① 创作中有强烈的主观性和抒情性，因此巴金被认为"有点像20年代的郁达夫"②。郁达夫沉溺于青春的感伤，巴金表达的则是青春的激情；郁达夫侧重于自我的倾诉，巴金则是面向世界的宣告与控诉。将郁达夫和巴金两位抒情作家纳入现实主义大潮中给予观察，是因为两位作家以抒情的方式开辟了现实主义文学的发展道路。抒情与现实主义并不矛盾，但却不宜将郁达夫和巴金归入抒情现实主义的行列，因为抒情现实主义往往与诗意现实主义等概念相纠结，带有美化现实的意思，而郁达夫和巴金却是以沉郁悲愤的抒情照亮了丑陋的现实，以及在污浊的现实中挣扎的痛苦而敏感的现代人的灵魂，其强烈的抒情色彩使读者愈加明确了现实的不堪。

信仰无政府主义思想的巴金，在小说创作中以其强烈的抒情给读者们照亮了两种社会现实：一种是充满理想和战斗精神的无政府主义者的奋斗，一种是瓦解崩溃中的封建大家庭的景象。前者是巴金小说给现代中国小说贡献的一道独特的风景，后者则是"五四"新文化运动以降现代作家特别关注的创作题材。巴金家庭题材的小

---

① 沈辉. 苏雪林文集：第3卷［M］. 合肥：安徽文艺出版社，1996：333.

② 钱理群，温儒敏，吴福辉. 中国现代文学三十年（修订本）［M］. 北京：北京大学出版社，1998：258.

说创作在现代文坛上产生的影响最为深远，这种影响主要来自作家卓越的创作才能和中国的社会现实两个方面。凡真正关注中国社会现实的作家，没有不关注家族家庭问题的。现代知识分子们纷纷将“家”看成了改革社会、实现梦想的切入点，“家”成了阻碍社会进步的樊篱。“家庭者，地狱也。”① 有人还专门列出了家族阻碍社会进步的罪恶：“第一，家族主义和人格主义抵触。”“第二，家族主义为个性发展的障碍。”“第三，家族主义和人的自由冲突。”“第四，阶级制度源祖于家族。”而“举凡今世论到家族祸害的纷纷其说，不外由这四端演绎而来”。② 家作为最小的社会单位和组织细胞，是封建专制统治的基础和实施压迫、不平等的首要场所，也是新生的奋斗者们出走反抗必然面对的障碍。“旧式的家庭中，最尊重的是家长，那家长的权力，大半和专制魔王一般，什么经济呀，交际呀，子女的教育呀，婚姻呀，都要由他主裁。”③ 巴金创作的家族题材小说，与其他现代作家们的创作相似，关注的焦点都是父子两代人的矛盾，而巴金小说创作的现实主义深度，在于他没有将父子两代人的关系简单化，而是写出了现实生活伦理的深层纠结，这主要表现在家族小说中审祖与恋父的情节叙述上。

一个男人和一个女人住在一起，一个新的传统家庭就出现了。等到孩子出生，一个典型的核心家庭或小家庭也就随之出现了。这类家庭存在三组基本关系：夫妻关系、父子（女）关系、母子（女）关系。这是最简单也是最稳定的家庭结构形式，被称为黄金三角关系。如果这个家庭中还有祖父母，祖孙三代生活在一起，就构成了主干家庭；如果这个家庭中还有其他旁系亲属生活在一起，人们就称之为扩展家庭或大家庭。所有这些家庭模式，都是围绕

---

① 三无主义之研究［J］．社会世界，1912（5）：7－12.

② 梁冰弦．家族的处分［J］．民风，1919（16）.

③ 郭妙然．新妇女与旧家庭［J］．新妇女，1920，1（2）.

"父"建构起来的，都是父权社会最为基本的构成元素。上述三种家庭模式，巴金小说创作中都有所表现，但刻画最深影响最大的，是扩展家庭，典型的代表就是《激流三部曲》(《家》《春》《秋》)。扩展家庭是中国传统社会家庭最基本的结构形态，也是中国传统社会的基石。很多古典小说叙述的都是扩展家庭的故事，其中最出色的便是《红楼梦》。将曹雪芹的《红楼梦》和巴金的《激流三部曲》放在一起，可以发现有诸多的共同点：《红楼梦》中的贾府是个大家庭，《激流三部曲》中的高公馆也是个大家庭；《红楼梦》中掌权的一代腐朽堕落，《激流三部曲》中的长辈肮脏污浊；《红楼梦》中的新生代已有人性觉醒的萌芽，《激流三部曲》中的年轻一代逐渐走上了觉醒反抗的道路；《红楼梦》中的贾府最终分崩离析，《激流三部曲》最后一部《秋》的"尾声"部分，有一封觉新写给弟弟觉慧的信："我们高家从此完结了。祖父一手创立的家业也完结了。我们这个大家庭就如此奇怪地解散了。"① 两个大家庭(家族)的故事，都是悲剧。至于悲剧的根源，在于旧的家庭制度，更是根源于那个黑暗的社会。

两个不幸的大家庭各有各的不幸，最为明显的一点，在于《红楼梦》是有父叙事而《激流三部曲》是无父叙事。有父无父只是相对比而言的一个说法，并非是说父亲这个角色或父子关系绝对不存在，而是就小说主人公而言，他(他们)的父亲在叙事中处于缺席的状态。在扩展家庭中，小说的主人公有祖父祖母，有叔叔伯伯，有兄弟姐妹，却没有父亲，这就构成了无父叙事。《家》《春》《秋》是三部连续的长篇小说，仅《家》就有40个章节。《家》在第六章便简略交代了觉新父母的离世：觉新的亲生母亲在他中学肄业的四年中间去世了；等到觉新结婚半年后，他父亲也去世了。从无父的角度来说，《激流三部曲》讲述的就是三个没有了亲生父母

① 巴金. 巴金全集：第三卷[M]. 北京：人民文学出版社，1986：650.

的孩子（觉新、觉民和觉慧）在传统大家庭中挣扎求生存求自由的生活经历。巴金并非只是以自身强烈的抒情重新叙述了《红楼梦》的悲剧故事，而是通过无父叙事重新思考了个人、家庭和社会之间的关系。

父子矛盾、家庭对个人发展带来的束缚，父权制社会自产生以来也就产生了这类难题；对传统家庭观念的抨击及要求走出家庭樊篱的主张，都不是现代社会才出现的思想。《论语·颜渊》中，司马牛忧曰："人皆有兄弟，我独亡。"子夏则劝他说："君子敬而无失，与人恭而有礼，四海之内，皆兄弟也。君子何患乎无兄弟也?"司马牛所忧虑的是没有亲生兄弟，子夏却劝他超越狭隘的家庭血亲观念。有意思的是，子夏的这种超越言论并没有得到认可，朱熹认为这是子夏宽慰司马牛的"不得已之辞"，而胡氏则认为子夏"蔽于爱而昧于理，是以不能践其言尔"①。也就是否定了子夏超越狭隘家庭观念的可行性。《圣经·新约》"路加福音"中有这样几段话："谁到我这里来，爱我不胜过爱自己的父亲、母亲、妻子、儿女、兄弟、姊妹，甚至自己的姓名，就不能做我的门徒。""我告诉你们，我不是带来和平，而是带来分裂。从今以后，一家五口要分裂，三个对抗两个，两个对抗三个。他们要分裂，父亲对抗儿子，儿子对抗父亲；母亲对抗女儿，女儿对抗母亲；婆婆对抗媳妇，媳妇对抗婆婆。"《圣经》有时强调家的重要性，有时又要求信徒爱上帝而不是爱家人，甚或强调家庭内部的分裂，这种内在的矛盾性恰好反映了各种社会势力围绕人展开的利益博弈。宗教、族群、国家等超越家庭的存在，都会要求个人走出自私狭隘的小家庭，以便能够服务"大家"。没有国哪有家，"大家"与"小家"对个人主体的争夺从来没有停止过，古代社会如此，现代社会也是如此。罗素谈到中国社会问题时说："家族意识会削弱人的公共精神，赋予

---

① 朱熹. 四书章句集注［M］. 济南：齐鲁书社，1992：118.

长者过多的权力会导致旧势力的肆虐。当今的中国迫切地需要新眼光、新思维，但儒家的族权观念却处处设障。"① 长者代表的就是小家庭的家族意识，但断然认定儒家的族权观念没有“大家”观，未免太过绝对。族权并不一定就是公共精神的障碍，族权的存在很多时候对强大的皇权或国权构成一定程度的制约，防止专制制度无限泛滥，这其实也体现了某种共同精神。

进入20世纪后，族权与皇权同时成为现代知识分子抨击和抛弃的对象。随着溥仪退位，皇权的历史正式宣告终结。此后虽有袁世凯称帝、张勋复辟，却都阻挡不了历史前进的潮流。在这个过程中，现代民族国家的意识逐渐形成。与之相应，旧的大家族制度也在土崩瓦解，但小家庭却并不随着家族的瓦解而消失。国家（皇权）、家族、个人的关系逐渐转换成现代民族国家、家庭、个人的关系。在这个转换的过程中，因为军阀混战、国家动荡等方面的原因，现代个体的“共同精神”较为杂乱，因具体服务对象的不确定而获得了相对的解放和自由。但是家族的瓦解却是一个漫长的过程，即使是在21世纪的当下，真正的核心家庭在中国仍然不能占据主流。结婚了的青年人仍然要“啃老”，有了儿女甚至孙子的老人也还要照顾自己的老人；近年来孝文化的倡导，不仅仅是因为延续优良的文化传统，还因为社会没有能力担负起赡养老人的重任，传统社会养儿防老的思想意识正在以新的形式延续着。扩展家庭的存在，是一个复杂的问题，而不仅仅是一个新旧思想转化的问题。

青年巴金信仰的是无政府主义，无政府主义反抗一切强权，包括国家专制和家庭专制。巴金追求的“公共精神”，是对受苦受难的底层民众的服务，是追求自由平等的现代社会思想。在家族叙事小说中，一个很有意思的表现就是，青年人是被束缚和压抑的对象，理想的青年人的命运，无非有二，或者被束缚或压抑而死，或

---

① 罗素. 中国问题［M］. 秦悦，译. 上海：学林出版社，1996：29.

者从束缚和压抑中挣脱出来。死了的青年人就成了控诉旧社会的祭品，挣脱出来的青年人，则被赋予了自由。笔者使用了“赋予”而不是获得，是因为在一个道德的国度里，要获得身体和良心双重的自由，不仅仅需要自身的努力奋斗，还需要机缘。觉慧的母亲早死，父亲后来也死了，然后是侄儿、大哥，老家中剩下的，慢慢只有自己讨厌的人，爱自己的都成了旧社会的祭品。这种书写是对旧社会的控诉，但对抗争者来说，则是另一种自由。若是觉慧去上海之前大哥觉新遭遇不幸，看着年幼的侄儿，觉慧是要像大哥当年那样，勇敢地承担起养育的责任，还是仍旧一走了之？这个假设对于小说来说不成立。然而，事实上社会中许多有志之士都是因这样的牵绊而失去了奋斗的好时机和继续前行的勇气。仔细阅读巴金的家族叙事小说，就可以发现巴金从来没有让自己小说里的有为青年陷入这样的选择困境。这并不是说巴金的小说不是写实，而是巴金为了呈现他想要描述的现实，不得不“赋予”小说中的理想青年这样的一些特质。

巴金小说中的理想青年大都是无政府主义者，叙述这些青年奋斗故事的有《灭亡》《新生》《爱情三部曲》等。巴金谈到自己的创作时说，“我不曾写过一本叫自己满意的小说。但在我的二十几部文学作品里面却也有我个人喜欢的东西，例如《爱情三部曲》”，并将《爱情三部曲》称为“灵魂的一隅”。① 陈真、吴仁民、高志元、德、敏等都是《爱情三部曲》塑造的人物，这些年轻人相互间没有亲缘关系，只是为了追求纯真的理想聚在一起，却亲如兄弟姐妹一般。巴金在他们身上灌注了自己的理想和激情，笔端带有浓郁的抒情色彩。巴金谈到小说中一些普通的情节叙述时说：“一般的读者看来也许很平常，但是对于我却有很大的吸引力，并且还是鼓

① 巴金．巴金全集：第六卷［M］．北京：人民文学出版社，1988：《爱情的三部曲》总序 3－4.

舞的泉源。我想只有那些深知道现实生活而且深入到那里面去过的人才可以明白它们的意义。”① 从巴金的各种文字中，经常可以看到他不断地强调自己小说中人物的真实性，以及现实生活对于理解小说和人物的重要意义，这些都暗示小说与现实生活的密切关联。这些小说中的现实生活，主要表现的就是青年时代的热情、始终不渝的友情，很少聚焦于个人与家庭的纠葛。这些小说并不关注这些年轻人所出生的家庭，或者说笔触并不侧重于叙述他们是如何从家中来到大都市的过程。大部分青年很明显地都并非生于现代大都市，而是像《家》中的觉慧，从内地来到了上海等都市。但是，巴金却在这类小说中省略了到来之前的家庭生活，在这一点上这类小说更像《家》的续集，接着《家》讲述到了上海之后的觉慧的生活，而《春》《秋》则接着讲述老家的生活。“这一群青年有良心，有热情，想做出一些有利于大家的事情，为了这个理想他们就牺牲了他们个人的一切。他们也许幼稚，也许常常犯错误，他们的努力也许不会有一点效果。然而他们的牺牲精神，他们的英雄气概，他们的洁白的心却使得每个有良心的人都流下感激的眼泪。”② 理想与生活都是关于“大家”的，思考的也是个人的死亡与人类的生存，激情四溢的青年生活所追求的“大家”，其实就是人或者说人类。从人和人类的角度思考个人与“大家”的关系，与传统国家（皇权）、家族、个人关系的思考截然不同，也就成了巴金家族小说叙事的现代性特质。

在以《家》为代表的家族叙事小说里，旧式大家庭的内部分裂势不可挡，越是新生代就越是要离开家庭。觉慧与祖父之间最大的

① 巴金. 巴金全集：第六卷［M］. 北京：人民文学出版社，1988：《爱情的三部曲》总序 8.

② 巴金. 巴金全集：第六卷［M］. 北京：人民文学出版社，1988：《爱情的三部曲》总序 37.

矛盾，主要在于祖父总是想要控制他的行为，阻止他外出参加一些社会活动。作为大家族的掌控者，高老太爷象征的是家族意识。从家族的需要和利益出发，高老太爷要求觉新终止学业，回家娶妻生子保证后代绵延不绝，丫鬟鸣凤则被当作礼物赠给冯乐山。作为一个无政府主义者，觉慧对高老太爷做的这些事情，全都无法认同。新旧思想观念在每一件事情上都产生碰撞，随之而来的则是觉慧等新生代与祖父的分裂。家的分裂是巴金家族小说叙事一贯的主题，从前期的《家》到后期的《寒夜》，都是如此。高老太爷与汪母所持传统家族观念，是家走向分裂的重要原因；仅有观念不可怕，可怕的是观念与不可选择的血缘相纠缠，又与血缘带来的等级观念混杂在一起，使得家的革命最终以觉慧出走告结。当高老太爷与汪母失去了强权，或者说从高高的云端跌落尘埃，家的分裂与新生代的出走是否会更加容易？《寒夜》中的汪文宣不可能不照顾自己的母亲，《憩园》中杨梦痴的小儿子对父亲抱有浓浓的亲情……思想与亲情，家与个人，巴金的思考并不像觉慧那般大胆而幼稚，而是远比同时代的许多作家都要深刻得多。从整体上来说，超越狭隘的传统的家族（家庭）观念，从人的角度重新审视个人与家庭的关系，从人类的角度思考个人与“大家”的关系，这是巴金家族叙事小说富有现代性的内在审美追求。

小说《家》的主旨是批判大家庭的罪恶，罪恶的制造者则是高老太爷。巴金在《家》第十版代序《关于〈家〉》中说他写的是“一个正在崩溃中的封建大家庭的全部悲欢离合的历史”，他要以此“来宣告一个不合理的制度的死刑”。① 1980 年，巴金在《〈爝火集〉序》中说：“去年八月我写了《家》的重印《后记》，我说这部小说已经完成了它的‘历史任务’，我并不是在说假话，当时我实在不理解。但是今天我知道自己错了。明明到处都有高老太爷的

---

① 巴金. 巴金全集：第一卷［M］. 北京：人民文学出版社，1986：442.

鬼魂出现，我却视而不见，我不能不承认自己的无知。”① 在《关于〈激流〉》中也说：“我在生活，我在战斗。战斗的对象就是高老太爷和他所代表的制度。”② 也就是说，无论是在小说的叙述中，还是在巴金谈到《家》的话语里，代表了大家庭罪恶的是高老太爷（祖），而不是父。

祖父虽是父之父，但毕竟不是父，与亲生之父大不同。《家》中觉新三兄弟的父亲如流星一般轻轻划过，小说对他的叙述，就限于他去世半年前安排觉新的婚事，那也是遵高老太爷之命而行。缺席的父，自然也就无须为种种的不合理、种种的悲欢离合担负责任。这让人想到了投湖自杀前的鸣凤，当她知道自己将被送给冯乐山后，去找喜欢自己的三少爷觉慧，可是找到觉慧后却一直没能开口说出自己即将面临的悲剧命运，而等到鸣凤投湖自尽之后，觉慧才晓得了事情的来龙去脉。不知者无罪，觉慧如此，觉慧的父亲也应如此。即便是批判封建传统家族制度最激烈的时候，巴金对于父亲、对于家的情感也是复杂的，就像他在为《家》撰写的《自序》中说的那样：“我是一个充满矛盾的人。”③ 小说《家》发表几年之后，巴金在《关于〈家〉》中说：自己所写的“那些人物，那些地方，那些事情，已经深深地刻在我的心上，任是怎样磨洗，也会留下一点痕迹。我想忘掉他们，我觉得应该忘掉他们，事实上却又不能够。到现在我才知道我不能说没有一点留恋。也就是这留恋伴着那更大的愤怒”④。很有意思的是，巴金在这里说的是“到现在我才知道我不能说没有一点留恋”，也就是说在开始着手写作的时候，他自己还没有意识到，但“留恋”之情意却早已隐藏其中。可以

---

① 巴金．讲真话的书［M］．3版．成都：四川人民出版社，2006：99.

② 巴金．讲真话的书［M］．3版．成都：四川人民出版社，2006：409.

③ 巴金．巴金全集：第一卷［M］．北京：人民文学出版社，1986：自序1.

④ 巴金．巴金全集：第一卷［M］．北京：人民文学出版社，1986：441－442.

说，在批判旧式家庭罪恶的小说中，父亲的缺席似乎是无意识中留下的一个后门，将其对父亲所抱的某些情感隐藏起来，也方便在适当的时机重新开启。

在巴金后期的小说创作中，如《寒夜》《憩园》等，父亲这个角色成为小说叙事主要的聚焦对象。《寒夜》和《憩园》都是巴金后期小说创作的代表作，写的都是家庭。但是，与《激流三部曲》不同，这两部小说写的都是新式的家庭，虽然还不是最典型的核心家庭，却已经与《家》中那样庞大的扩展家庭大不相同了。最明显的一个变化就是，这两部小说都是有父叙述，父亲（姚国栋、汪文宣）成为小说叙事的核心元素。《寒夜》中汪文宣的母亲和他们生活在一起，祖孙三代四口人，属于最精简的主干家庭；《憩园》中的姚国栋家虽然只有姚氏夫妻和孩子三口人，但是姚国栋的妻子万昭华是孩子的后母，这样的家庭结构在中国最好视为非典型性核心家庭。《寒夜》着重表现的是汪文宣作为母之子和妻之夫的角色，至于他和孩子之间的关系，小说着墨最少。若谈小说中出场的父亲形象，《憩园》比《寒夜》更合适。

“憩园”是个大宅院。憩园先前的主人姓杨。杨家四个孩子，老大死了好几年，老二、老四做生意相当赚钱，只有老三不务正业，在兄弟几个中最无用。偏偏老太爷最喜欢的是老三，名叫杨梦痴。杨梦痴小的时候，无论他做什么事，老太爷都顺着他。等到长大成人，结婚生子，结果就被朋友带坏了，把家产败得精光。说起来，杨梦痴就是一个娇生惯养的纨绔子弟，过惯了衣来伸手、饭来张口的日子，不懂生计，待到老太爷过世，兄弟们分了家，都是各顾各的小家，没有人再像老太爷那样照顾杨梦痴。杨梦痴没了依靠，只能穷困潦倒。天下老人疼弱儿，而慈父慈母往往也多败儿。到底是老太爷对杨梦痴的疼爱将三儿造成了一个败家子，还是精明的老太爷早就看透了自家三儿的不堪造就，所以才在有生之年对其多加疼爱？逝者已矣，往事难追，但有一点是确定性的，就是杨梦痴的父亲对杨梦痴，是真爱着的。

只要是正常的父亲，没有不爱自己的孩子的。只是有时候爱的方式不对，这爱也就变成了束缚，甚或成了甜蜜的毒药。溺爱之爱，爱已变味，变味的父爱带给孩子的往往不是幸福，而是悲剧。巴金在《〈憩园〉法译本序》中重申了自己为小说《憩园》撰写的“内容说明”，其中谈到“中国封建地主家庭怎样地走向没落和灭亡”时说：“不劳而获的金钱成了家庭灾祸的原因和子孙堕落的机会。”① 小说只叙述了堕落后的杨梦痴，至于杨梦痴如何被自己的父亲宠爱、自己又如何堕落等，这些事情全都是借别人之口侧面交代出来的。与杨梦痴相对应，《憩园》还写了另外一个家庭中父亲对孩子的溺爱，而且直接描述了这种过度的溺爱。姚国栋对自己十多岁的孩子小虎非常喜欢，有求必应，被骄纵得无法无天的小虎最终溺水而亡。两个家庭，一新一旧，相互映照，共同构成了关于父亲溺爱孩子的完整的故事叙述：姚国栋和姚小虎这对父子的故事，讲述的是不劳而获的金钱如何造成了孩子的堕落；杨梦痴的生活呈现给读者的则是堕落之后如何的故事。

从《家》到《憩园》，从无父到有父，巴金在小说中没有塑造出理想的父亲的形象，然而，却也没有塑造出恶父的形象。杨梦痴和姚国栋都是做了父亲的人，虽然算不上好父亲，却都爱着自己的孩子，对孩子的爱是真的。《论语·颜渊》记载齐景公曾向孔子请教治理国家的方法，孔子回答说：“君君、臣臣、父父、子子。”② 翻译成白话就是：做君主的要有做君主的样子，做臣子的就要有做臣子的样子，做父亲的就要尽到做父亲的职责，做孩子的就要尽到做孩子的本分。小孩相信大人，大人应该相信什么，以什么作为自己的行为准则？父之所以父，必有其道矣。如何才是“父父”之

---

① 巴金. 讲真话的书［M］. 3版. 成都：四川人民出版社，2006：51.
② 朱熹. 四书章句集注［M］. 济南：齐鲁书社，1992：121.

道？给孩子钱，让孩子享福，让孩子随便做他们想要做的事情……在巴金的小说里，姚国栋等父亲就是这样想的，也是这样做的，可是他们显然并没有尽到做父亲的真正职责，不是理想的父亲。

如何才是理想的父亲？巴金的小说没有给出明确的答案，也不可能给出明确的答案。巴金的小说呈现给广大读者的，是不应该如此的“父父”之道。巴金小说创作的时期，中国旧的家庭制度正趋于土崩瓦解，而新的家庭正在蹒跚中艰难地前进，新的理想的“父父”之道，唯有在不断地探索中才有建设成功的希望。

人不能选择自己的出身，自然也不能自由地选择作为血亲的父亲。若是造化弄人，碰到父不父的情况，子又当如何以对？小说《憩园》，叙述的便是这种情况。杨梦痴有两个儿子。巴金在《憩园》初版时为小说写的“内容说明”中，曾说“富裕的生活”“使得儿子赶走父亲”，这赶走父亲的就是杨梦痴的大儿子；恋着自己落魄的老父亲，愿意为父亲去“憩园”偷摘茶花的，则是小儿子。如果说大儿子象征的是反叛与革命，小儿子则意味着温情与守候；大儿子代表的是断裂，小儿子代表的就是延续与承担。小说《憩园》，为读者敞开了作家巴金矛盾而丰富的内心世界。对于反叛者、革命者，巴金是欣赏的；对于杨梦痴的小儿子，巴金也是欣赏的。巴金在给《长生塔》写的序中，开篇就说：“我和所有的人一样，也曾做过小孩。那个时候我的父亲还活着。他常常带我上街，带我进戏院，还到过一些别的地方。在父亲面前我是一个多嘴的孩子。我看见任何新奇的事情，都要父亲给我讲个明白。那个时候我觉得我是幸福的。但是父亲终于跟着母亲到另一个世界去了。从此我只有在背着人的时候才敢偷偷地念那一个我最亲爱的‘爹’字。”①父亲在世时，自己是幸福的孩子。这幸福的情感便是家的感觉。对于信仰无政府主义的巴金来说，在父亲身边很幸福的感觉虽然没有

---

① 巴金．巴金全集：第十卷［M］．北京：人民文学出版社，1986：429．

被彻底摒弃，却也没有让其自由发酵，爱自己的孩子却不得其法的父亲形象的塑造，似乎也蕴藏着巴金对父亲这一形象怀抱的复杂的情感态度。

鲁迅说：现在的子，便是将来的父，也便是将来的祖。当祖逝去，子长成为父，一切并不一定就此改变，就像巴金在“文化大革命”后反复强调的那样，《家》中的高老太爷死了，但高老太爷的灵魂仍旧在社会上飘荡。父是子之父，子是父之子，为人父者同时也是人之子，为人子者终究也会变成人之父。在人类社会出现新的家庭模式之前，现在的家庭模式仍旧是社会最基本的组成单位，父（祖）子关系也仍旧是家中最基本的关系。父子不合，家庭不靖，社会也会动荡不安，结果只能走向妥协。毛泽东在延安时期曾说：“我们还要提倡父慈子孝。过去为了这件事，我还和我的父亲吵了一架，他说我不孝，我说他不慈，我说应该父慈第一，子孝第二，这是双方面的。如果父亲把儿子打得一塌糊涂，儿子怎么样能够孝呢？这是孔夫子的辩证法。今年庆祝三八妇女节，提出建立模范家庭，这是共产党的一大进步。我们主张家庭和谐，父慈子孝，兄爱弟敬，双方互相靠拢，和和气气过光景。”① 父子关系重新被拉回了父慈子孝的讨论上，问题又变成了如何做父亲和如何做儿子，特定历史条件下的妥协式的回归，终止了对人超越狭隘的家族意识的思考；社会主义实践中遭遇的挫折等，都助长了新时期狭隘的家族意识和自私自利的思想。超越时代的大公思想无益于社会的进步，张扬狭隘的家族和个人思想，意味着社会只是在传统的泥淖里打转，这都不是正常的社会发展模式。

人生世间，总要面对上一代人留下的遗产。好的继续保持发扬就好，不好的又当如何？换言之，为人子者，如何对待父之罪？巴

---

① 中共中央文献研究室．毛泽东文集：第三卷［M］．北京：人民出版社，1996：115.

金在《〈巴金选集〉后记》中说：“我也懂得一件事情：地主是剥削阶级，工人和农人养活了我们，而他们自己却过着贫穷、悲惨的生活。我们的上辈犯了罪，我们自然也不能说没有责任。”由此提出：“推翻现在的社会秩序，为上辈赎罪。”如何才能“为上辈赎罪”？巴金的回答是：“到社会中去，到人民中间去，做一个为人民‘谋幸福’的革命者。”① 鲁迅的设计就很简单：先从觉醒的人开手，各自解放了自己的孩子。让高老太爷的幽灵不再游荡，打破子子孙孙无穷无尽的不合理的循环，最简单也最方便的便是从自己做起。为人子时，就承担起“为上辈赎罪”的重任；为人父时，就“各自解放了自己的孩子”。巴金在童话《塔里的秘密》中，讲述了一对守候长生塔秘密的父子。孩子见到了被关在监狱里的父亲，他对父亲说，“父亲，告诉我”，“我来做，我来替你做”！② 这是童话，也是借助童话写出来的宣言。一旦有了敢于斗争的人，有了敢于打破恶循环的子，有了敢于率先解放了子的父，且社会上越来越多的时候，社会自然也就会变得美好起来。

第三节　乡下人进城：《骆驼祥子》的现实主义深度

老舍在1922年创作的短篇小说《小玲儿》，是老舍“最早的一篇短篇小说”，不过“并没有引起”老舍的“写作兴趣”。③ 等到后来去英国伦敦大学教书，老舍小说的写作兴趣才被真正地激发出来，连续创作了《老张的哲学》《赵子曰》《二马》三部长篇小说，皆取材于现实生活，着意于幽默却不免失于油滑。等老舍离开英国，归国途中经过新加坡，在南洋华侨身上看到了别样的民族精

---

① 巴金．讲真话的书［M］．3版．成都：四川人民出版社，2006：66.

② 巴金．巴金全集：第十卷［M］．北京：人民文学出版社，1986：463.

③ 老舍．老牛破车［M］．上海：人间书屋，1937：100.

神，开始改变早期文白夹杂的语言风格，削弱了幽默中油滑的因子，写作风格逐渐严肃起来。此后，城市贫民在老舍的小说创作中占据着越来越重要的位置，对北京风土人情的描写尤其客观生动，简直就是老北京的活地图，整体的创作风格渐渐倾向于现实主义，从对现实生活冷嘲热讽的旁观者逐渐变成为富有思想深度的现实主义开掘者。从《小玲儿》到《骆驼祥子》，老舍小说创作的历程也可以说就是不断探索并走向现实主义文学的过程。

《骆驼祥子》是老舍现实主义文学小说的代表作，叙述了一个乡下青年人进城的故事。“真实地反映了旧中国城市底层人民的苦难生活，揭示了一个破产了的农民如何市民化，又如何被社会抛入流氓无产者行列的过程，以及这一过程中所经历的精神毁灭的悲剧。”① 乡下人进城，这是自古代城市出现以后就存在的社会现象。作为明清两朝历时800多年的帝都，北京长期以来都是许多中国人向往的首善之区。读书人进京赶考，武将进京受封，起义者最想占领的目的地，所有这些一度都聚焦于北京。“五四”新文化运动兴起后，有理想的青年知识分子更是纷纷求学北京，或径直到北京过起了早期的“北漂”生活，丁玲、沈从文都曾是“北漂”大军中的一员。鲁迅曾将早期的乡土文学称为“侨寓文学”，因为那些书写遥远乡土世界的作者们，都是“侨寓”北京的“北漂”。那时候，长篇文学创作喜欢表现的是都市里生活的知识分子或上层阶级，以某个都市贫民作为长篇巨著的主人公，细腻而完整地叙述这个人物从入城到被毁灭的厚重的历史过程，老舍是最早的实践者。

《骆驼祥子》通过进城打工者祥子的视角，描绘了北京底层贫民的生活世界，表现了老舍对城市与人性关系思考的深度。从农村来到北京的祥子，信奉个人的努力，相信凭着个人的奋斗就可以过

---

① 钱理群，温儒敏，吴福辉. 中国现代文学三十年（修订本）[M]. 北京：北京大学出版社，1998：249.

上美好的理想生活，这时候祥子的思想在本质上是个人主义。《简明不列颠百科全书》对“个人主义”做了如此解释：“一种政治和社会哲学，高度重视个人自由，广泛强调自我支配、自我控制、不受外来约束的个人或自我。……作为一种哲学，个人主义包含一种价值体系，一种人性理论，一种对于某些政治、经济、社会和宗教行为的总的态度。”① 祥子没有读过什么书，连“人和车厂”几个字也不认识，思想中自然也没有什么个人主义的名目，但初到北平的祥子不借钱、能自我控制不堕落等都表现出鲜明的个人主义特征，是一个美好的生命个人主义者，浑身散发着美好的人性光辉。小说结尾盖棺论定，祥子成了“堕落的，自私的，不幸的，社会病胎里的产儿，个人主义的末路鬼”。祥子的悲剧就是美好的生命个人主义被现实生活逐步地残忍地摧毁，不得不一步一步地走向自毁与堕落，最终变成了一个“个人主义的末路鬼”。

小说开篇第一章，有一大段文字描写祥子对自己身体的欣赏：

“计划着怎样杀进他的腰去，好更显出他的铁扇面似的胸，与直硬的背；扭头看看自己的肩，多么宽，多么威严！杀好了腰，再穿上肥腿的白裤，裤脚用鸡肠子带儿系住，露出那对‘出号’的大脚！是的，他无疑可以成为最出色的车夫，他傻子似的自己笑了。他没有什么模样，使他可爱的是脸上的精神。头不很大，圆眼，肉鼻子，两条眉很短很粗，头上永远剃得发亮。腮上没有多余的肉，脖子可是几乎与头一边儿粗；脸上永远红扑扑的，特别亮的是颧骨与右耳之间一块不小的疤——小时候在树下睡觉，被驴啃了一口。他不甚注意他的模样，他爱自己的脸正如同他爱自己的身体，都那么结实硬棒。他把脸仿佛算在四肢之内，只要硬棒就好。是的，到城里以后，他还能头朝下，倒着立半天。这样立着，他觉得，他就很像一棵树，上下没有一个地方不挺脱的。”②

---

① 中国大百科全书出版社《简明大不列颠百科全书》编辑部．简明大不列颠百科全书［M］．北京：中国大百科全书出版社，1985：406.

② 老舍．骆驼祥子［M］．北京：作家出版社，2017：5－6.

祥子根本算不上帅，在一般的审美感知中，甚至可以说是很有些丑陋。祥子却“不甚注意他的模样”。“不甚注意”，也就是说“注意”了。从上下文语境可知，祥子是“注意”他的模样的，不过注意的并不是模样漂亮与否、帅气与否，而是“硬棒”和“挺脱”，即生命力与实用性。祥子圆浑充沛的生命力使他生出无限的自信，这自信仿佛有着无限的扩张力，将他周围的世界全都包容了进去，统一在有无限可能的个人里面，形成了具有祥子独特的个人主义。祥子想要拥有自己的车，且坚持必须完全是拿自己积攒起来的钱买来的车，这与其说是小农意识的狭隘性所致，毋宁说是朴素个人主义思想的表现。在祥子看来，似乎只有这样自己对车才有完全自由支配的权利，而这也就意味着他个人的自由。“他老想着远远的一辆车，可以使他自由、独立，像自己的手脚的那么一辆车。有了自己的车，他可以不再受拴车人的气，也无须敷衍别人”，当祥子真的买了车后，他“揣起保单，拉起车，几乎要哭出声来。拉到个僻静地方，细细端详自己的车，在漆板上试着照照自己的脸！越看越可爱，就是那不尽合自己的理想的地方也都可以原谅了，因为已经是自己的车了”①。拥有自己的车，也就意味着拥有了不受约束的自我，充沛圆满的生命才是完整的、自由的。

自爱才能自尊，自尊才能自主，而自主也才能有自我的发展。在祥子那里，这是一环紧扣一环的关系，他的个人主义根基于此，他努力的动力来源于此，他的堕落同样也是根源于此。在日常生活中，祥子独来独往，不与其他车夫交朋友，在人情世事上也从来不随份子；为了拥有自己的车，做个真正属于自己的人，抢别人的生意那样丢面子的事他也做。所有这些，都说明这时候祥子的面子和尊严其实都只是一种自我的认同。祥子将自己看作是一棵生机勃勃的树，盲目相信的便是自己强壮的躯体。当战争爆发的时候，他仍

---

① 老舍．骆驼祥子［M］．北京：作家出版社，2017：9－10.

然相信自己能够凭借这点在混乱中取得自己的利益。“他的身体使他相信，即使不幸赶到‘点儿’上，他必定有办法，不至于吃很大的亏。他不是容易欺侮的，那么大的个子，那么宽的肩膀！”① 骆驼祥子的个人主义根基于他的身体与生命，只要这两个基点还在，他美好的生命个人主义信念就不会被摧毁。当祥子从乱兵那里逃回北京时，虽然极度疲乏，“懒得动，可是要马上恢复他的干净利落，他不肯就这么神头鬼脸地进城去”②。这是爱面子的心理作祟，面子就意味着尊严，战争与乱兵使祥子遭遇厄运，却没有损及他美好的生命个人主义。

老舍想要在小说中表现祥子那样一个美好的个人主义者是如何被社会摧毁的，但清醒的现实主义态度使老舍在为那个糟糕的时代画像时，也写出了那个时代有点儿可爱的一面。乱兵、侦探等阴暗力量的存在，每次都无情地将祥子的梦想打得粉碎。即便时代氛围是如此糟糕混乱，祥子依旧经历了三起三落，这对一个进城打工者来说不能不说是一个奇迹。当然，那个时代可爱的一面不在于此，而是在于混乱时代中超级稳定的物价。当祥子第一次决定买车时，“他就打听明白了”，“大概地说吧，他只要有一百块钱，就能弄一辆车”。③ 为了能够拥有一辆自己的车，他不吃烟，不喝酒，不赌钱，没有任何嗜好，没有家庭的累赘，整整三年，他凑够了一百块钱，然后去买了一辆车。三年的时间，说长不长，说短不短，然而物价竟然丝毫没变！三年前询问的行情，三年后依然如此！这是祥子的幸运，也是那个年代比较可爱的一面。若是晚几年，等到物价飞涨的 20 世纪 40 年代，祥子攒钱买车的事情只能是一个天大的笑话。不需要乱兵裹挟，不需要侦探前来敲诈，只是通货膨胀这只看

---

① 老舍．骆驼祥子［M］．北京：作家出版社，2017：12.
② 老舍．骆驼祥子［M］．北京：作家出版社，2017：31.
③ 老舍．骆驼祥子［M］．北京：作家出版社，2017：7－8.

不见的手就能彻底断绝了祥子奋斗的可能性。

遭遇乱兵与侦探，这让祥子自认倒霉。被乱兵裹挟，源于祥子的自以为是；被侦探敲诈，与他明知有危险还留守在曹宅有关。老实的祥子也在盘算着社会人生，当他只盯着自己的时候，勤劳能干的他总能积累起购车所需要的资金；当他盘算社会的时候，往往就输得精光。祥子不是一个理性的经济人，每当他不顾风险想要多赚一点，结果总会失去更多。从整体上来说，社会没有给予祥子更多的机会，却也没有像后世的通货膨胀时代那样不给祥子任何机会。之所以要特别指出这一点，乃是因为笔者并不太相信三起三落是摧毁祥子的根本原因。财产是身外物，祥子生命个人主义的根基不在个人所拥有的财产，而是在于对个人身体和生命的自信，外部的苦难虽然能够成为动摇这种自信的诱因，但是真正的转变乃至崩溃却源于自我认知的变化。

在骆驼祥子悲剧命运的表现上，其现实主义的深刻性在于写出了社会大环境下小人物的挣扎与无奈，更在于细腻地由外而内地写出了小人物自我认知的悲剧性转变，而转变的原因不仅仅源于社会的黑暗与专制，还有身边亲近之人的纠缠与束缚。最先触碰到祥子自信自爱的根基并造成损害的，是虎妞。在从杨宅回到人和厂的那个晚上，祥子就被虎妞引诱了，这使祥子第一次感到了“疑惑，羞愧、难过，并且觉着有点危险”。祥子对自己的身体和生命产生了颠覆性的认识和估价。“她把他由乡间带来的那点清凉劲儿毁尽了，他现在成了个偷娘们的人!”这个毁灭性的打击直接与祥子的身体相关，使他对自己的身体的赞美有了保留。“不但身上好像粘上了点什么，心中也仿佛多了一个黑点儿，永远不能再洗去。”当祥子回到曹宅，感觉他和虎妞的关系仿佛是“永远洗不清的，像肉上的一块墨痴”。以前经受的几次打击都没有使祥子失去自信，然而这次，却使得祥子“不敢再像从前那样自信了”。① 虎妞让祥子感觉到自己仿佛是落在蜘蛛网上再没有出路的小虫，失去了自主的能力，人格上出现了缺损。

夏志清以为祥子偷骆驼是“他堕落的开始，因为他的人格受到损害，不完美了”②。这显然与事实不相符，乱兵中的骆驼应属无主之物，作家特意借助骆驼的买主和刘四爷之口两次点出祥子的行为“不是偷”。虽然祥子因此获得了“骆驼祥子”的诨号，但从来没有人斥责过他偷骆驼的行为或因此而鄙视他，也从来没有给祥子的心理造成过负担。一个人真正走向堕落，最关键的就是自我认识和评价的堕落化，至于外界的打击和摧残只能在某种程度上起到加速或延缓这一过程的作用。祥子人格的受损以及自觉到“不完美”，是从和虎妞发生关系之后才开始的，就像刘再复所说：“一个他不爱的女人，正是他迈向人生地狱的门槛。”③

和虎妞发生了关系并结为夫妻，对祥子来说影响有好有坏。一方面，祥子有了美好的家庭生活。犹如康德所说：“男女联合，成为一个整的全体；两性互相完成。”④ 祥子的生命变得完整了，这是好的方面的影响。另一方面，自从和虎妞发生了关系的第二天，骆驼祥子就认为自己已经成了一个破罐子，也就意味着在骆驼祥子的自我认知里，个人已经失去了完整性。祥子是一个在底层挣扎的人，没有能力清晰地将自我认知上出现的变化叙述出来，但是在小说叙事中，隐含叙事者却通过巧妙的叙事给读者呈现了虎妞给祥子带来的各种或隐或显的伤害。

---

① 老舍. 骆驼祥子［M］. 北京：作家出版社，2017：54－55，59－60.

② 曾广灿，吴怀斌. 老舍研究资料（下）［M］. 北京：北京十月文艺出版社，1985：680.

③ 刘再复，林岗. 媚俗的改写［J］. 天涯，2003（2）：156－165.

④ 周作人. 周作人自编文集：艺术与生活［M］. 石家庄：河北教育出版社，2002：97.

小说叙述虎妞到曹宅找祥子，两个人来到公园边上。虎妞站着，祥子蹲着。遇到棘手的事情便苦恼地蹲着，这既是祥子乡村生活习惯的自然延续，也是祥子面对虎妞时心气不足的表现。蹲着的祥子和虎妞说话时，需要仰望才行，而站着的虎妞自然带有居高临下的气势。等两个人谈话结束，虎妞离去，祥子才“可以自由地看一眼”① 周围的景物。祥子并没有观赏公园景色的雅兴，平日拉车的时候顾不上看，虎妞在身边的时候根本没心思看。因此，老舍看似不经意地写祥子“可以自由地看一眼”，想要呈现的还是虎妞带给祥子的强大束缚和压力。与虎妞带给祥子的短暂的生命完整的感觉相比，虎妞对祥子的身体和精神自由的束缚及自我认识的伤害才是更为长久和深刻的。“要了她，便没了他，而他又不是看不起自己的人!”② 祥子和虎妞的两性关系，并没有沿着幸福完整的方向发展，而是一方压倒了另一方，被压制和被损害的主要是祥子。

凭着自己健壮的身体，完全属于自己的车子，祥子自以为从此可以过上自由、独立的生活，再也不用看人脸色。这是祥子思想的狭隘之处，但这又何尝不是追求简单生活的祥子察觉到了求人、“起会”等可能会带来的新的束缚？小说叙述高妈向祥子传授钱生钱的妙法时，有这样一段描写：“不错，高妈的确有办法：自从她守了寡，她就把月间所能剩下的一点钱放出去，一块也是一笔，两块也是一笔，放给做仆人的、当二三等巡警的，和做小买卖的，利钱至少是三分。这些人时常为一块钱急得红着眼转磨，就是有人借给他们一块而当两块算，他们也得伸手接着。除了这样，钱就不会叫他们看见，他们所看见的钱上有毒，接过来便会抽干他们的血，但是他们还得接着。凡是能使他们缓一口气的，他们就有胆子拿起

---

① 老舍. 骆驼祥子［M］. 北京：作家出版社，2017：84.

② 老舍. 骆驼祥子［M］. 北京：作家出版社，2017：89.

来，生命就是且缓一口气再讲，明天再说明天的。高妈，在她丈夫活着的时候，就曾经受着这个毒。她的丈夫喝醉来找她，非有一块钱不能打发；没有，他就在宅门外醉闹，她没办法，不管多大的利息也得马上借到这块钱。由这种经验，她学来这种方法，并不是想报复，而是拿它当作合理的，几乎是救急的慈善事。有急等用钱的，有愿意借出去的，周瑜打黄盖，愿打愿挨！"① 这是小说对高妈的描述评论，放在祥子心理活动的描写中，自然也就成了祥子对高妈的看法，而这看法其实也就是对其中产生的人际关系的忧虑。他忧虑的不仅仅是他人可能会带来的损害，还有对自己不能偿还的担忧。关于高妈说的"起会"，祥子想到最后就是，"即使能凑上，这是个面子事，自己等钱用么就请会，赶明儿人家也约自己来呢？起会，在这个穷年月，常有哗啦了的时候！好汉不求人，干脆，自己有命买得上车，买，不求人"！② 这是祥子典型的思维方式，开始的时候，他思虑着别人带给自己的影响，到末了，总是归结到自己。

每一次进入直接和他人的交往关系中，都让祥子显出受到束缚的拘谨，只有当他远远地观看他人的时候，因了强烈的对生命和身体的自信，祥子才是自由的，并能自觉到优势的地位。现在，他却偏遇上虎妞这样一个想甩却甩不掉的人，祥子感觉到原先的自主性没有了，身体好像也不在自己的支配之中。这种思想不断地延伸开去，也就使他看到自己的工作实际上也是在为他人做嫁衣裳。他"开始怀疑自己"，"原先，他以为拉车是他最理想的事，由拉车他可以成家立业。现在他暗暗摇头了"。③ 与原先的祥子相比，祥子的肉体仿佛已经和他的精神发生了分离，再没有了扩张性，不再能

---

① 老舍．骆驼祥子［M］．北京：作家出版社，2017：70.

② 老舍．骆驼祥子［M］．北京：作家出版社，2017：73.

③ 老舍．骆驼祥子［M］．北京：作家出版社，2017：90.

够包容他所看到的一切，一切外在的事物也不再以他为中心组织起来，而是将自身的肉体与物放在同一个层次上面来比较，甚至还不如这些外在的物重要。祥子变了，蓬勃的生命力仿佛已经离他远去，一棵在森林里挣扎的树，已经失去了专注于阳光和头顶上新鲜空气的追求的动力。失望、灰心和不自信必然是颓废的开始，也是走向堕落的开端。

与虎妞成立小家庭后，祥子开始了他幸福的生活，这也是他一生中最为幸福的时光。吃着白面馒头、白菜炖猪肉，不用做活，有女人疼爱自己……若是从小白脸的角度看去，这确实是不错的生活。对祥子来说有些奢侈的生活，难免会让他有些沉迷。可是这美好的生活也使祥子有被圈养的感觉，是以他一直向往的自由独立的牺牲为代价的。“自己有钱，可以叫别人白白地抢去，有冤无处去诉。赶到别人给你钱呢，你就非接受不可；接受之后，你就完全不能再拿自己当个人，你空有心胸、空有力量，得去当人家的奴隶：做自己老婆的玩物，做老丈人的奴仆。一个人仿佛根本什么也不是，只是一只鸟，自己去打食，便会落到网里。”① 这几乎可以算作是祥子以前奋斗的一个总结，也是对自己生命的最终定位。到此为止，他受到的打击都是外在的，虽有时也不满意自己的身体，甚至认为脏，有了污点，但是这污点也不是他自己招惹的，是虎妞强加给他的；生命本身受到了威胁，但还没有完全失去对自身的希望。如果换了一个环境，不再像一只小鸟那样被关进笼子里，祥子无疑认为自己还是可以飞翔的。祥子的生命是坚韧的，外部的打击让他沮丧、灰心和失望，但是却没有颓废。最后发展到颓废的一步是由祥子自己来完成的，那就是他自己的生命机体出现了问题。“两场病叫他明白了自己并不是铁打的……屡次的打击使他认清楚

① 老舍. 骆驼祥子［M］. 北京：作家出版社，2017：147.

了个人的力量是多么微弱。”① 与祥子刚从西口逃回时生病的认识相比，祥子认识到其实自己什么都把握不住，开始“由忧愁改为颓废”。

祥子由一个圆浑饱满包容一切的生命机体，到后来在外界（以军队、包侦探为一方，代表着社会；以虎妞为一方，代表着家庭）的种种残酷的逼迫下，逐步丧失了向外生发的气力，被否定了其努力的价值；直到最后，生命体本身向他表明，他所依靠的根基并非像他原先想象的那样坚强，也就最终掏空了他引以为豪的大厦支柱。这时候，祥子身上所有有价值的东西都被否定了，而且都是在近乎无事的悲剧中消磨掉的。“病态的人根源于病态的社会”②，在祥子由人变成鬼的发展历程当中，我们可以看到，这是一个从里到外逐渐被剥夺，最终被扭曲了的人性。“老舍赋予这个故事不同凡响的意义的地方在于他并不过分强调社会性的苦难在祥子堕落过程中的作用，而是写了性的诱惑如何把自尊、健康、要强的祥子引向了堕落的深渊。”③ 性的问题对祥子的打击，实际上就是对生命和身体的损害。祥子，一个底层的劳动者，他的财富和依靠只有自己的身体，可是这笔财富却偏偏不允许由他自己来支配和使用，让他逐渐认识到自己在那个社会当中的无足轻重，不可能拥有自由的发展空间，奋斗的美梦最终破灭，这就造成了社会悲剧；而身体的欲望、生命的机体也并不听从于个人的意愿，仿佛在关键的时刻总是出毛病。在道德观念的引导下，祥子对自己的身体和生命产生了负罪感，在外界重重打击下逐渐完成了对自己的否定，使自己逐渐向通行的处世规则靠拢。由外在的强制否定到内在的自觉认同，从好强向上发展到堕落的悲剧，祥子身上表现出来的，就是个体的

---

① 老舍. 骆驼祥子［M］. 北京：作家出版社，2017：185.

② 弗洛姆. 弗洛姆文集［M］. 冯川，等译. 北京：改革出版社，1997：567.

③ 刘再复，林岗. 媚俗的改写［J］. 天涯，2003（2）：156－165.

“历史的必然要求和这个要求的实际上不可能实现之间的悲剧性冲突”①，最终的结果必然是将有价值的东西撕碎给人看。虎妞死后，祥子曾想和小福子一起过。虽然没有了最初的豪情壮志，好好生活下去的意志依然占据着很重要的位置。只是与以前相比，祥子的思想意识已经发生了根本性的转折。如果说在经历与虎妞的婚姻之前的祥子依恃的根基是个人的生命与身体，虎妞死后的祥子就已不敢再在个人身上寻找希望的光芒，犹如溺水之人，祥子急迫需要的是身外的拯救，哪怕只是一根脆弱的稻草，他也愿意紧紧去抓住它。这时的祥子已经失去了生命个人主义的生机与活力，个人主义的根基已经瓦解，虽然难以正视自身的崩溃，但是却无法否认小福子这身外的生命与希望的逝去，而随着这身外的希望逝去的，也正是祥子自我拯救的最后挣扎。

老舍的伟大之处在于，描述出生命个人主义走向毁灭的同时，也写出了另一种个人主义的滋生。也就是说，在经历与虎妞的婚姻之前的祥子是典型的生命个人主义，而在这之后没落了的祥子还是个人主义者，只不过成了另一种意义上的典型的个人主义。生命力充沛时候的祥子即便是特别疲劳，为了进北京城他也要将自己收拾得干净利落。屡屡遭受各种打击之后，祥子似乎对自己的身体与生命改换了一种想法：“命既苦到底儿，身体算什么呢？”② 当祥子自我欣赏的时候，欣赏身体的结果就是使用，甚或压榨自己的身体，而不是珍藏起来，不去干脏累的力气活，而这也正是真正的欣赏。在小说的结尾部分，等到祥子的思想变化之后，祥子有的是时间，也还有钱，或者说靠一些不正当的办法弄来过一些钱，却再也不关注自己的身体是一副什么模样了。“脸不洗，牙不刷，原来都没多

---

① 米·里夫希茨. 马克思恩格斯论艺术：第一卷［M］. 北京：中国社会科学出版社，1982：23.

② 老舍. 骆驼祥子［M］. 北京：作家出版社，2017：205.

大关系，不但省钱，而且省事。”① 不再欣赏爱惜自己的身体，任凭管事手中的棒敲在自己麻木的头上，没有任何反应，祥子已经彻底堕落了。

《骆驼祥子》描述了完全相反的个人精神的发展趋向。“为个人努力的也知道怎样毁灭个人，这是个人主义的两端。”② 从个人主义的一端发展到另一端，目的始终如一，都是“为个人”。从人变成鬼，祥子的一生就是一出悲剧。悲剧之所以成其为悲剧，并不在于结局的凄惨，而是清醒地意识到美好价值的毁灭而无能为力。祥子对自己生命个人主义的悲剧历程，是清醒地意识到了的；对自己“个人主义的末路鬼”的悲剧生活，却是麻木的。前一个悲剧击倒了祥子，在后一个悲剧面前，祥子已经失去了感受悲剧的精神力量。相对于凄惨悲苦的生活来说，精神的泯灭更让人心痛。

第四节　生的坚强与死的挣扎：《生死场》的现实主义精神

生与死是人类生存的基本问题，也是文学永恒的母题。萧红的小说创作处处弥漫着生与死的气息，用鲁迅的话说就是：“对于生的坚强，对于死的挣扎。”③ 萧红的小说在叙事上最显著的特色是散文化、第一人称童年视角，具有强烈的主观抒情色彩，这种小说在反映宏大的社会场景记录历史事实方面肯定不如以巴尔扎克为代表的小说传统，萧红也明确地谈到这一点：“有一种小说学，小说有一定的写法，一定要具备某几种东西，一定学得像巴尔扎克或契诃夫的作品那样。我不相信这一套，有各式各样的作者，有各式各

---

① 老舍. 骆驼祥子［M］. 北京：作家出版社，2017：226.

② 老舍. 骆驼祥子［M］. 北京：作家出版社，2017：229.

③ 鲁迅. 鲁迅全集：第六卷［M］. 北京：人民文学出版社，2005：422.

样的小说。”① 萧红小说不以宏大的场面描写和小说构架取胜，萧红书写现实的特色是在从小的个体的视角出发，展示人物的生生死死，在卑微人物的生死描写中蕴藉着对于生命永恒的思考。

从个人体验的角度呈现“九一八”事变前后呼兰小城艰难困苦的生活场景，在创作中建构起东北黑土地属于萧红的文学世界。夏志清谈到萧红的长篇《生死场》时说：“写东北农村，极具真实感。”②“真实”是现实主义文学创作的核心追求，但是对于某些学者来说，似乎只有写中国的种种卑污不堪愚昧落后才是“真实”，写生活的美好就是“理想化”，这其实也是对“真实”的误解。愚昧落后固然是中国传统农村生活的真实状态，温情与美好同样是农村生活真实的面相。萧红呈现的东北乡土世界，既有一般人所认为的“真实”，也含有温情与美好的因子，两者相互纠缠，使萧红小说中的“呼兰”不同于沈从文笔下的“边城”，不是理想化纯净化以至于人性都有些偏至的世界。和郁达夫的小说创作相比，萧红的小说带有一种“纯净”的美。“萧红的忧郁感伤可以与郁达夫的小说联系起来看，但她没有那样病态、驳杂，更有女性的纯净美。”③浓郁的抒情色彩、理想化、纯净化等只有在相互的对比中才有意义。萧红、郁达夫、沈从文的小说创作在上述几个方面既有相似之处，又各不相同，整体上来说一脉相承，共同建构起现代抒情文学发展的基本脉络。如果说郁达夫是病态的抒情，萧红则是带有理想化的抒情，但又与沈从文桃花源式的书写不同，萧红的理想化书写总是与丑陋的现实书写扭结在一起，难以遽然分开。如果说萧红小说表现的是“对于生的坚强，对于死的挣扎”，其中呈现的主要是

---

① 萧红．萧红选集［M］．北京：人民文学出版社，1981：2－3．

② 夏志清．中国现代小说史［M］．刘绍铭，等译．上海：复旦大学出版社，2005：194．

③ 钱理群，温儒敏，吴福辉．中国现代文学三十年（修订本）［M］．北京：北京大学出版社，1998：310．

北中国农村农民生活令人窒息的愚昧麻木与落后，其中的理想化和纯净美则是投射到这个世界里的一缕灿烂的阳光。

与小说创作成熟期的作品《呼兰河传》相比，成名作《生死场》更能代表萧红现实主义文学创作的特色。萧红小说在现代启蒙话语关照下凸显出乡人的愚昧、麻木与残忍，也表现出了生活在愚昧与残忍状态下的人民的那种原始的生命强力，这两种因素在萧红的笔触里面第一次得到了融合无间的关照，它们在萧红的小说表现里面，就像是孪生兄弟一样彼此纠合在一起，丑陋与美好混合成了一个带血带毛的令人震颤恐怖却又渴望看到和触摸的带着强烈的冲击力的生命呈现样式。《生死场》受到的“五四”启蒙话语的影响是显著的，最明显的表现就是对人和人际关系的物化悲剧的真实描述。未婚先孕，却又不敢将真相告诉母亲的金枝，因为爱的痛苦而在摘柿子的时候自然走了神，摘下了无数的青色未熟的柿子。本来是为着关心女儿而来的母亲愤怒了，破口大骂自己的女儿。这时候，作家的叙述就出现了这样的句子，“母亲一向是这样，很爱护女儿，可是当女儿败坏了菜棵，母亲便去爱护菜棵了。农家无论是菜棵，或是一株茅草也要超过人的价值”①。这样的话语只能是作为叙述者的作家的见解，在金枝和她的母亲那里，是绝对想不到这一点上去的。将人视为物，这是那种生存状态里面自然而然的事情，当孩子败坏了农作物的时候便去爱护农作物，这也是农家看来应该的事情，将这种事情点出来，而且与人自身的价值放在一起比较，这超出了农家的话语和思想范围，表明了这样的叙述和描写已经是被放在了启蒙话语的关照之下。

物与人之间，爱与同情纠缠于“物”，无法摆脱物化的偏执，也就带来了人性的异化，这是《生死场》着力表现的一个重要主题。王婆送老马去屠宰场，小说细腻地表现了人物的慈悲与温情，

---

①　萧红．萧红全集：小说卷一［M］．北京：北京燕山出版社，2014：220.

王婆的痛苦，大地也为之黯然失色。胡风将萧红的这段文字与肖洛霍夫的《被开垦的处女地》里面写农民对牛马的感情做了比较，认为萧红“所写的农民们的对于家畜（羊，马，牛）的爱着，真实而又质朴，在我们已有的农民文学里面似乎还没有见过这样动人的诗篇”①。从屠宰场回来，老王婆是“哭着回家，两只袖子完全湿透。那好像是送葬归来一般”②。对物的情感，完全是亲人之间的感情；但是反过来看老王婆和她自己的亲人之间的感情，却永远没有像对老马那样深沉而动人地流露过。和自己的丈夫，除了吵架就是吵架，更让人感到寒心的，是她在叙述被自己放在草堆上掉下来摔死的三岁孩子时表现出来的那种平静和淡漠，仿佛是在讲述一个和自己完全不相干的故事。她不仅将孩子的死比作“一条小狗给车轮压死一样”，还表示对她来说，“孩子死，不算一回事……我一看见麦田在我眼前时，我一点都不后悔”③。不能说王婆对麦子和收成的关心超过了对孩子生命的关心。小说叙述到“我一点都不后悔”的时候，实际上说明“后悔”这个概念已经进入了她的脑海。需要关注的不是“不后悔”，而是她为什么不后悔。麦田就在“眼前”，这是可靠的丰收，生命可以看得见的保障，至于死掉的三岁的孩子，还不能够成为生命的保障，在艰苦的生活环境中，孩子反而增加了生活的成本，使得生活更加艰难。生命永恒的秘密在于延续，为了能够延续，更好地延续下去，有时候生命不得不采取残忍的方式，以牺牲的方式换取生命的绵延。萧红的现实主义文学创作，其深刻性不仅在于写出了这些人的愚蠢和残忍，还更进一步揭示出之所以如此的原因。萧红没有为不得不如此的残忍和冷酷寻找辩解的理由，无论如何都不能改变生命残忍背后的不道德。然而上

① 胡风．胡风全集：第二卷［M］．武汉：湖北人民出版社，1999：431.
② 萧红．萧红全集：小说卷一［M］．北京：北京燕山出版社，2014：228.
③ 萧红．萧红全集：小说卷一［M］．北京：北京燕山出版社，2014：206.

德不德，萧红的深刻性在于她深深地领悟到了白云苍狗天地不仁的内蕴，她的现实主义文学创作可以称为民间视野里的现实主义文学书写。

瘫痪了的月英，丈夫也曾为她索药烧香，一个农民能够做到的事情他都做了，可是月英还是那样病着，做丈夫的感到“伤心”，这种情感却又以对月英粗暴的打骂扭曲地表现出来；等到“绝望”之后，精神变得麻木，打骂也没有了动力，月英就成了没有人理会的正在腐烂的“肉”。生命被等同于物，是因为在这样的生存状态下，“物”也就意味着生命。对于在死亡线上挣扎的人们来说，拥有物才能保证生命在拥有生机和活力的方向上延续。在启蒙的思想中有了等级差异的东西，在生命本能意识的关照中恰好是没有根本区别的，这是两个不同的归类系统。成业亲手将自己的孩子摔死了，只因为极小的一件事——金枝没有来得及烧菜。夫妻争吵的结果，一个小生命就在大人燃烧的怒火中被葬送了。在成业他们生存的民间世界里，生命就是这样在创造生产的同时轻易地浪费着；而且生产的能力越强，浪费的可能性就越大。生存的苦难扭曲了人性本真的面目，现代文明社会中大的事情和小的事情的区别，在他们的情感里面往往没有多大意思，而且价值往往颠倒过来。正如同喝药的王婆总是处在将死未死之间，“长时间死的恐怖，人们不感到恐怖”①。没有任何间歇的苦难，也将人的情感磨砺得粗糙，在人自身生命的血腥面前也不容易唤醒已被磨损的东西。任何鸡毛蒜皮的事情引发出来的，都将是由一生的苦难蓄积起来的怒气和怨恨。奴役于物的结果，就是挣扎在“必然王国”里的人们没有余裕和可能关注“自由王国”里的美好的精神追求。对于在这块土地上挣扎着生存的人们来说，“在重重的剥削和奴役下面担负着劳动的重负，善良地担负着，坚强地担负着，不流汗就不能活，甚至不流血也不

---

① 萧红．萧红全集：小说卷一［M］．北京：北京燕山出版社，2014：253.

能活，但却‘脚踏实地’地站在地球上面流着汗流着血地担负了下来。这伟大的精神就是世界的脊梁。要说健康，还有比这更健康的么”[①]？尽管因为“奴役于种种主人”，而且在种种的摧残和压抑下变得残忍粗暴，但是这残忍和粗暴正是为了对抗那非人的世界，以非常的方式维持自身在非常世界里面的生存。

在表现人的物化悲剧的时候，单只是将小说中人物自身在物与人之间情感选择的倾向性表现在现代读者面前，不需要任何的评说，那种隐含着的启蒙的视角和色彩就已经豁然而出了。萧红的《生死场》，就是这样以自己独特的叙述方式向人们呈现着一个被特别关注着的乡村世界的一角。除此之外，小说的叙述者自己还以画面组合的方式，主动地向人们暗示着人的各种有意无意的物化悲剧。与“五四”时期以来在借鉴西方文学传统时注重环境、情节和人物，而尤其看重结构布局的新传统不同，萧红在她的创作中注意展示人的生存样态而在一定程度上忽略了塑造人物的性格，也就是削弱了那种建构人物性格必需的情节结构。《生死场》最终也就成为鲁迅所说的那个样子，“叙事和写景，胜于人物的描写”[②]。人不是变成“物”，但是在叙述者的叙述中却总是被安排在物的旁边，同存而并现。在《生死场》中，几乎所有关于人的生产与死的场面都必然伴随有其他动物同样或近似的行为在一边发生，或者说在文本中被有意识地放置在和人紧紧相连接的地方。如同两个不同的画面并置在人们的面前，有点像电影中蒙太奇式的手法，与萧红整个小说散文化的叙述特征一致，根本就不使用什么相关的说明为其间的联系做些过渡性的铺垫，就是场景和场景之间的直接转换。但是出现的这些场景本身也就显示着作家自己的匠心，一股形散神不散的思想在底下流动着，引导着人们主动地去思索，去探求。

---

① 胡风．胡风全集：第3卷［M］．武汉：湖北人民出版社，1999：553－554.
② 鲁迅．鲁迅全集：第六卷［M］．北京：人民文学出版社，2005：422.

王婆送老马到屠宰场，看到庙前躺着的是一个小孩的死尸。她去给二里半的傻婆娘接生，接着就写她“回来时，看到窗外墙根下，不知谁家的猪也正在生小猪”。刚刚叙述完带着怀孕的痛苦劳作，一面还要满足丈夫兽欲的金枝，紧接着就描写棚里的牛马也在“为着自己的妻子而角斗”。“在乡村，人和动物一起忙着生，忙着死……”在“传染病”那一小节中，动物的生死和人的生死更是混合在一起，死尸和活动的野狗在一起，而“赵三踏着死蛤蟆走路”。《生死场》这篇小说中所使用的句子，尤其是在谈到人生死的时候，如王婆提到她死去的孩子一样，总是好使用动物来比拟，和动物牵扯在一起。比如写到日本鬼子来了，到村子里抢女人，在人们的眼里看去，就是“不知他们牵了谁家的女人，曲背和猪一般被他们牵走”。“冬天，对于村中的孩子们，和对于花果同样暴虐。”“三岁孩子菱花小脖颈和祖母并排悬着，高挂起正象两条瘦鱼。”“小猪的队伍逐渐肥起来，只有女人在乡村夏季更贫瘦，和耕种的马一般。”① 小猪的肥壮和女人的贫瘦，让人想到金枝母亲对于人和物区别对待的态度。除此之外，这种描写和谈论的句子，一方面来自作家启蒙话语的关照，另一方面是民间乡村语言的真实呈现。在民间的世界里面，生活在大地上的人们就以大地上的事物来关照和命名自身，并习惯于将自身的生命和价值与身边周围的物联系在一起。民间惯性的话语只有在启蒙话语的映照下才显得让人难以忍受，让人看出这些语言给人造成的深刻影响，以动物关照人的话语方式实际已经内化为在那种状态下生存着的人的深层潜意识，物化不仅是呈现在表面上，更是深深刻在了内心深处，借用鲁迅的话说，就是带了巨大的精神奴役的创伤。

民间话语下人与物之间的联系却并不是“单色度”的，如果仅

---

① 萧红．萧红全集：小说卷一［M］．北京：北京燕山出版社，2014：232，247－248．

仅是关注人被物化了的悲剧性的生存形态，以及对自身的生命的那种漠视和残忍，那么，萧红的创作在审美追求的表现上最终就会和许杰、王鲁彦他们没有什么根本性的区别。萧红的特别之处就在于，她没有为了表达某种创作思想或追求而使自己笔下的人物形象走向纯化或简单化，而是像胡风所主张的那样，真诚地融入生活，勇敢地与生活做着搏斗。在作家主观战斗精神的作用下，其作品中表现出来的人物的追求和渴望、创造与破坏、新生与毁灭结成一股圆浑充沛的力，到处冲撞着、宣泄着。“力透纸背”①，鲁迅对萧红小说那种强有力的表现以及表现出来的人自身挣扎的活力做了充分的肯定。和沈从文以湘西世界搭起的供奉人性的小庙不同，萧红笔下呈现出来的相对来说是一个更为自在意义上的“民间”世界，是自由自在的民间文化形态的审美表现。在这个审美世界里，萧红“比较真实地表达出民间社会生活的面貌和下层人民的情绪世界……人类原始的生命力紧紧拥抱生活本身的过程，由此迸发出对生活的爱和憎，对人生欲望的追求，这是任何道德说教都无法规范，任何政治条律都无法约束，甚至连文明、进步、美这样一些抽象概念也无法涵盖的自由自在”②。在这样的生存形态里，“人类原始的生命力”和“自由自在”等是以被扭曲或者说是以藏污纳垢的形态表现出来的。残忍和麻木成了“人类原始的生命力”实现自己、保存自己的必要的方式和途径；对生命的残忍粗暴与麻木的根源不是轻视了生命，反而恰恰是因为珍惜生命，只是在不得已的情况下走向了悖论性的反面。在民间，人的生命强力、自由自在并非自身独立地发挥着作用，而是以“恶魔性”的方式呈现着自身的力量。

---

① 鲁迅. 鲁迅全集：第六卷［M］. 北京：人民文学出版社，2005：422.

② 陈思和. 中国当代文学关键词十讲［M］. 上海：复旦大学出版社，2002：128.

一个愚昧的残忍的民间世界，同时也是有着强烈的生命欲求的富饶的黑土大地。在这块土地上，人的原始欲望就像脱缰的野马一样在草原上狂放无羁地奔跑着。金枝和成业要好了，他们不顾一切地尽量释放着本能欲望的力量。“迷迷荡荡的一些花穗颤在那里，背后的长颈草倒折了！不远的地方打柴的老人在割野草。他们受着惊扰了！发育完强的青年的汉子，带着姑娘，像猎犬带着捕捉物似的，又走下高粱地去……”① 当金枝的肚子已经膨胀起来的时候，成业还是要求着，原始的欲望，两性的关系，全部都以粗糙的带着暴力倾向的方式进行着。田野里，墙角的灰堆上，在那些阴暗肮脏的角落里，他们尽情挥洒着无尽无止的欲望。这来自圆浑蓬勃的生命力的冲动，是黑土大地创造一切孕育一切的根基，却像牛马一样地以卑贱、污秽，没有丝毫令人爽心悦目的形式表现出来。在他们的生命中，这时候，仿佛也只有这时候，才抛掉了一切外在的忧虑和烦扰，体验着生命大张扬的欢乐。冬天，集结在一起聊天的女人，她们的话题就和行动一样直接地谈论着夫妻间旺盛的性，以及由性不可避免地带来的生产。在这样的生存境地中，仿佛只有性的话题才能给她们以兴趣，从苦难的生活的现实中发现一点快乐，从自己的身上也发现生命和创造的力量。在那个封闭的乡野世界里，作为人类原始生命力表征的性，却只是建立在肉体而不是灵魂上面。“在乡村永久不晓得，永久体验不到灵魂，只有物质来充实她们。”② 物的缺乏同时也贫困了人的灵魂，精神被压扁在沉重的生存底下。生存在这块土地上的人们，除了自己的身体之外几乎是一无所有，他们也就以这身体欲望的释放来抗争生存中难以忍受的精神与物的双重贫乏。

在这样一个藏污纳垢的民间社会，圆浑充沛的原始生命力以扭

① 萧红．萧红全集：小说卷一［M］．北京：北京燕山出版社，2014：221.
② 萧红．萧红全集：小说卷一［M］．北京：北京燕山出版社，2014：231.

曲的方式生长着、宣泄着，它时时在积蓄着力量，寻求着自由生命存在状态的可能。但是苦难太长太重，这原始生命力的欲求被压抑变形得太厉害，本来的面目已经难以认出，还经常借了对立一方的形态展示自身，更不容易把握。冬季，孩子偷偷戴了父亲的棉帽出去玩，母亲们总是要疯狂地打骂追夺，就像对待敌人一般。平儿偷穿了父亲的大毡靴子，王婆就像“山间的野兽要猎食小兽一般凶暴”① 地追出来，将靴子从儿子脚上脱下来提了回去，而平儿则赤脚在雪上走回家，冻得几天不能下地走路。送老马去屠宰场的那个王婆，好像忽然在我们眼前消失了，一下子变得让我们不认识了。其实在性格上，老王婆前后倒还是一致的，对老马的爱惜与她对靴子的爱惜一样，单从一点看仿佛是重物轻人，实际上却是在物上面看出了人的生命依据。像王婆这样的人家，毡靴也很难有两双，出门的赵三都舍不得穿的靴子，自然是不容只想出去玩乐的孩子白白破坏掉的。在冰天雪地的东北，靴子是出门做活的保证，而做活则是生存之本，再愚蠢的乡下人也明白这一点，何况有些精明的老王婆。要以现有的物尽可能地维持生命的延续，就不允许一点的浪费，于是人创造出来的物反过来也就成了人自身的枷锁，本来是为着生命的，却不得不以维持和迁就物的形式表现出来。为了使生命在生存的泥潭中多喘息一会儿，就对自由的想要超脱任何外在限制的生命要求采取了限制和压抑的行动。压抑和被压抑的，实际上都是生命的本原。

民间是散漫的，个体的人在同样沉重的境遇里面挣扎，却是各自为自身的生存和命运挣扎着，但是在某些紧要的关头，却也能凝聚成一股强劲的生命的流。《生死场》里面，当日本人来的时候，这个乡野世界里潜在的生命力量和激情仿佛突然被发现和照亮，原始的生命强力以悲壮的形式涌动起来，而先前的卑琐无聊还有麻木

---

① 萧红. 萧红全集：小说卷一［M］. 北京：北京燕山出版社，2014：233.

不仁都在这样的强光的照耀下隐形了。在抗日的集会上，“四月里晴朗的天空从山脊流照下来，房周的大树群在正午垂曲地立在太阳下。畅明的天光与人们共同宣誓”。萧红是一个擅长描写场景的人，这集会时候明朗的场景与先前出现的阴沉黯淡的场面比较起来，正好表现出了人们心理和精神上面的转变。他们充盈的生命力弥漫天地之间，这是没有受到任何污染的力量，虽然长期被压抑受束缚，可是一旦释放出来，那能量还是相当惊人的。但也是因为没有受到规矩的砍削规整，这粗糙的生命强力虽然有着抵抗的决心，却最终以自由生命的形式抗击强敌。在粗犷强力的红胡子和有纪律然而柔弱的学生之间，他们选择了红胡子，这不仅是因为对战争和外界的无知和愚昧，更是因为红胡子与他们民间的生命形态更相似、更一致而容易和他们结合在一起。以民间形式实行的抗日，结果是惨烈的，以生命为代价的教训，使他们将原先的认识翻转了过来，出走的李青山实际上是以自身的行动说明了来自民间的生命力必须与外界的“规矩”结合在一起，才能得到胜利的保证。

萧红承继了鲁迅批判国民劣根性的传统，在描绘现实生活的愚昧麻木的同时，也以女性的生命直觉勾勒出暴力丑恶行为中的爱与关怀。萧红谈到鲁迅时说：“鲁迅以一个自觉的知识分子，从高处去悲悯他的人物。他的人物，有的也曾经是自觉的知识分子，但处境却压迫着他，使他变成听天由命，不知怎么好，也无论怎样都好的人了。这就比别的人更可悲。我开始也悲悯我的人物，他们都是自然奴隶，一切主子的奴隶。但写来写去，我的感觉变了。我觉得我不配悲悯他们，恐怕他们倒应该悲悯我咧！悲悯只能从上到下，不能从下到上，也不能施之于同辈之间。我的人物比我高。”① 其实，不管是鲁迅还是沈从文，他们都比自己创造的作品中的人物“高”，虽然“高”度各不相同。不管是为了展示病苦和国民劣根

① 季红真．萧萧落红［M］．北京：人民文学出版社，2001：6.

性，还是为现代文明中萎缩的人性补缺，在“现代性”这一内在根基的关照下都失去了自由自在的民间自身的存在形态，成了现代文明制造出来的“他者”（otherness）形象。萧红为我们贡献的却是一个实实在在的民间，在这里，大地的所具有的人类原始生命力和民间的藏污纳垢就是一而二、二而一的合一关系。

第五章

新天新地新生活：现实主义文学传统的新变

第一节 解放区文艺新方向：赵树理的“问题小说”创作

赵树理在《当前创作中的几个问题》一文中说：“我的作品，我自己常常叫它是‘问题小说’。……因为我写的小说，都是我下乡工作时在工作中所碰到的问题，感到那个问题不解决会妨碍我们工作的进展，应该把它提出来。”① 小说《小二黑结婚》源自于作家 1943 年 4 月在山西左权县县政府驻地的农村经验；小说《三里湾》，是 1952 年作家在山西平顺县川底村参加农村合作化运动工作时，“感到有一个问题需要解决……于是又写了这篇小说”②。在《也算经验》一文中，赵树理谈到《李有才板话》的创作时说：在左权县的皎沟村一个叫李家岩的小自然村工作时，“有些很热心的青年同事，不了解农村中的实际情况，为表面上的工作成绩所迷惑，我便写《李有才板话》”③。以小说的形式探求解决社会现实问题的可能性，正是作家使命感和责任感的体现。

责任感和使命感并不能保证作家创作出优秀的作品，但是没有责任感和使命感的作家，肯定难以深入现实生活，也就不能发掘出现实生活中存在的真实问题。文学创作上，存在两种不同的责任感和使命感，一种是带着上级领导部门赋予的责任和使命，要将某种思想或理念在现实生活中予以贯彻或执行，现实生活成了可以揉搓变形的面团，是完成某种责任和使命的工作平台。这样的责任感和使命感是真实的，但是由此呈现出来的现实生活，后来往往被证明是虚伪的现实主义。主观的真不等于客观的真，违背了现实生活发展规律的要求终被现实所抛弃。还有一种则是从现实生活中生发出

①② 工人出版社，山西大学. 赵树理文集：第四卷［M］. 北京：工人出版社，1980：1 651.

③ 工人出版社，山西大学. 赵树理文集：第四卷［M］. 北京：工人出版社，1980：1 398.

来的责任感和使命感。在赵树理的问题小说创作中，一方面带着政治任务进行创作，写出来的小说或多或少都带有理想化的色彩，充满正能量；另一方面则是真正地从现实生活出发，写出了农村农民现实生活的沉重感。

小说《福贵》叙述了一个自小丧父、聪明能干的农民福贵的形象，庄稼活各路精通，是村里自乐班的台柱子。福贵23岁时，福贵娘得了重病，强撑着给福贵张罗了亲事，随后就过世了。连娶媳妇带出丧，福贵欠下王老万30块钱。驴打滚的借款从此再也还不上，福贵慢慢沾染上了赌博等恶习。后来土地改革清算王老万时，福贵诉说："照你给我作的计划，每年给你住上半个工，再种上我的四亩地，到年头算账，把我的工钱和地里打的粮食都给你顶了利，叫我的老婆孩子饿肚。一年又一年，到死为止。你想想我为什么要当这样好人啦?"① 在现实生活中看不到任何希望，福贵放弃了挣扎的努力，但他将"变坏"的原因归结为王老万的盘剥，这一点却带着浓郁的土地改革话语气息。伴随着土地改革话语出现的，则是赵树理对农村现实生活的细微洞察：福贵被王老万盘剥的起因是借钱娶老婆葬老娘，婚娶丧葬皆是人生大事，不可避免且都是大花项。对于贫苦人来说，要么不行婚娶丧葬，要么只能举债。除非有什么特别的际遇，一般的农村家庭就此陷入资不抵债的境况。这是赵树理从卑微小民的立场提出的严峻的现实问题，即便是现在也仍然有其现实意义。《福贵》创作于1946年，40年后，路遥创作了《平凡的世界》，小说叙述新时代的孙玉厚给自己的弟弟娶媳妇，也是借了满屁股债，一直都还不上；和福贵一样，孙玉厚也是活路样样精通，是村子里最好的庄稼把式之一。40年，现实生活也有所改变，改变的就是生活在新社会里的孙玉厚借钱不用付利息，然而，无论社会怎样变化，总有勤劳的穷苦人避免不了举债度日，只要有婚娶丧葬、生老病死，没有任何生活保障的穷苦生活马上就会

① 工人出版社，山西大学．赵树理文集：第一卷［M］．北京：工人出版社，1980：222.

走进困境。揭去阶级剥削和压迫的言辞，就会发现底层农民的悲哀就是生活毫无保障，经不起任何生活的风浪。打土豪分田地也不能改变这一事实。《平凡的世界》描述灾荒到来时，镇上所能支配的救济款分到百姓头上每人只有三毛钱。社会保障需要钱，而农村根本就没有钱，或者说没有钱能为大部分人提供生活的保障，更不用说全部，而生活残酷的真实面相就在于此。

赵树理不可能提出农村社会保障的问题，他只是凭着生活的直觉写出了农村底层百姓的难处。婚娶丧葬是底层农民生活中的重大难关，当赵树理叙述青年人的自由恋爱时，却都有意避开了相关的沉重负担问题，所遭遇的困难都是新旧思想的交锋或坏人的阻挠。夏志清认为《小二黑结婚》就是一个“破除迷信，歌颂婚姻自由的简单故事”，除了滑稽语调及口语外，“找不出太多的优点来”。“《小二黑结婚》并不是新小说的前驱。而是回复到‘五四’时期有些作家所写的反封建的那类温情小说。反封建斗争虽然已经取得胜利成果，可是由于那里极端落后，这种斗争只好一再重演。”①“新小说”“前驱”“反封建”等，这些词语显示了夏志清对现代性的偏好。现代性焦虑一直影响和制约着中国现代文学的发展，从“五四”到20世纪末，出于对新和现代的迫切追求，许多作家都渴盼能够站在“前驱”的位置，成为引领文学思潮的先锋。线性发展的现代文学观，借助文学的自律观念，形成了相对独立的自我想象空间，现实生活在这种观念的演绎中被分成了两个层次：已有的生活和已有生活的“重演”。

20世纪中国现代化的重要特征是区域发展的极度不均衡，现代文化与文学的快速发展主要集中在北京、上海等有限的大都市，当上海等大都市与世界同步调展示现代性的光芒时，中国大部分的

---

① 夏志清. 中国现代小说史［M］. 刘绍铭，等译. 上海：复旦大学出版社，2005：308.

乡村都还处于僵化保守的封建时代。限于条件，北京、上海等都市的现代化，和遥远乡村的民众生活并无直接关系，现代文明之光极难照到乡土世界。地域发展的这种极端不均衡，使自由恋爱、婚姻自主等“反封建斗争”在不同地域总是“一再重演”。一个问题随之摆在文学家们的面前，对于文学来说，“重演”的价值在哪里？

从文学史的角度探讨“重演”的价值，无助于赵树理小说的讨论。文学发展历史及其观念的建构，主要是由北京、上海等大都市里的知识分子完成的，赵树理的创作主要源于“下乡工作时在工作中所碰到的问题”，一个有意思的问题出现了，被当作“重演”的婚姻自由等问题，在赵树理的笔下总是得不到适当的解决。无论偏远的乡村如死水一潭，还是被“革命”搅起些许波澜，恋爱自由之路总是困难重重。在根据地新政权已经建立的情况下，新来的村长、区长，都是有新思想的人，都主张也支持恋爱自由。这种从上而下的革命，按道理来说应该比“五四”新文化运动自下而上的革命更容易成功，何况还是“重演”？然而事实却是，《小二黑结婚》除了区长在故事结尾起到了革故鼎新的作用，在小二黑和小芹为婚姻自由奋斗的历程中，村长和区长这些代表新思想的革命人仿佛隐形一般，乡村生活中根本看不到他们影响的痕迹。或许“五四”反封建的斗争在北京、上海取得了局部胜利，但在落后乡村甚或城市里，还远远谈不上胜利。生活在成都的觉慧，最后只能像娜拉一样离家出走。觉慧的胜利只在于他成功地跑出了四川，跑到了现代化的大上海，但这并不意味着成都的反封建取得了胜利。

上海等沿海都市越来越快速地跨入现代大工业生产的行列，社会生活各方面都在发生着天翻地覆的巨大变化和革新：“生产的不断变革，一切社会状况不停的动荡，永远的不安定和变动，这就是资产阶级时代不同于过去一切时代的地方。一切固定的僵化的关系以及与之相适应的素被尊崇的观念和见解都被消除了，一切新形成的关系等不到固定下来就陈旧了。一切等级的和固定的东西都烟消云散了，一切神圣的东西都被亵渎了。”① 凡是资本主义生产关系抵达的地方，传统社会的一切都在飞快地消融。农村虽然也受到了一定的影响，但传统的根本却没有动摇。有为的青年都去了北京、上海或国外，还乡的也很快再次离去。古老而落后的中国农村，直到土地改革运动全面展开之前，没有什么根本的变化。赵树理叙述的婚恋自由故事，不能算是“重演”，因为赵树理小说中的主人公，没有逃离故土跑去上海等现代化都市，他们就待在自己的家乡，坚持斗争而且最终获得了胜利。跑到北京、上海的“五四”一代青年，他们是争取婚恋自由的胜利者，不过他们的胜利是在故乡之外。赵树理笔下的农村青年，却实实在在地与家乡的传统习俗艰苦搏斗，切实地改变着那方热土。

跑去北京的“五四”青年有些成了侨寓文学的作者，成了都市人，偶尔抒发一些怀乡之思。知识青年下乡，到农村去，虽然早在“五四”中就已经提出来，但真正有知识青年来到基层农村工作的，是土地改革运动。《小二黑结婚》中的村长、《李有才板话》里的章工作员等，都是赵树理小说中塑造的农村的外来者。他们带着革命的教义来到乡村，只会照本宣科，是乡村生活里的过客。乡村与都市不同，都市世界容纳一切外来者，而乡村却排斥一切陌生者。《李有才板话》里的老杨同志之所以能够深入群众、和群众打成一片，就在于老杨同志的言行与农民并无二致。传统的乡村，是一个熟人构成的社会，陌生人可能会拥有权力获得尊敬，却不能真正融入这个社会圈子。乡村这一熟人空间，就是一柄双刃剑，对青年的自由恋爱和土地改革运动，都有双重性的影响。

章工作员和老杨同志都是有新思想的革命者，来到乡村是贯彻新思想而不是学习新思想的，就自由婚姻这类问题来说，不过是将

---

① 中共中央马克思恩格斯列宁斯大林著作编译局. 马克思恩格斯选集：第一卷［M］. 北京：人民出版社，1995：275.

其他地方已有的东西“重演”一遍罢了。然而，若是新思想不能和当地的实际生活相交融，新思想就和当地的生活毫无关系。对于落后地区来说，所需要的不是思想上的创新，而是新思想的实践问题。新思想的实践从来不是简单的“重演”，理论是灰色的，生活则是丰富多彩、充满活力的。赵树理无意于思想的演绎，始终着眼于实际的生活。现实生活从来不存在抽象的可“重演”的实践，所有的实践都是活生生的崭新的现实。赵树理以自身的小说创作显示，不存在机械照搬的“重演”，对于生活来说，当思想能够真正地在现实生活中发生作用时，必然意味着具体化实践化。在赵树理的笔下，自由恋爱、革命等都是农村普通民众内在的要求，只是个人的底层的要求得不到实现的机会，一旦有外来（尤其是上层）的支持力量，星星之火就会燎原。挖掘农民自发的革命要求，而不是着重外来革命话语的输灌，始终牢牢地抓住真正的现实生活，正是赵树理小说创作现实主义精神的体现。

黄修己认为，赵树理是“真正从底层中成长起来的”①。“成长”这个词用得极妙，形象地说明了赵树理现实主义文学创作的特点。赵树理小说写出了乡土社会内在的生长性，自身孕育出来的解放追求，内在的生长性与外来的现代性思想相结合，最终使赵树理的现实主义具有了“中国作风和中国气派”。艾思奇在 1938 年 4 月写的《哲学的现状和任务》中最早明确提出马克思主义哲学中国化、现实化、通俗化问题。1938 年 10 月，毛泽东在中国共产党第六届中央委员会第六次全体会议的政治报告《论新阶段》中说：“马克思主义必须和我国的具体特点相结合并通过一定的民族形式才能实现……离开中国特点来谈马克思主义，只是抽象的空洞的马克思主义。因此，使马克思主义在中国具体化，使之在其每一表现中带着必须有的中国的特性，即是说，按照中国的特点去应用它，成为全

---

①　黄修己．中国现代文学发展史［M］．北京：中国青年出版社，1997：444.

党亟待了解并亟须解决的问题。洋八股必须废止，空洞抽象的调头必须少唱，教条主义必须休息，而代之以新鲜活泼的、为中国老百姓所喜闻乐见的中国作风和中国气派。”①

《中国现代文学三十年》给了赵树理相当高的评价，将其视为自鲁迅以来“出色地描写过乡土中国”的一员，而且“事实上承继和推进了这一文学传统”，“他处在农村大变革的历史情景中深入地观察、把握农民的思想情感，他的小说总的来说具有了现实主义描写的艺术深度，出现了许多以往文学所不具备的新的素质”。②这种“新的素质”表现在新的人物、新的形式、新的语言等诸多方面，而最重要的还在于赵树理不再将乡村理想化为世外桃源，抑或妖魔化为人间地狱，“从农民中长出来”的赵树理写出了转型期乡村社会的阵痛，也写出了乡村社会的“情趣”。黄修己评价赵树理的小说创作时说：“许多家庭生活的描写，使他的作品富有农村特有的生活情趣。而且通过父子、婆媳、夫妻间的种种冲突，相当深刻地表明了改造农村家庭关系对于社会进步的重要性。正是通过家庭这窗口，带着读者深入到农民生活的底蕴中去”③，也使他的作品达到了高度的现实主义。以“家庭”为窗口，以“情趣”为核心，赵树理在小说中真实地呈现了乡村社会的苦与痛，同时也写出了艰难生活中人生活的“情趣”。再艰难的生活，也并不能够取消人的“情趣”。鲁迅笔下的阿 Q、中年闰土，萧红笔下的所有农民，似乎都没有“情趣”，他们都是被生活压扁了的一群。这样的一群似乎更符合现代知识分子们对乡土社会的想象。沉默的大多数，他们似乎本就是被艰苦的生活磨掉了精神感知的能力，所以需要人为

① 毛泽东. 毛泽东选集：第二卷［M］. 北京：人民出版社，1991：496.
② 钱理群，温儒敏，吴福辉. 中国现代文学三十年（修订本）［M］. 北京：北京大学出版社，1998：478－479.
③ 黄修己. 中国现代文学发展史［M］. 北京：中国青年出版社，1997：443.

之代言。就此而言，赵树理小说呈现出来的乡土社会，似乎也并非就是乡土社会的本来面目。

《盘龙峪》里的木头刀、结拜的一群青年，《小二黑结婚》里的二诸葛、三仙姑，《李有才板话》里的李有才，这些人物都能说会道，比一般知识分子的口才要好得多；与之相对，不擅口才的于福，是一个妻管严，很懦弱无用的一个形象，在《小二黑结婚》中几乎就是一个背影式的存在。在赵树理的小说中，凡是开口的人物形象，必定精彩，不能张口的人物形象，在赵树理的笔下大多都是配角式的人物。会说话的人物不仅意味着说出来的话能够朗朗上口，还意味着说话总能切中要害，不是废话篓子。且不说小二黑和小芹这两个才子佳人，仅从小说中人物会说话这个角度审视赵树理小说中塑造的主要人物形象，就可以发现赵树理所描写的也都是一些“非常人”。平凡者有平凡者的故事，非常人有非常人的故事，但会说话者说出来的话就比较有“情趣”，不会说话的人说出来的话往往就了无意思。《阿Q正传》中的阿Q忽然抢上去对吴妈说：“我和你困觉，我和你困觉!”① 阿Q说的话自然契合农村流氓无产者的身份，把求爱的话硬是说得如此粗俗直白。这样的文笔，自然是惟妙惟肖地为读者呈现了底层人真实的生活面相，但这样的叙述却也失掉了内在的情趣，或者说这样的艰难困苦的人生本来也没有多少情趣。但是换一个角度，换一批人物就没有问题了，像“下神”的三仙姑，虽然小说没有交代她出嫁前的经历，但是小说却明确交代了她受欢迎的程度。为何三仙姑受到众多人的喜欢？除了自身姿色之外，还有就是自从婚后请了神婆子，成了三仙姑之后，她“下神”的行为不仅仅是单纯的封建迷信，还是颇有情趣的表演，即便是自己的女儿，“听见她娘哼哼得很中听，站在桌前听了一会，

① 鲁迅. 鲁迅全集：第一卷［M］. 北京：人民文学出版社，2005：526.

把做饭也忘了"①。小说中的情趣有两个层次，一个是作者的叙述营造出来的层次，一个是小说中人物言行表现出来的层次。小说中人物的言行也是作者的创造物，就此而言，小说中人物的言行其实表现出来的仍然是创作者的情趣。

情趣表现在情节叙事上，也表现在语言使用上，夏志清称之为滑稽语调。比如第二节"三仙姑的来历"中，叙述三仙姑刚刚嫁给于福的时候，于福父子俩一上了地，家中就只剩下三仙姑一个人。"村里的年轻人们，觉着新媳妇太孤单，就慢慢自动的来跟新媳妇做伴，不几天就集合了一大群，每天嘻嘻哈哈，十分红火。"这种叙述的语言有点儿轻佻，虽然说得较为隐晦，但是对三仙姑招蜂引蝶的生活，读者都能从字里行间看得出来。在第三节"小芹"中，叙述十八岁的小芹很漂亮，"村里的轻薄人说，比她娘年轻时候好得多"②。不是"村里的人说"，而是"村里的轻薄人说"，加上了"轻薄"这个限定词，后面的一句"比她娘年轻时候好得多"这个评价也就变得意味深长，不是一个简单的品性评价了。"轻薄人"说的话可信吗？"轻薄人"之所以成其为"轻薄人"，就在于品行不端，所以他们的评价一般都要大大缩水。但是在这里，却要比正经的二诸葛对小芹和三仙姑的看法更有分量。正因为他们是"轻薄人"，所以才能和三仙姑更加熟悉，对小芹"好得多"的评价才有了更为深厚的背景铺垫。"比她娘年轻时候好得多"中的"好"，应该有两种解释，也就是小说中接下去两段文字叙述透露出来的信息：第一，"好"指的就是漂亮，小芹的美吸引了前后庄的青年小伙子。小芹去洗衣服，青年们也去洗；小芹去山上采野菜，青年们也去。第二，"好"还指小芹品行端正。金旺纠缠过小芹，却遭到了小芹的严厉斥责，这个细节主要就是表明小芹是个正派人，和风

① 中国现代文学馆．赵树理代表作［M］．北京：华夏出版社，1999：16.

② 中国现代文学馆．赵树理代表作［M］．北京：华夏出版社，1999：18.

流的三仙姑不同。与小芹“好得多”相对照的，自然就是三仙姑不怎么“好”。

20 世纪中国现实主义的文学，大多都着意于表现社会人生的悲剧，着眼于乡土社会的悲剧基本上都属于惨剧，悲惨凄凉的基调里面流淌着焦灼的现代性呼吁和改变的要求。赵树理的乡土小说创作，写人生的苦痛却又不像启蒙派小说那般凄苦，写乡村社会的情趣却又不像田园牧歌派小说那样理想化。延安文学在经过暴露与讽刺问题的讨论后，慢慢走上了正面歌颂解放区新人新气象的创作道路，《小二黑结婚》《白毛女》等都是这一类作品。赵树理的小说侧重表现的是根据地的百姓生活，创作带有理想化的色彩。小二黑和小芹两个新形象的“新”，主要体现在敢于斗争并最终获得了胜利。从敢于斗争这个角度来说，小二黑和小芹等农村青年的确与阿 Q 那样的先辈有了不同，不像阿 Q 那般想要反抗却又等着别人来召唤，也不像三仙姑那样走上扭曲的反抗道路，而是根据地里成长起来的勇于反抗的新一代农民。小二黑的现实原型岳冬至没有小二黑幸运，被村里的反动势力合伙整死，赵树理将原本凄惨的结局改写为幸福美满的结局，这是对现实生活的美化。但是，小说中小芹和小二黑的斗争，主要还是自发的，与阿 Q 的革命要求没有根本的区别，赵树理没有人为地拔高新人物的思想高度，而且小说详细叙述了美好的大团圆式结局都是在新政权、新领导的支持下才实现的，清官好官的叙事模式既带有传统文学的影子，也表现出了新人物的奋斗及其胜利带有相当的偶然性。然而，正是理想化和偶然性因素的存在，使得赵树理小说对新人物新气象的表现更富写实气息。虽然有了新政权新领导的支持，但是农村新生力量的奋斗之路仍然艰辛无比，最后的胜利也是努力之后侥幸获得的。这样的大团圆式的叙述，既写出了新天地里必然存在的新气象，也写出了新人物的胜利不是坐等就能到来的，尚需要进行艰难困苦的奋斗。这些都充分显示了赵树理小说创作的现实主义气度。如果说存在浪漫化理想化的因素，这浪漫化理想化的因素也是“从农民中长出来”的，完全合乎现实生活自身的发展逻辑，而不是空想的虚构出来的东西。

赵树理小说中出现的新人物可分为两大系列：第一个系列是小二黑和小芹这样的农村底层自发成长起来的新人物；第二个系列是如《小二黑结婚》中的区长、《李有才板话》中的农会主任老杨等新干部。两类新人物形象的出现相辅相成，前者代表百姓的呼声，是社会底层的意愿；而后者则代表新政权的声音，是一种崭新的话语方式和权力代表。前者是后者出现的根基，而后者则是前者权益的有力保障。赵树理小说对于这两类人物故事的叙述，表面上看起来很像中国传统文学中青天大老爷的故事模式，实际上却道出了新政权新气象发展的现实需求。作为问题小说的作者，如何解决农村工作中遇到的一些现实问题？赵树理设想出来的解决方案便是底层新人物与社会高层共同努力，清理前进路途中出现的重重阻碍。

刘家峧的村长是上级派来的，最初选举村干部的时候，普通村民谁也不愿意当干部，金旺和兴旺趁机竞选，分别做了村政委员和武委会主任。小说第六节“斗争会”中，金旺和兴旺为了报复，召开斗争会，想要为难小二黑和小芹。有意思的是在斗争的时候，村长才说出有关婚姻恋爱的一些“规定”：“男不过十六女不过十五，不到订婚年龄，十来岁小姑娘，长大也不会来认这笔账。小二黑满有资格跟别人恋爱，谁也不能干涉。”① 这段宣教文字出现在这里很可疑，村长来了，一些政策也并不向村民宣传？村长说这话的时候，早已在刘家峧工作了几年。“这几年来，村里别的干部虽然调换了几个，而他两个却好像铁桶江山。大家对他两个虽是恨之入骨，可是谁也不敢说半句话，都恐怕扳不倒他们，自己吃亏。”②“他两个”指的就是金旺和兴旺。老百姓不信任村长，可以说是金

① 中国现代文学馆．赵树理代表作［M］．北京：华夏出版社，1999：21．
② 中国现代文学馆．赵树理代表作［M］．北京：华夏出版社，1999：19．

旺和兴旺在作怪，可是担任了几年村长，仍然被金旺和兴旺兄弟两个蒙蔽，不知村里的真实情况，这里面不能不说透露着赵树理土地改革工作的问题意识：再好的政策，执行环节出了问题，也起不到应有的作用。村长掌握着政策，可是不能到达普通村民那里。起码，在被金旺和兴旺兄弟两个抓起来斗争之前，小二黑和小芹没有听说过有关自由恋爱合法的政策。

"斗争会"这一节，小二黑刚刚被抓的时候，小说叙述说："小二黑自己没有错，当然不承认，嘴硬到底。"① 这里所说小二黑自认没有错，并非知道恋爱自由的合法性，而是和被抓起来的小芹一样，按照传统风俗观念，涉及男女两性的问题就应该"捉贼要赃，捉奸要双"②。小二黑和小芹并不是在秘密约会时被抓到的，他们自认为没有犯错，逻辑思维仍然是传统的旧式思维。后来，村长出现，解释说根据地的政策是恋爱自由，这时候小二黑马上质问："无故捆人犯法不犯？"③显示了一个很有冲劲不肯吃亏的农村青年形象。到此为止，小二黑的斗争精神和思想都是自发的，虽然他打死过日本鬼子，却看得出他没有经过革命思想的启蒙。这本来是一个宣传革命思想、根据地政策的好机会，可是知晓新政策的村长却并没有回答小二黑的问题，也没有明确到底谁犯了法，而是做了"调解"，使得双方息事宁人。从革命的立场来说，新村长相当不合格，因为没有能够促进革命因素的成长，没有压制农村里的坏分子，和稀泥的行为只能是助长了坏人的气焰。村长和区长两级革命领导的设置，固然使小二黑和小芹的斗争故事复杂曲折了许多，增添了小说的情趣。从现实生活的表现来说，赵树理则是适当地处理了小说创作的偶然性与必然性。肯定了没有斗争就没有光明的必然性，同时也通过村长和区长的人物设置点出了斗争胜利的偶然

---

①③　中国现代文学馆．赵树理代表作［M］．北京：华夏出版社，1999：21．

②　中国现代文学馆．赵树理代表作［M］．北京：华夏出版社，1999：22．

性，这偶然性也就造成了解放路上的困难和挫折。

赵树理深刻揭示了农村传统习俗和新政权法律政策的冲突。政府话语虽然强大有力，却没有在农村扎根，新人物新气象的对立面不仅是地主恶霸等黑暗势力，还有愚昧僵硬的传统习俗。在斗争会过后，小二黑和小芹知道了恋爱“合理合法”，索性公开商量起来。“合理合法”并非只是村长所说，小二黑并不信任村长，他私下到区上打听过。村、区干部的口头传达，村民的个人私下打探，政府虽然掌握着权力，但是“法”在农村却处于“秘密”状态，农村流行的还是传统习俗。小说第八节“拿双”讲述小二黑和小芹在一起商量如何应对三仙姑时，金旺和兴旺带着几个人将他们抓了起来，兴旺强调这一次抓人是“捉奸要双”。小二黑这次开口便是“送到哪里也不犯法！我不怕他！”① 第一次捉人的时候，就出现了习俗与律法的碰撞，在村长所解释的律法精神上小二黑和小芹获得了自由；第二次捉人，仍然是习俗与律法的碰撞，兴旺着眼于捉人的习俗合法性，而小二黑则紧紧抓住了村长所诠释的婚姻自由的法则。小说里关于婚姻自由合法性问题，有四次公开的对话：

第一次：第六节“斗争会”。

第二次：第八节“拿双”。

第三次：第十节“恩典恩典”。

第四次：第十一节“看看仙姑”。

第一次由村长提出自由恋爱合法，第二次小二黑强调自己不犯法，第一次和第二次构成一个对照。村长面对兴旺和小二黑等人说了自由恋爱合法，可是兴旺仍然要“捉奸要双”，他不信任村长，故而第二次抓人后要绕过村长，想要将人送到区上，说明兴旺、金旺等人法律意识非常薄弱，或者说在当时的社会环境下，政权还没有像新中国成立后那样稳定下来，法律也还没有健全，法律的存在

① 中国现代文学馆. 赵树理代表作［M］. 北京：华夏出版社，1999：23.

形式似乎更像是以政府首脑的口头传达和认可的方式存在。创作于1948年的小说《邪不压正》中，故事结尾元孩宣布散会时，为自由恋爱斗争的软英询问区长："我这婚姻问题究竟能自主不能？"① 区长做出了肯定答复。赵树理小说中，反复出现的区长似乎成了包青天似的存在，被敌坏分子强占的胜利果实，笼罩在根据地人民头上的阴云，最后都因区长的出场而得到解决。区长成了法的化身，似乎只有得到他的肯定才是真正的"合法"。法与领导人的这种结合，无疑带有传统文学中清官叙述模式的影子，同时也显示了根据地法制建设的困难。从20世纪中国法制建设的角度重新审视赵树理关于根据地青年自由恋爱的故事书写，就会发现赵树理绝不是简单地重新叙述了"五四"自由恋爱的故事，而是探究在"合法"的情况下自由恋爱如何切实获得法律支持的问题。"五四"自由恋爱代表了新的思想解放，但由于自由恋爱的青年大都生活在城市或国外，不管中国法律和社会习俗如何压制自由恋爱，现代化的都市和国外都给现代的青年们提供了实现自身梦想的理想乐土。对于广大农村里的底层农民来说，想要远离乡土的不多，被压抑的自由恋爱无处可逃，他们只能依靠更高的行政权力打破乡俗，获得自由恋爱的可能。于是，一个问题就出现了，为什么派下来的村长干部们不大力宣传婚姻自主的法律？非要当事人问到区长面前，区长才给予肯定？赵树理虽然在小二黑和软英等人物的自由恋爱奋斗上给予了适当的理想化处理，却也呈现了更多亟待解决的现实问题。

婚姻自主、恋爱自由，其实是一个非常复杂的问题，尤其是在一个熟人空间建构起来的人情社会里，恋爱婚姻决不仅仅意味着只是两个人之间的事情。路遥《平凡的世界》就无比真实地写出了婚姻恋爱的各种现实纠缠。王满银和孙兰花恋爱了，孙兰花的父亲坚决不同意女儿嫁给一无是处的逛鬼，孙兰花坚决不听父亲的意见，

---

① 中国现代文学馆．赵树理代表作［M］．北京：华夏出版社，1999：279．

最终还是嫁给了王满银。孙兰花和王满银组建的新家庭缺吃少穿，一切都需要仰仗孙家帮忙，于是本来困难的孙家日子过得更加窘迫。自由婚姻恋爱，就意味着个人负责，有时候却成了开始的时候追求的是个人负责，等到结出了恶果后却要连带亲人一起负责，这样的自由自然不被身边的人所接受。赵树理叙述自由婚姻时，涉及的主要是各种阻碍力量，还来不及考量自由之后的种种问题。所以，《小二黑结婚》和《邪不压正》等小说，均以自由恋爱获得区长认定合法结束。仿佛浪漫的童话故事，里面的主人公历经磨难，终于走到一起，从此过上了幸福的生活。

《小二黑结婚》特意将区长和二诸葛、三仙姑的见面分为两个小节，每次都重新强调了婚姻自由的合法性，也是将一些具体的问题详细予以剖析。二诸葛虽然封建迷信，却真心关爱自己的儿子小二黑。小二黑被送到区上，二诸葛一夜未睡，第二天一大早就赶去区上探听儿子的消息。关爱孩子的二诸葛，也成为孩子追求自由恋爱等幸福生活的障碍。至于三仙姑，并不是真心关爱自己的女儿，她不仅阻碍小芹的自由恋爱，还要将她推给一位从阎锡山军队中退职的旅长。两位不同的家长，都构成婚姻自由的羁绊。在区长那里，三仙姑和二诸葛的思想都受到了批评，三仙姑根本没说出反对小二黑和小芹恋爱结婚的理由，二诸葛说的理由则是“命相不对”。其实，在小说第五节中，叙述二诸葛不同意小二黑和小芹亲事时，理由有三，前两条理由都是封建迷信，第三条理由却是三仙姑的名声不好。面对区长，二诸葛只提了“命相不对”，闭口不提三仙姑名声不好，或许是二诸葛不愿意揭人短处，也可能是小说叙事者故意不让二诸葛说出这个理由。二诸葛比三仙姑早到区上，固然是因为二诸葛关心儿子，迫不及待地赶了过来，但从叙事的角度来看，却也避免了二诸葛因三仙姑在区上的遭遇而谈起三仙姑的名声问题。在一个熟人空间、亲情社会里，婚合两姓之好，不考虑双方亲人的名声是不可能的，重视思想建设的新社会，更重视人的名声，在斗争某人之前，先做的事情就是将其名声搞臭。小二黑和小芹幸福的婚姻，不仅仅在于他们自身的斗争，也离不开老人们脾气的改变。三仙姑撤掉了香案，“弄得像个当长辈人的样子”①，如此一来名声自然也就慢慢变好了；二诸葛也不再卖弄他的阴阳八卦，于是先前阻碍小二黑和小芹婚姻的缘由一下子都消失了。从这个角度来说，《小二黑结婚》中为婚姻恋爱自由进行的斗争，也是一场农村生活移风易俗的斗争。

小说《福贵》中，王家户下的人想要打死或活埋福贵的原因，是福贵跑到城里做了吹鼓手。当地人讲究门第清，将吹鼓手叫作“忘八”“龟孙子”。福贵只能连夜从家中逃走，七八年不敢回家。等到抗战胜利，八路军进村，福贵回来后最想要做的不是和老家长算账，而是想要摘掉“忘八”的帽子。福贵的陈述，最主要的有二条：第一，当“忘八”是被逼的；第二，自己在抗日根据地种地，早已不当“忘八”了；第三，解放区里早就没有“忘八”制度了。前面两条都还只是被动的辩解，最后一条才是真正的移风易俗。吹鼓手被人瞧不起，不是因为当事人做错了什么，而是习俗对从事这一类行当的人有偏见。赵树理叙述了底层农民翻身的故事，但是故事叙述并不仅仅着眼于阶级剥削和压迫，而是更侧重于旧习俗的破除，以及革命带来的新的人生观和价值观的建设。革命以自身的强权话语，重建农村的价值规范。行业不分贵贱，吹鼓手不再是“忘八”；好男不当兵的观念也成了历史，当兵才光荣，像打死过敌人的特等射手更光荣。按照新的革命理想塑造新的人物形象，通过新的人物形象的塑造传达新的人生观价值观，这是赵树理小说创作现实主义精神的表现，因为这种新的人生观价值观的建设，不仅仅是革命政权的需要，更是小二黑、福贵等农村底层百姓的迫切需要。

赵树理小说创作的意义不在于新题材的开拓及新思想的发现，

---

① 中国现代文学馆．赵树理代表作［M］．北京：华夏出版社，1999：29．

将目光投向遥远的乡村，目的不是为都市里的读者展示异样的风土人情，也不是站在现代性的立场上批判国民的劣根性，而是站在农村底层民众的立场，叙述现实生活改变的内在需求及变革之艰难。农村农民是古老的中国向现代化转型旅程中最为沉重的肉身，内在地呈现这一沉重的肉身，探索农村底层百姓生活改变的途径及其可能，这是赵树理现实主义小说创作的意义和价值所在。

第二节 干预生活的文学：《组织部来了个年轻人》所揭示的社会现实

迄今为止，对王蒙小说《组织部来了个年轻人》的解读不外乎两种：反官僚主义小说、成长小说。前者在20世纪80年代之前占主导地位，后者在20世纪80年代之后逐渐获得学界认可。两种解读有一个共同的出发点，即年轻人林震与生存环境（组织部）间的关系。读者和研究者们将目光投向小说中描写的生存环境（组织部）时，反官僚主义就成为难以回避的问题；当读者和研究者们将目光转向林震，个人体验及心路历程的变迁等与成长密切相关的话题自然也就浮出水面。从组织部到林震，关注焦点的变化反映了社会时代审美风气的变迁，这种变化给人们理解这部小说提供了新的切入点。但是，《组织部来了个年轻人》这部小说是否就像某些研究者宣称的那样，真正的价值和意义就在于反官僚主义抑或是提出了年轻人精神成长的现象学问题？否认小说中包含有这些因素显然不明智，若断言小说真正的价值和意义就在于此也未免过于轻率。非此即彼的结论不太适合《组织部来了个年轻人》。

林震年轻而单纯，王蒙《〈香草集〉序》中明确指出林震“对生活，对社会的看法，是相当简单化的。有些地方甚至是一厢情愿的、自以为是的推断”①。与之相对的则是世故老练的刘世吾。林震和刘世吾犹如两个极点，两者的影响互动构成了情节的发展旋律，昂扬的革命激情与革命激情的消退成了小说关注的重心，而单纯与复杂、年轻与成熟、鲁莽与睿智间的张力构成了小说的内在框架；从幼稚走向成熟，从简单走向复杂，林震成长起来就是新的刘世吾。对小说貌似圆融的解读却存在难以令人信服的缺陷：尽管可以说刘世吾是复杂的，却难说林震就是简单的；虽然林震还不成熟，处理某些问题时有时显得有些幼稚简单，但是他的内心体验与情绪却比奉行“就那么回事”的刘世吾丰富。也就是说，如何理解简单与复杂、单纯与丰富，是对小说文本进行深入分析的基础，想当然地将这些名词分配到林震和刘世吾身上，实际上是将丰富的文学世界简单化了，这必然会使人物形象的理解走向扁平化。

从已有经验的角度考虑复杂，代表人物自然是刘世吾；与复杂相对的简单，其代表人物不是林震，而是韩常新。他不仅将调查报告中的叙述方式视为理所应当，还将自己的心灵封闭了起来，不再接受任何与调查报告中使用话语相冲突的表述，哪怕是文学世界中的想象。若是从潜在的丰富可能性考虑复杂，林震的潜力无疑最大。用丰富这个词语来形容林震，是因为他虽然有点鲁莽，没有刘世吾那样复杂的经验世界，但身上却蕴藏着无限丰富的可能性，他时刻准备着打开心灵的闸门，接受多样世界的图景。而恰恰是在这一点上，刘世吾已经失去了原生态的丰富性，他的复杂只在于经历的丰富，内心世界却有意无意地已被关闭。在内心深处，刘世吾欣赏的是林震，实际上却又和林震离得很远，他看四本《静静的顿河》只看了一个星期，看《拖拉机站站长和总农艺师》只用了“一会儿”，看完后的感觉是“就那么回事”。对于这一切，看透红尘冷眼的刘世吾只愿用自己熟悉的方式去理解和评价外部世界，而

① 王蒙．漫话小说创作［M］．上海：上海文艺出版社，1983：165．

不再受外部世界的感动或改变。这一点在处理赵慧文离婚事件时表现得最为清楚。针对赵慧文夫妇间难以继续共处的问题，他说："没有遗弃，没有虐待，没有发现他政治上、品质上的问题，怎么能说生活不下去呢?"① 复杂的情感问题，就这样被刘世吾简单地解决了，他不想也不愿意去触碰赵慧文痛苦的情感世界。

综观整部小说，内心体验刻画得最清晰详细的，第一就是林震，第二是赵慧文，第三是刘世吾，第四则是韩常新；从被组织化的程度看，韩常新是被组织化最彻底的人，刘世吾次之，在他的内心深处，还存在着对纯真世界的向往；无论在家庭还是单位，赵慧文都是边缘化的人物，除了林震这样一个新来的年轻人，她是组织化最不成功的一个。由此而言，韩、刘、赵、林四人恰好组成了一个序列，内心体验的丰富性与被组织化的程度恰成反比例。人性的包容性与心灵的纯洁朴素相联，在话语表达上就显得简单直接平实，而不再单纯的心灵带来了某种复杂性，话语表达上往往抽象，且复杂到令人难以领悟的程度。从这个序列阅读《组织部来了个年轻人》，可以发现小说的发展框架很难简单化为组织部与新来的年轻人林震间的紧张关系，以韩常新取代刘世吾作为对立的两个极点亦不妥当。

在区委常委开会讨论麻袋厂的问题时，林震公开批评了韩常新和刘世吾，指责组织部工作中的麻木、拖延、不负责任等不良现象。除此而外，林震与韩常新或刘世吾之间再无直接冲突，其他都是通过林震的感受或体验呈现出来的，而在林震的感受或体验中，矛盾对立的缘起也与个人没有太多的关联，且作家重点铺排的，是林震的"惊讶"与体验，以及在这个过程中的发现，至于冲突，占的比重并不多。林震初来组织部，听刘世吾拨算盘珠子一样纯熟地驾驭深奥的概念，向他讲述组织部的职责，留下了相当深刻的印

---

① 王蒙. 王蒙文集：第 11 卷［M］. 北京：人民文学出版社，2003：29，40.

象。当林震将麻袋厂的情况反映给刘世吾时，刘世吾的谈话使他觉得："似乎可以消食化气，而他自己的那些肯定的判断，明确的意见，却变得模糊不清了。"当林震听到韩常新与一个支部的组织委员谈话时，对他那种能够"迅速地提高到原则上分析问题和指示别人"① 的气魄与能力感到很钦佩。林震惊讶的不是刘世吾、韩常新等的个人能力，而是他们使用的那种为林震所不熟悉的话语。小说中人物被组织化程度与内心体验的反比例关系，与那种特别话语的掌握程度有关，话语掌握越熟练，被组织化的程度也就越高。

小说描写到区委会后林震的感觉时，使用了这样一个对照：区委会的工作是紧张而严肃的；却又觉得区委干部们是随意而松懈的。单看这个对照，似乎有点矛盾，区委会的工作就是区委干部们的工作，如何将部门里的工作与部门里的工作人员们的工作截然分开呢？林震的感觉本身带着某种悖论，这种悖论性的存在，恰恰证明林震还没有能力把握住他所感受或体验到的东西。在这段文字中，小说谈到了林震参加的一次部务会议。会议讨论市委布置的一个临时任务，可拖拖沓沓地开了两个钟头也没有什么结果，待刘世吾提出了一个方案后，大家马上热烈地展开讨论，很多人发表了使林震感到敬佩的精彩意见。林震觉得最后三十分钟的讨论要比前两个钟头有效十倍，小说用"很有意思"形容林震对这次会议的感觉。对这次会议的理解，固然可以有许多的诠释：热烈讨论的出现是因为刘世吾提的方案好，其他人都没有想到；还是因为刘世吾掌握组织部实际工作，大家都在等待他的表态？如果是前者，那不过是证明了刘世吾的才能；如果是后者，一种话语的权力或权力话语的阴影无疑正在浮出水面。这样说似乎并非空穴来风，在小说文本中，许多故事情节叙述的其实都是类似的问题。林震同意魏鹤鸣和工人开座谈会，准备向上级反映麻袋厂的情况，结果在组织部内被

---

① 王蒙. 王蒙文集：第 11 卷［M］. 北京：人民文学出版社，2003：30.

批判，认为没有和领导商量就擅自行动，是无组织无纪律的行为。后来，在林震的劝说下，魏鹤鸣将他们对麻袋厂的意见寄给《北京日报》，结果引来区委书记周润祥亲自过问此事，刘世吾则在得到指示后短短一周的时间内就将麻袋厂的事情妥善地处理完毕。自上而下的权力贯彻，是如此的干净利落与富有成果，与林震、魏鹤鸣和赵慧文等自下而上的努力形成了鲜明的对比。悬殊的落差不是来自能力与对错，而是来自话语背后的权力。没有自上而下的权力话语介入的时候，话语及其表达就陷入虚空、应付，而一切想要改变现状的努力，都被视为年轻人的鲁莽或别有用心。还没有像刘世吾、韩常新他们那样熟悉这种话语的林震，他体验到的其实正是话语的错位。

据小说叙述，组织部的干部算上林震一共二十四个人，其中三个人临时调到肃反办公室去了，一个人只工作半日以便准备考大学，一个人请产假，能按时工作的只剩下十九个人。这十九个人里面，言语行动描述较为详细的，也就不过刘世吾、韩常新、赵慧文和林震四个人而已。如果按照对权力话语的迎合程度进行排列，离这种话语最近的无疑就是韩常新，其次是刘世吾，再次是赵慧文，与这种话语最远乃至陌生的就是组织部新来的年轻人林震。在小说中，韩常新的出场几乎都与林震形象塑造的需要有关，这固然与小说的叙述视角有关，更重要的是通过林震对韩常新的感受显示两者的差异，这种差异是导致林震对组织部不满的重要根源，这种差异自然也存在于他人身上。此外，林震和韩常新在组织部里的关系，似乎也很微妙。就韩、刘、赵、林四人来说，似乎没有谁愿意亲近和赞成韩常新，而对林震、刘世吾和赵慧文却显得异常亲近，就内在的精神而言，他们属于同一个谱系。由此可见，在区委组织部里，林震并不是孤立的，他的思想感情及表露出的真实想法并不是不被接受，只是接受的层次仅限于个人内心的真实。刘世吾虽然负责组织部实际工作，却并不能决定组织部自身的运作规律。就组织部所属的话语系统而言，需要的不是林震而是韩常新。所以，是并不被赞成的韩常新得到了最快速度的提拔，成了组织部副部长，而林震却成了受批的对象。

如果说来到组织部的林震感受到的是话语的错位，刘世吾身上表现出来的则是话语的分裂。刘世吾虽然能够“纯熟地驾驭那些林震觉得相当深奥的概念，像拨弄算盘珠子一样的灵活”，却并不像韩常新那样将自己也安置进这套话语当中，当他使用那些相当深奥的概念时，就像一个传声筒，虽然熟练而且灵活，却缺少灵魂，没有感人的力量。当正常的工作谈完，传声筒的职责完成，而林震推门要走的时候，刘世吾却展现出全然不同的随意神情问：“怎么样，小林，有对象了没有？”① 在刘世吾身上，时刻都存在并表现为两种话语，一种就是像韩常新那样的党的话语，另一种就是阅读和谈论《拖拉机站站长和总农艺师》时向往单纯与诗意时的话语。两种话语统一在刘世吾身上，若是分开来，前者就是韩常新，后者就是林震。也就是说，刘世吾是韩常新和林震两种个性与话语的融会。内心深处固守人性纯净角落的刘世吾，一旦运行在现实的层面上，必然显示出被组织化的一面。组织化的表现，就是内心体验的逐渐狭仄，在话语表达上的表现，则是自我个性的逐渐失去。与林震和韩常新相比，刘世吾是一个中间色，而且是一个相当稳定的中间色，他不会向任何一方转变，韩常新也不会向着刘世吾或林震转变，有可能发生转变的，是林震。随着时间的流逝，林震有可能会变成另一个新的刘世吾，这早已被许多学者专家所指出。但是，为什么人们都注意到林震变的可能性而不是其他？显然，在文本经过读者阅读而成为作品的过程中，一种既定的阅读经验或者说期待视野参与了进来。也就是说，人们既定的阅读经验和期待视野表明，最有可能发生的转变存在于林震身上。虽然时光流逝，人们对小说

① 王蒙．王蒙文集：第 11 卷［M］．北京：人民文学出版社，2003：28.

的阅读和接受发生了许多变化，可是林震会变的感觉却始终没有变。一种强有力的现实经验制约了人们对小说文本的接受，而小说文本恰恰是将人们的这一现实经验或感觉文学化了。权力话语的具体操纵者并不可怕，令人恐惧的却是这种话语改造或创造现实的能力，在它面前，另样的表达必须做出放弃还是毁灭的选择，丰富的可能性与真正的现实或许因此而被湮灭。在《组织部来了个年轻人》中，让人感到不安的，就是这样一种恐惧。林震说了韩常新如何写调查报告，刘世吾听后用两个字评价韩常新："高明!"这个评价并非反语，而是由衷的赞赏。韩常新并不是像某些研究者指出的金玉其外徒有其表的平庸之辈，他有才华，他能够将刘世吾说得纯熟的那套话语贯彻到现实的实践中去。

话语先行、表达决定内容是红色时代营造美好梦幻的简捷有效的工具。坚苦卓绝的革命战争造就了话语的神圣地位，走向神坛的话语不再仅仅是任人宰割的表达工具，而是成了一道准绳，它判断着人们的思维，决定着人们的行动，准确地说，应该是人们通过话语的表达，断定人物的思维与行动。《组织部来了个年轻人》真正思索的，不是单个具体的人，而是整个的人的生存状态、现实与体验、思维与表达。这些都与一种话语的形成与被尊奉有关。追溯这种话语的形成，并非这篇简单的小说所能承担的任务，但是却能在方寸之间，尽显由此而生的种种震荡。小说中，存在林震的话语，也存在韩常新的话语，但已走向了神坛的话语所需要的，却只是韩常新的话语，而这种话语的特色就是无我，就像一颗螺丝钉被安置在机器上，掌握此种话语的人自然也被放进组织合适的位置上。因此，韩常新被提升绝非偶然，而是那种话语体系自我生产与保障的一个必然结果。与之形成鲜明对照的，就是赵慧文、林震与刘世吾。应该说，这三个人恰恰代表了三种仍然未被走向神坛的话语所归化了的话语方式，刘世吾是一个调和者，他本人时时游荡在两种话语间；赵慧文是不调和者并为此付出了足够多的代价；至于林震，则是一个闯入者，一个对神坛话语完全陌生的人不期然走了进来，他的好奇，他对自身的坚持，重新引发了神坛话语的震荡。

《组织部来了个年轻人》叙述的是“外来者”的故事，[①] 随着林震的到来，赵慧文说：“我有一种婆婆妈妈的预感：你……一场风波要起来了。”[②] 这是典型的外来者故事的叙述模式。但是，在古今中外数不清的讲述外来者的故事中，《组织部来了个年轻人》的出现有着自身的血脉，就是延安和解放区文学中被普遍地叙述和书写的外来者故事，最为典型的代表就是土改文学。那些文本不仅是《组织部来了个年轻人》的先行者，而且提供了互文式的阅读和接受语境，从故事中外来者叙述的视角与模式而言，先后相继的文本恰好构成了对某种历史现象及话语的完整勾勒。在《太阳照在桑乾河上》中，张裕民去区上催促，“要他们快派人来。老百姓也明白这回可快到时候了，甚至有些等得不耐烦了。果然两天之后，有几个穿制服的人背着简单的行李到了暖水屯”[③]。在《暴风骤雨》中，“工作队的到来，确实是元茂屯翻天覆地的事情的开始。靠山的人家都知道，风是雨的头，风来了，雨也要来的”[④]。外来者故事的叙述总被赋予了启蒙内涵，但启蒙的实现却并不像人们期盼的那样容易，工作队的努力与理想直到小说故事结束才普遍地被村民们理解和接受，而且还是建立在某种妥协的基础上。

外来的启蒙话语偏离了启蒙的本意，变成了不可抵触的神的谕旨或天启似的东西，接触并使用这种话语的人，不允许有异议，所有质疑的声音都被归入不忠诚的行列。在《组织部来了个年轻人》中，刘世吾向林震宣讲组织部的职责，韩常新对下级支部委员的讲

---

① 洪子诚．“外来者”的故事：原型的延续与变异［J］．海南师院学报，1997（3）：18－21．

② 王蒙．王蒙文集：第11卷［M］．北京：人民文学出版社，2003：48．

③ 丁玲．太阳照在桑乾河上［M］．北京：人民文学出版社，1952：40．

④ 周立波．暴风骤雨［M］．北京：人民文学出版社，1952：11．

话，都带有信仰宣讲的色彩，那时候的他们就是不容置疑的启蒙者或者说权力话语的神圣使徒。启蒙的最终目的就是要使被启蒙者依靠所获得的知识自主地决定自身的命运和未来，然而，土地改革以来形成的主流话语模式在引领群众走向觉醒的同时，却也要求决定被启蒙者的未来及其命运。这套话语模式本身包含着启蒙与专权的双重悖论：启蒙借助专权实现自身；同时专权又不断使启蒙走向自身的反面。话语的混杂造成的结果便是真正的革命者的失语。小说中的林震虽然有着丰富的内心体验，对组织部有着很大的不满，但这种不满却缺乏强有力的叙述和表达，找不到准确合适的表述方式。一方面是刘世吾、韩常新流畅漂亮却空虚的叙述，另一方面是林震真切而充实的体验找不到适当的表述而陷入失语境地，两相比照，作者所关注的，已远远超出了当权者与人民的隔膜这一层面。

曾经是革命系统中一名老战士的刘世吾只觉得有为上级负责的任务，而韩常新则毫不犹豫地运用既定话语的规则砍削着活生生的现实，犹如古希腊神话中的达玛斯忒斯，切割人的身体以适应床的尺寸。刘、韩置身其中的话语表达的不再是现实，而是自身的游戏规则，话语根据自身权力的需要开始运作，抛弃了现实本源，进入了乌托邦语言时代。值得注意的是，不是王蒙发明了这种话语的言说方式，而是当人们普遍使用并沉浸于这种话语中时，王蒙感知了话语的错位；面对乌托邦语言，王蒙最先做的也不是以乌托邦语言自身的泛滥实现其自身的解构。王蒙与乌托邦语言之间，有一个接受和进出的关系。大体来说，《春节》与《青春万岁》表现出来的是最初的接受和认同，《组织部来了个年轻人》展示出来的是困惑与警觉，《向春晖》《队长、书记、野猫和半截筷子的故事》则是走出乌托邦话语后的反思，“文化大革命”后的其他创作则逐渐走向了乌托邦语言的自我解构。

《组织部来了个年轻人》叙述的虽也是外来者的故事，但是这个外来者的身份和所要进入的地方却已发生了实质性的变化。在

《暴风骤雨》里，萧队长带领的工作组来到元茂屯，赶车的老孙头知道他们是县上来的，车钱却仍是照收不误。群众表现出来的冷漠被理解为尚未觉醒的表现，作为外来者的工作组是权力的操纵者，也是启蒙思想毫无疑问的掌握者，他们想要做和需要的，就是使他们走入的地方按照自身的蓝图发生变革，而这一切都是不可阻挡的历史趋势。等到了新中国成立后，土改话语已经渗透进新中国的每一寸肌肤，成了唯一被使用和尊奉的话语模式。这时候，这种强势话语仍旧是一股强有力的改造力量，不过它不再以外来者的身份走入需要改变的人群或地域，而是本身就成了无所不覆的巨大领域，时刻等待新的外来者走进它的领域。而这新的被接纳者，也就意味着被赋予了话语的权力。林震到区委组织部报到时，三轮车夫看了看门口挂着的大牌子，客气地对乘客说：“您到这儿来，我不收钱。”① 组织部不再是需要被指导被改造的地方，而是让许多人钦羡和景仰的圣地，就连传达室的工人老吕，也是复员荣军。与所要进入之地的变化相比，作为外来进入者的林震也有了本质性的改变，他不是真理的掌握者，也不是启蒙思想的传播者，他到来后首先要做的是学习而不是输出，是服从而不是领导。一个除了青春和激情外近乎一无所有的年轻人，带着诸多疑问和探索的勇气，面对不容置疑的权力话语，不断以自我的真实揭示出对方的僵化和荒谬，现实生活的真实画卷也就因此徐徐展开在读者的面前。

将历史走过的弯路归因于某种强权或权力话语是不妥当的。刘世吾与韩常新等人物形象的出现，固然与启蒙本身的缺陷、权力欲望膨胀本性有关，更是深深植根于人性。《悠悠寸草心》中的老唐和吕师傅，《难忘难记》中的李局长、陈玉珊和赵有常，《友人和烟》中的李志豪与赵守理等，从某种角度来说，正是对林震曾经面临的问题的进一步探索。执着于现实的王蒙所关注的，是已经形成

---

① 王蒙．王蒙文集：第 11 卷［M］．北京：人民文学出版社，2003：26.

的话语模式对人性的牵制以及由此造成的冲突与损害，或在“反右”和“文化大革命”这些历史的非常语境下显露出来的已有话语规则的缝隙，并进而呼唤林震那样忠实于内心体验，《向春晖》里推崇的贫下中农的实践经验，随着这些因素的真正归来与重视，重新审视土地改革以来的某种强势话语也就成为必然。进入20世纪90年代，延承王蒙开启的话语思索的道路，继续对这一问题进行深入开掘的，是杨争光和尤凤伟。在《从两个蛋开始》和《小灯》中，两位作家不约而同地注意到了土地改革运动中，作为外来者进入乡村的工作组对农民本真话语的强行置换过程。作为一名有着强烈少共情结的老党员，王蒙虽然开启了话语反思的缝隙，自己却并没有走回历史的原点，而是进入了强权话语内部，以戏仿和谋杀等方式将话语解构和重建的命题提出，而在光怪陆离的话语背后，则是知识分子忧愤深广的人文情怀。

第三节　回归生命走向民间：李贯通小说创作中的现实追问

阅读李贯通的小说，有种越来越强烈的感觉蓄积在心头，总觉得他的文学世界有一以贯之的丝线串联，一种内在的“根”性的东西使作家的审美情趣总是向着同一个方向聚合。一致而百虑，殊途而同归。每一个作家都有自己的创作个性，都有属于自己的创作的“根”，有意无意间会在自己的作品中通过一些片段集中地显露出来，犹如点点碎珠散见于各处，而各个点之间却又仿佛天上星辰，看起来仿佛各不相干，暗地里却有着非常强烈的相互间的联系和吸引力。那种根性的东西诱使笔者像俄国批评家罗赞诺夫在陀思妥耶夫斯基的创作中寻找到“宗教大法官”一样，力图在李贯通的作品中寻找那来自心灵深处的声音。那种“根”性的追求，笔者称之为：“回归生命，走向民间。”所谓的“民间”，不是田园牧歌式的文学创作中被纯化了的理想世界，也不是社会剖析派笔下被描述得体无完肤的黑暗世界，而是泥沙俱下，美好与邪恶并存，然而却又总是能够让人见到金子般闪光的人性世界。

在儒家传统最为浓厚的齐鲁大地成长起来的李贯通，从民间社会走来，以大地一般朴实的心，将山东乡土世界的一角呈现在读者面前，在民间世界里寻求着生命中被遗忘或遮蔽的元素，不懈地探寻失落世界的拯救之路。中篇小说《天缺一角》的题名就已经显露出作家创作的意图所在，小说围绕着一块国宝珍品的汉画石像展开。画分三层，第一层上端为天空，有卷状云纹，云下有伏羲、女娲；第二层为子见老子；第三层为杂技艺人。用小说中主人公于明诚的说法，就是造人、育人和娱人融合为一，既是现实的，又是理想的，更重要的是画像本身体现出了这样的“一个道理：伟大的艺术恰恰存在于民间，进入境界的生活恰恰是民间生活”①。最后，于明诚向老馆长保证会像对待自己的生命一样护持珍贵的石像。在这一段文字当中，民间、生命与画像被紧密地联系在一起，画像在某种程度上则是意味着传统，组合在一起就构成了完整的人间世界。在“文化大革命”中，老馆长以自己的生命保护了画像，馆里的人们尽管都知道画像被悄悄藏进了井中，却没有一个人向造反派告密，画像被保存下来，正是在保存画像的过程中显露出了民间生命的力量。在恶劣的社会环境下没有受到损害的画像，在商品化经济的时代却被一个无知的小孩在敲核桃时弄没了一角：“残缺的是天空，一个云朵消失了，带走了天空的一角。”② 这绝对是一个很重要的意象，没有被政治击垮的世界在新时期却失落了自己。通过“天缺一角”的叙述，作家李贯通肯定在某种程度上与沈从文达成了一致，即他内心深处思虑的是当前社会中人性的缺漏。

---

① 李贯通．天缺一角［M］．天津：百花文艺出版社，1998：6.
② 李贯通．天缺一角［M］．天津：百花文艺出版社，1998：10.

20 世纪末，在市场经济大潮的冲击下，人文精神的关怀遭遇了空前的困境，陈思和与王晓明发起的人文精神大讨论，针对的就是日见萎靡的人文精神。文学最初的主人公是神，然后才从英雄转变到近代启蒙以后的普通人，与石像对应的也就是从最上层的伏羲、女娲到孔子、老子，然后是一群无名的杂耍艺人。神和英雄都是人对自身无穷夸大的结果，走向平凡的创作美学追求其实也就是"去魅"的过程，恢复到人的原本面目，但是平凡不等于庸俗化，消弭神性也并不就是将人与蒙昧的动物齐观，然而在实现文学转向的同时，往往却矫枉过正，走向了另一个极端，泯灭了人性中理想的光辉。人们在生活的消磨中逐渐变得都像新写实小说中描述出来的人物，像《一地鸡毛》中的小林，或者王朔小说中的痞子，大声呼叫着"我是流氓我怕谁"，人性的庸俗琐屑得到了空前的展示，用一句时髦的话来说就是从高大全转到平凡人生，但是在转变的同时我们也失去了头顶上的天空，解构宏大的叙事并不就等于认同生活的丑陋无聊，更不是匍匐在大地上仅仅只盯住脚下那一小块的利益。人之为人，并不在于仅仅能够活得下去的外在形体，脚踏大地的同时他还需要看到头顶上的天空，也就是血液中不断流淌着的人文精神的血脉。

古代社会中，神和英雄象征的是对理想化人格的追求。"君子固穷，小人穷斯滥矣。"① 略显陈腐的说教，自有其人文精神的坚持。用当前时髦的说法，就是"君子"应树立自身的岗位意识。岗位意识有两个层次的含义，"第一种含义是知识分子的谋生职业，即可以寄托知识分子理想的工作……还孕含了另一层更为深刻也更

① 论语集注·卫灵公第十五［M］//朱熹. 四书章句集注. 济南：齐鲁书社，1992：154.

为内在的意义，即知识分子如何维系文化传统的精血”①。文学创作的对象从高高在上的神走向普普通通的平民百姓，其间包含着人文立场和视野的转换，能够使得这一转变保持不至于“穷斯滥”的，就只有确立岗位意识。在李贯通的小说中，专门以文化人为主题的创作（刚才谈到的《天缺一角》就是其中的代表性作品），其中出现的文化人，都很自觉地体认自身的民间立场，坚守着自身的岗位，怀抱人文理想。如果从人物形象的实际表现来看，《天缺一角》中出现的于明诚可以作为具有岗位意识的民间知识分子的典型代表。作为政治系的高才生，仕途本来向他敞开着大门，但他鬼使神差地进了偏僻小县从来不受重视的文化馆，从而与庙堂失之交臂。于明诚所在的县文化馆虽然属于政府机关单位，却又是远离权力中心的边缘之地，再加上作家着意将文化馆的备受冷落大力勾勒了一番，所叙述的便是一个表面上带着庙堂色彩，实际上却是自由自在的被忽略的“民间”世界。这里所谓的“民间”的意义更体现在“文化大革命”中死去的老馆长和于明诚的行为上。他们爱护石像不是来自什么庙堂的意志，而是源自对传统的某种文化承继的爱恋。在“文化大革命”中，当造反派前来“破四旧”砸石像时，老馆长以自己的生命抗拒着来自政治上的风暴，以身殉难。当老馆长叙述两张拓片分别为国家和他们县文化馆收藏时，说出来的恰恰是两种不同的文化空间。老馆长的话与其说是在执行文化馆自身应尽的职责，倒不如说是在做着文化精神命脉在民间世界的承传工作。在庙堂和民间两个空间里，当庙堂失去了自己的理性秩序时，民间却依然闪烁着理想的光辉。《天缺一角》《迷蒙之季》等重头小说里，作家都将故事发生的背景设置在被人遗忘的偏僻角落的文化馆，就表明了作家的这种理想寻求。正所谓天子失官，学在四

① 陈思和. 跨世纪学人文存：陈思和自选集［M］. 桂林：广西师范大学出版社，1997：178，180.

夷，传统不是在庙堂而是在民间继续着自己的生命。从老馆长的以生命爱护石像到于明诚的痴迷和近乎疯狂的守护，表现出来的是一种人文传统，这里面没有庙堂的参与，从某种程度上来说与当时的庙堂意志还是相违背的。也就是说，在维护石像的时候，老馆长和于明诚都不是以文化馆领导或专家的姿态出现的，而是纯粹个人的民间行为。这一选择根源于对生命的体认，不为外在的意志移易。在新的社会形势下，海外华裔买拓片的行为引起了各级政府官员对石像的兴趣，但是官员们的兴趣却不在石像本身，而是石像能够带来的经济效益。各级政府官员蜂拥前来，索取拓片，却没有人思考如何保护石像。于明诚艰难地争取到了一笔拨款，要给文物盖座亭子。亭子建起来了，却没有庇护汉画石像，而是用来保护刻有领导题词的碑。这一行为得到了县领导的认可，虽然省领导批评了此种做法，但是也没有在保护石像上采取真正有效的补救措施。只有于明诚继续着老馆长的遗愿，在文化馆这个岗位上维系着人文精神的血脉。

在保护石像的过程中，民间世界充分地展现了在保存人文精神血脉方面独特的优势和魅力；但是在另一方面，也可由此看出人文精神传统血脉的不断走向失落。“破四旧”的时候，人们盲目地赶来，没有多少造反派清楚石像有何价值和用途；到了新时期，为经济利益所驱使的人们也抹杀了石像自身的审美价值。文化馆里的石像从某种程度上来说，是有着人文传统血脉的象征意义的。这一血脉在现实生活中不断地被遮蔽，虽然在一些有识之士的维系下还能够保持不绝如缕，但是对于芸芸众生却失去了应有的感召力，内在的精神关联被切断了。传统的人文血脉化成了石像，成了无法继续流淌进人们心灵中间去的固化形态。上层官僚前来索取拓片，农村民众重新核算估价；盖碑亭时，工匠们理所当然地以为应该将亭子盖在新的省长写的碑上。新鲜、金钱和权力成了人们追逐的东西，传统的精神寄托载体仍然像“文化大革命”中一样得到“四旧”

的待遇。在小说的结尾，露出了一丝温馨。在于明诚行为的感动下，文化馆里的人们摒弃前嫌，重修旧好，又完成了一次石像的保护工作。这是一个民间的反应，目的是要以此来实现摆脱商场和官场的纠缠，复归淳朴的民间，其中显示出了一种接续人文传统的血脉、重新开始的可能。

确定了现代人的状况是“天缺一角”，给予补救的思索在古今中外往往是一致的，那就是回归自然，重寻生命之原动力。早在启蒙运动的开拓者卢梭那里，就已提出“回到自然”的想法。在他看来，自然作为生命的起源地，具有淳朴的生命力量，可以用来扫除现代都市文明产生的种种弊病。应该说卢梭的观点其实是代表了一个崭新时代的潮流方向，是他率先说出了在人们心中蕴蓄已久的想法。英国湖畔诗人华兹华斯、柯勒律治歌咏的都是回归自然怀抱的情感。自从那时以来，现代都市和自然乡野在一部分文人知识分子的视野中就成了截然迥异的两极，在这个对立的体系中，乡野自然代表的是人的自我本性，而都市文明则是人的被异化。对无论什么都要重演一遍的现代中国来说，现代化固然是急迫地想要实现的目标。

近代百年来，屈辱的民族历史使现代知识分子们都有一种富国强民的焦灼感，工业文明是现代化想象的核心；但是由于特定的世界语境已经发展到了反思现代的阶段，现代与后现代同时进入人们的视野，所以在向往都市文明的同时也出现了对于都市文明发展后果的警惕或者说是反思。翻开郭沫若、郁达夫、沈从文和梁实秋等人的文集，里面对于现代都市文明弊病的抨击，对于人性弱点的批判，比比皆是，从某种程度上来说，其思考水平甚至已经与世界处于同一水平线上，也就是说他们在思索这些问题时，立足点恰恰是在他们感受到了普世化的现代进程的进逼和威胁时，在一个共同的现代化平台上做出的发言。李贯通的小说创作继承了现代以来文学创作中发展起来的优良传统，或者说李贯通在对人类当前的生存状态和未来命运做出个人深入的思索时，碰到了各位前行者，与他们不期而遇，在一个更深刻的层次上产生了共鸣，就像一条源源不断流淌着的长河，李贯通与他们一样都是自然涌现的浪花。作家的系列创作《乐园》《堤之惑》《夜的影》，最新发表的《迷蒙之季》等，面对沉重的现实人生、社会时代的苦难，他都设置了一个美好的"自然"存在。这不是逃避，更不是没有直面现实的勇气，而是以"自然"说明社会人生"自然而然"的道理，为人类社会已经走进或将要走入的歧途提供新的选择和反思的可能性。左翼作家在致孙犁的信中这样说："城市的色彩显得单调、杂乱，属于自然的东西日见稀少，城市文化中一些有价值的东西也或遭扭曲，或遭戏弄。而乡间永远是鲜活的，未经雕琢的自然只在乡间了！……真正的艺术是以自然之道复兴自然的。"①

人类社会的进程总是充满着矛盾，在知识和能力越来越强大的同时，人们也感到越来越失去了自身，理性与非理性的发展几乎总是同步调的。在人类的本能中，总有一种返归到原始本来的力量促使人们频频回顾既往，尤其是人类自身走出来的自然界和动物界。《圣经》讲述的人类起源和人类堕落的历史，其实也就是自然与社会的文明进程之间的矛盾。夏娃和亚当偷吃了智慧果实，被罚出伊甸园，上帝加给他们的诅咒就是永远流泪流汗，劳作永不休止。如果说在伊甸园的时候人是自然的、幸福的，但也是被动的、蒙昧的，他们没有过去和未来，仿佛一切都停留在静止之中，而被驱逐出伊甸园的人虽然享受着自己创造出来的果实，却时时感受着劳累痛苦不堪，越是努力工作改善自身状况以便接近愉快的伊甸园，那种复归的渴望也就越强烈。上帝的劳动造就了人，而人的劳动却营造出了另一个异己的自我。自从被驱逐出伊甸园，人就一直在为重

---

① 李贯通．落叶斑驳：李贯通小说·散文·随笔［M］．济南：明天出版社，1998：357．

返伊甸园、进入上帝原先的视野而痛苦地劳作。但异化早已使得复归成为不可能。当巴别塔轰然倒塌时，人们的眼光也随之各异。当生命取代上帝成为人类思考问题的出发点，回归自然乡野也就顺理成章地成为寻求生命本原的活力与新生的源泉，实现自身返归的唯一选择。这是一个无法被理性验证的设想，当代表社会现代进程的种种物事越来越多地充塞着人们有限的生存与思维空间时，怀抱自然理想的人们所能够做的却只有退走，再退走，一直到遥远的为“现代”这头怪物暂时无法顾及的边疆。

小说《迷蒙之季》中，李贯通塑造了吕小苇的形象，一个现代大都市中依然保持着纯洁自然品格的人物形象。她的能力、美丽等各方面的品质，都令周围的同事黯然失色；然而在社会生活中，她却只能不断地回避、退走，直到将自己设法调到城市郊区一个偏僻的文化馆工作，才能够保持自身精神的健康和兴趣上的爱好，实现自己与大自然充分接近和建立玫瑰园的计划。吕小苇以下派干部的身份，在设立工厂和建设玫瑰园的选择中获得了胜利。然而，一旦吕小苇确定无疑地要永远留在郊区而不回城区，成了偏僻文化馆的工作人员后，玫瑰园就被铲平了，基地被卖给了工厂。小说设置得比较巧妙，将这一转换放置在吕小苇出去旅游结婚的那段时间内，避免了吕小苇牵扯进玫瑰园被铲平事件中。小说中，作家没有将自然乡野与现代都市文明设置为针锋相对的两面，而是在两者的关系思索中留下了许多可以深入思考的空间。其实就现代来说，不仅仅是需要机械工业等被冠以现代的东西，同样也需要自然乡野，只是在特定的历史语境下，两者被安置成为不可并存的敌对方，这一历史谬误的扭转需要社会的发展来实现。在当前现代工业大占上风的阶段，自然乡野却只能退走，而双方也不得不互为仇雠。玫瑰园的被铲平，实际上也就意味着吕小苇代表的自然乡野理想的破灭，虽然小说中提到她又在内蒙古找到了更适合自己理想的自然乐园，可是从城市到郊区再到遥远的边疆，她是一步步退缩到现代工业还不屑涉足的领地，等到郊区又变成了城区，远在边疆的理想乐园大概仍旧无法逃脱被吞噬的命运。在作家的另一篇小说《乐园》里，叙述的就是郊区偏远的乐园最终被现代都市的扩张所吞噬。这些小说创作互为参照，构成反思现代人生活状态的作品系列。

现代都市不可遏抑的强劲发展势头，并不能够带来人性的圆融和谐，尤其是建立在功利意识基础上的人际关系使得人性越来越走向偏至。在《迷蒙之季》里，坚持着内心对自然的吁求的吕小苇不得不因精神错乱而进精神病院，而在个人奋斗的路途上选择与吕小苇恰好相反的孙逊雪，她的命运就不可避免地走向了自我美好的毁灭。她不是一个现代都市文明养育起来的青年，却不得不顺应现代都市那吸血鬼的性格，其实也许不能够说是现代都市造就了她的苦难，而是社会发展中病态的一面迫使纯洁的人出卖色相。孙逊雪的父亲为了捡一块钱，淹死在排污沟里；她生长的那个村庄，村长五十块钱睡一个女人，村里的妇女争先恐后地跑着去，当时她就不得不为了上学的钱而主动去找村长。在塑造孙逊雪这个人物的时候，作家并没有将其设置为追求个人享乐而自甘堕落的现代青年，她使用不光明的手段去赚钱，是因为她没有其他可以弄到所需要的钱的途径。得来的钱是要为母亲买房子，供弟弟上大学，却丝毫没有为自己本人的打算。个人性格的被扭曲乃是根植于社会，就像美国心理学家弗洛姆说的那样："病态的人根源于病态的社会。"① 身处其境不想如此而不得不如此，这才是作家想要深入探究的根源所在。唐亿因患腰椎间盘突出，而不得不以学狗爬的方式减轻痛苦，又像狗一样将腿蹬在树身上撒尿，周围的青年看到后惊呼"酷毙"；在他无端被搜查后，脱光了衣服裸奔，却被现代青年视为"行为艺术"。当真正的病态不再被看成病态，被合理化艺术化之后，整个社会的价值观人生观也就值得反思了。

---

① 弗洛姆．弗洛姆文集［M］．冯川，等译．北京：改革出版社，1997：567．

《迷蒙之季》里出场的人物中，葛德与弱智少年是两个比较特殊的人物。葛德因特立独行、浪荡不羁而与众不同，他在本质上是一个英雄，曾因在酒馆里当面直斥堕落的一群而被打碎了腿骨，致使截肢；为保护总是被人欺负的孙逊雪挺身而出，刺死了自己小时的朋友徐山。第一次的经历被吕小苇视为“鲁莽”；第二次杀死徐山，却没能改变孙逊雪被迫堕落的命运，孙逊雪为了避免葛德被判死刑，反而只能更早地将自己的肉体奉献给恶魔。这是一个没有英雄的时代，不是说没有人具备成为英雄的素质，而是我们的社会已经不再呵护养育我们的英雄。当英雄被冠之于大款、总经理等成功人士的头上时，当不管黑猫白猫捉住老鼠（实际上已经被缩减为金钱）就是好猫成为衡量人的标准时，真正的维护人性纯洁的英雄也就变成了“鲁莽之辈”。文化馆的馆长有许多“英雄”的梦想，完全具备成为名人的资格，可《Q 市日报》的“名人栏”找遍了文化馆里有名气的人，就是没来找他；作为“英雄”的葛德，他的行为从来都没有得到应有的评价。当歌德变成葛德，葛藤遮蔽了英雄，当然也可能是匍匐在地上的葛藤反而成了新的英雄，小说中屡屡有不懂社会规范的弱智少年，行事有时颇有英雄之气，反而让头脑健全的人自叹不如。唐亿看到只有弱智少年挺身而出，驱赶纠缠孙逊雪的两个坏人时，内心才受到了触动，有了后来主动与葛德一起去保护孙逊雪的行动。弱智少年死时的祭礼更富有象征和讽刺意味，大百科、二十四史、天龙八部……还有一个写着作家、诗人、教授的纸人，文化成为愚昧智障的祭礼，这更是让人心痛而又哭笑不得的悲剧，文化和人性都在从我们的手中走向失落，可是疗救的希望却还十分渺茫。小说中提到甲庄医院要与 Q 市艺术馆做合作对象，这是一个意味深长的双重性的意象，我们的文化出现了问题，确实是到了需要治疗的时候，需要召唤失落了的终极关怀。“我所认为的终极关怀，是对自然的关怀，是一种自然情结。”回归自然，不让“人类在自然界中扮演着独裁者、刽子手的角色”,[1] 在与自然取得和谐的过程中逐渐获得人性自我的谐和圆融，这也是许多哲人一直思索的拯救路途。天人合一，重归和谐，这种美好的人文理想显示出来的却是面对现实人生时的无力。民间与自然，奉行的是天道，天之道损不足以奉有余，与人之道不同，人文理想中的民间和自然，终归只是知识分子用来批判社会现实的理想化存在。现实生活的改变，文化弊病的疗救，人文精神的重建，依然迷障重重，任重而道远。

第四节　新新人类的灵魂拷问：徐兆寿小说中的校园人生

遗弃了被异化的理想和梦幻，现实中人的本能欲望得以正名，宏大叙事的拆解打开了当代文学创作上的潘多拉匣子，当纠偏的新写实写作退而变为认同现实，不谈理想不谈爱情成了文学表达的时尚，性、暴力与恶逐渐构成了我们文学创作的“共名”式的趋向，从曾经被无比憧憬的现实主义滑向了恶俗的自然主义，冷也好热也好只要活着就好，遂消弭了人文终极关怀的精神之光，还原了动物式的生存欲求，我们的文学也就到处充满了恩格斯曾严厉批评的那种市民的鄙俗气息。争相窥视着人性的污秽与丑陋，比赛着将地狱狰狞的一面呈现在读者面前，还以人性挖掘的深度自诩，却不自知这其实是物质时代造成的人性极度狭隘和精神贫困的另一种表现。沉重的肉身束缚住了文学飞翔的翅膀，变成了媚俗的工具。当下文坛多的是问题小说，是罗列绝对隐私的黑幕大观，到处充溢着物与肉的叙事，而像歌德的《浮士德》或但丁的《神曲》那样执着于人类灵魂拯救的作品，已经逐渐从我们的视野中消隐。

---

① 李贯通. 落叶斑驳：李贯通小说 · 散文 · 随笔［M］. 济南：明天出版社，1998：361.

“把小说中的男男女女，放在万难忍受的境遇里，来试炼它们，不但剥去了表面的洁白，拷问出藏在底下的罪恶，而且还要拷问出藏在那罪恶之下的真正的洁白来。”① 鲁迅介绍陀思妥耶夫斯基时说的这段话，不仅抓住了作家本人的伟大之处，更道出了一切伟大作品保持永久生命力的源泉所在。宇宙之大，苍蝇之微，写什么不应该成为创作的羁绊，但是如何写却绝对应该是判断作品优劣的一个尺度。备受中国现代文学尊崇的对社会人生“凄惨”状况的展列与真正的悲剧并没有直接关联，急功近利的心态使他们空有文学的热诚却没有能够生产出与之相匹配的作品。在很长一段历史时期里，我们对于文学创作中的悲剧和理想等许多问题都怀抱很不正确的看法。古希腊悲剧着眼点其实并不在“悲”，人性的净化直至达到自然淳朴的和谐才是古希腊悲剧追寻的目标；在《神曲》里面，地狱篇毕竟只是人生历程的第一站，若是没有天堂篇那种人性平和与纯洁的灵光照耀，又如何能使人从地狱的肮脏与炼狱的苦痛里得到拯救？许多研究者在给当下文坛把脉时，都注意到了人文精神终极关怀的缺失，在我看来，这种缺失表现在文学创作中，就是当作家们在“剥去了表面的洁白，拷问出藏在底下的罪恶”之后，却发现也就只能限于此，再没有书写经历炼狱到达天堂篇的能力，这并不是说没有表现的欲望，而是找不到合适的途径。

在灵与肉的搏击中思考人情人性，表现社会人生，从早些时候的《非常日记》，到后来的《非常情爱》，中间还可以加上《生于1980》，徐兆寿以“非常系列”的创作，详细地勾勒出当代大学校园中青春群体特有的骚动，并雄心勃勃地开始了他心灵探险的旅程。在《非常情爱》第一部前面，即有这样的话语出现，“当代中国的《卡拉马佐夫兄弟》、当代中国的《堂吉诃德》、以海子等诗

① 鲁迅．鲁迅全集：第六卷［M］．北京：人民文学出版社，2005：425.

人的自杀为素材而创作的一份独特的惊世骇俗的文本”。不管是否出于商业操作的目的，这几句话确实为读者打开了一扇通向小说深层结构的窗口。作为“非常系列”的一环，阅读《非常情爱》，不能不将其与作家以前创作的小说联系在一起看。《非常情爱》中的主人公张维，与《非常日记》中的马飞和《生于1980》中的胡子杰相似，学校与家庭，师生与亲朋，所有的一切都成了他们探索精神世界之旅的人文环境。虽然这些人物名字、身份和具体经验各有不同，但就个性气质及经历灵魂变迁而言，却毫无疑问应是孪生兄弟，是同一形象的变体。如果从文学长河中追寻他们的足迹，歌德笔下的浮士德是他们的远祖，《不能承受的生命之轻》里的托马斯和托尔斯泰笔下的聂赫留朵夫亦可看作是其先驱；无名氏笔下的印蒂，《围城》中的方鸿渐，《废都》里的庄之蝶，都晃动着张维们的身影。

徐兆寿的小说《非常日记》和《生于1980》将笔触伸进人物灵魂的最深处，把握人性的些微颤动，以令人信服的描写向人们展示出青年一代的“呐喊”与“彷徨”。罪恶的拷问与救赎的追寻显示了作家探索心灵世界的企图，虽然依旧是西绪福斯式的努力，但至少是显露了一种可能和希望。《生于1980》以大学生胡子杰的心路历程为主，站在客观的立场上叙述青年成长过程中心理发展的正常需求与偏失，迷茫与探索，在读者面前展开了痛苦地挣扎着的青年人的灵魂世界，剖析青年一代的心路历程。围绕着胡子杰，作家塑造了一批青年大学生的形象，在他们的身上固然存在许多问题，但却不是什么问题的一代；他们也陷入过罪恶的泥潭，却与垮掉的一代无缘。他们或者像《非常日记》中的主人公马飞一样在追寻着人生和世界的根本意义，或者像来自农村的程一涛似的在不择手段地谋取改变自己命运的可能，或者如花仙子一般徘徊在真实与虚幻的世界边缘难以自拔……这是一群刚从伊甸园走来的新新人类，他们照样有着七情六欲，像亚当和夏娃一样抵制不住本能欲望的诱惑，因此也有人性的污点、思想方面的残缺，但从本质上来说，他们却是无罪的一群。诡谲如程一涛，不认亲父，抛弃女友，像《红与黑》中的于连一般为了改变自身的命运而不择手段，尽现人格的卑劣。谁使为之？为什么大家都知道程一涛的劣迹后还有那么多的女生恋着他？为什么他闭门造车弄出来的那些“光屁股诗”就能得到许多人的认同与喝彩？程一涛是一个已被异化了的青年，为同宿舍的同学所不齿，但是罪魁祸首应该是将他引向了欺世盗名之途的社会环境，是不正常的社会环境孕育了不正常的青年。将社会大背景与青年个体的心理描写有机地结合起来，开阔的视野与别具匠心的刻画使小说在意蕴的表达方面达到了令人惊叹的深度。

塑造青年大学生的群像并非作家的目的所在，程一涛等人的出现其实正如胡子杰的父母和恋人一样，是配角，是阶梯，在作品中都成了胡子杰完成其精神之旅的垫脚石。这只需要看看胡子杰每次向他过去的一段恋情告别时以故事内叙述者的身份站出来做的讲解就可以知晓。“这些情感经历与心灵的历史使我变得满目疮痍，满心伤痛，然后又使我突然间顿悟人生的很多道理。”① “我之所以要讲讲玉涵和花仙子，因为她们是我生命中无法忽视的两个人。她们是我对欲有了另一种认识后的两场纯精神的恋爱……如果说欧阳使我痛苦和疯狂，燕秋则让我难过，而玉涵让我怜爱，花仙子让我忏悔。”② 以和女性的关系来表现个人文化的选择，或者精神的超越，在苏曼殊等人的创作中是常见的主题。在我看来，《生于1980》叙述的其实是一个源远流长的原型故事，而于连·索雷尔的身影只是其中最清淡的一部分，经历了爱情、学习等各阶段探索的浮士德，还有同样在人生各领域进行追索的印蒂，才是胡子杰真正的先行者。如果再要加以追溯的话，人类神话中的人性考验故事是其最古

① 徐兆寿．生于1980［M］．沈阳：春风文艺出版社，2004：插页．
② 徐兆寿．生于1980［M］．沈阳：春风文艺出版社，2004：248．

老的原型。原型叙事在小说文本中的巨大作用就是提升了叙述的意蕴，使阅读获取了更为强大的力量支撑。

从《非常日记》到《生于1980》，徐兆寿呈现在读者面前的，是学校这块净土里还没有放弃理想情怀的青年大学生，之所以将胡子杰作为主人公而非程一涛或他周围比较浮躁的人，就是要以这样一个青年学生的形象进行其思考人生社会的旅程，以尚未被污染的心灵看取人世种种被异化了的丑陋现象。特意选择青年群体作为自己描写的对象，甚至为此而营造出大观园似的氛围情调，并非要为小说人物营造理想化了的空中楼阁，而是看中了大学生这一独特的身份最适合被用来展开心灵探索。作家特意赋予胡子杰以超人的才能、漂亮的外表，还有根本不需要考虑生活实际问题的家庭背景。他只要稍微用用心，成绩就好得让人吃惊，弹奏吉他的水平更使周围所有人佩服，连一向不懂音乐的父亲也会为之感动。在家庭中，学校里，社会上，在所有的事情上都会有人为他大开绿灯。他是上帝的宠儿，集万千宠爱于一身，是一个与《非常日记》里的主人公完全不同的人物。如此处理的原因，无非是想给自己的主人公营造一个充分自由的活动空间，让他摆脱物质因素的束缚，以便更为自由地实现其精神的历险。在胡子杰的周围，总是充满了不招自至的物质与肉欲的诱惑，这样设置的目的无非就是要让胡子杰这块青埂峰下的顽石经历滚滚红尘，见证一颗心灵成长的轨迹。

将《生于1980》和《非常日记》两部小说作为一个完整的系列对照来看，作家塑造青年大学生一代时的良苦用心也就显得更为清楚。小说皆以描写校园青年大学生生活为题材，里面的主人公相辅相成，恰好代表了目前校园两个最富有代表性的群体，使得两部小说天然具有了某种内在的延续，仿佛作家有意以两部曲的形式创作出来的校园二重奏。《生于1980》中的主人公胡子杰与《非常日记》中的马飞无论是在家庭出身还是人生经历方面都存在某种相似之处，胡子杰是作家对马飞形象塑造的继续。在《非常日记》中，林眠的日记中频繁出现且描述很详尽的人物是马飞。在日记中屡屡记叙这样一个与自己没有多少直接交往的人，一位校园里的天外来客，是因为马飞代表了林眠生活中缺失的那一面。家庭贫困的林眠经历的苦痛，马飞不可能有，而马飞生活的境界，林眠同样也不可能有。偷女生的内衣，窥视女厕，林眠无法通过正常的渠道解除肉与物的迫压，终于导致了心理的变态；林眠得不到的东西，对马飞来说却很容易。资源的贫乏与丰富在两人身上形成非常鲜明的对照，然而这却并不妨碍他们有着相似的精神方面的巨大痛苦；虽然导致痛苦的原因不同，但是他们对人生价值与意义的追问殊途同归。也许正是由于这种原因，使得作家在写完《非常日记》后不得不再进行《生于 1980》的创作，因为他要表现林眠的另一面，将影子一般的马飞放到阳光下的手术台上，这就导致了小说《生于1980》的主人公胡子杰的出现，也唯有如此，作家对青年大学生的心路历程的书写才真正告一段落。

围绕着胡子杰的人生经历，小说以元故事叙述的形式将“我”自身记忆重新建构的努力与心灵的探索呈现在读者面前。小说中以第一人称“我”的面目出现的故事内叙述者，与被讲述的故事中的胡子杰是同一个人，但是以现在之我观过去之我，聚焦与被聚焦的关系拉开了二者的距离。讲述者拥有的强大的话语霸权，使胡子杰的故事发生了变形，被按照“我”心灵的欲望进行改造和叙述。“虽然每次的讲述会有所不同，但它却一步步地接近了完美，接近了快乐与悲剧的中心。”① “完美”这个词在小说中起码出现了十三次以上，它被用来概括“我”的个性，“我是一个追求完美的人”；还被用来概括胡子杰与父母两代人的差别，“这个时代流行的是完美。完美与理想是两回事”。用“完美”与“理想”作为划分两代人的界限，就像王安忆《叔叔的故事》一样，标志着两种不同的叙

① 徐兆寿. 生于 1980［M］. 沈阳：春风文艺出版社，2004：插页.

事风格的确立。根基于理想的是宏大叙事，根基于完美的叙述是富有弹性的，遵循的是避苦趋乐的原则。“当你对现实不满的时候，或者在你无数次的想象和做梦之后，你就发现现实、想象乃至梦境都有些混乱，久而久之，当你无数次地给人描述那些往事的时候，你会在无意中篡改事实，从而使现实成为虚构，而使虚构成为现实。有时候，虚构更能与我们心心相印，而现实则常常令我们难过和失望，所以我们宁肯相信那些虚构的就是现实，而原是现实的便渐渐地成了虚构。”① 现实与虚构的换位移植，因为被安置在元叙事的框架之内而没有走向童话或梦幻叙事，反而因为这种偏离以及对这种偏离的原因和内涵的剖析叙述而使小说文本富有独特的张力，在沉重的此岸的描述中，让人看到了向着彼岸世界的努力。

故事内讲述者不断插入的对自我讲述的真实性的分析与质疑，打断了小说叙述的进程，使被讲述的“现实”不断地向着讲述者的内心欲求倾斜，最终化为心理现实的形式存在。按照弗洛伊德的观点，文学是人的欲望的替代性满足，文学是本我逃避自我和超我的检查而表现出来的白日梦。在小说的最后，胡子杰选择了去森林边上的偏僻小村，而作为故事内叙述者的“我”却马上站出来声明这只是为了精神的需要而被创作出来的想象，现实中的自己并没有去，还待在自己厌恶的城市当中。小说中一再强调按照自身意愿建构起来的叙述，并非先锋文学故意使用的叙述策略，而是与普鲁斯特的《追忆似水年华》相似，以内心的记忆将时空统合为一，把“沉睡”的人唤醒。“这种记忆并非仅仅关系到我居于何处，而且涉及我曾生活于何处，以及我可能要生存于何处。”② 也就是说，故事的叙述（在小说中体现为以“我”的面目出现的讲述）实际

---

① 徐兆寿．生于1980［M］．沈阳：春风文艺出版社，2004：插页．

② 贝克特，等．普鲁斯特论［M］．沈睿，黄伟，等译．北京：社会科学文献出版社，1999：128．

就是一个重新“发现”的历程。它以曾经的事实为基础，却又不黏滞于过去的经验，追寻的不是历史事实的真相，而是心理现实的建构。

《生于1980》写到人们评说主人公胡子杰时，总喜欢强调他具有的那种贵族气质，一种充满了忧郁的贵族气质。这里所说的贵族气质在小说中应该是具有多重象征意味的语词，起码就言说和被言说的对象来说，这并非指的他可能的贵族血统，而是与众不同的气质，它只存留在胡子杰的身上，所以才构成了与周围人的格格不入。这种气质是“真人”质素的外化，将胡子杰作为自己心目中理想的“人”的形象进行塑造。作为故事内叙述者的“我”总是着意强调这一点，实际上是为胡子杰或者说是“我”的心灵叙述在两条线路上的展开给出铺垫。因为胡子杰这种天生的忧郁，使他与身边周围的人有了距离，这种距离在胡子杰的身上体现为对以母亲为代表的人物组成的环境的拒斥，使他向往荒凉的郊区野外。这倒不是来自荒凉颓败的感受，而是远离了都市的喧嚣，在乡野世界里寻找人性的平和与自然的淳朴。随着“忧郁”的蔓延，故事内叙述者的讲述也在两个向度上展开。一个就是“我”所生活居住的都市，这里有“我”的家庭、学校，还有朋友；再有就是爷爷奶奶居住的乡野世界，包括“我”经常喜欢去的郊区荒野。都市是属于母亲的，她在那里得心应手，用小说中的话说就是离开城市都不知道应该咋活。或许是天生的忧郁气质使然，或许是对母亲的反感与都市的偏狭在胡子杰那里被融为一体，使他对都市生活感到厌倦，随后而来的情感上的种种不幸经历更增添了他对都市欲望的排斥。乡野世界则是属于父亲的，或者说是父亲那种气质的人的，因为“我”接触到的来自农村的许多大学生在“我”的眼里，都被视为父亲一族。只有回到乡下，父亲才如鱼得水，找回了真正的自己，也获取了“我”的尊敬。

徐兆寿“非常系列”小说中的主人公，都是奇人怪人，他们不用刻意攫取世人向往的东西，一切都会自动来到他们面前，供他们挑选，然而他们自身向往的却又总是难以寻觅，即便是找到了也把握不住。虽然作家屡屡声称描写的是当代青年大学生的心理，但在实际上，却只是其中一点精英，而且不是为当局所能够认可的精英，也就是说，作家叙述的其实是非常态的青年大学生生活与心理。他无意于描写芸芸众生的无聊琐屑，小说的题目已经表明，作家就是要刻画“非常”人生的“非常”经历，并以此对照现实人生的卑微与缺漏、丑陋与伤疤。

好的小说，总是要表现非常态的人生社会，这样才有戏。20世纪80年代末流行的新写实，书写琐屑人生，向着生活原生态靠拢，其实也只是某种可以被人们接受的比较靠近的生活原生态而已。从陌生化诗学来看，人的审美变迁，文学必然要从表现神转到英雄再转向普通的人，但并不意味着神与英雄就此消隐不见，只是以崭新的形式表现出来罢了。文学不可能复制社会人生，无论如何理解反映论，文学总是文学，成不了镜子，何况镜子本身也有凸镜凹镜平镜之分，里面呈现出来的也仍是经过变形的生活面貌。

唯非常人能成非常事，这里的“非常”指的不是将笔下的人物当成无所不能的英雄，而是把人物总是安置在水深火热的炼狱之中，让他们饱受失落的痛苦与心灵永远的煎熬。所以，我们看到小说中出现的主人公，无论是在个人欲望还是正义与公平的追求方面，都逐渐地走向孤独。这种孤独不是退隐南山，不与别人发生关系的自闭式孤独，而是恰恰在不断地与别人的交往中一步步发现不合拍，自身的异质超越了原本和谐的关系而走向对立、矛盾和争斗，是繁华落尽、高处不胜寒式的孤独。在一次谈论诗歌的会议上，张维抨击了那些“貌似天真，实际上写的都是欲望”① 的诗歌创作，引起了主张“肉体就是我的灵魂”② 一派的反击，结果“发

①② 徐兆寿. 非常情爱［M］. 北京：中国青年出版社，2004：300－350.

现下面已经骚动起来了，他知道这些人是不会听他往下说的。他们当他是傻瓜。他突然间感到自己是多么地孤独，跟这些人是多么地陌生。过去可是朋友啊，是以死相许的兄弟啊，如今呢？他们的灵魂是多么地敌对"①！当他攻击虚伪卑鄙的校长林志高时，穆洁表现出的态度让他感觉好像是另外一个人。她的劝说"使这个倔强的青年伤心到了极点。他原本多么相信他们啊！现在，他的确是再也没有朋友了。他觉得自己就像一根落去叶子的枯树一样，没有羽翼，没有伙伴，只有孤单的剑似的身子，直刺向虚无的天空"②。这个句子带有浓郁的鲁迅《秋夜》的气息。当张维的心中产生了这一感觉的时候，他的内心沟通了鲁迅以来伟大的现实主义战斗传统。因此，小说叙述颇有意思且值得深思的地方不仅仅在于爱人之间的悲欢离合，更在于两人关系的变动之于张维认识变化的作用，生命的意义最终被安置给了鲁迅似的孤独，一个人在黑暗中决绝地走向反抗绝望与虚无的旅程。

---

①② 徐兆寿. 非常情爱［M］. 北京：中国青年出版社，2004：300－350.

第六章

断裂与传承：现实主义文学的新面相

第一节　新写实及其转向：以方方的小说创作为例

深刻地挖掘人性的污秽和丑陋，将令人心颤的肮脏与罪恶充分给予揭露，《风景》《落日》留下的痕迹也就成了阅读方方的文学创作时无法摆脱的期待视野，而作家的文学世界仿佛也就定格于此。可是在后来的阅读中，作家却不断地向读者展示出柔和与温情的笔调，强烈地冲击着人们已经形成的印象。随着《水随天去》《有爱无爱都刻骨铭心》等最新作品的出现，作家正以崭新的面貌出现在人们面前。有人将其视为作家创作的世俗化倾向，先锋小说的世俗化固然是无法回避的现象，但发生在方方创作上的变化似乎更应该被视为某种回归，是作家内心萌芽已久的审美意识的泛滥，因为在其前期的创作如《看不见的地平线》和《“大篷车”上》等，都蕴藏有浓郁的温情和理想主义色彩。

暴力、罪恶与丑陋构成了方方早期作品描述出来的社会人生的基本状况，关注人性的冷酷也就成了她文学创作的重要主题。《风景》里的父母从来没有将孩子在“人”的意义上给予过尊重，一切都靠自身的力量获得生存的机会。二哥与三哥结成铁血同盟而使粗暴的父亲不敢轻易下手打骂，七哥却自小睡在潮湿的床下，在家里受尽歧视和苦难，家庭的影响使他到社会上去后练就了铁石心肠，为了能够得到更好的职位和前程，他甩开了即将结婚的恋人，投进了身有残疾却有个做官的好父亲的女人怀抱。可怕的是所有这些都是在赤裸裸中进行的，七哥丝毫没有掩饰自己想娶一位官小姐的动机。就像《落日》里面的丁家，虽然对外面很要面子，可是家庭内部却毫不掩饰他们想要使他们的老太早日死去的心情。先是找到医院认识的医生王加英要她给救治中的老太停药，接着开出了死亡证明，在根本没有确证老太死亡的情况下就将其送入了火葬场。

在描写人物劣根性的泛滥时，方方都给出了一个特定的语境，即冷酷并非天生，而是来自环境的压力和逼迫。《风景》描述的人性残酷只是以恐怖的眼光惊讶地叙述出来的事件表象。在《落日》中，作家的叙述就从容了许多，倒叙插叙犹如电影中的闪回镜头，又如特写，将事情的来龙去脉给予了比较清晰的交代。罪恶在这里已经成为顺理成章的事，没有初次目睹时的惊讶，而是睿智的目光透过种种罪恶深入到那种不得不如此的根源之上。丁如虎的兄弟子女对他老太的恶劣态度，文本中都给出了“合理”的解释。寡居五十年的老太却绝对不允许自己鳏居近二十年的大儿子丁如虎再娶，十二平方米的住房里住着祖孙三代，新婚的孙子与孙媳守着自己的老太就做爱，按照小说文本的表述，能够容忍和老太挤在那样一间小屋就已经不错了。生活的重压使人萌生罪恶的念头，几十年养育的亲情却抵挡不住现实苦难的打击。借助小说中人物之口，仿佛是随意似的说出所有的一切都只不过是因为穷。穷使得人不得不屈服于生活的压力，取消人的尊严。《何处是我家园》中对人性变化的细腻过程做了详尽的描述，小说主人公秋月一直过着寄人篱下却还算正常的生活，结识了风儿之后却接二连三地饱尝生活之苦。原本十分文静处处受别人欺侮的秋月，在落雁镇开了双凤院之后，心思也就慢慢发生了改变。先是同世俗的人们一样算计着靠自己开办的妓院赚钱，后来则在自己获得好处的诱惑下出卖自己的朋友风儿，再后来将自己得以在落雁镇落脚的恩人宝山的妹妹出卖给查老二，完成了她人格堕落的过程。在所有关于人性堕落和恶魔性因素发作的叙述中，方方都注意到了经济的关键作用，因为穷困的逼迫，所需生活必需品的缺乏，挣扎在生存死亡线上的人一点点丢掉了内心的坚守，也正是因为河南棚子那样屁大的地方住了祖孙几代人，才造成了人性的粗俗和庸俗以及无可奈何的精明。有限的生存空间和物质，使生存其间的人们不得不相互“拆白”，夺取生存的机会。贫困不是社会主义，极度的贫穷不可能造就美好的人性和人情关系。“文化大革命”浩劫后，经济之于人性的关系被放在一个新的平台上审视。从伤痕文学到反思文学，罪恶的根源最终被归结到某些人身上，仿佛“文化大革命”一结束，所有的苦难也随之而去。

方方着重从物质生存与人性关系的角度展开小说叙述。当人性被物欲的需求遮蔽，变质的人格往往就能够得到欲望的满足，前提是以美好的人性为代价。良善之人总是成为人性恶俗欲望扩张旅途上的牺牲品。《风景》中作为故事叙述者的“我”，是唯一受到父亲喜欢的孩子，是那个暴力家庭中温馨和希望的象征，但却根本没有来得及参与现实中的任何事情，便悄然离去。他的早夭，似乎可以被看作是美好的消逝。在《落日》中，王加英为了照料瘫痪卧床的母亲，直到四十岁才嫁人，为了帮助自己弟弟的朋友，她给丁家开出了死亡证明。但是结果呢？受照料的母亲从来不想让她结婚，唯恐她结婚后不能尽心照料她；苦求着她开出死亡证明的丁家，待老太“复活”后引发责任问题的时候，又将责任统统安置到王加英的头上。一个努力上进的女医生，等待她的命运除了毁灭和羞辱，从来没有什么光荣和幸福。而《何处是我家园》里的宝山，他保护了秋月和风儿在落雁镇安家，帮助她们建起妓院，从来没有索取什么回报，可是逃婚出来的妹妹让秋月代为照顾的短时间内，就被秋月和查老二合谋糟蹋了。没有变坏的人总是处在受苦受难的境地，人性堕落了的秋月和七哥却处处人生得意。就像被赶出伊甸园的亚当和夏娃，方方笔下的人物也都是一些走在失乐路途上的受难者。

关注平凡人生的辛酸苦难，这与20世纪八九十年代之交兴起的“新写实”浪潮有关。曾有研究者认为“新写实”的“艺术表层似与现代主义风马牛不相及，但因吸收了关注生存状态的西方哲学文化思想，因此它与现代主义的文化与文学意识有相关或相通的东西，还采用了荒诞、变形、意识流等不少现代主义技法”①。自

① 朱寨，张炯．当代文学新潮［M］．北京：人民文学出版社，1979：112.

近代以来，中国文学的创作就逐渐向西方靠拢，但由于种种原因，从没有像20世纪80年代那样亲密的时期。萨特的存在主义美学思潮，卡夫卡荒诞乖谬的文学世界，从来没有像这个时期那样使人感到可亲。存在先于人的本质，不管方方在开始她的文学生涯前是否接触过萨特的哲学或文学作品，她作品中呈现出来的与存在主义美学的契合都不得不令人感到惊讶。看过了《风景》和《落日》，再阅读《何处是我家园》和《在我的开始是我的结束》，恐怕谁的心里都会冒出萨特的那句名言："他人即地狱。"环境与人的互动，犹如一张硕大无朋的网将所有的人都罩在这暗无天日的地狱之中。在《风景》的后记《仅谈七哥》里，方方这样谈起七哥："生存环境的恶劣，生活地位的低下，必然会使开过眼界的七哥们不肯安于现状。改变自身命运差不多是他这样家庭出身的人一生奋斗的目标。他们的吃苦能力比别人更强，对功名的追逐亦有超出常人的激情。但因为先天条件的不足和后天实力的软弱，他们中全然靠自己的智慧和才能而名正言顺达到目的的为数不多。由此，迫切地向命运挑战的心情促使很多的他们采用了别具一格的奋斗方式和生存技巧。只要能改变地位，成为人上之人，象过去他们曾羡慕过的别人一样，他们什么都能干。道德品质算什么？人格气节算什么？社会舆论算什么？他人的痛苦算什么？如果需要，这些都可以踏在脚下。"① 环境与人，这是在方方的作品中经常被提及的话题，《桃花灿烂》中的粞在思考父母的悲剧时这样想："这样的人生悲剧是谁造成的呢？是政治运动？是生存环境？是婚姻本身？是命运安排？抑或是他们自己的本性所致？"② 政治婚姻也应该是环境的一个组成部分，简单地说，就是环境与人性在作家视野里占据着至关重要的位置。面对所有这些可能的因素，与其说是粞并不想找出答案，还不如说是作家为了避免将答案引向某个不确定的因素而故意采取

---

① 方方．仅谈七哥［J］．中篇小说选刊，1988（5）：73.

② 方方．埋伏［M］．南京：江苏文艺出版社，1995：220.

的花招。因为在作家的创作意图里，这些因素本身就是相互扭结难以拆解的。粞和星子的恋情因为双方的退缩和羞涩而生出许多的波折，他们谁也不知道对方到底有多么地爱自己。在一次自以为是被委婉拒绝了的时候，粞和水香苟且了，这是星子永远不能够原谅的。仍然深深地爱着粞的星子为了维护自己的自尊心，她就开始了疏远粞的历程。而粞在最自私的爸爸的言传身教之下，也逐渐地由讨厌到接受他爸爸的那套哲学。求爱的挫折，升职上的麻烦，这些外部条件是促使他转变的重要因素，让他去靠近沈小妹，企图借助她的哥哥达到职务上的升迁。就像他在反思与水香的关系时得出的结论一样，没有水香也会有火香、土香之类，他抵抗不住来自权与色的诱惑，同样会为之付出自己的良善。已经产生了裂痕的感情在外界的影响下越来越破碎，当粞认同了父亲说的男人需要的是关灯后的女人，而别的都无所谓，星子在与亦文好了之后躺在床上想通了，“男人女人最终直奔的目的只有一个，何故又去制造些中间环节呢？爱有多大意义呢？不爱又少了什么呢？无非如此”①。他们之间纯洁的爱情也就结束了。当星子说出粞实际上是谁也不爱，“他爱的只是他自己。不过，这也没有什么不好”的时候，一对曾经拥抱过理想和梦幻的恋人也就最终完成了自身的性格塑造，关键的是他们并非只是环境的产物，而是在自身被改变后马上又参与到对他人的改变过程中去。星子说得对，粞的死是他活着的最好的形式，否则的话，曾经在他爸妈身上演出的悲剧同样会在他身上重演。

沉重的大地将人紧紧抓牢，可是人自身却总有飞翔的欲望。对于美好与幸福的向往在方方塑造出来的人物身上永远是一个解不开的扭结。在受到物质与环境等种种条件限制的情况下，这种追求往往就以扭曲的形式表现出来，当正常的渠道不能够直接得到美好的事物时，人就会通过种种非正常的甚至罪恶的方式来取得。压抑带

---

① 方方．埋伏［M］．南京：江苏文艺出版社，1995：279．

来了残酷，在束缚与反束缚的过程中，生命挣扎的努力也就豁然显现在读者面前。在种种带着血污的场景里，方方让我们嗅到了另一种人性的可能，洋溢着追求自我与圆满的努力，期待像太阳一般灿烂人生的愿望。逼迫性的人性残酷的设定使我们感受到作家对人性美好与圆满所怀抱的希望，也正是这种潜在的内心的欲求使其创作出了《水随天去》和《有爱无爱都刻骨铭心》等那样富有温馨与浪漫色彩的小说。这里所说的温馨与浪漫，是指作品主人公的身上，都寄托了某种纯情性的东西，尽管这种追求总是在现实面前碰壁，经受难言的苦楚，但付出并没有像通俗故事叙述的那样实现自身的梦想，即便是欲望得到某种程度的实现，也都表现为异化加扭曲。

《在我的开始是我的结束》中的主人公黄苏子就是这样一个被毁灭的人物形象。在中学里拒绝了许红兵的追求，仿佛为黄苏子日后的悲剧埋下了伏笔，其实不然。大学之前的黄苏子还没有个人欲望的强烈需要，只有在进入大学以及工作之后，在周围人的比较之下，她的欲望才显得有些急不可待。冰冷的个性，“僵尸佳丽”的外号使她根本没有属于自己的朋友。许红兵的诱骗只是一个黄苏子渴望已久的欲望的宣泄口，是她走向彻底放纵的第一个台阶。她的悲剧似乎来自性格，家庭中总是受到的不公正早已使她变得难以像其他人那样处理人际关系，性格方面的缺陷只是悲剧产生的一个原因，而且这所谓的带着缺陷的性格是社会赋予并在黄苏子那里得到比较好的体现的一副面具，实际上黄苏子根本就不是什么“僵尸佳丽”，她内心对于爱的欲望比其他人更强烈。当被压抑的本能欲望一经触动，再也不能保持平静的状态时，她就只能以分裂的形式出现在生活的舞台上。白天黄苏子是公司的经理助理，为社会普通人艳羡的白领阶层，晚上就成了琵琶坊里的妓女虞兮。

在完成自身双重角色的转型后，黄苏子对人的一番感叹，为自己的行为做了最好的辩护。“只因为虚荣和矫情，他总是只去照应生命中的某一个层面，做自己这一层面的奴隶，活成一个平面的人。他们从不愿分裂自己，不敢让自己每一个不同质地的层面独立起来，不敢活成一个立体，让每一个面都放射出活力的光芒。所以，人是那么的单调和呆板，思维狭隘，行为机械，把依附于人肉体上的本该活泼的生命，弄得好像腌过一样。所有光彩夺目、魅力四射的成分，经此腌制，都变得酸腐。”① 黄苏子因为被腌过，深知被腌的痛苦，所以她要完成对自己的分裂。让生命更加本真而且立体。在社会道德的层面上，或许黄苏子又要被人骂为放荡堕落；在个人的完成性上，她也是以分裂的形式完成的自我，由于环境的逼迫与个人的局限，使她失去了实现自身圆融浑一的可能。但是就在她这种以分裂的形式完成自我的过程中，在肮脏污浊的琵琶坊里，生命以恶魔性的方式实现了自己本来美好的追求。

在残酷的背后隐藏的是作家悲天悯人的情怀，终有一日这种温情要挣脱了沉重的大地的束缚，以另一种面貌实现自己的心灵之旅。《水随天去》从某种程度上来说正是作家心中美好的意愿之集中的显现，她将所有美好的祝愿都放在了水下对天美的情谊上。水下是《水随天去》里塑造出来的执着纯情的人物形象，就像一个小天使，又或者是透过阴霾射进来的一缕阳光。就像雨果笔下的卡席莫多爱着爱斯美腊达一样，水下爱恋着天美。幸运的是八岁的水下在随舅母参加天美的婚礼时就吻过她，这一吻从此就像大树扎根似的埋下了十年后萌发的情爱种子，使水下再也无法忘记美丽的天美，这成为两人情感发展的依托，冲淡了日后两人相处时的肉欲气息，而将“情”的深厚与纯洁充分凸显出来。水属于大地却又离不开天，不管是奔腾的激流，还是波涛汹涌的大海，都会化作朵朵白云，依偎在蓝天的情怀里；当然白云最终还会化作雨水回到大地。水天交接，起着沟通天与地的中间桥梁作用。水天本来属于两个不同的世界——天与地，其和谐来自对立，没有了对方的存在，另一方也就失去了现在所具有的意义。

---

① 方方. 在我的开始是我的结束［J］. 中华文学选刊，1999（3）：59－73.

《水随天去》这篇小说里，天、地与水三者当中，出现了水与天，而没有出现大地。将天、地、水与方方的文学世界对照看，似乎可将以《风景》为代表的系列创作表现的内容视为地，是藏污纳垢的充满粗犷暴力和残忍的民间世界；而《水随天去》代表的则是天，表现的是人性中理想的光辉照耀的美好领域。对于一个完整的世界来说，天地与水都是不可或缺的要素；对于一个优秀的作家创作的完整的文学世界来说，要使其具有人文灵性，也需要某种平衡的力量，这是来自人性深处的要求。陀思妥耶夫斯基创作的以《卡拉马佐夫兄弟》为代表的系列小说，用鲁迅的话讲就是：不但要拷问人性的罪恶，还要更进一步拷问出底下蕴藏着的洁白。污浊混沌的罪恶世界并不是作家留恋之地，在那罪恶的世界中，作家总能让人看到一个纯洁似天使般的人物形象。所以在《安娜·卡列尼娜》中出现了列文的形象，《卡拉马佐夫兄弟》中有阿辽沙的形象；同样地，在其他作家的笔下，我们也能够看到纯洁无辜的形象被安置在卑鄙肮脏的世界中，与那些双手沾满鲜血的人物并存，《哈姆雷特》中的奥菲莉娅，《巴黎圣母院》中的丑人卡席莫多，都是这样的人物形象。在中外文学的碰撞中成长起来的中国现当代文学，也不乏此类人物形象的塑造。与其他人物形象的塑造相比，这些天性纯洁的人物在性格的塑造上并不圆满深刻，但却犹如一道耀眼的闪电穿过夜空，更照见了人性阴暗的角落，同时也冲淡了由罪恶与污秽带来的黯淡色彩，让人从魔鬼的手中看到拯救的希望与可能。

第二节　土改文学书写的历史与现实问题

无论怎样高度评价新中国土地改革的重大意义都不为过。黄仁宇在《黄河青山》中说：“中国的土地私有制已废除三十年，我们必须接受这个历史的既定事实。我自已从来不曾崇拜毛泽东。但我在美国住了数年后，终于从历史角度了解了这个运动的真实意义。考虑到中国人口过剩、土地稀少、农地不断分割、过去的农民负债累累等诸多因素后，我实在无法找出更好的解决之道。”① 正因为土地改革从根本上改变了中国传统农村的土地关系和人际关系，其颠覆性的革命意义自然也就带来众多的社会问题。对于土地改革的弊端，小说家赵树理当时就曾谈到过：“在土改初期，忠厚的贫农，早在封建压力之下折了锐气，不经过相当时期鼓动不敢抬头；中农顾虑多端，往往要抱一个时期的观望态度；只有流氓毫无顾忌，只要眼前有点小利，向着那一方面也可以。”“群众未充分发动起来的时候少数当权的干部容易变坏。”②《太阳照在桑乾河上》《暴风骤雨》《山乡巨变》等，都是土地改革运动时期诞生的创作，反映的就是那时社会变动的现实，或多或少都描写到了混进革命队伍中的“流氓”。革命初期，总是容易混入流氓，茅盾描写大革命的小说《动摇》，胡国光便是混入革命队伍中的流氓恶霸。不以混入革命队伍中的坏分子而怀疑土地改革的合理性和必要性，反而侧重于革命群众觉醒、成长的精神历程，这是中华人民共和国成立前后土改小说叙述的重心。

经典土改文学书写的重头戏是“翻身”，两个阶级的斗争被先验地置入了善恶的二元对立的价值判断体系，贫苦大众备受剥削和压迫，挣扎在生与死的边缘，他们作为正义的一方，在土地改革工作组的领导下，逐渐觉醒起来（寄寓着革命的启蒙过程），经过一番与地主恶霸艰苦卓绝的曲折斗争后，终于获得最后的胜利，从此过上了幸福美满的生活，这是最常见的叙事套路，也是从人民的立场、革命的角度对土地改革进行的叙述。在土地改革运动的初期，

---

① 黄仁宇. 黄河青山：黄仁宇回忆录［M］. 北京：生活·读书·新知三联书店，2001：477.

② 赵树理. 关于《邪不压正》［N］. 人民日报，1950-01-15.

有些老实的农民并不愿意参加斗地主分浮财，总认为那些财物不是自己的，还偷偷地将分到的财物趁着夜色还给地主。当土地改革运动深入开展起来之后，他们才参与进来，改变了先前的想法。土改文学中的这些叙述是现实的，也是大多数农民的真实写照。就当时的情况而言，和土地改革运动几乎同时诞生并发展着的土改文学，既是当时社会现实生活的反映，同时又高于生活，理出了土地改革行进的“正确”方向，也就是将当下与将来的预期相结合，表现了社会生活的或然性与必然性。

新时期以来的小说创作越来越关注土地改革，莫言谈到其小说新作《生死疲劳》时说：“土改这个问题，实际上只是这个小说的简单背景，这确实算不上什么艺术创造，大概更是个政治问题，代表了作家对历史的反思和政治勇气。早在上世纪 80 年代初期，张炜先生的《古船》就涉及到了，后来陈忠实先生的《白鹿原》、我本人的《红耳朵》和《丰乳肥臀》，都涉及到了这个问题，杨争光先生的《从两个蛋开始》，尤凤伟先生的短篇小说和刘醒龙先生的《圣天门口》都涉及到了。”① 莫言的这段话，虽然没有提及乔良的《灵旗》、刘震云的《故乡天下黄花》和苏童的《枫杨树故事》等涉及土地改革的文本，却也几乎给我们梳理出了一张新时期小说有关土地改革叙述的简略图，更重要的是说明了在当下作家们的心中，新时期以来土改文学的书写存在某种共名性的因素，简单地说便是表现了作家以现实主义视角重新审视历史的勇气和态度。

莫言列举出的众多作家作品中，不将土地改革作为“简单背景”，而是将其作为持续的创作主题的，在笔者看来是“尤凤伟先生的短篇小说”。在尤凤伟先生的小说创作中，土地改革书写的持续时间之长，挖掘之深，皆有特别值得引起注意的地方，在某种程

① 莫言谈《生死疲劳》聊天实录［EB/OL］.（2006－03－15）. https://tieba. baidu. com/p/139523502.

度上也代表了新时期土改文学书写的某种趋势及其已经达到的深度。有学人谈到《衣钵》时说："读着五十年代描写土改运动的革命经典小说《暴风骤雨》成长起来的一代，读到《衣钵》时感觉是惊诧的，像瞎子突然睁开了眼睛，看到这么靓丽的世界会惊呼起来。无疑地尤凤伟的长篇小说《衣钵》从艺术上给我们提供了一个观察'土地改革'的新视角。"① 从 20 世纪 90 年代开始，尤凤伟陆续写出了《合欢》（1993）、《诺言》（1998）、《辞岁》（2003）、《小灯》（2003）、《衣钵》（2007）等一系列以土地改革为背景的小说，有的学者称其为"新土改"小说系列。在尤凤伟的笔下，地主和农村无产阶级之间不共戴天的阶级仇恨逐渐被淡化并退出叙述的焦点视野；在作家的叙述中，是人性的安稳而不是阶级斗争中的人性的飞扬成为描述的重心，阶级斗争和阶级仇恨受到越来越多的质疑。打土豪挖浮财分田地时，村民不再像《暴风骤雨》等经典土地改革文本中描写的那样，时刻担心忧虑封建复辟势力的报复，而是询问革命行为的合法性、革命话语的合理性。革命话语以及话语背后隐藏的思维问题，首次替代阶级斗争成为土地改革创作关注的重心。尤凤伟将小说叙述的重点从地主与农民之间的斗争转移到土地改革工作者与村民之间的改造与被改造，或者说启蒙与被启蒙的关系上来，曾被有意忽略了的"精神奴役的创伤"重新得到正视。如果说传统的土地改革叙述的经典文本构建了被压迫被剥削农民翻身解放的启蒙神话，尤凤伟的土改文学书写在解构这一历史叙述时也探索了新启蒙的可能性。

作为文学创作，如何书写是作家自由选择的权利，但文学毕竟不是历史。现实主义文学虽然是现实的反映，本身就表明了带有主体特定的局限性，一旦接受者突破了文学作品创作主体的局限，从

① 徐培范．一个铜元的两面：读尤凤伟的长篇小说《衣钵》［N］．南方都市报，2008－05－25．

其他角度接触历史、审视历史，一些被“遮蔽”的问题便出现了。“（《暴风骤雨》等）这些作品被视为反映土改的经典。……开始我全盘接受，认为土改就是书上描写的那么回事，也认同‘残酷斗争’万岁。但后来接触到社会，特别是农村，才发现许多事本不是书中所描写的那样，甚至是南辕北辙的。”① 反映土地改革的经典文本触发了尤凤伟重新书写土地改革的意愿，有人也因此将尤凤伟这方面的创作归入新历史主义，可问题是无论怎样这都是文学，而不是历史，有些学者偏偏又要将尤凤伟的创作当作新的历史来读，还非要在经典文本反映的历史与尤凤伟书写的历史之间做些比较，讨论哪一种更逼近历史本原，在这种买椟还珠式的解读中，尤凤伟小说中更为本质的一些东西便被遗漏了。

短篇小说《合欢》中，作家精心描绘了贫雇农夏发子在土地改革运动中分得地主夏世杰小老婆吕月的细节。小说叙事没有停留在土地改革过程的描述上，而是顺着分妻这一事件叙述下去。好吃懒做的夏发子很快便坐吃山空，将分得的地主浮财挥霍干净；从地主变成普通农民的夏世杰却是耕作好手，与自己原先的老婆吕月刻骨铭心的爱使他将所有的收获都送与了夏发子，以便换来与吕月温存的机会。畸形状态下的爱情描写，使《合欢》充满了传奇性，在一定程度上也使土地改革运动成为爱情传奇的背景。当然，从另一个角度来说，尤凤伟也是在借助事后如何的叙述，为土地改革中发生的事情树立另外一个评判的标杆。夏发子虽然通过土地改革运动分得了一笔财富，但这笔财富瞬间即逝，他重新又穷了下来；夏世杰虽然家产被瓜分掉了，但他靠着自己的劳动仍然过得很好。财富上的这种戏剧性变化，就提出了一个问题，也是土地改革运动的前提，即地主财富的获得与积累的罪与罚问题。土地改革之所以要进行，就是因为革命者认为地主财富的获得是建立在剥削穷人基础上

---

① 尤凤伟．关于《小灯》［J］．中篇小说选刊，2003（4）：71．

的，而这些财富的创造者是穷苦老百姓，这是革命话语的理论基点。尤凤伟在《合欢》中针锋相对地提出了另外一种可能，许多地主可能才是财富的真正创造者，他们的耕作技术与钱财观念，都是贫苦农民如夏发子所没有的。讨论哪一种见解更符合历史真相，并没有什么真正意义。在官僚主义风行的中国传统社会里，靠个人奋斗发家致富向来都不被看好，升官才是与发财紧密联系在一起的概念。实际上，《合欢》的重要性并非从民间或个人的角度还原历史的真相，虽然小说打开了重新审视历史的一种新的可能，但这并不意味着颠覆了土地改革的历史必要性，作家重新反思的重心显然不在这里。在笔者看来，《合欢》的重要性在于显示了尤凤伟思考土地改革的视角并非简单地解构历史，国民性与人性的问题才是他关注的焦点，《合欢》这部小说重新开启了国民劣根性这一文学主题。

长期以来，我们都接受贫穷的道德性及富有的原罪性，“是穷人都有苦，是地主都有罪”①，这是革命的理论基点，也正是人们迫切地屡屡宣布阿Q时代已经过去了的内在原因。奥斯卡·王尔德在《社会主义制度下人的灵魂》中说：“耶稣从没说过穷人就必定是好人，或富人就必然是坏人。那不是事实。作为一个阶级，富人比穷人更好，更有道德和才智，品行也更端正。在社会中只有一个阶级比富人更关心金钱，那就是穷人阶级。穷人不可能去想别的任何事，那正是做穷人的悲哀。耶稣所说的话是，人的完美不取决于他所拥有的东西，甚至不取决于他所做的事，而完全取决于他自己是什么。”② 穷富并不决定人的品行与才智。从整体上来说，事实可能像王尔德说的那样，富人可能更有道德和才智，而穷人却更关

① 冀南三地委. 复查中的诉苦问题［A］. 河北档案，33－1－77－27（1947－07）.

② 王尔德. 谎言的衰落：王尔德艺术批评文选［M］. 萧易，译. 南京：江苏教育出版社，2004：234.

心金钱，而不是像以前的土改文学叙述的那样，富人只关心金钱享乐，而穷人却是努力工作、道德高尚的楷模。一旦放弃阶级的偏见，辩证地看待问题，将历史还原到个人身上，土地改革呈现出来的，既有翻身的喜悦，也有革命暴力下的人性扭曲，更将“做穷人的悲哀”淋漓尽致地表现了出来。《合欢》中的夏发子从某种程度上来说也就是革命成功了的阿Q。

解构历史，嘲讽简单的线性思维，将历史的意义停留在传奇故事层面，这不是尤凤伟土改文学书写的追求；将麻木愚昧的伤疤揭给人看，玩味人性的血腥与残忍，也不是尤凤伟土改文学书写关注的焦点。小说《合欢》之后，尤凤伟的土改文学书写虽然仍旧叙述着温情的地主及暴力的革命阶级之间的故事，但是叙述的重心已引入了另一股力量，即革命话语与农民原有的民间话语间的碰撞以及由此带来的思维的变化及乡村民间世界的改变。换句话说，便是地主与贫雇农之间的斗争故事成了革命权力话语与民间话语之间纠葛故事的延续。在以往的土改文学里，农民大多都被描述为思想上落后僵化，深受封建传统思想毒害，而随着革命工作者的到来，农民原有的思想被改造，土地改革运动最后也就取得了成功。同样关注农民思想话语改造问题，在尤凤伟的土改小说中，由于叙述视点的变化，价值判断基准的迁移，以往被理所当然地视为落后思想改造成功的变化过程，成了富有仁义温情的民间世界及其话语思维失落变形的过程。

在《诺言》这部小说里，尤凤伟调整了对土地改革的叙述方式。《合欢》中作为故事背景出现的土地改革运动，在《诺言》中成了叙述的中心。小说浓墨重彩地描写农民理解不了土地改革运动的真义，“只好运用便当的翻转逻辑来衡量客观是非”，认为“大肚子”就是坏蛋，有钱便是罪恶，造反不讲仁义。① 良善有感情的

---

① 尤凤伟文集：第一卷［M］．济南：山东文艺出版社，1997：20.

地主与简单愚昧的贫苦农民形成了鲜明的对比。在小说叙述中制造这种鲜明对比的用意，与其说是为历史做翻案文章，为统治阶级或有钱人说话，毋宁说是重新聚焦于农民这一革命的主力军身上，思索那些脸朝黄土背朝天的贫苦农民是如何被发动起来参加进革命的队伍中去的，那些被发动起来的农民又是如何被改变的。“多少年住在一个村里低头不见抬头见，彼此并不陌生，可是在知道了这伙人是他们的敌人后就突然感到陌生，并且充满了仇恨。”① 《诺言》中的这段话，与《石门夜话》以来尤凤伟最擅长的叙述方式并不吻合，但这种有些迫不及待地跳出来替作品中人物说话的冲动，恰好表明作家发现了一种新的书写可能，只是还不足以将其完整流畅地表达出来。因此，《诺言》这部小说虽将土地改革置于叙述的中心位置，但却是通过有些知识分子气的土地改革领导者的观察描述出来的。旁观者的视角，知识分子的价值评判体系，使这部土改小说更像一部调查报告，尤凤伟并没有找到恰是如此的适合自己小说创作特色的叙事方式，如果将《诺言》与后来创作的《小灯》比较，便可知晓《小灯》才真正是尤凤伟土改小说创作的成熟之作。

在《小灯》这部小说里，尤凤伟终于将重新审视历史的热情与自己在“石门”系列小说中创造出来的那套熟悉的话语表述方式完美地融合起来，使他的土改小说在介入历史的同时，也成为有意味的形式。《小灯》里，被村民们看成最凶恶的地主，罪恶是时常打人骂人；在小村人们的眼里，这也与阶级压迫或仇恨无关，因为他是一个连自己的老婆孩子以及亲兄弟也照样打的人。村子里被认定是最苦的长工也说不出雇主的罪恶，不是害怕不敢说，也不是被压迫时间太久而不知应该如何表达自己的苦难，而是确实没有多少血腥的事实需要控诉。《小灯》里有关地主与贫雇农这些情况的介绍，其实正奠定了尤凤伟土改小说的基础。与深受清算思想影响的人群

① 尤凤伟文集：第一卷［M］．济南：山东文艺出版社，1997：41．

相比，尤凤伟笔下的贫苦民众无疑更富有温情和理解的胸怀，他们更乐意凭自身的良心和直感对人性的善恶进行判断。以胡顺为代表的农村底层民众的心目中，胡有言虽是地主，平时却勤俭得很，“除了过年过节，平常一直吃粗粮，菜都很少吃”。“净吃粗粮，菜里也没肉”，“脸太瘦，也是吃不好”。① 可是一旦土地改革运动到来，事情就完全两样了，开始整天吃白面和大肉。胡顺直接感觉到他们这是自暴自弃“不过了”。相反，作为雇工的胡起宝一直懒得很，而懒在他那里是来自个性而并非是由于受到地主的压迫剥削；当杨队长来到最贫困的胡发家，向他宣传土地改革的好处，以及将要分给他的土地时，胡发首先问的是能不能卖掉，而对杨队长讲述的其他事情没有兴趣，没有耕作能力的现实使其只能想着卖地生财。

揭示地主与贫雇农在对待土地和生产等问题上的另一种可能性并非小说的主题，小说在拆解经典土地改革叙述模式的同时，也充分挖掘出了一个民间自在的世界，这个世界有自身的一套话语表达方式。在尤凤伟看来，作为启蒙运动的翻身解放，它面对的第一个敌人可能不是地主恶霸，而恰恰是它想要解放的贫雇农，这种敌对的解除以贫雇农话语表达的归化结束。于是，经典土地改革文本中两个阶级的斗争模式被官方和民间两个世界两种话语的冲突所取代，这就是尤凤伟新土改小说越来越明晰的创作焦点。《小灯》中，尤凤伟对土地改革工作人员、对村民话语的改造努力，做了细致入微的描述。来小村领导土地改革的杨队长发动村民批斗地主恶霸时，杨队长和村民之间进行的对话，充分展示了新的国家权威话语与民间话语之间的相互碰撞。胡发认为自己“穷”是“因为残废不能劳动”，杨队长却归因于阶级差别。“穷是因为受到地主阶级的剥削压迫呀，封建制度和反动派是罪魁祸首。”② 针对村人“有地有房有牲口就是反动派吗？”的疑问，杨队长斩钉截铁地回答：“那

①② 尤凤伟．小灯［J］．长城，2003（3）．

当然了，那都是剥削来的呀，剥削就是罪恶呀，就是反动呀。”① 杨队长的话由一连串简短的判断句组成，简洁有力不容置喙。“财产”“剥削”“罪恶”与“反动”遽然被画上等号，以排山倒海之势逼压而来，不给村民以丝毫思考余地。杨队长视分地主的财物为理所应当，村民胡发却说：“那不是抢么?”杨队长只好再启发他：“不是抢，是剥夺，土地本来是人民的，被他们强占了去”，现在我们闹土改，就是土地还家”。② 杨队长代表的革命话语最终通过词语置换，强制性地实现了村民思维的大扭转，一切原先被视为“不合适”的行为在革命的名义下被“正名”，成为“合适”的。孔子主张的“必也正乎名”的思想在新的历史条件下被激活，让人重新思考名与实的关系，离开了植根的大地，话语带来的只能是人自我与大我的分离，脱离肉体的言说必然导致人性的异化。无独有偶，杨争光的长篇小说《从两个蛋开始》也从相似的角度描述了土地改革。负责土地改革工作的雷震春和白云霞与村民最初的接触就体现出了民间和官方两种话语的根本差异。为了更好地发动贫雇农参加土地改革运动，雷震春找长工杨乐善谈话，要他在斗争会上控诉地主杨柏寿。杨乐善觉得杨柏寿对自己好而不愿参加，因在给他干活的时候，早晨都能吃到一个烤馍。雷震春却诱导他：“革命就是要把所有的不合适变成合适。”③ 雷震春的话既可以被理解成将不合理的变成合理的，也同样可以理解成在思维上要适应新形势需要，改变原先看待事情的方式，而代之以新的主流话语。白云霞在回答赵王氏她死去的女儿到底中的是哪家的流弹时，毫不犹豫地告诉她说是马回回队伍的。“共产党的队伍纪律很严，枪子决不会乱飞。”④ 带有政治使命的白云霞的话语表明权力话语逐步改造民间思维的努力。

---

①② 尤凤伟. 小灯［J］. 长城，2003（3）.
③④ 杨争光. 从两个蛋开始［J］. 收获，2003（3）.

介入历史，从个人体验的角度重新审视历史，将权力话语与个人内在体验的悖谬与冲突剥离出来，游刃有余地书写土改小说的尤凤伟并没有由此止步。聚焦于土改话语与启蒙，重新审视土地改革，尤凤伟的土改小说创作跳出土地改革运动本身，让土地改革历史成为重新审视现实的原点。《衣钵》这部小说打乱了历史与现实的先后次序，采用交错叙述的方式，将土地改革运动中的姜先生与从美国来中国投资建厂的姜先生的遭遇并置起来。在作家精心安排下，小说具有一种独特的阅读效果，让读者穿梭于历史与当下现实之间。至于姜先生，无论是在历史语境还是在现实语境中，都成为一个外来者。在土地改革运动中，姜先生一行从长春逃到北京，又从北京逃到天津，最后飞机出事，来到了一个即将开展土地改革运动的小村庄里。作为一个外来的知识分子，姜先生就像丁玲小说《在医院中》和《我在霞村的时候》里的知识分子一样，对自己所见到的一切持有自己的看法。几十年后，已定居美国的姜先生重回中国，在话语思维等方面仍然显得格格不入。不过小说对姜先生与国内众人话语思维的错位表现得比较幽默。小说中姜先生一出场，便指明他受两位在美国出生长大的女儿的影响，操一口较好的英语。小说中特意叙述这一点，有些暗示姜先生话语思维方式的变化；在表现姜先生与中国人士对话时的话语思维错位时，这也是可考虑的因素。意味深长的是，尤凤伟并没有在两种话语思维方式之间做出明确的价值判断，反而让陪同姜先生的韦主席指出："我隐约觉得姜先生的思路有问题。"由于韦主席也是小说情景中人，他的这一看法与小说隐含叙事者的叙述倾向之间，形成了一种内在的审美张力，引导读者咀嚼话语错位与断裂背后的深层意味。

贫富差距是任何社会都必须面对的问题，缩小差距的必要性并不等于绝对的平均主义，也并不能够成为血腥暴力登场甚或泛滥的理由。正如雨果所说："在绝对正确的革命之上，还有一个绝对正确的人道主义。”① “我们试图理解某一事件在它发生的时代里意味着什么，同时也要理解这件事对于我们今天具有什么意义。”② 尤凤伟的土改小说创作，不断地通过当事人行为的因果循环、叙事者的隐含评价与双重启蒙过程的设置等方式，使小说呈现出开放性特征，从而将历史与现实的多种可能性展现在读者面前。一切历史都是当代人书写的历史，还原历史重新书写的努力来自当下的思考，虽然人们不可能回到过去，重新进行选择，然而深刻的反思却总能够照亮未来，警醒后来者不要使那些曾经的遗憾再度上演。

第三节　信仰与现实苦难的辩证思考

在人文精神失落的时代，信仰也失去了它应有的光芒。在解构宏大叙事的同时，崇高的精神追求往往也被摒弃。一旦认同所谓的“现实”，文学就不会再从罪恶与卑污中拷问出人性的洁白，而是将罪恶与卑污作为了人性本原。现实利益的追逐，人性欲望的泛滥，拉平的不仅是英雄人物与平凡者之间的距离，还有精神贵族与鄙俗小人间的沟壑，这是阿Q精神在新形势下的变种，其应对策略不再是“我以前比你阔得多了”，而是“原来你和我一样丑陋”；小人的心理和市侩的眼光成为流行时尚，高贵的人性、圣洁的精神纷纷成为质疑的对象，信仰之光已然陨落。赋予父辈理想的光辉，或给予孩童淳朴无染的质地，并以此观照当下生活的缺失，这已成为当代文学创作寓言化的模式。莫言不满现实社会生活中英雄气质的流失，是以《红高粱》叙述“爷爷、奶奶”的故事；也许正是痛感现实社会里信仰的失落，墨白才给自己的小说取名《母亲的信仰》，转而叙述“母亲的信仰”。

---

① 雨果．九三年［M］．郑永慧，译．北京：人民文学出版社，1996：159.

② 单蓓蓓．尤凤伟捧出《衣钵》［N］．青岛日报，2007－03－25.

《母亲的信仰》最早发表在《清明》1992年第4期，题名“永远真诚”，那时并没有产生什么反响；2005年重新发表在《上海文学》第2期，受到陈思和等当代批评家们的赞赏，逐渐引起人们的关注；2006年1月收入文化艺术出版社编选的《2005年中篇小说新选》；2006年4月收入北京大学出版社编选的《2005年最佳小说选（点评本）》。小说不长，题目也很有意思。《母亲的信仰》既可以读为“母亲的”信仰，也可以读为母亲的“信仰”，而在母亲的背后，还有一个未出场的孩子，也就是“我”。小说对信仰的叙述，其实存在两个层次：首先是“母亲的”的信仰，其次是“我”对母亲的“信仰”。

小说简单地叙述了相依相偎的兄妹三人，经常在无边黑暗中期盼母亲的情景。那是一个没有电视也没有其他娱乐活动的时代，在遥远的农村，人们过的还是日出而作、日落而息的生活。夜晚降临，看不到父母的孩子守在家中，除了默默地等候亲人的归来，一无可为。等候的时间超过一定限度，幼小的心灵便变得越来越敏感，小虫的微微叫声，远处的狗吠，无不让人心颤。等待是痛苦的，充满着煎熬，不知道什么时候母亲才能回来，然而，正是这种痛苦的煎熬似的等待，使得母亲归来的感觉倍加甜蜜。父母那无比熟悉的脚步声终于来到身边，悬浮不安的心犹如得到了定海神针的帮助，猛然稳定下来，又如漂泊的小船回到温馨的港湾，静静地享受着爱的抚摩。

小说采用儿童视角进行叙述，详细叙述了孩子在黑夜中等待母亲归来时的体验，母亲的脚步声、说话声、亲切的面容，一切都因等待而变得更加宝贵。孩子们循着熟悉的脚步声奔向归来的母亲，当他们看到母亲时，觉得母亲简直就像圣母玛利亚，使周围的世界蓦然间充满光和热，变得温馨又灿烂。墨白以其如椽笔触，将孩子渴望母亲的感情栩栩如生地呈现在读者们的面前。自现代文学发生以来，作家们描绘乡土、表现母亲，总是比较容易获得成功，究其原因，无非就在于母爱总是那样的实在和深沉。小说写的是“母亲的信仰”，而爱则是小说的底色。

母亲，是一个无比神圣的名称。《母亲的信仰》从孩子们对生身之母的期盼开始写起，缓缓展开的笔触却让读者慢慢地领悟到，小说中的“母亲”并不仅仅指生理上的“母亲”，这个称呼还有更深层次的寓意。关于小说叙事“母亲”的双重审美意蕴的设置，作为读者的我是知道的，作者也是知道的，小说的叙事者也是知道的，不知道的是小说叙述中作为孩子的“我”。当作家以现在之“我”叙述过去之“我”的时候，现在之“我”是全知全能的，已经洞晓了一切，唯一不知道的便是过去之“我”，也就是以一双懵懂无知的眼睛看着自己母亲的“孩子”。直到后来，“我”看了“一个名叫《闪闪的红星》的电影”，才理解了“在党”之于母亲所赋有的意义，“我知道从那时候起母亲的身上就涌动着一种新鲜的血液，世界在她的面前变得春光一样明媚”。现在之“我”与过去之“我”骤然遇合，犹如一道亮光照亮了整个世界。就小说的叙事来说，一个寓言式的故事出现了：小说对兄妹三人等待母亲的叙述并非闲笔，而是以孩子们对母亲的无限期待与最后奔向母亲的怀抱，叙述或者说象征着另外一个“孩子”对于“母亲”的期待，那就是母亲“在党了”这一没有被正面叙述的过程。这种写法非常巧妙，举重若轻，虽然不是作家独创的写法，却是书写信仰的最佳方式。

信仰本为佛教用语，最需要的是真诚，来自内心的无限热情，《母亲的信仰》正是以不写之写的笔法，把那种信仰的热情呈现在读者面前。然而，一道叙事的缝隙也就在这个时候悄然张开。当初，见证母亲真诚信仰的“我”懵懂无知，所谓的懵懂无知，指的是不能理解母亲的信仰，对于母亲曾经遭受的苦难，却是历历在目；现在之“我”早已摆脱懵懂无知的状态，对于一切都已了如指掌，在小说叙述的世界里，“我”似乎便是洞悉一切的上帝。在以现在之“我”照亮过去之“我”的过程中，现在之“我”的态度如何？价值判断的立场究竟如何？有些作家充分利用叙事营造出来的缝隙，挥舞自己批评的大棒，而在《母亲的信仰》这部小说中，作家却只是呈现了这个缝隙，通过呈现母亲所经受的苦难，也照亮了母亲忠诚的信仰，单是苦难的承受和信仰的得失之间，究竟如何去看待，怎样去评判，这些问题都被悬置了。我最喜欢的，恰恰就是作家的这种悬置，不是为了这种悬置给小说阅读留下的诸种可能性，或者说空白，而是信仰“母亲的信仰”，无论是当初懵懂无知的孩童，还是洞晓一切的现在的“我”，有什么资格去评说“母亲的信仰”？

在中国文学创作里面，母亲往往是最能忍辱负重的形象，犹如广阔的大地，总是默默地承受着一切可能的打击，又奉献出自己的所有。她自身就像是“一条终年无声流淌着的大河，它容纳百川却从来不炫耀自己，无论严寒还是酷暑都不能使她屈服”①。或许，正是感悟于母亲所具有的高贵品质，作家把圣洁的信仰赋予了母亲。信仰，并不神秘，也不是什么高不可攀的东西。体现在普通人身上，就是对某种意念的坚持。有无信仰，并不体现在言语上；华丽的言语只是漂亮的外衣，行动的切实承担才是信仰之光的热源，情热的程度自然也就区别出信仰的差异。

从古至今，信仰无不与苦难相关。信仰的历史，从某种程度上来说便是信者的受难史。这并不是说信仰与苦难之于个人有什么必然联系，苦难中的人未必产生信仰，有信仰的人也不一定就应该遭受苦难的煎熬。但是，从信仰本质上来说，“信”意味着付出，而不是获得或索取。真正的信对应的永远不是什么得道成仙，获得永生，或者如何奢华舒适地生活；能够从信仰中获得实惠的，只能是那些披着信仰外衣的奸猾之辈。以个人信仰的结果苦难还是享乐判断信仰的，永远是站在信仰门槛之外的人，那些不信者紧紧抓住真信者不屑一顾的蝇头小利，计较个没完没了，还自以为是洞悉了一

① 贺绍俊. 2005 年中篇小说新选［M］. 北京：文化艺术出版社，2006：71.

切奥妙的智者，这些都是真信仰者面前不可与言的渣滓。

黄发有说："应该考虑到虚无主义和犬儒主义流行等时代精神气候对作家的限制。确实，在什么都被怀疑的时代，怎么可能会产生一呼百应的'大作家'呢。……从王朔以降，油滑的风格成为文学的精神基调。因为受过信仰的蒙蔽而怪罪于信仰本身，进而以'不信'为宗旨，这导致了虚无主义的泛滥。从'五七'一代、知青作家群、先锋作家群、新写实作家群到所谓的'新生代'，他们在叙事和修辞风格上越来越喜欢反讽，喜欢戏仿，喜欢拼贴，喜欢玩大杂烩，喜欢故弄玄虚地装深沉，喜欢两眼空洞地喊无辜，喜欢高举'后现代'的旗帜标榜自己的'虚无'。尤其值得警惕的是，随处可见的都是一边骂娘一边吃肉的'虚无'景观。"① 对于有信仰的人来说，经大苦难方能显大信仰。"岁寒，然后知松柏之后凋也。"《母亲的信仰》只是一个短篇，并不足以抵抗虚无主义和犬儒主义的流行，但是《母亲的信仰》并不孤单，还有张炜的《古船》、路遥的《平凡的世界》等等。始终都有一批作家，坚持着信仰，书写着信仰。一个让人疑惑的问题在于，坚持信仰、书写信仰的创作，新时期以来并没有得到应有的关注，反倒是那些虚无主义和犬儒主义的创作，时时占据着公共话语的平台，即便是批评，也是以否定的方式出现在读者们的面前。为什么一些站在时代前沿拥有话语权的批评家们，看不到"什么都被怀疑的时代"里，始终都在坚持信仰、书写信仰的一批优秀作家？在这样的时代背景下，讨论墨白小说《母亲的信仰》，无疑有着独特的意义。

从"在党"的那一天起，小说中的母亲就像去西天取经的唐僧，开始经历重重苦厄，又如真金一般开始了种种的火炼：为了消除水患，让洪水淹没了自己的家园；带领人们从水中抢收粮食的母

---

① 黄发有，何言宏，邵燕君．没有大师的时代：对近三十年中国文学的一种反思［J］．上海文学，2008（1）：81－89．

亲，没能及时照看自己的孩子，眼睁睁地看着小妹被疾病夺去了生命；怀孕了的母亲坚持与别人一道抢运救灾煤炭，结果掉进河里导致流产；为了退赔父亲留下的“经济”问题，刚刚盖好的房子又被扒掉；从来没有做过对不起党的事情，最终却被劝说退党……苦难，就像鬼魅一样阴魂不散。在某些被冠之以“新”字号的文学创作中，苦难成为“卖点”，就与“下半身”的展列相似，依靠“眼球经济”招徕顾客；变了质的苦难在展示血污的同时也就安身于这血污世界；没有信仰之光的照耀，就像《雷雨》中没有了周冲，《卡拉马佐夫兄弟》中没有了阿辽沙，太阳上的黑子遮蔽了灿烂的光芒，文学也就失去了作为“人”学的博大与荣光。《母亲的信仰》没有陷入“信仰”的说教，也没有被“苦难”的叙述湮没人性高贵的亮光；在信仰与苦难之间，小说找到了微妙的内在平衡。“母亲的信仰”既是自身性格成立的基础，又像周冲或阿辽沙一般给小说投进了一缕温馨的阳光。《母亲的信仰》里，小哥丢失了借来的十元钱，被母亲狠狠地打了一顿；两个十多岁的孩子，一到天黑就得像驴一样在磨道里转，做着难以承受的体力劳动……然而，所有这些“苦难”都没有造成《生死场》中金枝或小团圆媳妇那样凄惨的阅读效果，因为母亲承受的苦难更重；她所做的一切，她的“信仰”，都是为了使“苦难”能够尽早结束。

能够忍受苦难煎熬的，并不仅仅是有信仰的人；面对苦难煎熬，不同的行为方式却将两者区分开来。与有着信仰的母亲相比，朴实的爷爷就暴露出自个儿小农经济的根性。柿园原是自家财产，现已归入生产队，他仍无怨无悔地尽心照管；筑好房基又被拆掉，他就重新再建；最后累成半身不遂，为了不致拖累家人吞烟油而死。为了小家他鞠躬尽瘁，死而后已，可是为了小家的同时却也忽略了一个更为广阔的天地。在儿媳的苦劝下，他接受了挖堤放水、失掉家业的现实，却无论如何都不能理解为什么要这样做。肯钻营关系的父亲显然是很讲“现实利益”的人，通过请客送礼的方式，在水灾后为小镇弄来了急需的煤，成为功臣并被提升为镇财贸书记。按照现在的某些标准，他是“能人”。但这却是以五万多元的“经济问题”换来的，东窗事发后为家人带来了数不尽的灾难。他们都不是坏人，《母亲的信仰》根本就没有塑造什么十恶不赦的反面人物形象。作家在小说中想要表现的，是好人与好人之间的差异，而非好人与坏人间的对比。好人与坏人的差别，不在有无信仰，没有信仰的好人，仍旧可以比坏人好，这并不能够显示出信仰的价值。在同为好人的群体中，有信仰的妈妈显然要比爷爷和父亲“伟大”。然而，苦难来自哪里？母亲坚定的信仰并不能阻挡苦难的降临，小说中有信仰的母亲，没有母亲那种信仰的朴实的爷爷，都避免不了苦难的煎熬，苦难就像无物之阵一般，并不选择自己的对象，径直那么碾压过来，粉碎挡在自己面前的一切事物。小说在信仰和苦难之间，小心翼翼地选择可能的叙述途径，并不因为苦难及其造成的结果，便归罪于信仰。作家试图在信仰和苦难的叙述里，努力寻找属于自己的一种恰当的言说方式，而且取得了相当的成功。由于某些历史的原因，信仰在当前阅读视野中并不是很受欢迎的词语，尤其是表现“正统”信仰的作品，更是不被看好。阅读期待的逆反心理只能表明当前创作突破的乏力，而《母亲的信仰》的成功却让人相信这个领域仍是大有可为之地。

第四节　从民间理想主义到民间生态主义

民间立场写作并不是什么新鲜的名词，作为一种文学创作现象，它的历史几乎和文学本身的历史一样古老。但是，作为一种自觉的理论倡导，应始于 1994 年陈思和教授开始撰写的系列文章。时至今日，民间已成了描述中国现当代文学现象极为重要的关键词之一。王光东等学者认为，老舍、张爱玲、赵树理等是民间立场写作的先行者，《心灵史》《废都》《古船》《红高粱》《白鹿原》《九月寓言》等则是20世纪90年代民间立场写作的代表性作品。从现代到当代，民间立场写作的历史轨迹发生了几次较大的变化，到了21世纪，民间立场写作也在发生着一些令人瞩目的变化，这从《富萍》《从两个蛋开始》《受活》《秦腔》《第九个寡妇》《生死疲劳》等代表性作品中都可以看出。比较21世纪最初几年出现的民间立场写作与20世纪90年代出现的民间立场写作的一些代表性作品，可以发现它们虽然同为民间立场写作，但是在审美风格、思想意蕴等方面都出现了一些较为明显的差异：20世纪90年代出现的民间写作偏重于民间理想主义，21世纪的民间立场写作则倾向于民间生态主义。这并不是说民间生态主义取代了民间理想主义，或者说两种民间立场写作迥不相容，难以并存。就目前学界对民间、民间立场写作等概念的界定及相关理论阐述而言，多元性的民间立场写作本身就蕴含着民间理想主义和民间生态主义两种发展趋向，只是在不同时代的文学创作中具体表现有所差异，而21世纪民间立场写作在民间生态主义方面的挖掘及其表现更惹人注目。

与庙堂、广场相比，民间常常是沉默无言，却总是以其博大的胸怀吐故纳新。当庙堂在世代更替中荒废，广场亦走向沉寂消散时，人们却发现唯有民间依然。一切力图改造民间的努力都消逝的时候，民间却还在那里。在最初的震惊中出现的民间立场的书写，便是民间理想主义，其指向则是庙堂与广场，反思的是原先那种启蒙与改造民间的思想基点及其努力，这是一种新的启蒙或者说去蔽化书写。民间理想主义虽然寄寓着无限的希冀，隐含着深广的忧愤，但是不满于社会现状、反工业文明的民间理想主义书写，有时不免使“民间”带有浓厚的知识分子话语色彩，仿佛是有色眼镜透视下的文学产物，故而引起了人们的警觉。崇扬民间，将民间理想化，其结果仍跳不脱将民间狭隘化片面化的桎梏，进而使自身也呈现出难以为继的窘境，民间理想主义的书写者如张承志最终遁入了哲合忍耶，张炜悲悼着逝去的美好时光，陈忠实只能将理想寄托于一个仙人般的朱先生，这就容易使人见出虚妄，自由自在的民间世界的描述变成了脱离现世的梦幻。与此同时，抛却价值立场的原生态民间书写也遭到摒弃，纯粹客观地呈现民间毕竟不太现实，而所谓原生态的民间书写除了特定语境下的解构意义外，并不能够提供给人们更多的审美意味。然而，民间世界一如既往地向作家们展现着它们无比的诱惑与魅力，蛊惑作家们探究新的表现途径与方式，民间立场的写作寻求着新的转机与突破，民间生态主义最终成为取代民间理想主义把握民间特有生命力的有效途径。

所谓民间生态主义，不是指对民间社会文化空间的原生态式的呈现，而是真正地描写出民间藏污纳垢的社会本质特性。生态（ecology）一词源于古希腊文，意指家（house）或我们的环境。简单地说，生态是指一切生物的生存状态，以及它们之间和它与环境之间环环相扣的关系。在这里，我们借用生态的概念来描述一种文学书写的现象，在这种文学书写里，民间世界的一切因素环环相扣、息息相关，所有相关的因素都是在“关系”的层面被描述，带有某种社会立场的价值判断被生命气息的感知与把握取代。在民间生态主义的描述里，民间是一个元气充盈的世界，所谓元气充盈并不是说民间世界就一定是好的，或一定是自由的，而是说好与坏、自由与束缚等各种因素同存并在，共同组成一个关系的网络，只是在民间生态主义的书写中被认同的并不是柔弱、短视、愚陋，以及在实利面前显得难以把持、缺乏操守和自尊，而是在这些污垢掩盖下显示出来的生机与活力，一个容纳一切而又能整合一切的藏污纳垢之地。陈思和解释“藏污纳垢”说：“所谓藏污纳垢者，污泥浊水也泛滥其上，群兽便溺也滋润其中，败枝枯叶也腐烂其下，春花秋草，层层积压，腐后又生，生后再腐，昏昏默默，其生命大而无穷。”① 腐烂的败枝枯叶、污泥浊水与春花秋草构成了民间生态系统中不可或缺的一环，循环往复，生生不已。这样的民间世界犹如大树一样，任凭风吹雨打，秋霜冬雪，任何强势的影响及介入，虽然凋零，间或枯萎，可是随着大地春回，它依然发芽吐绿，回归原初面貌，而试图影响它改变它的强权势力终究像烟尘一样散去，夫唯不争，故天下莫能与之争，生态主义观照下的民间正是一个有容乃大的世界。

民间自由自在的审美形态多以弱势的面目形态出现，但是它独立的历史和传统使它不会同化于官方文化，表面上的容纳与事实上的背离就产生了特定语境下的民间诙谐文化，用以柔克刚的形式获得了继续生存的权利。杨争光的小说《从两个蛋开始》从雷震春和白云霞到符驮村参加土地改革开始，雷震春强调“革命就是要把所有的不合适变成合适”，新的阶级话语努力地想要改造民间思维，而民间话语及其思维也的确发生了巨大的变化，但这并不意味着民间的消隐或向官方文化的靠拢，形象官方化的努力在民间的实际效力就是催生了戏谑化，严肃的事件都被放在物质和肉体的层面得到描述和阐释，“吃吃喝喝”“日日戳戳”生发出来的词库构成了符驮村民的日常语言，一切都在“降格”的层面得到解释。在历史变迁的过程中，看似强有力的运动浪潮消逝了，留下来的似乎只是给建立在物质与肉体基础上的民间语库增添些材料，就像能够容纳一切的大地一样，民间以它特有的方式容纳着强加于它身上的一切，转化、吸收、腐烂……这样谈论生态民间，意味着21世纪民间立场的写作不仅仅是20世纪90年代民间立场书写的自然延续，民间生态主义的书写不再对民间进行一厢情愿式的净化处理，或在新旧杂陈、鱼龙混杂的诸种要素之间突出或选择积极健康、生机勃勃、充满生命元气活力的因子，线性观念基础上的那种清晰可见的生长

---

① 陈思和. 谈虎谈兔［M］. 桂林：广西师范大学出版社，2001：216.

或衰退式的带罗格斯色彩的描述逐渐被多元化的拥抱感受式及生态体验式的书写侵入。贾平凹在《秦腔》的“后记”中说：“我清楚，故乡将出现另一种形状，我将越来越陌生，它以后或许像有了疤的苹果，苹果腐烂，如一包脓水，或许它会淤地了，生出了荷花，愈开愈艳，但那都不属于我，而目前的态势与我相宜，我有责任和感情写下它。”“四面八方的风方向不定地吹，农民是一群鸡，羽毛翻皱，无所适从”，伤感于民间世界失落的贾平凹本来就与民间理想主义有着千丝万缕的关系，叹息美好时光的流逝也是他常用的笔触，但是在《秦腔》中，虽然有感伤，不乏叹息，却并没有因此而关闭了对于民间乱糟糟景象中生机的感受，“一切都充满了生机，一切又都混乱着，人搅着事，事搅着人，只能扑扑腾腾往前拥着走”①。民间生态主义的描述摒弃了启蒙立场那种仅将目光锁定在麻木愚昧等疤痕上的做法，也不像田园牧歌派那样将之理想化或唱挽歌，而是成为一个对藏污纳垢的生态民间全方位的感受者。在民间生态主义的描述下，民间世界犹如出现了疤的苹果，在腐烂的苹果中，同时飘出万物花开的气息。

进入21世纪以来，许多作家纷纷树起民间立场写作的大纛，表明民间立场写作逐渐走向了自觉的阶段，也是21世纪民间立场书写确立的一种标志。潘军提出文学不应忘记的两个基点：民间的立场，贵族的精神。阿来在《文学表达的民间资源》中提出了作家创作需要重视的，曾“被忽视，被遗忘”，而“强大的官方话语、宗教话语并没有淹没”② 的民间文化的精华问题。莫言在苏州大学“小说家讲坛”讲演中说，所谓的民间写作，最终还是一个作家的创作心态问题。这个问题的一个方面是为什么写作，并由此提出了

① 贾平凹．秦腔［M］．北京：人民文学出版社，2008：561－562.
② 阿来．文学表达的民间资源［J］．民族文学研究，2000（3）：3－5.

文学创作是“为老百姓写作”还是“作为老百姓的写作”① 的问题。在《文学想象力的民间资源》中，苏童说：“我作为一个写作者，愿意服从来自民间的暗示，追随民间的动机，所以小说中哭泣和眼泪是中心，我也是在按照那样的想象逻辑，塑造哭泣的姿态和眼泪的形象。我其实是乘着民间提供的想象力的翅膀，能飞多高是多高，目的只是要和碧奴一起到长城去。”② 作家们不约而同的言论姿态，表明了民间立场写作的审美价值取向：服从来自民间的暗示，追随民间的动机，而不是成为“天子失官，学在四夷”的民间演义，亦不再是作为现代都市文明病的民间观照，带有浓郁的寓言色彩。21 世纪民间立场写作的这种审美价值追求催使作家把自身隐藏在民间，将故事讲述的权利让渡给民间老百姓，以此表达原先难以表述的对于“藏污纳垢”的民间社会的感受和认识。余华的小说《活着》以去乡间采集民间歌谣的“我”与一位老人攀谈开篇，通过老人自身的讲述引出全篇故事。余华以这种方式将叙事者的角色由知识分子交给了农村一个普通老人。余华在谈到小说《活着》时，说：“在作品中我写福贵将儿子埋在小路边，必须要从福贵的眼里对这条路有一个描写。这条小路正是有庆经常跑步的那条路……可想而知福贵在这里的心情了。怎么描写这条路才准确呢?我最后写道：‘月光照在路上，好像洒满了盐。’”作家不再居高临下地俯视众生，自以为是地代人民发言，不是“一位叙述上的侵略者”，“而是一位聆听者，一位耐心、仔细、善解人意和感同身受的聆听者”。③ 在林白的小说《妇女闲聊录》里，作家让一位来自乡村的 39 岁的女性木珍成为故事的讲述者，以随心所欲无所顾忌的

① 莫言．文学创作的民间资源：在苏州大学“小说家讲坛”上的讲演［J］．当代作家评论，2002（1）：4－9.

② 苏童，王光东．文学想象力的民间资源［J］．作家，2006（11）：39－42.

③ 心远．“活着”是最有力量的词：作家余华演讲答问［EB/OL］．（2003－11－16）．http://wxs.hi2net.com/home/news_read.asp?NewsID=1796.

闲聊的讲述方式，将另一种生命状态较为完整地呈现出来。正如林白自己指出的那样，“《妇女闲聊录》是一个有生命的东西，像一株野生的植物，蓬勃、顽强，它自己拔节，按照自己的样子生长，谁都不能修剪它”①。她之所以舍弃笔记体小说的形式，就是不想使文人笔记小说对词语的提炼和对生活的筛选伤害到她想要表达的真的人生，伤害到丰满的感性。聆听民间、感受民间并不意味着放弃知识分子的人文精神，民间藏污纳垢的自在空间与知识分子自觉坚持民间立场的精神品格——当这二者互相摩擦、对撞时，所迸发出来的现代性的光辉是璀璨夺目的。

生态的要义是吐故纳新、自我平衡与修复，将知识分子的目光从庙堂与广场上吸引到民间的，恰恰也就是民间那种经历风雨而独存的特性。在民间生态主义的文学书写中，时间与空间的变化被特别地凸显出来，能够最充分地展现民间生生不息、颠覆后自我修复特性的，也正是时间与空间。莫言小说《生死疲劳》中让西门驴以各种形式投胎重来，变来变去，结果发现还是原来那样最好。贾兴安的《阖岚镇沿革》分别描写了1913年、1916年、1938年、1941年、1947年、1950年、1968年、1982年、1993年、2002年几个时间段，将历史风云变幻过程中田家大院的兴衰荣辱以素描的方式呈现出来。正如徐兆淮在《另类庄主　别种解读——贾兴安〈阖岚镇沿革〉阅读随想》中评说的那样：“仿佛在经历了近一个世纪动荡飘忽、风雨轮回之后，有些事情和人物才能逐渐沉淀安定下来，从而显示它清晰的面貌。”② 小说叙述的焦点不是历史的动荡变幻，恰是那种在动荡变幻过程中沉淀下来的东西，这沉淀下来的东西便是历经风雨而未被摧毁的民间生态，其表征便是田家族人：在民国

① 林白. 妇女闲聊录［M］. 北京：新星出版社，2005：228.

② 红孩. 2003年中国争鸣小说精选［M］. 武汉：长江文艺出版社，2004：423－424.

战争、抗日战争、土地改革运动、“文化大革命”等运动之后，再次站出来建设新庄园的，还是昔日庄主田家辉的子孙，经历了否定之否定后，民间似乎又回到了原先的轨道。拉长了的时空描述不免有些粗线条，这从某种程度上恰好显示出作家当前对民间生态主义的把握和表现尚停留在浅层次，只是冰山露出的一角而已。严歌苓的小说《第九个寡妇》直接让女主人公王葡萄成为历次运动的陌生人，混混沌沌，似乎一窍不通。她的这种性情使她超脱于各种运动而保持着原初的本性。在她周围，一切都在变，只有她始终如一地坚守自我，仿佛一根筋，然而，正是这根筋成了民间生态自我平衡与修复的根基。在打地主富农时期，土地改革工作组女队长启蒙诱导王葡萄先要弄清“谁是亲的谁是热的要凭阶级来划分”时，却被一口拒绝。不接受女队长启蒙的王葡萄救护没有被打死的公爹孙怀清，将其藏在地窖中。待到社会环境改变，她公爹终于从地窖中可以光明正大地走出来时，全村的人都以钦佩的眼光看她。连当初执意要枪毙自己亲爹孙怀清的孙少勇也忏悔了。民间立场显然不等于民间社会或者说农村。这里存在一个问题，就是王葡萄代表民间还是王葡萄之外的村民代表民间？严歌苓显然是将王葡萄当作了民间，一个未被改造的民间、坚持自我的民间，其他村民都是被改造过了的，走过了一段弯路后重新又回到本初自我的人们。世间种种变迁，在王葡萄看来正如她身上变化着的男人面孔，包容一切的地母精神使王葡萄常带了怜悯的眼光看那些爬到她身上去的男性，小说的这种描述也就带有了历史隐喻的色彩，即变与不变共同显示出来的，就是真正的民间世界。从某种程度上来说，民间生态主义所着重描绘的，恰是民间自由自在的人文生态结构的失衡与重新向着平衡的回归。

第五节　路遥与现实主义文学创作的再出发

从《人生》到《平凡的世界》，作家路遥以其如椽巨笔勾勒出黄土地上一代人的挣扎及其苦痛。路遥的创作主要集中在“文化大革命”后到1988年的十多年时间里，这也是路遥小说中故事发生的主要历史背景。在这十多年中，中国走出了“文化大革命”，走向了改革开放，文学上也走出了政治主导一切的发展模式，回到了文学本身。路遥的小说总是紧贴时代前进的脚步，与社会共呼吸，真切地写出了底层人民生活的心声。路遥的笔触更多的是描写黄土地上的农村，这些偏远的农村较为封闭落后，生活艰苦，却也总是经受着时代浪潮的冲刷，烙下社会发展的特别的印痕。除了黄土地上偏僻的乡村一隅，路遥也不时地将笔触伸向小城镇（包括县城），再远再大的城市，在路遥笔下往往就成了模糊的背景。他不写城镇中灯红酒绿的生活，不写现代派诗人古风铃等人“自由”的现代生活，他关注的是乡土世界里挣扎着的农民，黄土地的“主人”或者说“奴隶”，关注黄土地上偶尔出现的“文化人”（读书人）想要挣扎着离开这块土地，从乡村走向城市、从农民成为工人（干部）的艰难追求与沉甸甸的梦想。

路遥延承了鲁迅开拓的乡土文学创作的传统，将笔触伸向农村农民。现代乡土文学的发展有启蒙派和田园牧歌派两个途径，前者着重于呈现农村农民的愚昧麻木与落后，后者则重在描写乡村世界自然和谐的诗意。从“五四”文学到延安文学，乡土文学发展的一个转变就是力图融合启蒙派与田园牧歌派：保留启蒙派的沉重感现实感，同时削弱对国民劣根性的批判性描写；保留田园牧歌派的理想色彩，削弱不切实际的浪漫化纯化描写，努力地将理想现实化。新中国成立后十七年，社会主义现实主义秉承了延安文学传统，同时又重新定位了国家、集体和个人的关系，对农村农民的书写成了家国一体化想象的必要组成因子。因此，虽然路遥的乡土小说创作可以追溯到以鲁迅为代表的“五四”新文学传统，实质上却是与十七年文学传统更为接近。

20 世纪 80 年代的文学，是思想解放的文学，目的是要从“文化大革命”中解放出来，解放的参照之一便是“五四”新文学。完成“五四”未能完成的启蒙任务，这是当时许多知识分子共同的追求。与“五四”新文学一样，20 世纪 80 年代的文学也向西方寻求借鉴，一时之间，各种现代派思潮纷纷涌入，文坛上追新炫奇成风，叙事的圈套成了时髦，技巧为王，意义被消解了，终极关怀被弃如敝屣。追求还原生活的新写实，强调零度写作，也取消了 20 世纪现实主义文学中一直流淌着的战斗精神。传统人文精神遭遇冷落，流行的是拼贴，是意义的碎片化，是后现代的无意义的意义。此外，也还有追求理想和意义的文学创作。随着“文化大革命”的结束，人们很快从“伤痕”走出，走向“反思”，走向“改革”，在“文化大革命”中备受伤害的人们重新走上了领导岗位，人生再次意气风发，在一些作家的笔下，工厂农村到处散发着蓬勃的生机，洋溢着理想主义的笔触轻轻滑过现实的苦难，书写出想象中的理想蓝图。在这种情况下，路遥的现实主义小说创作虽然得到了肯定，却注定不会成为时代的弄潮儿。当路遥将《平凡的世界》手稿给《当代》杂志时，编辑觉得小说中的人物和故事太平凡，与文坛流行色不符，满足不了读者们标新立异的阅读期待。既不够现代，又不够理想，路遥的小说创作问世后曾遭遇“冷落”，也是必然。

路遥现实主义文学创作遭受的“冷遇”，不仅仅是文学自身审美倾向的发展造成的，还有更深的国家社会层次的原因。首先，要推进改革开放，就必然要倡导睁开眼睛看世界，向西方学习，树立对于理想的自信，现代主义文学及“歌德”派文学的盛行，便吻合了社会这方面的需求。相比较而言，路遥小说在当时的文学环境中未免显得有些土气。其次，改革开放依然是分层次进行的，从沿海到内地，从大城市到小城市，逐级逐步推行开来的改革，重心其实是在沿海在大城市，从《乔厂长上任记》《沉重的翅膀》到《上海宝贝》，工商业和都市占据了国家生活的重心，也成为长时间以来审美的风向标。1979 年春，北京青年开始在傍晚涌入北海公园，跳起了迪斯科舞蹈，那股热潮唯有近几年老大妈们主导的广场舞可以比拟。迪斯科、牛仔裤、流行歌曲，这些“洋气”的新鲜事物虽然起初遭到抵制，终究流行起来，蓬蓬勃勃地成为时代流行色。《平凡的世界》里的孙少平，跑到偏僻的煤矿里工作，不是为了曲线救国，而是真正地扎下了根，有机会离开煤矿去省城工作的时候也坚决留下来。知青上山下乡梦碎，“文化大革命”结束后出现的是返城浪潮，随后是沿海城市率先走向改革开放，现代化的都市才是那个时代的理想和希望所在，《平凡的世界》表现出来的扎根农村、扎根基层的思想自然不受普通读者的欢迎。

路遥现实主义文学创作最近几年忽然流行起来，成为文坛的热门话题，粗略地说，原因有四：第一，路遥的现实主义文学创作厚重扎实，经受住了时间的考验。第二，改革开放至今，中国终于在世界上腾飞起来了，国家的强大也增强了人们的自信心，而国家的目光也从沿海大都市开始转向偏远的乡村，“三农”问题的提出引导着人们重新将目光投向黄土地上的农村与农民。第三，改革开放至今，国家富强了，人民生活富裕了，但是许多问题也在困扰着国家和人民。重新审视改革路，反思发展的途径，已经成为整个社会必须面对的问题。第四，从高加林到孙少平，他们实际上成了改革开放后最早进城务工的一批，与当下某些叙述打工者事业成功的小说相比，打工生涯算不上成功的高加林和孙少平在品性与爱情上的表现，对于当下汹涌如潮的进城务工人员来说更有借鉴意义。

路遥现实主义文学创作“冷与热”的文坛遭遇，具体的表现有两个方面。首先，就是读者的阅读。就阅读接受而言，《人生》

《平凡的世界》从问世起就受到人们的喜爱，但这喜爱也存在一个相对的冷与热的问题；路遥的小说创作进入 21 世纪后突然大热，《平凡的世界》出现在各种推荐阅读书目上，有些小学集体购阅，要求小学生阅读并写读后感，这在路遥小说阅读接受史上绝对是空前的。其次，则是专家学者们的批评。20 世纪 90 年代初，李星（1991）、白烨（1991）等批评家们都高度赞扬了路遥的现实主义文学创作，肯定其“史诗性”“全景式”地反映改革开放大潮下乡村复杂变动的意义，更是着意指出了路遥对以柳青为代表的“传统现实主义”即社会主义现实主义的突破。总体上来说，评价中规中矩，“突破”论是改革开放浪潮中文艺肯定式批评的标准调子。进入 21 世纪以后，文化自信成为时代关键词，“人民性”再度被强调起来。习近平主席在文艺工作座谈会上指出：“在有些作品中，有的调侃崇高、扭曲经典、颠覆历史，丑化人民群众和英雄人物；有的是非不分、善恶不辨、以丑为美，过度渲染社会阴暗面；有的搜奇猎艳、一味媚俗、低级趣味，把作品当作追逐利益的‘摇钱树’，当作感官刺激的‘摇头丸’；有的胡编乱写、粗制滥造、牵强附会，制造了一些文化‘垃圾’；有的追求奢华、过度包装、炫富摆阔，形式大于内容；还有的热衷于所谓‘为艺术而艺术’，只写一己悲欢、杯水风波，脱离大众、脱离现实。凡此种种都警示我们，文艺不能在市场经济大潮中迷失方向，不能在为什么人的问题上发生偏差，否则文艺就没有生命力。”① 对路遥现实主义文学创作的评价，重心也从突破转向了传承。文贵良将路遥的现实主义概括为“‘清理’式现实主义”，认为路遥以“献身”式的创作继承了“五四”

---

① 习近平. 在文艺工作座谈会上的讲话［EB/OL］.（2015－10－14）［2017－10－10］. http://www.xinhuanet.com//politics/2015－10/14/c_1116825558.htm.

时期“血与泪的文学”的精神。① 杨庆祥认为路遥的创作是作为一种“制度”的现实主义在新时期的最后一次扎实的实践。② 徐刚将路遥的现实主义指认为十七年文学在新时期的“残余”，十七年文学进入“新时期”的历史表征。③ 无论是将路遥的现实主义文学创作与“五四”新文学对接，还是与十七年文学对接，都显示了建构现实主义文学传统的意识，建构富有“人民性”的文学传统而不是进行拆解，这也是构建文化自信的应有之义。浮嚣渐去，繁华落尽，路遥现实主义文学创作的意义重新被发掘出来，被设置为新时代文学与文化发展的历史坐标。

一、介入式现实主义

所有的现实主义文学创作，都是对现实生活的介入。小说创作，就是对现实生活的一种叙述，有叙述就有叙述者，有叙述者就存在叙述者主体的自我选择。无论叙述者如何选择自己的叙述对象，并对其进行叙述，实际上就是在以某种方式介入现实生活。既然现实主义文学创作对现实生活的介入不可避免，就不应该否认叙述者对于现实主义文学创作的介入。从严格意义上来说，不存在零度写作。所谓让饱满的感情降至冰点，以便能够在理性的指导下更客观冷静地描写现实，应该看作是对过度的政治热情和非理性肆意侵入现实主义文学创作倾向的一种反拨。感情过于饱满，创作就会偏向主观，主观性太强，文学创作就会从现实主义走向浪漫主义；以理性做法宝，创作就显得较为客观。客观冷静，不偏不倚，如此一来，现实生活的呈现就更具有可信度。无论是重在感情还是偏于

---

① 文贵良．路遥式现实主义的当下意义［J］．社会观察，2015（4）：69－71.

② 杨庆祥．路遥的自我意识和写作姿态：兼及1985年前后“文学场”的历史分析［J］．南方文坛，2007（6）：71－77.

③ 徐刚．“交叉地带”的叙事镜像：试论十七年文学脉络中的路遥小说创作［J］．南方文坛，2012（1）：91－98.

理性，都是主体介入的结果。没有主体的介入就没有叙事，也就不存在现实主义、浪漫主义及现代主义的问题。

叙述者的情感态度直接影响制约甚或决定着文学创作现实主义的倾向性。自然主义从生物遗传角度看待人与人生，人被放在手术台上显微镜下，审视的结果自然也还是人，但却失去了人应有的温度；以天道观人，天道不仁以万物为刍狗，人的生死存灭，不过是天道循环，生则从尘土而来，死便是重归于尘土，一切不过是宇宙间的物质循环而已；热衷于政治的，无论是将人作为工具还是弘扬人的主观能动性，最终都会在现实的逼迫面前使得人成为政治利益的牺牲品。现实主义文学创作并不追求冷冰冰的客观真实，现实主义文学创作中叙述者的情感态度是政治的、宗教的还是科学的，是仰视、平视还是俯视，都必须面对和解决这样一个问题：叙述者只有一个声音，却要尽可能地包容现实生活中多种多样的声音；叙述者只有叙述者自身的视角和态度，却要尽可能地容纳更多人的视角和态度到小说中来。也就是说，现实生活是复杂的，现实主义文学的叙述者却是有限的，有限的叙述者叙述无限丰富的现实生活，不能以自身的声音态度替代现实生活的丰富性，同样也不能让繁杂多样的现实生活湮没了自己的声音。叙述者自身的态度立场在现实主义文学创作中应该是引导性的，而不应该是独霸式的。能够展现现实生活的丰富性与复杂性，既展示了现实生活中各种各样的态度声音，同时又能够以叙事者的态度和声音对读者进行有效引导，像这样的现实主义文学创作，本书称之为介入式现实主义。

介入式现实主义文学创作，超故事叙述者的出现和介入必不可少。但是，有超故事叙述者的出现或者说介入，这样的文学创作并不就是介入式现实主义。超故事叙述者的介入，起码有三种方式。第一，是浪漫主义式的介入，热情四溢的叙述主体成了中心，叙事反而成为叙述主体的陪衬；第二，像《平凡的世界》第一章，以第三人称全知视角和限制视角混合叙述故事发生的背景，介绍孙少平读书的县立高中，客观冷静，是现实主义小说常见的手法；第三，或在句子中采用一些倾向性的词语，或在客观叙事后出现的评价或反思式文字；叙述者的介入行为较明显，却并不喧宾夺主。本书所说介入式现实主义，主要指的是最后一种情况的介入。

小说第五章叙述1975年社会形势动荡不安，有这样一段文字："在农村，阶级斗争的弦绷得更紧了。县、社、队三级，一切工作都用革命大批判来开路。有的县竟然集中四五百脱产干部，到一个生产队去批判一个大队书记的'资本主义倾向'。"① 这一段文字的叙述，都是叙述者的主体叙述，若不是"竟然"二字，整体上都给人较为客观的感觉，是在陈述曾经发生的一段历史事实。"竟然"二字的使用，使陈述句带有了叙述者特别的情感倾向，表示的是惊讶、出乎意料，而不是叙述者直接的批判或否定。对于阶级斗争场景的描述，"资本主义倾向""好人""坏人""二杆子""阶级敌人""新乡经验""新生事物"等词语都使用了引号，一方面表明这些词语都是来自当时人们所使用的话语，是引用，而不是叙述者的杜撰；另一方面也是利用这种形式表明叙述者并不赞同这种阶级斗争，让读者明白所谓的"好人"与"坏人"、"新"与"旧"，都是当时不正常的社会做出的不正常的判断。这样的主体介入，显露了叙述者的情感倾向，却并没有强烈地表达叙述者主体的情感。有限度的主体介入，保证了现实主义的客观冷静，同时又保留了现实主义叙述的内在倾向性。任何时代的现实主义文学创作，在叙述上都有其内在的倾向性，现实生活的意义及叙述的意义就在这种倾向性中呈现出来。但是在具体的叙述语句中，这种倾向性的表达应该是潜在的、诱发性的，而不应该是强制性或灌输式的，否则的话，效果可能适得其反，或者说让读者们感觉到了非真实或非现实主义的风格。

---

① 路遥. 平凡的世界［M］. 北京：北京十月文艺出版社，2017：29.

语词的选择、标点符号的使用等，都属于叙述者含蓄性的介入，叙事者态度立场的介入更多体现在抒情性评价性的语段上。通常在一大段自然的叙事之后，叙述者就会表露自己的看法和态度，但是看法和态度的表露又是自然的，以客观而非主观的形式出现。超故事叙述者的现身及对故事叙述的介入，不是为了干涉故事叙述本身，而是彰显故事叙述的审美意蕴，在某种程度上对读者的阅读接受构成引导。从文学创作的审美接受上来说，介入式现实主义使得读者在阅读接受上受到了某些限制，叙述者的介入，彰显了文本自身叙述故事情节的价值和意义。在介入式现实主义文学创作中，故事的叙述和阻碍自然叙事的介入因素，构成了文本内部的故事及对故事的审美接受。故事，首先对故事叙述者产生了某种意义，这种意义被叙述者捕捉到并在某种程度上言说了出来。这些介入的因素构成了读者审美接受的参照点，虽然不能保证读者们都能够沿着这些点所标示的路途前进，却显示了这样一种理解和接受路径的存在。

郝红梅和顾养民接触得越来越频繁，这让孙少平感到失落，好朋友金波为孙少平打抱不平，与其他几位同学合谋打了顾养民一顿。顾养民没有去学校告发金波等人，反而采取了息事宁人的态度，结果反而在精神上镇住了金波等人。读中学的孙少平认识到："他是一个普普通通的人，应该按照普通人的条件正正常常的生活，而不要做太多的非分之想。当然，普通并不等于庸俗。他也许一辈子就是个普通人，但他要做一个不平庸的人。""这期间，少平获得了一个非常重要的认识：在最平常的事情中都可以显示出一个人人格的伟大来！"孙少平的心理活动之后，紧跟着是叙述者的一句话，单独成段："这是第一次关于人生的自我教育。这也许会在他以后的生活中发生深远的影响……"① 前面的心理活动是孙少平的自我

① 路遥．平凡的世界［M］．北京：北京十月文艺出版社，2017：134.

成长，后面紧跟的叙述者的评价则是将孙少平此时此地的自我评价和认知延伸到他的整个人生。这种延伸在小说的第一次阅读中只会形成一种阅读上的期待，让读者想要在接下来的阅读中弄清楚这将是怎样的一种“深远的影响”，但是对于小说的再次阅读和多次重复阅读来说，却会形成一种心灵上的默契，在想象中贯穿起孙少平的一生，赋予此时此地真正“深远”的意义。

原西县革委会主任冯世宽和副主任田福军、张有智有矛盾，主要是左和右的矛盾。如何看待“左”倾还是右倾？《平凡的世界》跳出了非“左”即右的二元对立思维，展示了一种现实的宽容的态度，而非“文化大革命”后一走上思想解放的道路就全盘否定农村合作化道路，将其视为必须打倒的极左路线。冯世宽主持原西县常委开了一个紧急会议，目的在于批判田福军和张有智，会议上“左”右两派争议不休，从傍晚直到第二天早晨，结果听到广播中周总理逝世的消息。这时候，“田福军和冯世宽无意间站在一起，他们似乎忘记了一整夜的唇枪舌剑，两个人此刻都泪流满面”。在周恩来总理逝世的消息传来后，两个“左”派和右派的代表人物“站在一起”，他们没有和解，但是小说叙事却让他们两个在一个更高的层次上有了某种共同点。接下来，小说的叙述者直接出场了，原西县开会的众人为小说叙事者的评点奠定了根基。“尽管有许多可耻的规定不许人民举行悼念活动，但周总理的葬礼也许是世界上最隆重的葬礼。”① 周恩来总理的死就像一束光照进现实生活，照见了原西县左右两派领导原本是“站在一起”的，只是没有人走过社会主义的道路，不知道具体应该如何发展才是社会主义，摸着石头过河自然有分歧。小说叙事者的介入，并不是以自我现身的方式对当事人进行评价，而是通过周恩来总理的逝世，为争吵的两人（两派）提供了一个更高层次的比较对象，在更高层次的意义上，

① 路遥．平凡的世界［M］．北京：北京十月文艺出版社，2017：252.

他们达到了否定之否定的和谐，这就是笔者所说的介入式现实主义，介入而不是直接出场，呈现而不是霸权式干预，令人气闷的滞浊的现实由此展示了另一种厚重的面相。

故事叙述者的介入之所以表现为一个更高人生层次的呈现，是因为具体的现实生活中的当事人总像是被遮蔽了双眼，因而看不清生活本来的面目，不知道生活的热流即将要到达的地方，以及事件深层次的价值和意义。于是，叙述需要介入，犹如画龙最后要点睛，适当的介入犹如一缕光，照亮了整个叙事，强化了内在的意义。李向前和田润叶结婚后，没有得到预想中的幸福，反而感到无法解脱的痛苦。在描绘了李向前的心理活动后，叙述者也跳出来引申说："人都说爱情是甜蜜的，瞧这小伙的爱情有多么苦涩！爱情啊，有可能是天堂之光，也有可能是地狱之火！但人又不能不去爱！是的，什么也别想阻止爱，不管这爱给人带来的是幸福还是不幸。"① 爱成了一个超越性的、不受人控制的对象，甜蜜还是苦涩，幸福还是痛苦，都是爱的自然的产物，不能不去爱，又不能控制爱给人的感觉，爱不由人，因而陷入爱情之中的人只能去承受一切。深深地陷入爱情痛苦中的李向前对于爱情是没有这种超越性的认知的，他所有的只是痛苦，在痛苦中喝了酒，随后行车时出了事故，翻倒的汽车压断了两腿。爱情犹如地狱的火，烧坏了李向前自己，然而就在他要放弃自己苦苦追求的爱情时，田润叶却向他敞开了怀抱。从天堂之光到地狱之火，从地狱之火再到天堂之光，爱意弄人，超越性的爱的评说使小说有了宿命论的色彩，有情人终成眷属的结局也带有理想化的浪漫色彩，这些因素并没有使得李向前和田润叶两个人的爱情故事成为浪漫主义的叙事，也并不带有神秘的宗教色彩。在不可知的不由人的爱的光环下，是李向前卑微而切实的努力，不是在田润叶面前献殷勤，而是长期切实地照顾田润叶的爸

① 路遥. 平凡的世界［M］. 北京：北京十月文艺出版社，2017：777.

妈和弟弟，这些照顾却并没有能使田润叶回心转意。但是只要付出就会有收获，只是收获的时间和方式可能与预期不同。《平凡的世界》叙述了几个家庭的不幸，抵抗苦难与不幸的过程造就了坚韧美好的人性，小说也让历经磨难者收获了最终的幸福。李向前遭遇车祸后，一向对丈夫冷冰冰的田润叶却改变了自己的态度，渐渐敞开了心扉，接纳了截肢的李向前，家庭生活终于走上了正轨，两个久经磨难的年轻人过上了幸福的生活。

故事叙述者的介入，一种超越性评价的出现，弥合了“左”派与右派，沟通了地狱和天堂，这无疑显示了小说作者开阔的叙述视野，摒弃了非此即彼的狭隘的思维，使得小说中所叙现实生活呈现出丰富的可能性，有了一种辩证的可变化的内质。同时，介入故事中的叙述者也成了解决现实生活疑难的法宝。遇到无法解决的困难时，叙事者便以爱情、亲情，以对未知的探索等弥合现实生活中出现的矛盾冲突。叙事者的这种介入，有可能是努力想要打破个人利益的局限性，以更广阔更富有包容性的视角看待人生看待社会，当然也可能是无可奈何的选择，没有真正好的具体的办法解决生活中的难题，于是只能寄托于抽象理想化的对象。乘坐火车的孙少平，看到列车员单单只检查自己的车票，内心非常气愤，却也无可奈何，最终只能狠狠地将一口痰吐出窗外，“心理上产生了一种阿Q式的平衡”①。介入叙述解决问题的努力是否表现出阿Q式的精神，在这一点上人们往往见仁见智，但是对于孙少平、孙少安等小说中的人物来说，他们虽然有时也需要自我安慰，却并非是阿Q式的精神胜利法。

孙少平和郝红梅还未正式开始的情感夭折了，孙少平认识到他是“一个普普通通的人”，“应该按照普通人的条件正正常常的生活，而不要做太多的非分之想”。认清自己的位置，不做非分之想，

---

① 路遥. 平凡的世界［M］. 北京：北京十月文艺出版社，2017：973.

并非自轻自贱，自轻自贱的阿Q偏偏能够做非分之想，革命梦中的报仇发财和女人，这些非分之想才是阿Q之所以为阿Q的重要因素。看清了自己的孙少平，从迷茫的青春激情中抽出身来，找到了真正的自我。从古至今，城乡、官民、贫富等各种差别就存在现实生活中，在一个城乡人口不能自由流动，改变命运的路途少之又少的社会中，除了承认这种现实，生活在底层的老百姓别无选择。孙少安决定放弃田润叶，另寻媳妇时，小说有这样一段话："对于一个普通人来说，只好听命于生活的裁决。这不是宿命，而是无法超越客观条件。在这个世界上，不是所有合理的和美好的都能按照自己的愿望存在或者实现。"秀莲和孙少安结婚时，田润叶送来两块杭州出的锦花缎被面，秀莲有点儿吃醋，但当她听说田润叶是个干部且在县城工作时，马上就放了心："一个女干部怎么可能爱她的农民丈夫呢！"① 认清自己的位置，这是《平凡的世界》中反复言说的一个话题，凡是不能认清自己的位置的，最终都要被"生活的大剪刀"按照自己的安排进行剪裁。"生活的大剪刀"有两层意思。首先，生活差距太大，即便没有高低贵贱的思想，也极少能够拥有共同语言，在打工场所、在煤矿上，宿舍中只有孙少平坚持读书，拥有和田晓霞对谈的资格。其次，"生活的大剪刀"是被路遥神话化了的"平凡的世界"，普通人的日常生活要求成了社会发展的内在动力，改革开放成了时代潮流，凡是阻挡这一要求的，最终都会被冲垮。所以小说中强调"这不是宿命"，而是"无法超越客观条件"，只有先承认这一客观条件，然后踏踏实实地努力，才有超越的可能性。

二、寻找自己的位置

小说，从本质上来说就是讲故事。讲述的方式和内容不同，也

---

① 路遥．平凡的世界［M］．北京：北京十月文艺出版社，2017：175，261．

就有了现实主义、浪漫主义和现代主义的区别。现实主义的故事，并不一定非要讲述家破人亡的凄惨悲剧，却一定要表现出人生的沉重感。有时候作家也会叙述经过艰苦卓绝努力后获得成功的人生故事，却也要从这美好中见出肉身的沉重，而不会一味沉浸在美好的人生景象中。叙述凄惨的人生时，并不就只是满篇涂抹灰暗的色调，让人看不到一丝改变的希望。单纯的理想主义与绝对的虚无主义都不是现实主义。现实主义的故事叙述中有绝望也有理想，各种色调的混杂才是生活真正的色彩。

路遥的现实主义文学创作，从一开始讲述的就是人生，侧重讲述的不是人生或喜或悲的结果，而是人生努力的过程。孙玉亭从太原钢厂回家，要回家务农，不回工厂做工。哥哥孙玉厚努力了大半辈子，辛苦操劳供弟弟读书，想要给孙家造就一个光宗耀祖的人物，结果落空了。“这是命运”，小说中这样叙述孙玉厚内心的想法，这似乎有点儿宿命论的意思。对于广大的中国农民来说，都有点儿这样的宿命论思想，但是他们却绝不将自己的生活交给命运，感叹完“这是命运”之后，在黄土地上刨食吃的农民们从来不坐等命运的改变，他们总是埋头苦干。敬天拜地信鬼奉神，带宿命论色彩的信仰是靠天吃饭的农民无奈的选择，对自身无法抵抗的自然客观条件的认识与服从。广大农民从来都是在经历各种灾难的过程中栽种与收获，在与天斗、与地斗的过程中养活自己、家人乃至整个社会，他们是真正坚不可摧的现实主义者。只需要将他们的故事如实地叙述出来，就是最好的现实主义文学创作。看着坚持要回农村的弟弟，孙玉厚没有后悔先前的付出。“辛劳一年营务的庄稼，还没等收获，就被冰雹打光了，难道能懊悔自己曾经付出的力气吗?”① 作为老一辈农民的代表，孙玉厚没有办法劝弟弟回太原当工人，只能接受自己面临的现实：给弟弟孙玉亭找媳妇、结婚。担

---

① 路遥．平凡的世界［M］．北京：北京十月文艺出版社，2017：51.

起自己应该承担的责任，并为之而努力，这是路遥现实主义文学创作从一开始就赋予笔下主人公的思想及性格特征。

人生就是一段不停地努力的旅程，努力的结果有可能是沉甸甸的收获，也可能只不过是虚空。哥哥孙玉厚为了一人家子人辛苦付出，虽然他屡屡对子女说自己没有本事，不能让家人过上好的生活，但是若没有他的努力，也就没有了孙家的将来；弟弟孙玉亭是双水村恓惶的“革命家”，一心一意闹革命，不事生产也不会生产，然而他也在努力，按照国家的方针政策努力于村庄的革命大业。等到国家政策变了，双水村的“能人”开动脑筋从事生产全力挣钱的时候，唯有孙玉亭还念念不忘“革命”与开会。孙玉厚随着子女的成长，渐渐成了村镇上的“名人”，得到了他从来没有想到过的光荣；孙玉亭则从发号施令的“革命家”成了没人理会的村民，恓惶依旧。然而，正如孙玉厚老汉所想：“难道能懊悔自己曾经付出的力气吗?”建设社会主义的路途上，少不了孙玉厚也少不了孙玉亭。路遥并没有在肯定孙玉厚的同时否定一心扑在“革命”事业上的孙玉亭。

《平凡的世界》中出场的人物形象，自私自利者都没有什么好结果，为集体着想为他人谋福利的虽然会经受暂时的挫折，但最终都能克服困难，有所成就。这种故事叙述，显示了作家对社会主义意识形态的认同。认同社会主义意识形态，通过人物故事的叙述巧妙地表现自身的思想倾向性，却又并不为此拔高人物的思想境界，不为了更好地呈现自身思想倾向性而虚构明显不符合逻辑的故事情节，这些都表现出小说浓厚的现实主义精神。在双水村，无论是“恓惶”的革命家孙玉亭，还是其他人，其实都不清楚何为社会主义，为什么要搞人民公社。改革的要求是因肚子饿，盼望维持人民公社因为那是革命的见证；饥饿贫穷与社会主义革命似乎成了两项选择的难题，实际上却是教条化的社会主义实践与人民真正的需要之间的矛盾。其实，在双水村这样的基层社会里，社会主义是一个伪问题，老百姓不知道社会主义是什么，他们真切知道的只是自己饥饿的肚子，还有眼前的土地。小说叙述双水村在城里教书的“女干部”田润叶的时候说：“尽管她生活在我们的世纪，但思想仍然局限在狭小的世界里，她不知道安娜，更不知道娜拉。”田润叶住在县革委会副主任田福军家中，她的思想都是如此，双水村人的思想水准可想而知。在光鲜的公家人面前，老百姓羡慕的是权势，革命造就出新的权贵，让老百姓羡慕和害怕，这不是社会主义应有的现象。然而，像孙玉亭夫妇那般“恓惶”的革命家，抛弃了城市较好的生活，来到农村搞革命，过着连普通村民都不如的生活，孙玉厚一家都觉得他们是“糊涂人”。

对于双水村的村民来说，社会主义的革命实践是外在的，肚子饿则是内在的；外在的要求对于大部分村民来说都没有构成真正的行动力，内在的要求恰恰能够解放生产力。村民认识的局限性主要有两个原因：首先，读书少；其次，见识少。在那个艰难困苦的年代里，有机会有能力读书的人很少，不识字，连报纸都不能读，也就谈不上对社会主义思想的自觉的认识。至于见识，生活艰难，肚子都填不饱，出门就成了奢望，随意旅行不仅经济上行不通，政治上也不被允许。事实上，对于双水村的普通人来说，大部分人只能通过“旅行”开阔视野，打开思想上的局限。

旅行有三种，第一种是王满银式的逛鬼，第二种是孙少平式的旅行，第三种是孙少安式的隐形旅行。作为逛鬼的王满银，是罐子村二流子式的人物，不事生产，为人瞧不起。但是路遥在小说中并没有将这样的人物做扁平化处理。所有的人都讨厌王满银，认为他一无是处，小说却深刻揭示了他对孙兰花的意义。王满银犹如一缕阳光，照进兰花的生活，虽然常年只有一时半刻的幸福，却让兰花的生活充满了甜蜜。孙玉厚、孙少安都看到了兰花操持家务的艰难辛苦，看到了物质的困苦，只有兰花和王满银自己知道双方对于自己的意义，两人相守的精神上的欢愉。逛鬼王满银和孙少平其实在本质上是一类人，他们都渴望外面的世界，不能安分守己地待在黄土地上，差别就在于离开黄土地的孙少平能够从外面寄钱回家，供妹妹上学，帮老爸箍窑洞，而王满银却是轻身出门，两手空空归来。在外游逛的王满银没有堕落成金富那样的扒手，小说也没有让他成为一名成功的商人，王满银的几次经商，都因各种缘故宣告失败。王满银的游逛（旅行）显然不是小说家路遥喜欢的类型，虽然路遥更看重努力的过程，而不是结果，但是显然不愿意让不劳而获的人占据成功者的位置。最终，小说中王满银在外旅行的意义，就是发现了“真实”的自己，结束了逛鬼的生活，回到了罐子村，守在老婆孩子的身边过“幸福”的家庭生活去了。

孙少安是长子，孙少平是家中的老二。在经典的文学叙事中，长子一般都比较忠厚勤劳能干，老二总是聪明调皮不安分。这也是现实生活的真实反映。传统中国社会是大家庭制，长了总是被赋予了更大的责任，需要肩负起更多的重担，次子却因此被解放出来，获得了相对的自由，一定程度上能够做自己想做的事情。孙少安和孙少平就是如此。孙少安的一切都不得不从家庭的角度考虑安排自己的人生，十三岁退学帮着干活，不敢接受田润叶的爱情，没有孙少安的牺牲，孙少平和孙兰香就没有离开黄土地放飞理想的可能。人要认清自己的位置，这是《平凡的世界》中反复谈到的。如果生活重新开始，孙少安还是会做出和先前相似的选择，而孙少平的人生道路却可能完全是另外的模样。丢掉教师的职位，打工遇到曹婶，曹婶的女儿看不上少平，曹书记推荐孙少平去煤矿做工人，这些都充满了偶然。如果说孙少安的人生是平稳的，孙少平的人生则充满了偶然。选择了脚踏实地，人生自然相对安稳，总是选择不可知的人生道路，人生的轨迹中也就充满了偶遇和巧合。

有人在阅读《平凡的世界》后曾提出这样的问题：为何孙少平不去找田福军解决自己的工作问题，就像他哥哥孙少安去找田福军解决问题一样？当兰香的男朋友提出让做省委副书记的父亲给孙少平调动工作的时候，孙少平为何死脑筋不愿意去一个更好的工作岗位？走后门、投机，似乎成了人生成功路上必不可少的因素，就是孙少平去煤矿当工人，也还是借助田晓霞走了一点后门。孙少安在胡永合的指点及社会的教育下，慢慢也学会了一些灵巧的社会手段。如果孙少平通过一些关系先把自己发展好了，不是能够在更好的岗位上做更多的贡献吗？就像他的哥哥孙少安一样，砖厂发展壮大了，就有能力为乡亲们盖一所新的学校。将《平凡的世界》与《人生》对照阅读，就会发现孙少平这个有点儿死脑筋的人物形象的塑造，寄托了路遥深沉的人文理想。随着改革开放的进行，人心肆意泛滥，社会上并不缺少孙少安式的冒尖户，更不缺乏胡永合那样的时代弄潮儿，他们总是善于揣摩人心，随着社会的变化而随时改变自身，从而成为社会上的成功人士。《人生》中的高加林在上进的过程中迷失了自我，后来遭受的挫折表明路遥不赞成人生的这种奋斗方式，路遥渴望的是拥有永不弯曲的精神脊梁的人物，而孙少平就是《平凡的世界》中塑造出来的平凡而不平庸的精神脊梁，自然不会让一些阴暗的东西玷污孙少平的精神世界。

孙少平在双水村、在黄原，都没有找到自己的位置，当他来到大牙湾煤矿，同行的干部子弟都为粗犷、杂乱和单调的矿区感到灰心的时候，孙少平却觉得矿区比原来想象的“还要好”。在他看来，这是一个“能创造巨大财富的地方，一个令人振奋的生活大舞台”。和孙少平一起到矿区的人，开始只有孙少平下井挖煤，月末领到了工资。“劳动给人带来的充实和不劳动给人带来的空虚，无情地在这孔窑洞里互为映照”。矿区，仿佛成了一个与外部世界隔绝的地带，干部子女领不到工资，吃饭都成为问题，父母的官职带给他们的优越感没了用处，在孙少平面前从趾高气扬向着惶愧转变。“只有劳动才可能使人在生活中强大。不论什么人，最终还是要崇尚那些能用双手创造生活的劳动者。”“要想求得解放，惟一的出路就在于舍身投入劳动。”① 孙少平没有在双水村的劳动中感受到这一点，也没有在黄原的打工劳动中感受到这些，唯独在矿区有了这样的感觉。孙少平受伤后，住在省城医院，有机会离开矿区的时候却拒绝了。小说中写道：“一些人恰恰因为苦才留恋受过苦的地方！”以这样的理由来说明孙少平不愿意离开矿区到大城市生活，说服力并不怎么强。苦难、劳动、尊严，这是在现实生活中到处都存在的，矿区的劳动与苦难，与双水村、黄原的劳动与苦难并没有本质区别，但是孙少平却只在矿区才感受到了劳动是神圣的及其所拥有的解放性的意义。也就是说，孙少平离开双水村，离开黄原，是因为在那里没有找到自己的位置，在矿区，孙少平找到了自己的位置，找到了自己生活的意义。

矿区是路遥为孙少平找到的一个理想化的生活的位置。这个位置里肯定也存在黑暗，并不真正如小说中所说的：“只有劳动才可能使人在生活中强大。”劳动只有在放炮挖煤的时刻才会让劳动者有这样的感觉。飞快转动的煤溜子、危险的瓦斯等，不会区分普通劳动者与干部子女。在阳光灿烂的井上，有些生活的阴暗面比灰黑的煤炭还要黑，生活的诸多不公平并不因全身心投入到劳动中去就会消失。路遥没有刻意写矿区中的特权及生活的阴暗面，并不就意味着有意美化或遮蔽。他要挖掘和表现的是生活的另一面，在真正的劳动面前人的力量及精神解放的可能性。真正的劳动是井下挖煤，一起来到大牙湾煤矿的那些干部子女在真正的劳动面前退缩了，而非干部子女在真正的劳动面前却并不一定就会感受到人的真正的力量和解放。安锁子和那些协议工，都是如此，他们抱怨挖煤生活，感到枯燥和精神的苦闷，但是后来都在孙少平的影响下发生了改变。

---

① 路遥．平凡的世界［M］．北京：北京十月文艺出版社，2017：846，881－882.

寻找自己在生活中的位置，对于路遥来说，绝不是寻找一个利己主义的安乐窝，而是这个位置既能让自己心安，同时又能有益于社会。离开双水村的孙少平，不仅有了和田晓霞重新接触的可能，更是通过他在大牙湾煤矿的工作展现了他对工厂及现代化采煤事业能够产生的巨大影响，这使他隐约成了社会主义工业现代化的一个小小的隐喻。与孙少平相比，在双水村找到自己位置的孙少安，他的砖厂事业做得越来越大，代表的则是农民对于乡土社会的坚守，以及农村建设事业的蓬勃发展。至于孙兰香，在北方工业大学学习天体物理学专业，代表的则是更为高端的现代科技事业。兄妹三人，从双水村出发，各自在社会上找到了自己的位置。这种位置的寻找与获得，使得小说叙述的双水村的贫穷落后及相关的改革问题超越了自身，就像小说中写到双水村人的穷困时所说的，大队没钱，个人就穷。小环境的变化离不开大环境的改变。兄妹三人各奔东西，看起来似乎之后孙少安留在农村，家乡建设的力量薄弱了，但是作为一个整体，双水村和外界的联系更紧密了，随着孙氏三兄妹以及像孙氏三兄妹这样的社会主义建设者在各自位置的发展，国家自然会越来越好，双水村自然也就会变得越来越好。这不是作者在乡村的坚守与都市的追求之间矛盾摇摆，而是恰恰看到了深层次的改革，必然是全国一盘棋，割裂了乡土与都市、农业与工业，所进行的改革只能获得一时的成功，必然难以持久。